Gefährliches Verlangen

Buch 2 der Krinar-Chroniken

Anna Zaires

Aus dem Amerikanischen

von Grit Schellenberg

♠ Mozaika Publications ♠

PROLOG

Der Krinar starrte auf das Bild vor sich, und seine Hände waren zu Fäusten geballt.

Das dreidimensionale Hologramm zeigte Korum und die Wächter, wie sie sich der Hütte am Strand näherten. Einer der Wächter hob seinen Arm, und die Hütte zerbarst mit so einer Gewalt, dass überall kleine Holzstücke umherflogen. Das zerbrechliche, von Menschen errichtete Gebäude hatte den Nanodruckwaffen, die alle Wächter bei sich trugen, nichts entgegenzusetzen.

Der Krinar hob seine Hand, und das Bild verlagerte sich, als der fliegende Aufnahmeapparat sich der Ruine näherte, um ihm einen besseren Blick auf das Geschehen zu liefern. Er machte sich keine Sorgen darüber, dass der Apparat entdeckt werden könnte; er war kleiner als eine Mücke, und Korum hatte ihn persönlich entwickelt.

Nein, das Gerät war perfekt für dieses Vorhaben.

Als es über der Hütte schwebte, konnte der Krinar das Drama beobachten, das sich in den durch die Explosion freigelegten Kellerräumen abspielte. Die Wächter sprangen nach unten hinein, während Korum sorgfältig die oberirdischen Überreste der Hütte zu inspizieren schien.

Natürlich, dachte der Krinar, sein Erzfeind würde gründlich sein. Korum würde sichergehen wollen, dass nichts und niemand dem Ort des Geschehens entkam.

Die Keiths – der Krinar hatte angefangen, sie in Gedanken selbst so zu nennen – gerieten in Panik, und Rafor griff dummerweise einen der Wächter an. Ein unüberlegter Schritt von ihm, dachte der Krinar leidenschaftslos, als er dabei zusah, wie der unsichtbare Protektionsschild, der die Wächter umschloss, den Angriff abwehrte. Jetzt zuckte der schwarzhaarige Krinar unkontrolliert auf dem Boden, da sein Nervensystem von dem Kontakt mit dem tödlichen Schild durchgeschmort war. Ein Mensch wäre sofort gestorben.

Die Wächter ließen ihn nicht lange leiden. Auf den Befehl ihres Anführers hin machte einer der Wächter Rafor schnell mit der in seinen Fingern eingelassenen Betäubungswaffe bewusstlos.

Die anderen Keiths waren intelligent genug, um Rafors Schicksal zu vermeiden, und standen einfach bewegungslos da, als ihnen die silbernen Strafringe für Kriminelle um den Hals gelegt wurden. Sie sahen verärgert und trotzig aus, aber es gab nichts, was sie tun konnten. Jetzt waren sie Gefangene, und der Rat würde über ihre Verbrechen richten.

Nach einigen Minuten sprang Korum auch in die Kellerräume, und der Krinar konnte sehen, dass sein Feind wütend war. Er hatte gewusst, dass er das sein würde. Die Keiths waren so gut wie verloren; Korum würde keine Gnade zeigen.

Mit einem Seufzer schaltete der Krinar die Darstellung aus. Er würde sich später alles noch einmal genauer anschauen. Jetzt musste er einen anderen Weg finden, um Korum zu neutralisieren und seinen eigentlichen Plan in die Tat umzusetzen.

Die Zukunft der Erde hing davon ab.

1. KAPITEL

»Herzlich willkommen zu Hause, mein Schatz«, sagte Korum leise, als die grüne Landschaft Lenkardas unter ihnen erschien und sie genauso sanft landeten, wie sie gestartet waren.

Mit klopfendem Herzen erhob sich Mia von dem Stuhl, der ihren Körper so angenehm umschlossen hatte. Korum war schon auf den Beinen und streckte seine Hand zu ihr aus. Sie zögerte einen Moment, griff dann aber nach ihr und krallte sich mit einem Zangengriff daran fest. Der Liebhaber, den sie die letzten Monate als ihren Feind angesehen hatte, war jetzt das Einzige, was ihr in diesem fremden Land einen Halt gab.

Sie verließen das Flugzeug und gingen ein paar Schritte, bevor Korum anhielt. Er drehte sich zu dem Objekt um, führte eine kleine Bewegung mit seiner freien Hand aus, und plötzlich begann die Luft rund um die Gondel zu flimmern, und Mia hörte wieder das summende Geräusch der Nanomaschinen, die arbeiteten.

»Baust du noch etwas anderes?«, fragte sie ihn überrascht.

Er schüttelte lächelnd seinen Kopf. »Nein, ich demontiere.«

Und während Mia dabei zusah, schälten sich elfenbeinfarbene Schichten des Materials von der Oberfläche des Schiffs ab und lösten sich vor ihren Augen auf. Innerhalb einer Minute war das Schiff komplett verschwunden, alle seine Komponenten waren wieder in die individuellen Atome zersetzt, die sie vor der Kreation der Gondel in New York gewesen waren.

Trotz des ganzen Stresses und ihrer Abgeschlagenheit war Mia ganz fasziniert von diesem Wunder, das sie gerade beobachtet hatte. Das Fluggerät, das sie eben noch Tausende von Kilometern transportiert hatte, war gerade innerhalb weniger Minuten vollständig aufgelöst worden, so als hätte es nie existiert.

»Warum hast du das gemacht?«, fragte sie Korum. »Warum hast du es demontiert?«

»Weil es momentan keinen Grund dafür gibt, dass es existiert und Platz beansprucht«, erklärte er. »Ich kann es ja einfach wieder herstellen, wann immer wir es brauchen.«

Stimmt, das konnte er. Mia hatte es ja vor ein paar Minuten mit ihren eigenen Augen auf dem Dach seines Apartments in Manhattan gesehen. Und jetzt hatte er wieder alles rückgängig gemacht. Die Gondel, die sie hierhertransportiert hatte, existierte nicht mehr.

Als ihr die volle Tragweite dieser Tatsache bewusst wurde, stieg ihre Herzfrequenz wieder an, und sie hatte plötzlich Schwierigkeiten, zu atmen.

Eine Panikwelle rollte über sie hinweg.

Sie befand sich jetzt mittel- und hilflos in Costa Rica, in der Hauptsiedlung der Krinar – und war völlig abhängig von Korum. Er hatte das Schiff kreiert, das sie hierhergebracht hatte, und jetzt hatte er es gerade wieder aufgelöst. Falls es einen anderen Weg raus aus Lenkarda gab, dann wüsste Mia nicht, welchen.

Was, wenn er sie angelogen hatte? Was, wenn sie ihre Familie nie wiedersehen würde?

Sie musste genauso verängstigt ausgesehen haben wie sie sich fühlte, denn Korum drückte liebevoll ihre Hand. Seine Hand zu spüren war seltsam beruhigend. »Mach dir keine Sorgen«, sagte er sanft. »Es wird alles gut werden, versprochen.«

Mia konzentrierte sich darauf, tief durchzuatmen, und versuchte dadurch, ihre aufsteigende Panik zurückzudrängen. Sie hatte keine andere Wahl, als ihm jetzt zu vertrauen. Selbst als sie noch in New York gewesen waren, hatte er alles mit ihr machen können, was er wollte. Es gab keinen Grund für ihn, ihr Sachen zu versprechen, von denen er nicht vorhatte, sie zu halten.

Und trotzdem nagte eine irrationale Angst an ihr und steuerte das ihrige zu dem sowieso schon unappetitlichen Gefühlsgebräu hinzu, das in ihr kochte. Das Wissen darüber, dass Korum sie die ganze Zeit über manipuliert und sie dazu benutzt hatte, den Widerstand zu zerstören, fraß sich wie Säure durch ihren Magen und verbrannte sie von innen heraus. Alles, was er getan hatte, alles, was er gesagt hatte, war Teil seines Planes gewesen. Während sie der Gedanke gequält hatte, ihn auszuspionieren, hatte er wahrscheinlich heimlich über ihre armseligen Versuche, ihn auszutricksen, gelacht. Schließlich wollte sie ja damit der Sache helfen, von der er von Anfang an gewusst hatte, dass sie scheitern würde.

Sie fühlte sich jetzt im Nachhinein wie ein Idiot, weil sie einfach alles hingenommen hatte, was der Widerstand ihr erzählte. Zu jener Zeit hatte es viel Sinn ergeben; sie hatte sich so edel dabei gefühlt, ihrer Rasse gegen die Eindringlinge, die ihren Planeten übernommen hatten, zu helfen. Aber stattdessen hatte sie unwissentlich einer kleinen Gruppe von Krinar geholfen, die die Macht auf der Erde an sich reißen wollte.

Warum hatte sie nicht innegehalten, um erst einmal die ganze Situation zu analysieren?

Korum hatte ihr erzählt, dass die ganze Widerstandsbewegung falsch gewesen war, völlig fehlgeleitet in ihrem Ziel. Und Mia hatte nicht anders gekonnt, als ihm zu glauben.

Die Krinar hatten die Freiheitskämpfer, die ihre Siedlungen angegriffen hatten, nicht umgebracht – und allein diese Tatsache hatte ihr eine Menge über die Krinar und ihre Einstellung zu den Menschen gezeigt. Wenn die Krinar wirklich solche Monster gewesen wären, wie der Widerstand es immer dargestellt hatte, dann hätte keiner der Kämpfer überlebt.

Aber trotzdem vertraute sie Korum nicht hundertprozentig, was seine Definition eines Charls betraf. Als John über seine verschleppte Schwester gesprochen hatte, war zu viel Schmerz in seiner Stimme gewesen, um alles das, was er erzählt hatte, als eine Lüge abzutun. Und die Art und Weise, wie Korum sich ihr gegenüber verhielt, passte auch besser zu Johns Erklärung als zu Korums. Ihr Liebhaber hatte abgestritten, dass die Krinar Menschen als Lustsklaven hielten, hatte ihr aber trotzdem in allem, was ihre Beziehung betraf, kaum eine Wahl gelassen. Er wollte sie, und deshalb war ihr Leben eben nicht mehr ihr eigenes. Sie war einfach mitgerissen worden und in seinem Tribeca-Penthouse gelandet – und jetzt war sie hier, in der Siedlung der Krinar in Costa Rica, und folgte ihm zu einem ihr unbekannten Ort.

So sehr sie sich vor der Antwort auf ihre Frage fürchtete, sie musste es einfach wissen. »Ist Dana hier?«, fragte Mia vorsichtig, da sie ihn nicht wütend machen wollte. »Johns Schwester? John hat gesagt, dass sie in Lenkarda sei …«

»Nein«, sagte Korum und warf ihr dabei einen unleserlichen Blick zu. »John war von den Keiths – ich nehme an, mit voller Absicht – falsch informiert worden.«

»Sie ist kein Charl?«

»Nein, Mia, sie war niemals ein wirklicher Charl. Sie war das, was du einen Xeno nennen würdest – ein Mensch, der von allem besessen ist, was mit den Krinar zusammenhängt. Ihre Familie hat das nie gewusst. Als sie Litmir in Mexiko getroffen hat, hat sie ihn angebettelt, mit ihm mitgehen zu dürfen, und er hat eingewilligt, sie eine Zeit lang mitzunehmen. Das Letzte, was ich von ihr gehört habe ist, dass sie jemand anderen hat, der sie mit nach Krina nehmen wollte. Ich gehe davon aus, dass sie dort sehr glücklich sein wird, wenn man ihre Vorlieben bedenkt. Und der Grund dafür, dass sie ihre Familie verlassen hat, ohne ihr auch nur ein Wort davon zu sagen, hat wahrscheinlich etwas mit ihrem Vater zu tun.«

»Ihrem Vater?«

»Dana und John hatten keine sehr glückliche Kindheit«, sagte Korum, und Mia spürte, wie seine Hand ihren Griff verstärkte. »Ihr Vater ist jemand, der schon vor langer Zeit hätte unschädlich gemacht werden müssen. Den Informationen nach, die wir über deinen Kontakt zum Widerstand gesammelt haben, lebt Johns Vater einen bestimmten Fetisch aus, der sehr junge Kinder beinhaltet …«

»Er ist pädophil?«, fragte Mia leise, und die Galle kam ihr bei dem Gedanken daran hoch.

Korum nickte. »Genau das. Ich glaube, seine Kinder waren die Ersten, die seine Zuneigung zu spüren bekamen.«

Ihre Übelkeit bekämpfend, und voller Mitleid mit John und Dana, sah Mia weg. Wenn das stimmte, dann konnte niemand Dana einen Vorwurf daraus machen, dass sie weggehen wollte, um alles das, was mit ihrem alten Leben zu tun hatte, hinter sich zu lassen. Obwohl Mias eigene Familie normal und liebevoll war, hatte sie letzten Sommer im Zuge ihres Praktikums mit Opfern häuslicher Gewalt und Kindesmissbrauchs zu tun gehabt. Sie wusste, welche Narben das auf den Kinderseelen zurückließ. Einige dieser Kinder würden sich, wenn sie erst einmal älter wären, Alkohol oder Drogen zuwenden, um ihren Schmerz zu betäuben. Dana hatte sich offensichtlich dem Sex mit den Krinar zugewandt.

Natürlich nur, wenn Korum sie in dieser ganzen Angelegenheit nicht anlog.

Während sie darüber nachdachte, kam sie zu dem Entschluss, dass er das wahrscheinlich nicht tat. Warum sollte er? Es war ja schließlich nicht so, als könnte sie mit ihm Schluss machen, selbst dann nicht, wenn sie herausfand, dass Dana dort gegen ihren Willen festgehalten wurde.

»Und was ist mit John?«, fragte sie. »Ist er in Ordnung? Und Leslie?«

»Ich nehme es an«, sagte er mit deutlich kühlerer Stimme. »Keiner der beiden wurde bis jetzt festgenommen.«

Erleichtert beschloss Mia, es dabei zu belassen. Sie hatte die Vermutung, dass mit Korum über den Widerstand zu sprechen nicht das Cleverste war, was sie in ihrer Situation gerade machen konnte. Stattdessen konzentrierte sie sich auf ihre Umgebung.

»Wohin gehen wir?«, fragte sie und sah sich um. Sie liefen gerade durch etwas, was wie ein unberührter Wald aussah. Kleine Äste und Zweige knackten unter ihren Füßen, und sie konnte überall Naturlaute hören – Vögel, verschiedene Arten summender Insekten, raschelnde Blätter. Sie hatte keine Ahnung, was er für den Rest des Tages geplant hatte, aber sie wollte einfach nur noch ihren Kopf unter eine Decke stecken und so einige Stunden lang unauffindbar verharren. Die Ereignisse des Morgens und die daraus resultierenden Gefühlsausbrüche hatten sie komplett ausgelaugt, und sie brauchte dringend eine Auszeit, um alles das verarbeiten zu können, was passiert war.

»Zu meinem Haus«, antwortete Korum und drehte sich dabei zu ihr um. Und wieder zeigte sich ein leichtes Lächeln auf seinem Gesicht. »Es ist nicht weit zu Fuß von hier. Und sobald wir da sind, wirst du dich entspannen und ein wenig ausruhen können.«

Mia warf ihm einen misstrauischen Blick zu. Seine Antwort war erschreckend nah an dem gewesen, was sie gerade gedacht hatte. »Kannst du meine Gedanken lesen?«, fragte sie völlig entsetzt von dieser Vorstellung.

Er grinste, und sein Grübchen an der linken Wange kam zum Vorschein. »Das wäre schön – aber nein. Ich kenne dich bloß jetzt schon gut genug um zu merken, wann du erschöpft bist.«

Erleichtert nickte Mia und konzentrierte sich darauf, einen Fuß vor den anderen zu setzen, als sie durch den Wald liefen. Trotz allem reichte ein Lächeln von ihm, um ihren Körper mit warmen Gefühlen zu durchfluten.

Du bist ein Idiot, Mia.

Wie konnte sie immer noch so für ihn empfinden, nach allem, was sie seinetwegen hatte durchmachen müssen, nachdem er sie so manipuliert hatte? Was für ein Mensch war sie nur, sich in einen Außerirdischen zu verlieben, der ihr ganzes Leben bestimmte.

Sie war von sich selbst angeekelt, konnte aber trotzdem nichts dagegen tun. Wenn er so lächelte, konnte sie vor lauter Glück über die Tatsache, gerade mit ihm zusammen zu sein, fast alles vergessen, was mit ihr und um sie herum passierte. Unter der ganzen Verbitterung war sie heilfroh, dass der Widerstand keinen Erfolg gehabt hatte.

Ihre Gedanken wanderten zu dem zurück, was er vorhin gesagt hatte … als er ihr gestanden hatte, Gefühle für sie entwickelt zu haben. Er hatte auch zugegeben, dass er das nicht vorgehabt hatte, und Mia erkannte, dass es richtig von ihr gewesen war, ihn zu fürchten und sich gegen ihn zu wehren – er hatte sie anfangs wirklich als sein Spielzeug, als seinen kleinen, menschlichen Zeitvertreib angesehen, den er nach Belieben benutzen und entsorgen konnte. Natürlich war *Gefühle empfinden* noch weit von einer Liebeserklärung entfernt, aber trotzdem war es mehr, als sie jemals von ihm erwartet hätte. Wie Balsam auf einer eitrigen Wunde schafften es seine Worte, dass sie sich ein klitzekleines bisschen besser fühlte, gaben ihr die Hoffnung, dass vielleicht doch wieder alles in Ordnung kommen würde und er vielleicht sogar seine

Versprechen hielt und sie ihre Familie bald wiedersehen konnte …

Ein matschiges Gefühl unter ihrem Fuß riss sie aus ihren Gedanken. Überrascht schaute Mia nach unten und sah, dass sie auf ein großes, gepanzertes Insekt getreten war. »Iiiih!«

»Was ist los?«, fragte Korum überrascht.

»Ich bin gerade auf etwas getreten«, erklärte Mia ihm angeekelt, während sie versuchte, sich ihren Turnschuh am nächstbesten Grasbüschel zu säubern.

Er sah belustigt aus. »Sag jetzt nicht … Hast du Angst vor Insekten?«

»Ich würde es nicht direkt als Angst bezeichnen«, sagte Mia vorsichtig. »Es ist eher so, dass ich sie unglaublich widerlich finde.«

Er lachte. »Warum? Sie sind doch nur eine andere Art lebende Kreaturen, genauso wie du und ich.«

Mia zuckte mit den Schultern und entschied sich dagegen, es ihm zu erklären. Sie war sich auch nicht sicher, ob sie es überhaupt selbst verstand. Stattdessen betrachtete sie lieber eingehender ihre Umgebung. Obwohl sie in Florida aufgewachsen war, fühlte sie sich in der tropischen Natur in ihrer ursprünglichen Form nicht wirklich wohl. Sie bevorzugte definitiv ordentlich gepflasterte Wege in wunderschön gestalteten Parks, wo sie mit möglichst wenig Kontakt zu Insekten auf einer Bank sitzen und die frische Luft genießen konnte.

»Habt ihr keine Straßen oder Gehwege?«, fragte sie Korum fassungslos, als sie gerade über etwas sprang, was aussah wie ein Ameisenbau.

Er lächelte sie nachsichtig an. »Nein. Wir mögen unser Umfeld so natürlich und unverändert, wie es nur geht.«

Mia rümpfte ihre Nase und mochte diesen Gedanken überhaupt nicht. Ihre Turnschuhe waren schon komplett mit Schlamm überzogen, und sie war dankbar dafür, dass die offizielle Regensaison in Costa Rica noch nicht begonnen hatte. Ansonsten würde sie sich jetzt wohl durch Sumpfland kämpfen, schoss es Mia durch den Kopf. In Anbetracht des hochfortschrittlichen Standards der krinarischen Technologie fand sie es komisch, dass sie unter solchen primitiven Bedingungen leben wollten.

Eine Minute später betraten sie eine weitere Lichtung, diesmal allerdings eine sehr viel größere. In ihrer Mitte stand ein cremefarbenes Gebäude. Es hatte die Form eines gestreckten Würfels mit abgerundeten Ecken und besaß weder Fenster noch Türen – oder andere sichtbare Öffnungen.

»Ist das dein Haus?«

Mia hatte solche Gebäude wie dieses heute Morgen in der dreidimensionalen Karte in Korums Arbeitszimmer gesehen. Sie hatten auf sie aus der Entfernung eigenartig und ungewohnt gewirkt, und dieser Eindruck verstärkte sich jetzt, als sie es ganz aus der Nähe betrachtete. Es sah einfach so unglaublich fremdartig aus, so anders als alles andere, was sie bis jetzt in ihrem ganzen Leben gesehen hatte.

Korum nickte und führte sie zum Gebäude. »Ja, das ist mein Zuhause – und jetzt ist es auch deines.«

Mia schluckte nervös, als ihre Angst durch seine letzte Aussage verstärkt wurde. Warum sagte er das immer wieder? Dachte er wirklich, sie würde für immer hier leben? Er hatte ihr versprochen, sie zurück nach New York zu bringen, damit sie ihr letztes Jahr an der Uni beenden konnte, und Mia klammerte sich verzweifelt an diesem Gedanken fest, als sie auf die hellen Wände des Hauses starrte, die vor ihr schimmerten.

Als sie sich näherten, löste sich die Wand vor ihnen auf einmal auf, und es entstand eine Öffnung, die groß genug war, um sie eintreten zu lassen.

Überrascht atmete Mia hörbar ein, und Korum lächelte über ihre Reaktion. »Mach dir keine Sorgen«, sagte er. »Das ist ein intelligentes Gebäude. Es sieht deine Bedürfnisse voraus und erschafft Durchgänge, wo welche benötigt werden. Das ist nichts, vor was du Angst haben müsstest.«

»Macht es das für jeden oder nur für dich?«, fragte Mia und hielt vor der Öffnung an. Sie wusste, dass ihr Zögern, hineinzugehen, nicht logisch war. Wenn Korum vorhaben sollte, sie gefangen zu halten, dann konnte sie sowieso nichts dagegen machen – sie befand sich ja schon in einer außerirdischen Kolonie aus der sie keine Fluchtmöglichkeiten hatte. Und trotzdem brachte sie es nicht fertig, freiwillig ihr neues *Zuhause* zu betreten, ohne dass sie sich sicher war, es auch wieder ungehindert verlassen zu können.

Korum, der ihre Bedenken zu erahnen schien, warf ihr einen aufmunternden Blick zu. »Das wird es auch für dich tun. Du kannst, wann immer du möchtest, das Haus betreten oder verlassen, auch wenn es für dich das Beste sein könnte, die ersten Wochen in meiner Nähe zu bleiben ... zumindest bis du dich an unsere Art zu leben gewöhnt hast, und ich die Möglichkeit hatte, dich den anderen vorzustellen.«

Mia atmete erleichtert aus und schaute zu ihm hoch. »Danke«, sagte sie leise, und ein Teil ihrer Panik verschwand.

Vielleicht würde es ja doch nicht so schlimm sein, vorübergehend hier zu leben. Wenn er sie wirklich am Ende des Sommers zurück nach New York bringen würde, wäre die Zeit in Lenkarda einfach nur ein mehrmonatiger Aufenthalt an einem unglaublichen Ort, den sich nur wenige Menschen überhaupt vorstellen konnten, und dann auch noch zusammen mit dem außergewöhnlichen Geschöpf, in das sie sich verliebt hatte.

Da sie sich jetzt ein wenig mit der Situation angefreundet hatte, trat Mia durch die Öffnung und betrat zum ersten Mal in ihrem Leben ein krinarisches Wohnhaus.

* * *

Das, was sie dort sah, hatte sie bestimmt nicht erwartet.

Mia hatte sich mental auf eine ganz andersartige und High-Tech-dominierte Inneneinrichtung eingestellt – mit schwebenden Stühlen zum Beispiel –, so ähnlich wie in dem Flugobjekt, das sie hierhergebracht hatte. Stattdessen sah der Raum exakt so aus wie Korums Penthouse in New York. Es gab sogar das weiche, cremefarbene Sofa, und Mia errötete, als sie sich daran erinnerte, was erst vor Kurzem darauf passiert war. Das Einzige, was anders war, waren die Wände; sie schienen aus dem gleichen durchsichtigen Material gemacht zu sein wie das Schiff, und sie blickte auf die grünen Pflanzen, die außerhalb des Hauses wuchsen, anstatt auf den Hudson.

»Du hast hier die gleichen Möbel?«, fragte sie überrascht und ließ seine Hand los, um einen Schritt nach vorn zu gehen und das alles aus der Nähe zu betrachten. Sie konnte sich nicht vorstellen, dass Möbelhäuser die Siedlungen der Krinar belieferten – andererseits konnte Korum mit der Nanotechnologie wahrscheinlich alles herbeizaubern, was er wollte.

»Eigentlich nicht«, sagte Korum und lächelte sie an. »Das habe ich erst vor deiner Ankunft so eingerichtet. Ich dachte, es würde dir die Eingewöhnung vielleicht einfacher machen, wenn du dich in den ersten Wochen in einer vertrauten Umgebung entspannen könntest. Sobald du dich hier wohler fühlst, kann ich dir zeigen, wie ich eigentlich eingerichtet bin.«

Mia blinzelte ihn an. »Du hast das extra so für mich arrangiert? Wann?«

Selbst mit der schnellen Fabrikationstechnologie – oder wie auch immer Korum diese Verfahren nannte, das es ihm ermöglichte, Sachen aus nichts herzustellen – brauchte er wahrscheinlich einige Zeit, um das alles vorzubereiten. Wann hatte er bei allem, was heute passiert war, überhaupt die Gelegenheit gehabt, darüber nachzudenken? Sie versuchte, sich vorzustellen, wie er das Sofa erschuf und gleichzeitig die Keiths festnahm, und musste fast laut auflachen.

»Vor einiger Zeit«, antwortete Korum schwammig und zuckte leicht mit den Schultern.

Mia runzelte ihre Stirn. »Also … nicht heute?« Aus irgendeinem Grund war für sie der Zeitpunkt dieser Geste wichtig.

»Nein, nicht heute.«

Mia starrte ihn an. »Du hast das Ganze schon seit einiger Zeit geplant? Mich hier zu haben, meine ich?«

»Natürlich«, gab er ohne Zögern zu. »Ich plane alles.«

Mia atmete tief durch. »Und wenn ich nicht wegen des Widerstands in Gefahr gewesen wäre? Hättest du mich dann trotzdem hierhergebracht?«

Er sah sie mit einem unleserlichen Gesichtsausdruck an. »Ist das wirklich wichtig?«, fragte er sanft.

Es war wichtig für sie, aber Mia hatte keine Lust, diese Diskussion gerade jetzt zu führen. Also zuckte sie nur mit den Schultern, sah weg und schaute sich im Zimmer um. Es war irgendwie beruhigend, an einem Ort zu sein, der zumindest vertraut aussah, und sie musste zugeben, dass es wirklich sehr aufmerksam von ihm gewesen war, das zu machen – für sie eine menschliche Umgebung in seinem Haus zu schaffen.

»Hast du Hunger?«, fragte Korum und sah sie lächelnd an.

Ihr etwas zu essen zuzubereiten war eine seiner Lieblingstätigkeiten; er hatte ihr ja sogar heute Morgen etwas zu essen gegeben, als sie Angst davor gehabt hatte, dass er sie umbringen würde, weil sie dem Widerstand geholfen hatte. Das war eine der Sachen, die ihre Gefühle für ihn so zwiespältig machten, wie überhaupt ihre ganze Beziehung. Trotz seiner Arroganz konnte er unglaublich fürsorglich und aufmerksam sein. Es machte Mia verrückt, dass er sich nie wirklich wie der Bösewicht benahm, als den sie ihn sich immer vorgestellt hatte.

Sie schüttelte ihren Kopf. »Nein, danke. Ich bin immer noch voll von dem Sandwich von vorhin.« Und das war sie auch. Alles, was sie wollte, war, sich hinzulegen und zu versuchen, ihrem Kopf eine Auszeit einzuräumen.

»Okay«, sagte Korum. »Du kannst dich ja hier ein wenig ausruhen. Ich muss für eine Stunde oder so weg. Denkst du, du kommst hier alleine zurecht?«

Mia nickte. »Hast du irgendwo ein Bett?«, fragte sie.

»Natürlich. Komm mit.«

Mia folgte Korum den bekannten Flur zum Schlafzimmer hinunter, welches identisch mit dem in Tribeca war. Das Badezimmer befand sich auch an dem gewohnten Ort, fiel ihr auf.

»Also sind das hier alles Sachen, von denen ich weiß, wie ich sie benutzen muss?«, fragte sie.

»Ja, so ziemlich«, sagte er und streckte seine Hand aus, um ihr kurz über die Wange zu streichen. Seine Finger fühlten sich auf ihrer Haut heiß an. »Das Bett ist wahrscheinlich bequemer, als du es gewohnt bist, weil es die gleiche intelligente Technologie benutzt wie der Stuhl im Schiff und die Wände dieses Hauses. Ich habe mir gedacht, dass dich das nicht stören würde. Hab keine Angst, wenn es sich deinem Körper anpasst, okay?«

Trotz der Anspannung, die auf ihre Schläfen drückte, lächelte Mia bei der Erinnerung daran, wie bequem der Sitz im Flugzeug gewesen war. »Okay, hört sich gut an. Ich freue mich darauf, es auszuprobieren.«

»Ich bin mir sicher, dass du es genießen wirst.« Seine Augen leuchteten undefinierbar. »Schlaf ein wenig, wenn du möchtest, ich bin auch gleich wieder zurück.«

Er beugte sich zu ihr herunter, gab ihr einen keuschen Kuss auf die Stirn und ging hinaus, während sie allein in einem intelligenten Haus in einer Siedlung von Außerirdischen zurückblieb.

* * *

Weniger als zwei Kilometer entfernt sah der Krinar dabei zu, wie sein Erzfeind mit seinem Charl ankam.

Die zärtliche Art und Weise, in der Korum ihre Hand hielt und sie zu seinem Haus führte, unterschied sich so stark von seinem eigentlichen Charakter, dass der Krinar fast lachen musste. Das war eine interessante Entwicklung, dieses menschliche Mädchen. Würde das etwas ändern? Irgendwie glaubte er nicht daran.

Sein Feind würde nicht von seinem Kurs abgebracht werden, schon gar nicht von einem kleinen Menschen.

Nein, es gab nur einen Weg, die menschliche Rasse zu retten.

Und er war der Einzige, der das tun konnte.

2. KAPITEL

Mia wachte in völliger Dunkelheit auf.

Sie lag einen Moment lang einfach nur da und versuchte herauszufinden, wie spät es wohl war. Sie fühlte sich unglaublich ausgeruht, jeder Muskel ihres Körpers war entspannt, und ihr Kopf war völlig frei. Sie wusste sofort, dass sie sich in Korums Haus in Lenkarda befand und in seinem intelligenten Bett lag. Sie streckte sich gähnend aus und fragte sich, wie Korum es ausgehalten hatte, in New York auf einer normalen menschlichen Matratze zu schlafen. Sie konnte sich nicht vorstellen, für den Rest ihres Lebens jemals wieder auf etwas anderem schlafen zu wollen.

Die Laken waren um ihren Körper gewickelt und streichelten ihre Haut mit einer leichten und sinnlichen Berührung. Ihr war weder warm noch kalt, und das Kissen hatte sich genau richtig um ihren Kopf und ihren Hals gelegt. Die Anspannung, die sie vor dem Schlafen gespürt hatte, war wie weggeblasen.

Sie hatte nicht vorgehabt einzuschlafen, aber das Ausruhen hatte für ihre geistige Verfassung Wunder bewirkt. Nachdem Korum gegangen war, hatte sie sich geduscht und war dann ins Bett geklettert, um sich ein paar Minuten auszuruhen. Sobald sie darin gewesen war, hatten sich die Decken um sie herum bewegt, um sie in einen zarten Kokon einzuwickeln, und sie konnte die leichten Vibrationen unter den angespanntesten Teilen ihres Körpers spüren. Es fühlte sich an, als würden sanfte Finger die Knoten in ihrem Rücken und ihrem Nacken wegmassieren. Sie erinnerte sich daran, wie sehr sie dieses Gefühl genossen hatte, und dann musste sie auch schon eingeschlafen sein, denn von dem Moment an konnte sie sich an nichts mehr erinnern.

Offensichtlich bemerkte der Raum, dass sie wach war, denn um sie herum wurde es langsam heller, obwohl es keine offensichtliche Lichtquelle gab.

Das war eine clevere Sache, dass das Licht so langsam anging, dachte Mia. Helles Licht nach völliger Dunkelheit war oftmals sehr schmerzvoll für die Augen, und trotzdem funktionierten die meisten menschlichen Beleuchtungskörper auf diese Art. Sie gingen entweder an oder aus – obwohl diese Übergänge von hell zu dunkel in der Natur viel subtiler waren.

Unwillig, das gemütliche Bett zu verlassen, lag Mia einfach nur da und überlegte sich, was sie als Nächstes tun sollte. Das Gefühl von Übelkeit und Panik, das sie vor dem Schlafen noch verspürt hatte, war weg, und sie konnte wieder klarer denken.

Es stimmte schon, dass Korum sie benutzt und manipuliert hatte.

Aber fairerweise musste sie einräumen, dass er das getan hatte, um seine eigene Rasse zu beschützen – genauso wie sie von sich gedacht hatte, dass sie der gesamten Menschheit damit helfen würde, wenn sie ihn ausspionierte. Das Gefühl, betrogen worden zu sein, welches sie gestern verspürt hatte, war irrational und völlig unangebracht gewesen, wenn man ihre Beziehung zueinander und ihr Verhalten ihm gegenüber betrachtete. Die Tatsache, dass er überhaupt nichts getan hatte, um sie für ihren Verrat zu bestrafen, sprach Bände über seine Intentionen.

Sie hatte Unrecht gehabt, ihn bis jetzt immer so schlechtzumachen. Wenn er ihr für das, was sie bis jetzt alles gemacht hatte, nicht wehgetan hatte, würde er es wahrscheinlich nie tun.

Und trotzdem hatte er offensichtlich keine Probleme damit, ihre Wünsche völlig zu ignorieren. Typisches Beispiel: Sie war hier in Lenkarda. Aber wenn er die Wahrheit gesagt hatte, würde sie dennoch bald ihre Eltern besuchen können und sogar zurück nach New York kommen, um ihr Studium zu beenden.

Alles in allem war ihre Situation doch um einiges besser, als sie heute Morgen befürchtet hatte, als sie dachte, dass er sie für ihre Unterstützung des Widerstands umbringen werde.

Und trotzdem verunsicherten sie die Umstände, in denen sie sich befand. Sie war in einer Siedlung der Krinar, deren Sprache sie nicht sprach, in der sie niemanden außer Korum kannte und keine Ahnung hatte, wie sie die krinarische Technologie bedienen sollte, nicht einmal die einfachsten Sachen. Als ein Mensch war sie hier definitiv ein Außenseiter. Würden die

Krinar denken, dass sie dumm sei, nur weil sie war, was sie war? Weil sie kein Krinarisch verstehen konnte und nicht zehn Bücher in ein paar Stunden lesen konnte, so wie Korum? Würden sie sich über ihre Unwissenheit und ihren technischen Analphabetismus lustig machen? Selbst für menschliche Verhältnisse war sie ein Desaster, was Technologie betraf. Sie fragte sich auch, ob Korums Arroganz einfach ein Teil seiner Persönlichkeit war oder ob das vielleicht typisch für seine Spezies und ihre Einstellung gegenüber den Menschen war.

Natürlich änderte es auch nichts, lange darüber nachzudenken. Ob sie das jetzt mochte oder nicht, sie lebte nun einmal für die nächsten Monate in Lenkarda und musste das Beste daraus machen. Und in der Zwischenzeit gab es hier so viele Sachen, die sie entdecken konnte …

Die Tür zum Schlafzimmer öffnete sich leise, und Korum kam herein, was sie aus ihren Gedanken riss. »Hey Schlafmütze, wie geht es dir?«

Mia konnte nicht anders als ihn anzulächeln und alle ihre Bedenken einen Moment lang zu vergessen. Zum ersten Mal seit sie ihn kannte, trug Korum krinarische Kleidung: ein ärmelloses T-Shirt aus einem weich aussehenden Material und eine graue Shorts, die ihm bis kurz über die Knie reichte. Es waren schlichte Sachen, aber sie standen ihm außerordentlich gut und betonten seine kräftig gebaute Statur. Er sah einfach zum Anbeißen gut aus. Seine glatte, bronzefarbene Haut strahlte vor Gesundheit, und die bernsteinfarbenen Augen leuchteten, als er sie auf seinem Bett liegen sah.

»Das Bett ist fantastisch«, bemerkte Mia. »Ich weiß gar nicht, wie du in etwas anderem schlafen konntest.«

Er grinste, setzte sich neben sie und nahm sich eine Strähne ihres Haars, um damit zu spielen. »Ich weiß. Das war wirklich ein Opfer – aber deine Gegenwart hat es ziemlich erträglich gemacht.«

Mia lachte, rollte sich auf ihren Bauch und fühlte sich einfach gerade unverschämt glücklich. »Und was jetzt? Werde ich jetzt auf noch mehr intelligente Sachen treffen? Ich muss sagen, eure Technologie ist echt sehr cool.«

»Du machst dir keine Vorstellung davon, *wie* cool unsere Technologie ist«, sagte Korum und sah sie mit einem geheimnisvollen Lächeln an. »Aber du wirst es bald herausfinden.«

Er beugte sich hinunter, gab ihr einen Kuss auf ihre entblößte Schulter und knabberte dann sanft an ihrem Hals. Sein Mund fühlte sich auf ihrer Haut warm und weich an, und Mia erschauderte vor Behagen und schloss ihre Augen. Ihr Körper reagierte sofort auf seine Berührung. Sie fühlte, wie sich eine Woge warmer Feuchtigkeit zwischen ihren Beinen sammelte, und stöhnte leise auf.

Er hörte sofort auf und setzte sich gerade hin.

Überrascht öffnete Mia ihre Augen und sah ihn an. »Du willst mich nicht?«, fragte sie leise und versuchte dabei, sich nicht anhören zu lassen, dass sie verletzt war.

»Was? Nein, mein Schatz, ich will dich sogar sehr.« Und das stimmte auch; sie konnte in seinen ausdrucksvollen Augen die warmen, goldenen Flecken sehen, und das weiche Material seiner Shorts verbarg seine Erektion auch nicht.

»Und warum hast du dann aufgehört?«, fragte Mia und wandte ihre ganze Willenskraft auf, um sich nicht wie ein kleines Kind anzuhören, dem gerade die Süßigkeiten weggenommen worden waren.

Er seufzte und sah frustriert aus. »Ein Freund von mir kommt gleich vorbei, um dich kennenzulernen. Er wird in ein paar Minuten hier sein.«

Mia schaute ihn überrascht an. »Ein Freund von dir möchte mich kennenlernen? Warum?«

Korum lächelte. »Weil er von mir eine Menge über dich gehört hat. Und weil er einer unserer Top-Experten für alles, was mit dem Verstand zu tun hat, ist, und dir mit dem Eingewöhnungsprozess helfen kann.«

Mia runzelte leicht die Stirn. »Ein Experte für alles, was mit dem Verstand zu tun hat? Du möchtest, dass ich einen Seelenklempner treffe?«

Korum schüttelte grinsend seinen Kopf. »Er ist kein Seelenklempner. In unserer Gesellschaft ist ein Verstandesexperte jemand, der mit allen Aspekten des Gehirns zu tun hat. Er ist wie eine Kombination aus Neurochirurg, Psychiater und Therapeut – also im wahrsten Sinne ein Experte für alle Angelegenheiten, die den Verstand betreffen.«

Das war interessant, aber das beantwortete ihre Frage nicht wirklich. »Also warum möchte er mich sehen?«

»Weil ich denke, dass er etwas machen kann, was dazu beiträgt, dass du dich hier mehr wie zu Hause fühlst«, sagte Korum, und seine Finger strichen sanft ihren Arm hinab.

Das machte er gerne, war Mia aufgefallen, sie einfach beiläufig während ihrer Gespräche zu berühren, so als würde er das ständige Bedürfnis nach körperlichem Kontakt zu ihr verspüren. Mia störte das nicht. Das war die Chemie, über die er mit ihr gesprochen hatte; ihre Körper zogen sich gegenseitig an, so wie zwei Objekte im Weltall.

Sie zwang sich, ihre Aufmerksamkeit wieder der Unterhaltung zuzuwenden. »Und was zum Beispiel?«, fragte sie leicht misstrauisch.

»Na ja, würdest du zum Beispiel gerne unsere Sprache verstehen können?«

Mias Augen weiteten sich, und sie nickte begierig. »Natürlich!«

»Hast du dich jemals gefragt, warum ich so gut Englisch sprechen kann? Und alle anderen menschlichen Sprachen? Wie es möglich ist, dass alle von uns das können?«

»Ich wusste nicht, dass du außer Englisch auch noch andere Sprachen sprechen kannst«, musste Mia zugeben und starrte ihn erstaunt an. Sie hatte sich einmal kurz darüber gewundert, warum er ein so hervorragendes Amerikanisches Englisch sprach, aber sie war immer davon ausgegangen, dass die Krinar einfach alles lernten, bevor sie zur Erde kamen. Korum war unglaublich intelligent, also hatte sie es als normal hingenommen, dass er ihre Sprache so gut kannte und sie akzentfrei sprach. Und jetzt sagte er ihr gerade, dass er noch jede Menge anderer Sprachen sprechen konnte?

»Also sprichst du Französisch?«, fragte sie. Als er nickte, fragte sie weiter: »Spanisch? Russisch? Polnisch? Mandarin?« Jedes Mal machte er eine zustimmende Geste.

»Okay … und was ist mit Suaheli?«, fragte Mia ihn und war sich sicher, dass sie ihn diesmal erwischt hatte.

»Das auch«, sagte er und lächelte, als er ihren verblüfften Gesichtsausdruck sah.

»Okay«, sagte Mia langsam. »Ich nehme an, dass du mir jetzt sagen wirst, dass das nicht nur dank deiner Intelligenz so ist.«

Er grinste. »Genau. Ich könnte die Sprachen auch selbst lernen, wenn ich die Zeit dazu hätte, aber es gibt da einen effizienteren Weg – und genau deshalb kommt Saret hierher, um dir zu helfen.«

Mia starrte ihn an. »Er kann mir beibringen, Krinarisch zu sprechen?«

»Viel besser als das. Er kann dir die gleichen Fähigkeiten geben, die ich auch habe – augenblickliches Verstehen und Sprechen aller Sprachen, egal ob menschlich oder krinarisch.«

Mia musste vor Aufregung nach Luft schnappen, und ihr Herz schlug auch gleich viel schneller. »Wie?«

»Indem er dir ein kleines Implantat einsetzt, das Einfluss auf eine spezifische Region deines Gehirns ausübt und als hochentwickeltes Übersetzungsgerät funktioniert.«

»Ein Gehirnimplantat?« Ihre Aufregung verwandelte sich augenblicklich in Furcht, da alles in Mia diese Idee ablehnte. Sie hatte schon Überwachungsgeräte in ihren Handflächen; das Letzte, was sie jetzt noch brauchte, war eine außerirdische Technologie, die ihr Gehirn manipulierte. Die Fähigkeit, die er beschrieben hatte, war unglaublich, und sie wollte das unbedingt auch alles können – aber nicht zu dem Preis.

»Das Gerät ist nicht das, was du dir vorstellst«, sagte Korum. »Es ist sehr klein, so klein wie eine Zelle, und du wirst überhaupt nichts davon spüren – weder während der Implantation noch danach.«

»Und wenn ich ablehne, sage, dass ich das nicht möchte?«, fragte Mia ruhig, da sie der Gedanke beunruhigte, dass der von

Korum eingeladene Gedankenexperte schon auf dem Weg hierher war.

»Warum solltest du das nicht wollen?« Er sah sie mit leicht gerunzelter Stirn an.

»Musst du da wirklich noch fragen?«, fragte sie ungläubig. »Du hast mich bestrahlt – mir Überwachungsapparate, unter dem Vorwand, meine Handflächen zu heilen, implantiert. Denkst du wirklich, ich wäre damit einverstanden, wenn du etwas in mein Gehirn einpflanzen möchtest?«

Korums Stirnrunzeln verstärkte sich. »Das hier hat keine weiteren Funktionen, Mia.« Er zeigte keine Spur von Reue darüber, dass er sie einfach bestrahlt hatte.

»Ach wirklich?«, fragte sie ihn in einem beißenden Ton. »Es macht nichts Zusätzliches? Es beeinflusst auch nicht irgendwie meine Gedanken oder Gefühle?«

»Nein, mein Liebling, das macht es nicht.« Bei dem Gedanken daran sah er leicht amüsiert aus.

»Ich möchte kein Hirnimplantat«, sagte Mia bestimmt und sah ihn mit einem rebellischen Gesichtsausdruck an.

Er starrte zurück. »Mia«, sagte er sanft, »wenn ich ernsthaft so etwas ohne dein Wissen in dein Gehirn hätte implantieren wollen, hätte ich das auf eine Million verschiedene Arten und Weisen tun können. Ich kann jederzeit alles, was ich möchte, in deinen Körper pflanzen, ohne dass du etwas davon mitbekommst. Der einzige Grund dafür, dass ich dir diesen Übersetzter anbiete, ist der, dass ich möchte, dass du dich hier wohlfühlst und dich ohne fremde Hilfe verständigen kannst. Wenn du das nicht möchtest, ist das deine Entscheidung. Ich werde dich nicht dazu zwingen. Aber nur sehr wenigen

Menschen bietet sich diese Möglichkeit, und ich würde dir raten, es dir gut zu überlegen, bevor du ablehnst …«

Mia sah weg, weil sie plötzlich begriff, dass er recht hatte. Er musste sie weder informieren noch sie um ihre Erlaubnis bitten, wenn er etwas mit ihr machen wollte. Die Panik, von der sie dachte, sie unter Kontrolle zu haben, drohte wieder hochzukochen, und sie verhinderte das nur unter großen Anstrengungen.

Irgendetwas ergab für sie keinen Sinn. Sie holte tief Luft, drehte sich wieder zu ihm herum und beobachtete seinen unleserlichen Gesichtsausdruck. Es störte sie, dass sie ihn immer noch so wenig verstand, dass die Person, die so viel Macht über sie hatte, ihr immer noch so fremd war.

»Korum …« Sie war sich nicht sicher, ob sie das ansprechen sollte, aber sie konnte nicht widerstehen. Diese Frage quälte sie seit Wochen. »Warum hast du mich bestrahlt? Ich hatte zu dem Zeitpunkt noch nicht mal den Widerstand getroffen, also musstest du mich überhaupt noch nicht für deinen großen Plan im Auge behalten …«

»Weil ich sichergehen wollte, dass ich dich jederzeit finden kann«, sagte er, und in seiner Stimme schwang eine besitzergreifende Note mit, die ihr Angst machte. »Ich habe dich an jenem Tag in meinen Armen gehalten und wusste, dass ich mehr wollte. Ich wollte alles, Mia. Von diesem Moment an warst du *meine Mia*, und ich hatte nicht vor, dich zu verlieren, nicht einmal für einen Moment.«

Nicht einmal für einen Moment? Merkte er, wie verrückt sich das anhörte? Er hatte ein Mädchen gesehen, das er wollte, und er hatte sichergestellt, dass er jederzeit wissen konnte, wo sie sich gerade befand.

Die Tatsache, dass er dachte, er habe das Recht dazu, machte ihr Angst. Konnte sie mit so einer Person leben? Er hatte kein Konzept von Grenzen, was sie anbelangte, und auch keinerlei Respekt vor ihrem freien Willen. Er hatte gerade beiläufig ein abscheuliches und selbstherrliches Verhalten zugegeben, und sie hatte keine Ahnung, was sie jetzt zu ihm sagen sollte.

Als sie weiterhin schwieg, atmete Korum tief ein und stand auf. »Du solltest dich jetzt anziehen«, sagte er ruhig, »Saret wird jeden Moment hier sein.«

Mia nickte, setzte sich auf und bedeckte ihren Oberkörper mit der Zudecke. Jetzt war nicht der richtige Zeitpunkt, die Komplexität ihrer Beziehung zu analysieren. Sie holte selbst tief Luft und drückte ihre Angst weg. Im Moment gab es nichts, was sie tun konnte, um ihre Situation zu ändern, und sich jetzt auf die negativen Seiten zu konzentrieren würde alles nur noch schlimmer machen. Sie musste einen Weg finden, um mit ihrem Liebhaber auszukommen, seine dominante Art besser zu beeinflussen.

»Was soll ich anziehen?«, fragte Mia. »Ich habe keine Kleidung mitgebracht …«

»Möchtest du wie immer Jeans und T-Shirt tragen oder dich wie alle anderen hier anziehen?«, fragte Korum, und ein Lächeln breitete sich auf seinem Gesicht aus. Ein Teil der Anspannung im Raum verschwand.

»Ähm, wie jeder andere vielleicht?« Sie wollte ja schließlich nicht unangenehm auffallen.

»Alles klar.« Korum führte eine kleine Handbewegung aus und reichte ihr ein helles Stück Stoff, das vor einer Sekunde noch nicht hier gewesen war.

Mia starrte den Stofffetzen, den er ihr gerade gegeben hatte, an. »Noch mehr Instantfabrikation?«, fragte sie und versuchte so zu tun, als sei es nicht immer noch ein riesiger Schreck, dabei zuzusehen, wie Dinge aus dem Nichts auftauchten.

Er grinste. »Das ist richtig. Wenn du es nicht magst, kann ich dir etwas anderes machen. Probiere es doch einfach mal an.«

Mia ließ die Bettdecke los und stieg, ohne ein Problem mit ihrer Nacktheit zu haben, aus dem Bett. Trotz all seiner Fehler hatte Korum, was Mias Körperbild und Selbstbewusstsein betraf, Wunder bewirkt. Weil er ihr andauernd sagte, wie schön er sie fand, machte sie sich keine Sorgen mehr, ob sie zu knochig war oder krauses Haar und blasse Haut hatte. In ihrer Teenagerzeit wäre er ein Segen für sie gewesen.

Nein, streich diesen Gedanken. Kein Teenager sollte jemandem ausgesetzt sein, der so umwerfend war.

Sie nahm das Kleid, zog es an und ging dabei auch sicher, dass der tiefe Ausschnitt sich auf dem Rücken befand. »Was denkst du?«, fragte sie und vollführte eine kleine Drehung.

Er lächelte sie mit einem warmen Glanz in den Augen an. »Es sieht wie für dich gemacht aus.«

Seine Shorts wiesen jetzt eine Ausbeulung auf, und Mia lächelte zufrieden in sich hinein. Trotz allem war es schön, zu wissen, dass sie diesen Effekt auf ihn hatte, dass er sie genauso begehrte wie sie ihn. Zumindest in diesem Punkt nahmen sie sich nichts.

Da sie neugierig darauf war, zu sehen, wie es an ihr wirkte, ging sie zu dem Spiegel am anderen Ende des Schlafzimmers.

Und Korum hatte recht, das Kleid war wunderschön. Vom Stil her war es so ähnlich wie diejenigen, die sie bei den weiblichen Keiths gesehen hatte. Es schmiegte sich perfekt an ihren Körper und war in einem wundervollen Elfenbeinton mit pfirsichfarbenen Einstichen gehalten. Ihr Rücken und ihre Schultern lagen größtenteils frei, während ihre Vorderseite sittsam bedeckt war und strategisch günstig gelegene Falten im Brustbereich ihre Nippel kaschierten. Die Länge des fließenden Rocks, der einige Zentimeter über ihren Knien aufhörte, war ebenfalls genau richtig für sie.

Als sie sich umdrehte, reichte er ihr ein Paar flache, elfenbeinfarbene Sandalen, die aus einem ungewöhnlich weichen Material waren. Mia probierte sie an. Sie passten perfekt und waren unglaublich bequem.

»Hübsch, danke«, sagte sie. Dann erinnerte sie sich an ein letztes wichtiges Teil und fragte: »Was ist denn mit Unterwäsche?«

»Wir tragen eigentlich keine«, sagte Korum. »Ich kann welche für dich machen, wenn du drauf bestehst, aber du kannst ja auch mal ausprobieren, nur unsere Kleidung zu tragen.«

Keine Unterwäsche? »Und was ist, wenn das Kleid hochrutscht, oder so?«

»Wird es nicht. Dieses Material ist auch intelligent. Es ist dafür entwickelt worden, genau passend an deinem Körper zu haften. Wenn du dich bewegst oder dich in eine Richtung beugst, wird es sich mit dir mit bewegen, und du wirst immer bedeckt sein.«

Das war praktisch. Mia dachte an die vielen Busenblitzer in Hollywood, die mit der krinarischen Kleidung hätten vermieden werden können. »Okay, dann denke ich, dass ich fertig bin«, sagte sie. »Ich muss nur noch mal ins Badezimmer, und dann kann es losgehen.«

»Hervorragend«, sagte Korum lächelnd. »Wir sehen uns dann im Wohnzimmer.«

Und nach einem schnellen Kuss auf ihre Stirn verließ er den Raum.

* * *

»Ich mag das, was du mit dem Haus gemacht hast. Sehr Amerika des einundzwanzigsten Jahrhunderts.«

Korums Freund war gerade hereingekommen und sah sich lächelnd um. Obwohl er ein paar Zentimeter kleiner war als Korum, war er trotzdem genauso kraftvoll gebaut, hatte aber diesen dunkleren Teint, der typisch für die Krinar war. Sein Gesicht war runder, obwohl seine Wangenknochen deutlicher hervortraten, weshalb er Mia leicht an jemanden mit asiatischen Vorfahren erinnerte.

»Was soll ich sagen? Du weißt ja, dass ich einen guten Geschmack habe«, sagte Korum und erhob sich von dem Sofa, auf dem er mit Mia gesessen hatte, um den Neuankömmling zu begrüßen. Als er ihm nahe genug war, berührte Korum leicht mit seiner Handfläche die Schulter des Besuchers, und dieser erwiderte diese Geste.

Mia fragte sich, ob das die krinarische Version eines Händedrucks war.

Korum drehte sich zu ihr um und sagte: »Mia, das ist mein Freund Saret. Saret, das ist Mia, mein Charl.«

Saret lächelte, und seine braunen Augen funkelten. Er schien sich wirklich zu freuen, sie zu sehen. »Hallo Mia. Willkommen in unserer Siedlung. Ich hoffe, es gefällt dir hier soweit?«

Mia stand auf und lächelte zurück. Es war komisch, einen anderen Krinar zu treffen. Mit Ausnahme von ein paar kurzen Zusammentreffen mit Korums Arbeitskollegen war ihr Liebhaber der einzige Krinar, mit dem sie bis jetzt zu tun gehabt hatte.

»Es ist sehr nett, danke schön.«

Sollte sie ihm ihre Hand zur Begrüßung reichen? Oder diese Sache mit der Schulter machen, die sie gerade bei Korum beobachtet hatte? Sie verwarf diesen Gedanken sofort wieder. Sie hatte keine Ahnung, was die Krinar für Regeln den körperlichen Kontakt betreffend hatten, und sie wollte nicht aus Versehen jemandem zu nahe treten.

»Hattest du denn schon die Gelegenheit, Lenkarda ein wenig zu erkunden? Korum hat mir erzählt, dass ihr heute Morgen angekommen seid.«

Mia schüttelte bedauernd ihren Kopf. »Nein, habe ich nicht. Ich habe leider den Großteil des Tages verschlafen.« Wie spät war es überhaupt? Durch die durchsichtigen Wände des Hauses konnte sie sehen, dass es draußen dunkel war. Es musste spät am Abend sein oder vielleicht sogar schon mitten in der Nacht.

»Mia hatte Jetlag und war erschöpft von den vorangegangenen Ereignissen«, erklärte Korum, während er zu ihr zurückkam und ihr besitzergreifend seine Hand auf den Rücken legte. Er zog sie mit zu sich auf das Sofa hinunter, und Saret setzte sich auf einen der kuscheligen Sessel ihnen gegenüber.

»Natürlich«, sagte Saret, »Das verstehe ich vollkommen. Es muss sehr traumatisch für dich gewesen sein, auf diesem Wege die Wahrheit zu erfahren.«

Mia starrte ihn überrascht an. Wie viel wusste er? Hatte Korum ihm alles erzählt, einschließlich ihrer Rolle beim Angriff des Widerstands auf die krinarischen Siedlungen? Sie hatte keine Ahnung, was die Krinar über ihre Taten denken würden. Würde sie dafür bestraft werden, dass sie dem Widerstand zuerst geholfen hatte?

»Na ja, das Gute daran ist, dass es jetzt vorbei ist«, sagte Korum, nahm Mias Hand in seine und streichelte sanft ihre Handfläche mit seinem Daumen. Er drehte sich zu ihr und versprach: »Du musst dir nie wieder Gedanken über das alles machen.«

»Ich fürchte, da könnte es noch eine weitere Sache geben, die Mia machen müsste«, sagte Saret mit einem mitleidigen Gesichtsausdruck auf seinem schönen Gesicht.

Korums Blick verdunkelte sich. »Ich habe ihnen schon Nein gesagt. Sie hat definitiv genug durchgemacht.«

Saret seufzte. »Es gibt da ein offizielles Gesuch der Vereinten Nationen …«

»Scheiß auf die Vereinten Nationen. Die haben nach diesem Fiasko um nichts zu ersuchen. Die haben schon verdammtes Glück gehabt, dass wir uns nicht rächen wollten …«

»Wie dem auch sei, die Mehrheit des Rates glaubt, dass es wichtig sei, diesem Gesuch als Zeichen des guten Willens stattzugeben.«

Mia folgte der Diskussion mit einem Knoten im Magen. Die Vereinten Nationen? Der Rat? Was hatte das alles mit ihr zu tun?

»Der Rat kann mich auch mal«, sagte Korum in einem Ton, der keinen Platz für Diskussionen ließ. »Es besteht absolut keine

Notwenigkeit dazu, und du weißt das. Sie ist mein Charl, und sie haben mir nicht zu sagen, was zu tun ist.«

»Sie ist nicht nur dein Charl, Korum, und das weißt du auch. Sie ist einer der Zeugen in dem größten Gerichtsprozess der letzten zehntausend Jahre, die menschlichen Verfahren nicht eingerechnet …«

Mia hätte sich gerne übergeben, als sie zu verstehen begann, worauf die ganze Unterhaltung hinauslief. »Entschuldigt bitte«, sagte sie ruhig, »Was genau wird denn von mir verlangt?«

»Das ist unwichtig«, antwortete ihr Korum sofort. »Ohne meine Erlaubnis können sie gar nichts von dir bekommen.«

Saret seufzte erneut. »Der Rat möchte auch, dass sie vor ihm aussagt. Es wäre wirklich am besten, wenn du es sie einfach machen lassen würdest …«

Mia starrte sie an und wurde langsam wütend. Sie sprachen über sie, als sei sie ein Kind oder irgendein Haustier. Was auch immer sie von ihr wollten, sie sollte die Entscheidung darüber treffen, nicht Korum.

»Jetzt gerade kann sie das nicht gebrauchen«, sagte Korum entschlossen. »Sie haben massenhaft Beweise, und ich werde sie keinem zusätzlichen Stress aussetzen …«

»Entschuldigt«, sagte Mia kalt. »Ich möchte wissen, worüber zum Henker ihr eigentlich gerade redet.«

Offensichtlich überrascht, lachte Saret auf, und Korum warf ihr einen tadelnden Blick zu.

»Ich habe den Eindruck, dass dein Charl mutiger ist, als du denkst«, sagte Saret zu Korum und musste dabei immer noch lachen. Er drehte sich zu Mia um und erklärte: »Die Verbrecher, bei deren Ergreifung du uns geholfen hast – die Keiths, wie deine Freunde vom Widerstand sie nennen –, werden vor unser

Gericht gestellt werden. Obwohl sich unsere Gerichtsprozesse recht stark von euren unterscheiden, müssen trotzdem alle verfügbaren Beweise dargelegt werden – und die Aussagen aller Zeugen aufgenommen werden. Da du während der ganzen Zeit beteiligt warst, könnte deine Aussage einen Einfluss darauf haben, ob sie verurteilt werden, und falls ja, wie hoch ihre Strafe ausfallen wird.«

»Du willst, dass ich bei einer krinarischen Gerichtsverhandlung aussage?«, fragte Mia ungläubig.

»Ja, genau, und wir haben außerdem ein offizielles Gesuch vom Botschafter der Vereinten Nationen bekommen, in dem deine Anwesenheit gefordert wird …«

»Sie wird das nicht tun, Saret, vergiss es. Du kannst zu Arus zurückgehen und ihm ausrichten, dass das nicht passieren wird.«

»Bist du sicher, dass du das tun möchtest, Korum? Wir sind so nahe daran, die Zulassung zu bekommen … Und du weißt, das wird nicht gerade förderlich sein …«

»Ich weiß«, sagte Korum. »Ich bin gewillt, das Risiko einzugehen. Das wird nicht das erste Mal sein, dass sie wütend auf mich sind.«

Saret sah frustriert aus. »Okay, aber ich denke, dass du gerade dabei bist, einen großen Fehler zu begehen. Alles, was sie tun muss, ist, da hinaufzugehen und zu reden …«

»Und du weißt genauso gut wie ich, dass sie vom Protektor auseinandergenommen wird, wenn sie dort hinaufgeht. Ich werde ihr das nicht antun. Und ich möchte sie auch momentan nicht in der Nähe der Vereinten Nationen haben – das ist viel zu gefährlich. Davon mal ganz abgesehen könnten die menschlichen Medien Wind von der ganzen Sache bekommen, und es muss nun wirklich nicht die ganze Welt dabei zusehen, wenn Mia bei der UNO ihre Aussage macht. Ihre Familie weiß bis jetzt von nichts.«

Mia drückte dankbar Korums Hand, und ihr Ärger war wie weggeblasen. Sie konnte nicht anders, als von seinem Beschützerinstinkt gerührt zu sein. Sie konnte sich auch gerade überhaupt nicht entscheiden, was sie weniger attraktiv fand: die Vorstellung, vor dem Rat der Krinar auszusagen – oder vor den Vereinigten Nationen, mit der ganzen Weltbevölkerung als Zuschauer.

»Arus meinte, sie könnten für sie besondere Arrangements machen. Die Anhörung vor der UNO könnte hinter verschlossenen Türen stattfinden, ohne dass die Medien etwas davon mitbekommen. Und der Rat hat zugestimmt, eine Aufzeichnung ihrer Aussage für die Verhandlung zu akzeptieren.«

»Richte Arus aus, dass er mit mir persönlich sprechen kann, wenn er wirklich so entschlossen ist, diese Aussage zu bekommen«, sagte Korum gefährlich ruhig, und seine Augen verengten sich vor Zorn. »Sie ist mein Charl. Wenn er möchte, dass sie etwas für ihn macht, muss er mich sehr, sehr freundlich darum bitten. Und erst dann, falls Mia dem zustimmt, werde ich darüber nachdenken.«

Saret lächelte gequält. »Natürlich. Du weißt, ich hasse es, so zwischen den Fronten zu stehen. Du und Arus, ihr solltet das persönlich ausdiskutieren. Ich wurde gebeten, dir die Nachricht zu überbringen, und damit hört meine Verantwortlichkeit auch schon auf.«

Korum nickte. »Verstanden.«

Sein Gesichtsausdruck war immer noch unfreundlich, und Mia rutschte auf ihrem Platz hin und her, weil sie sich höchst unwohl mit der Rolle fühlte, die sie in diesem Streit spielte. Sie musste mehr über diese Gerichtsverhandlung und alles das, was mit ihr zusammenhing, herausfinden, aber sie wollte keine weiteren Fragen vor Saret stellen. Stattdessen, um die Stimmung im Raum ein wenig zu entspannen, fragte sie vorsichtig: »Und wie lange kennt ihr beiden euch schon?«

Saret, der verstand, was sie gerade versuchte, lächelte sie an. »Oh, wir kennen uns schon ewig, seit unserer Kindheit.«

Mias Augen wurden riesig. Wenn sie ihre Kindheit zusammen verbracht hatten, dann befand sie sich gerade in der Gegenwart zweier Außerirdischer, die ihr Alter in Jahrtausenden zählten. »Wart ihr Klassenkameraden oder so?«, fragte sie fasziniert.

Korum schüttelte seinen Kopf, und ein kleines Lächeln breitete sich auf seinen Lippen aus. »Nicht wirklich. Wir waren Spielgefährten. Unsere Kinder werden sehr anders als Menschen aufgezogen – wir haben keine Schulen, so wie ihr.«

»Nicht? Aber wie lernen eure Kinder dann?«

Saret, dem ihre Neugier offensichtlich gefiel, grinste sie an. »Sie lernen eine ganze Menge spielerisch. Wir lassen sie den Großteil der grundlegenden Fähigkeiten über Sozialisierung und Interaktion mit anderen Personen entwickeln, seien es Kinder oder Erwachsene. Später im Leben arbeiten sie in verschiedenen Bereichen, um das Lösen von Problemstellungen und das kritische Denken zu verfeinern.«

Mia sah ihn fasziniert an. »Aber wie lernen sie solche Sachen wie Mathe und Geschichte und Schreiben?«

Saret winkte mit seiner Hand geringschätzig ab. »Ach, die sind doch einfach. Ich weiß nicht, ob Korum schon mit dir drüber geredet hat ...«

»Das habe ich noch nicht«, sagte Korum. »Du kamst hier an, als Mia gerade aufgewacht war. Ich hatte gerade noch Zeit, ihr von dem Sprachenimplantat zu erzählen.«

»Oh, gut.« Saret klang aufgeregt. »Möchtest du es gleich heute Nacht eingesetzt bekommen?«

Mia zögerte. Wenn Korum ihr die Wahrheit gesagt hatte, wäre sie ein Idiot, wenn sie diese Möglichkeit nicht wahrnehmen würde. »Kannst du mir bitte noch einmal erklären, was genau dieses Implantat ist, und was es macht?«, fragte sie und sah Saret dabei an.

Korum seufzte und sah schon leicht verzweifelt aus. »Ja, Saret, bitte erkläre Mia noch einmal ganz genau, was das Implantat ist. Sie scheint mir nicht zu glauben.«

»Kannst du mir daraus einen Vorwurf machen?«, fragte sie Korum und versuchte die Bitterkeit aus ihrer Stimme herauszuhalten.

Sarets Augenbraue ging in die Höhe, und er grinste erneut. »Es gibt da wohl noch ein paar ungeklärte Sachen, wie ich merke.«

Korum warf ihm einen warnenden Blick zu, und Sarets Grinsen verschwand augenblicklich. »Vergiss es einfach«, sagte er schnell. »Ich weiß nicht, was Korum dir erzählt hat, Mia, aber das Sprachenimplantat ist ein sehr einfaches, unkompliziertes Gerät, das viele Krinar zu ihrer Volljährigkeit bekommen – also dann, wenn das Gehirn vollständig entwickelt ist. Es handelt sich dabei um einen mikroskopisch kleinen Computer aus einem speziellen biologischen Material, der als ein hochentwickelter Übersetzer fungiert. Seine Aufgabe ist es, Daten von einer Form in eine andere umzuwandeln – Denkmuster in Sprache, und andersherum. Er arbeitet nur in einem bestimmten Bereich des Gehirns und hat absolut keine negativen Nebenwirkungen.«

»Gibt es Fehlfunktionen?«, fragte Mia. »Oder kann er sonst noch etwas mit mir machen?«

»Wie zum Beispiel?« Saret sah überrascht aus. »Und nein, das ist eine Technologie, die es seit über zehntausend Jahren gibt, und sie ist vollständig perfektioniert. Es treten keinerlei Fehlfunktionen auf. Niemals.«

»Kann er mich irgendwie dahingehend beeinflussen, etwas zu denken, was ich gar nicht möchte? Oder meine Gedanken weitergeben?« Jetzt, da sie es laut ausgesprochen hatte, merkte Mia, wie lächerlich sich das anhörte.

Saret schüttelte lächelnd seinen Kopf. »Nein, nichts dergleichen. Es ist ein sehr einfaches Gerät. Das, von dem du sprichst, ist eine viel weiter fortgeschrittene Wissenschaft. Die Kontrolle der Gedanken und das Gedankenlesen sind noch in einem sehr theoretischen Entwicklungsstadium.«

»Aber theoretisch ist das möglich?«, fragte Mia fasziniert, und die Psychologiestudentin in ihr war ganz aufgeregt bei der Vorstellung, auch nur ein klitzekleines bisschen von dem zu lernen, was die Krinar über das Gehirn wussten. Jetzt, da sie nicht mehr so nervös war, fiel ihr auf, dass der Krinar, der ihr gegenübersaß, wahrscheinlich eine wirkliche Fundgrube des Wissens auf ihrem Gebiet war.

Saret nickte. »Theoretisch ja. Praktisch noch nicht.«

Mia öffnete ihren Mund, um eine weitere Frage zu stellen, als Korum sie offensichtlich amüsiert wegen ihrer unverhüllten

Neugier unterbrach, »Also fühlst du dich jetzt wohler bei dem Gedanken daran, das Implantat zu bekommen?«

Mia dachte einen Moment nach. Wie sehr konnte sie ihm vertrauen? Korum hatte schon bewiesen, ein Meister der Manipulation zu sein, und sie hatte keine Ahnung, wie Saret war. Aber andererseits war es ja wirklich genau so, wie Korum es gesagt hatte, eigentlich brauchte er keine Einwilligung von ihr, um dies zu tun. Die Tatsache, dass er ihr die Entscheidung überließ, war das, was sie letztendlich überzeugte.

»Ich glaube schon«, sagte sie vorsichtig.

»Also dann. Saret, wärst du so frei?«

»Äh, wartet«, sagte Mia, und ihr Herz begann, schneller zu schlagen, »Ihr meint, dass ich es jetzt sofort bekommen kann? Gibt es eine Betäubung oder etwas anderes in der Art?«

Saret lächelte. »Nein, nichts dergleichen. Es geht sehr leicht – du wirst überhaupt nichts merken.«

»Okay …«

Korum stand auf und hielt dabei immer noch Mias Hand fest. Saret stand auch auf und näherte sich ihnen. »Darf ich?«, fragte er Korum und ging auf Mia zu.

Korum nickte, und Saret streckte seine rechte Hand aus, um Mias Haar hinter ihr linkes Ohr zu streichen. Sie erschauderte ein wenig bei der fremden Berührung. Ihre Nägel bohrten sich in Korums Hand, und sie kämpfte gegen den Drang an, zurückzuweichen. Auch wenn er ihr gesagt hatte, dass es nicht wehtun würde, konnte sie trotzdem nichts gegen ihre natürlichen Reflexe machen.

»Das war's.« Saret trat zurück.

»Was?« Mia blinzelte ihn verblüfft an.

»Es ist fertig. Du hast das Implantat. Wir warten jetzt eine Minute, bis es sich mit deinen Nervenbahnen synchronisiert hat, und dann testen wir es.«

»Aber wie hast du das gemacht? Wo hast du es eingeführt?«

»Es ist durch deine Haut eingedrungen«, erklärte Korum und lächelte sie an. »Du hast nichts bemerkt, stimmt's?«

»Nein, ich habe gar nichts gemerkt.« Machten sie sich gerade über sie lustig?

Saret lachte und amüsierte sich prächtig über ihre Reaktion. »Das ist gut, das solltest du ja auch nicht. Der Apparat als solcher besitzt betäubende Eigenschaften, weshalb du den kleinen Schnitt, den er in die Haut hinter dein Ohr gemacht hat, nicht gefühlt haben solltest.«

Mia hob ihre linke Hand und versuchte, die Wunde zu ertasten. Aber da war nichts.

»Und, Mia, fühlst du dich jetzt irgendwie anders? Denkst du Sachen, die du nicht denken solltest?«, fragte Korum sie mit einem neckischen Funkeln in seinen Augen.

Mia schüttelte ihren Kopf und warf ihm einen leicht bösen Blick zu. Es ärgerte sie, dass er sich über ihre Unwissenheit lustig machte.

Und dann stockte ihr der Atem.

Korum hatte gerade Krinarisch mit ihr gesprochen – und sie hatte jedes einzelne Wort verstanden.

»Warte einen Moment«, sagte sie, und die Worte, die aus ihrem Mund kamen, waren fremd und unbekannt. Und doch wusste sie genau, was sie bedeuteten, und auch ihre Gesichtsmuskeln schienen kein Problem damit zu haben, die Laute zu formen. »Du hast gerade Krinarisch gesprochen!«

Korum lächelte. »Und du auch. Wie fühlt sich das an?«

Mia blinzelte ihn an. Es fühlte sich eigenartig, aber gleichzeitig mühelos an. »Es scheint in Ordnung zu sein«, sagte sie wieder auf Krinarisch. »Ich verstehe nur nicht, wie es funktioniert. Was passiert, wenn ich etwas auf Englisch sagen möchte?«

»Wenn du etwas auf Englisch sagen möchtest, musst du einfach auf Englisch denken, und du wirst die Sprache automatisch wechseln«, erklärte ihr Saret. »Im Moment ist die natürliche Reaktion deines Gehirns, Krinarisch zu sprechen, weil wir dich in dieser Sprache angesprochen haben. Ansonsten musst du ausdrücklich denken, dass du Englisch sprechen möchtest, wenn wir dich auf Krinarisch ansprechen. Aber in einiger Zeit, wenn du dich an das Implantat gewöhnt haben wirst, wird das Umschalten zwischen den Sprachen automatisch passieren und keine besonderen Gedanken von dir benötigen. Es unterscheidet sich überhaupt nicht davon, mehrsprachig zu sein. Ich nehme an, dass du Menschen kennst, die mehrere Sprachen fließend sprechen können – und du hast jetzt die gleiche Fähigkeit, nur auf einem höheren Level.«

Mia ließ seine Erklärung auf sich wirken, und langsam wurde sie sich der ganzen Tragweite dieses Eingriffs bewusst. »Wow«, flüsterte sie leise, »also kann ich jetzt wirklich jede bekannte Sprache sprechen? Einfach so?«

Sie wollte am liebsten im Raum umherspringen, vor Freude schreien – und konnte sich nur unter höchsten Anstrengungen beherrschen, da sie sich vor Korums Freund nicht wie ein dummes Kind aufführen wollte. Das war so unglaublich fantastisch. Sie war in der Schule immer gut in Fremdsprachen gewesen und hatte während ihrer Highschool-Zeiten Französisch und Spanisch gelernt, aber sie hatte es nie geschafft, eine dieser Sprachen fließend zu sprechen. Und jetzt konnte sie jede Sprache sprechen, die sie wollte? Mia hatte ihren anfänglichen Widerwillen schon längst vergessen und konnte jetzt nur noch an die überwältigenden Möglichkeiten, die sich ihr boten, denken.

»Einfach so«, bestätigte Korum und sah lächelnd auf sie hinab, und Saret nickte zur Bestätigung.

Mia, die immer noch damit beschäftigt war, gefasst zu wirken, unterdrückte das breite Grinsen, das sich auf ihrem Gesicht breitmachen wollte. »Danke«, sagte sie zu Saret. »Ich freue mich wirklich sehr darüber.«

»Gern geschehen, Mia. Ich hoffe, wir sehen uns bald wieder.« Und mit diesen Worten berührte er wieder Korums Schulter, und die Wand auf ihrer rechten Seite löste sich auf, um ihn hinauszulassen.

3. KAPITEL

Sobald Saret weg war, konnte Mia ihre Begeisterung nicht länger zurückhalten. Sie fühlte sich, als würde sie wegen der puren Freude, die sie gerade erfüllte, gleich platzen, und sie wusste, dass sie dauergrinste und wahrscheinlich wie ein Idiot aussah. Aber sie konnte sich einfach nicht mehr beherrschen, da ihre Hochstimmung zu groß war, um weiter unterdrückt zu werden.

Jetzt war sie ein Polyglott!

Sie versuchte sich vorzustellen, wie sie Kantonesisch sprach, und plötzlich hatte sie die zugehörigen Worte im Kopf. Sie öffnete ihren Mund und hörte die harten Klänge, die dort herauskamen, als sie Korum sagte: »Ich kann gar nicht glauben, dass das echt ist.« Übergangslos ins Russische wechselnd, fuhr sie fort: »Ich kann gar nicht glauben, dass ich das wirklich kann!« Und dann weiter auf Deutsch und vor Aufregung schon fast hüpfend: »Das ist ja unglaublich, ich kann sie alle sprechen!«

Er grinste sie an, und sein Gesicht glühte vor Freude. Korum ließ ihre Hand los, führte seine Handfläche zu ihrem Gesicht und legte sie um ihre Wange. Dann sah er zu ihr hinunter und sagte auf Englisch: »Das freut mich, dass du so begeistert bist. Es gibt so vieles, was ich dir noch zeigen möchte, mein Liebling …«

Mia sah zu ihm hoch, und ihre Aufregung über ihre neue Fähigkeit verwandelte sich plötzlich in etwas anderes. Er war so wunderschön, und dieser warme Ausdruck in seinem Gesicht, als er auf sie hinabsah, traf sie mitten ins Herz. »Korum«, sagte sie sanft, »Ich …«

Sie wusste nicht, was sie sagen konnte, wie sie das beschreiben konnte, was sie fühlte. Es gab noch so viele ungelöste Sachen zwischen ihnen, aber in diesem Moment war es ihr einfach egal, wie ihre Beziehung angefangen hatte und welche gegenseitigen Lügen und Vertrauensbrüche sich angesammelt hatten. In diesem Moment wusste sie nur, dass sie ihn liebte, dass jede ihrer Zellen sich danach sehnte, mit ihm zusammen zu sein.

Sie streckte ihren Arm nach ihm aus, legte ihre Hand auf seinen Nacken und zog seinen Kopf vorsichtig zu sich hinab. Sie stellte sich auf ihre Zehenspitzen und küsste seinen Mund unsicher mit ihren weichen Lippen. Sie machte nur sehr selten den ersten Schritt – normalerweise war er derjenige in ihrer Beziehung, der beim Sex die Initiative ergriff – und merkte, wie sein Körper sich durch ihre Berührung plötzlich anspannte.

Er erwiderte ihren Kuss mit seinem heißen und begierigen Mund, und sie merkte, wie er sie hochhob und wegtrug. Nach wenigen Augenblicken erreichten sie das Schlafzimmer und landeten auf dem Bett. Korum bedeckte Mia mit seinem kräftigen Körper, und sie wurde durch sein Gewicht in die Matratze gepresst. Ihre Hände rissen verzweifelt an seinem T-Shirt, um irgendeinen Weg zu finden, es loszuwerden, und seine nackte Haut an ihrer eigenen zu spüren. Sie fühlte sich, als würde sie brennen, ihre Haut war zu empfindlich, und die Kleidung, die sie wie eine Barriere voneinander trennte, war einfach unerträglich! Sie wollte mehr und küsste ihn härter, bekam seine Unterlippe mit ihren Zähnen zu fassen und biss leicht darauf.

Korum zog seinen Atem ein und sie fühlte, wie er sich schlagartig zurückzog. Bevor sie blinzeln konnte, hatte er sich aufgesetzt, seine Kleidung ausgezogen und entblößte seine starke Erektion. Mia lief bei dem Anblick seines nackten Körpers das Wasser im Munde zusammen. Seine durchtrainierten Muskeln waren mit dieser glatten, goldenen Haut überzogen, seine Brust war leicht mit einem schwarzen Flaum bedeckt – und dann war er auf ihr, riss ihr das Kleid vom Körper und ließ sie so liegen, vor seinen Augen ausgebreitet und entblößt.

Er schob sich auf sie und küsste sie erneut, diesmal allerdings energischer, und seine Hand suchte sich ihren Weg über Mias Körper hinunter bis hin zu der feuchten Stelle zwischen ihren Beinen. Sie stöhnte in seinen Mund, schob ihre Hüften seiner Hand entgegen, und seine Finger fuhren zärtlich ihre Schamlippen entlang, bevor ein Finger seinen Weg in ihre Öffnung fand und tief in sie eindrang. Mia wurde augenblicklich von einer Welle purer Lust überrollt, und ihre inneren Muskeln zogen sich zusammen. »Ich liebe es, wie feucht du bist«, murmelte er und drang erst mit einem und dann mit zwei Fingern in sie ein, um sie auf sein mächtiges Geschlecht vorzubereiten. Mia schrie auf, ihr Kopf fiel nach hinten und sie fühlte die feuchte Hitze seines Atems auf ihrem Hals, als er an der empfindlichen Stelle leckte und knabberte.

Da war auch noch etwas anderes, ein unbekanntes, aber sehr angenehmes Gefühl, dass sie irgendwo im Hinterkopf wahrnahm. Es war, als würde sie von Fingern massiert werden, die nicht nur über ihren Rücken wanderten, sondern auch ihre Schultern und ihre Wirbelsäule entlangfuhren und streichelten und zusätzlich ihren Po und die Rückseiten ihrer Oberschenkel sanft kneteten.

Das Bett, dämmerte es ihr, es musste das intelligente Bett sein, und dann vergaß sie es auch schon wieder. Sie war zu sehr in das versunken, was Korum mit ihr machte, um noch auf andere Sachen achten zu können. Seine Finger fanden einen Rhythmus – erst zwei leichte Stöße, dann einen tiefen – und sein Daumen umkreiste ihre Klitoris auf eine Art und Weise, die sie verrückt werden ließ. Ihre Nägel krallten sich in seinen Rücken, und ihr ganzer Körper zitterte vor Verlangen. Plötzlich presste er seinen Daumen direkt auf ihre Klitoris, und sie explodierte, zuckte in seinen Armen, während Lustwellen bis hin zu ihren Zehen durch ihren Körper jagten.

Nachdem das letzte Nachbeben abgeklungen war, öffnete Mia ihre Augen und sah ihn an. Er starrte sie mit einer solch brennenden Begierde an, dass ihr der Atem stockte und sich ihr Magen vor erneut entfachtem Verlangen zusammenzog. Seine

Finger befanden sich immer noch in ihr, und er zog sie nur langsam heraus, so dass sie vor Vergnügen erschauderte.

Korum führte seine Hand zu seinem Gesicht, leckte seine Finger genüsslich ab und kostete dabei offensichtlich ihren Geschmack voll aus. Mia beobachtete ihn fasziniert, sie war wie hypnotisiert und unfähig, wegzusehen, sogar als sie fühlte, wie seine Knie ihre Oberschenkel auseinanderschoben und sein Penis gegen ihre empfindlichen Lippen drückte.

Er drang langsam in sie ein, während er ihr immer noch in die Augen schaute, und Mia musste dieses Gefühls wegen nach Luft schnappen. Obwohl sie erst vor ein paar Stunden Sex gehabt hatten und er sie mit seinen Fingern vorbereitet hatte, benötigte ihr Körper immer noch einen Moment, um ihn in sich aufzunehmen, sich um das Organ auszudehnen, das so unaufhaltsam in sie eindrang. So eng mit ihm zusammen zu sein, seine nackte Haut auf ihren Brüsten zu fühlen, sein Glied in ihrer Vagina zu spüren und ihm dabei in die Augen zu schauen hatte etwas unglaublich Intimes. Es war, als würde er mehr wollen, als nur ihren Körper zu besitzen, dachte Mia flüchtig, so als würde er mehr als nur Sex wollen.

Während er sie immer noch ansah, begann er seine Hüften zu bewegen, zuerst langsam, und dann schneller. Jeder Stoß verstärkte die Anspannung, die wieder angefangen hatte, sich in ihr aufzubauen. Mia gab sich ihren Gefühlen völlig hin, stöhnte und schloss ihre Augen, als sie jedes Eindringen tief in ihrem Unterleib spürte. Er beugte seinen Kopf nach unten, und sie fühlte die Wärme seines Atems an ihrem Ohr, als er zärtlich mit seiner Zunge daran entlangfuhr, und sie erneut erschauderte. Er wurde wieder schneller, seine Hüften pressten sich mit so einer

Kraft auf sie, dass sie noch tiefer in die Matratze gedrückt wurde und kaum dazu kam, zwischen den harten Stößen Luft zu holen.

Ihr ganzer Körper spannte sich an, und Mia schrie, als sie einen weiteren Orgasmus hatte und ihre Scheidenmuskulatur sich fest um ihn krampfte. Als ihr Pulsieren nachließ, fühlte sie, wie sein Penis in ihr immer größer wurde und er mit einem rauen Schrei explodierte, während er sich gegen ihren Lendenbereich rieb, bis sein orgastisches Zucken abgeebbt war.

Mia atmete immer noch schwer von den Nachbeben, als sie einfach ruhig auf dem Bett lag und seinen Körper schwer auf sich spürte. Er bemerkte, dass sein Gewicht zu viel für sie war, ließ sich von ihr hinabgleiten, zog sie an sich und umarmte sie von hinten. Seine Hand fand den Weg zu ihrer Brust, und so hielt er sie in seinen Armen, eng an seinen Körper gepresst. Als ihr rasendes Herz langsamer wurde, fühlte sie sich träge, entspannt … und unglaublich zufrieden.

»Bist du müde?«, flüsterte Korum in ihr Haar und strich sanft mit seinem Daumen über ihren Nippel, der sich sofort gegen seine Handfläche aufrichtete.

»Nein«, flüsterte sie zurück. Sie fühlte sich, als hätte sich jeder Muskel ihres Körpers zu Brei verwandelt, aber sie war nicht müde. Mit ihrem ausgedehnten Nickerchen von vorhin hatte sie erst einmal vorgesorgt. »Wie spät ist es überhaupt?«

»Ungefähr elf Uhr abends.«

»Ich habe den ganzen Tag lang geschlafen?« Dann war es ja auch kein Wunder, dass sie sich so frisch und munter fühlte.

»Du musst erschöpft gewesen sein«, murmelte er und hob eine Hand, um ihr Haar zur Seite zu legen. Die Locken kitzelten ihn wahrscheinlich im Gesicht, fiel Mia zu ihrer Belustigung auf.

»Und Saret macht so spät noch Hausbesuche?«, fragte sie, und ihre Gedanken kehrten wieder zu ihrer neuen und faszinierenden Fähigkeit zurück. Ein enormes Grinsen erschien auf ihrem Gesicht, als sie sich vorstellte, wie sie ihrer Familie und ihren Freunden eine Kostprobe ihres neuen Könnens gab. Sie würden so neidisch sein …

»Für uns ist das nicht spät«, erklärte ihr Korum und drehte sie in seinen Armen um, so dass er ihr Gesicht sah. »Du weißt ja, dass wir nicht so viel schlafen wie die Menschen. Alles vor ein Uhr morgens und nach fünf Uhr morgens ist für uns reguläre Arbeits- und Besuchszeit.«

Mia blinzelte, und ihr Grinsen verschwand. Das ergab natürlich Sinn, aber es war auch eine Sache mehr, die sie hier zum Außenseiter machte. Wenn sie versuchen würde, die *normalen* Zeiten der Krinar einzuhalten, würde sie ganz schnell an Schlafentzug leiden.

»Du musst dich in New York ganz schön gelangweilt haben«, sagte sie ruhig. »Ich habe ja die ganze Zeit geschlafen und es gibt nur eine Handvoll Orte, die zu solchen Uhrzeiten geöffnet sind.«

Er lächelte und schüttelte seinen Kopf. »Nein, überhaupt nicht. In der Zeit, in der du so süß in meinem Bett geschlafen hast, habe ich normalerweise gearbeitet.«

»Was denn für eine Arbeit? Die Konstruktionen?«, fragte Mia neugierig nach. Es gab so vieles, was sie immer noch nicht über ihn wusste, wie er seine Tage – und seine Nächte – verbrachte, wenn er nicht bei ihr war, zum Beispiel. Es war aufschlussreich gewesen, zu beobachten, wie er sich Saret gegenüber verhalten hatte, als dieser vorbeigekommen war. Sie hatte einen klitzekleinen Einblick in den Korum erhalten, der er außerhalb ihrer Beziehung war, und wollte unbedingt noch viel mehr über ihn erfahren.

»Ja, ich arbeite oft an den Entwürfen – das ist meine Leidenschaft und das, was ich wirklich gerne mache«, antwortete er ihr bereitwillig und betrachtete sie dabei mit einem warmen Blick. »Ich muss außerdem meine Firma leiten, und das beansprucht einen großen Teil meiner Zeit. Ich habe immer eine gewisse Anzahl talentierter Entwickler, die für mich arbeiten, hier und auf Krina, aber es gibt immer irgendetwas, um das ich mich persönlich kümmern muss …«

»Du hast Angestellte auf Krina?«, fragte ihn Mia überrascht. »Wie kommunizierst und arbeitest du denn mit ihnen?«

»Wir haben Schneller-als-das-Licht-Kommunikation«, erklärte Korum ihr, »also ist es nicht viel schwieriger, von hier aus mit Krina zu kommunizieren als zum Beispiel mit China. Natürlich kann ich sie nicht so ohne weiteres persönlich sehen, aber wir haben ja das, was ihr virtuelle Realität nennt, wo Meetings stattfinden können, die schon sehr realitätsnah sind. Du hast bei der virtuellen Karte ja einen kleinen Teil selbst erlebt …«

Mia nickte und blickte ihn aufmerksam an. Sie vermutete, dass nur sehr wenige Menschen das wussten, was er ihr gerade erzählte.

»Die Karte ist eine sehr einfache Version dieser Technologie. Das, was wir für planetenübergreifende Meetings benutzen, ist sehr viel weiter entwickelt.«

»Ist das auch eine deiner Entwicklungen? Die virtuelle Realität, meine ich?«, fragte Mia und überlegte, wie groß der Einfluss seiner Entwicklungen auf die Technologie der Krinar war.

»Einige der letzten Versionen, ja. Die Basistechnologie existiert schon seit sehr langer Zeit, lange bevor es mich und meine Firma gab.«

Mias Magen knurrte plötzlich, und sie wurde knallrot, da ihr das mehr als peinlich war. Er grinste allerdings nur als Antwort darauf und reichte ihr ein Tuch, damit sie sich säubern konnte.

»Natürlich, du musst nach dem ganzen Schlaf heute Hunger haben. Warum essen wir nicht etwas und führen unsere Unterhaltung dabei fort?«

»Das hört sich gut an«, sagte Mia, und ihr fiel auf, dass sie am Verhungern war.

Er stand auf und hob sie auch gleich mit aus dem Bett heraus. Bevor sie ihn darum bitten konnte, reichte er ihr schon ein brandneues Outfit, das er innerhalb weniger Sekunden kreiert hatte. Es war wieder ein Kleid, so ähnlich wie jenes, das jetzt in Fetzen gerissen auf dem Bett lag. Dieses hier war von blassgelber Farbe, und Mia zog es erfreut an, da sie es liebte, dieses weiche Material auf ihrer Haut zu spüren. Korum zog seine alte Shorts und auch das dazugehörige T-Shirt wieder an, da beide den Sex überlebt hatten.

»Wirklich?«, fragte er, und Mia nickte. Er nahm ihre Hand und führte sie in die Küche.

Wie schon das Wohnzimmer und das Schlafzimmer sah auch die Küche fast genauso aus wie die seines Apartments in Tribeca. Das war ein weiterer Beweis dafür, dass Korum wollte, dass sie sich hier wohlfühlte, dachte Mia. Sie ging zu den Stühlen, setzte sich und sah Korum erwartungsvoll an. Er war ein unglaublich guter Koch – das war ein Teil seiner

Leidenschaft, Dinge herzustellen –, und selbst seine einfachsten Kreationen waren um Längen besser als alles das, was sie selbst zubereiten konnte.

»Was hättest du denn gerne?«, fragte er sie und ging zum Kühlschrank.

Mia zuckte mit den Schultern und wusste nicht so recht, was sie ihm darauf antworten sollte. »Ich weiß nicht. Was hast du denn?«

Er lächelte. »So ziemlich alles. Möchtest du etwas von den einheimischen Speisen von Krina probieren oder lieber bei den bekannten Sachen bleiben?«

Ihre Augen wurden groß. »Du hast hier Lebensmittel von Krina?«

»Na ja, nicht aus Krina importiert – sie wurden hier angebaut, in Lenkarda und unseren anderen Siedlungen –, aber wir haben die Samen von unserem Planeten mitgebracht.«

»Ich würde sie liebend gern einmal probieren«, sagte Mia aufrichtig. Sie war ein abenteuerlicher Esser und liebte es, neue Sachen auszuprobieren. Dank ihres polnischen Erbes war Mia mit Essen groß geworden, das nicht Teil des normalen amerikanischen Speiseplans war, und daher jetzt völlig offen für verschiedenste Küchen.

Korum grinste und freute sich über ihre Begeisterung. Er nahm ein paar Sachen aus dem Kühlschrank, schnitt schnell einige der unbekannten Pflanzen und Wurzeln klein und gab alles zum Kochen in einen Topf.

»Wie kocht ihr hier eigentlich?«, fragte sie ihn und schaute seinen Abläufen fasziniert zu. »Ich kann mir gar nicht vorstellen, dass ihr diese ganzen Geräte normalerweise benutzt …«

»Du hast recht, das tun wir auch nicht. Eigentlich kochen wir überhaupt nicht«, sagte Korum, während er einige rotblättrige Pflanzen in die Hand nahm, die sie entfernt an Salat erinnerten. »Erinnerst du dich daran, dass ich dir erzählt habe, dass unsere Häuser intelligent sind?«

Mia nickte.

»Na ja, und eine ihrer Funktionen ist, uns immer mit Essen zu versorgen und es so zuzubereiten, wie wir es mögen.«

Mia atmete hörbar ein und konnte ihre Aufregung nicht bremsen. »Ehrlich? Dein Haus macht dir Essen, wann immer du möchtest?«

Er lächelte amüsiert über ihre Reaktion. »Ich kann gut verstehen, warum das sehr reizvoll für dich ist.« Mias eigene Kochkünste waren inexistent – eine Tatsache, über die sich ihre Mutter andauernd beschwerte –, aber sie liebte es, zu essen.

»Reizvoll? Das ist fantastisch!« Warum würde sich jemand überhaupt noch mit dem Kochen abgeben, wenn das Haus doch auch einfach das Essen zubereiten konnte?

»Das ist nett«, sagte er mit einem leichten Schulterzucken. »Es ist bequem und spart mit Sicherheit auch eine Menge Zeit, aber manchmal bekomme ich einfach den Drang, etwas selbst zuzubereiten und auszuprobieren, ob ich die Rezepte, die das Haus in der Datenbank hat, verbessern kann.«

»Hast du dadurch gelernt, so gut zu kochen? Beim Herumspielen mit den Rezepten?«

Korum nickte, und seine Hände massierten jetzt das rotblättrige Gemüse, bis eine orangefarbene Flüssigkeit aus den Blättern trat. »Mehr oder weniger. Kochen ist ein ziemlich junges Hobby von mir – ich habe erst damit angefangen, als ich auf die Erde kam. Und ich habe auch erst in den letzten

Monaten gelernt, die menschlichen Geräte zu nutzen, anstatt einfach das Haus darauf zu programmieren, seine Rezepte zu verbessern.«

Mia starrte ihren Liebhaber ungläubig an. Er hatte ein intelligentes Haus, das ihm jedes Gericht zubereiten konnte, das er wollte, und er verschwendete seine Zeit damit, zu lernen, wie man einen Ofen benutzt? Er schnippelte Gemüse mit dem Küchenmesser, anstatt ihre abgefahrene Technologie zu benutzen? Das war etwas, was sie niemals verstehen würde, dachte Mia bei sich. Nicht, dass es sie störte, auf gar keinen Fall; nur dank seines eigenartigen Hobbys hatte sie in New York so viele köstliche Gerichte genießen können.

Er war fertig damit, die orangefarbene Flüssigkeit aus den roten Blättern zu drücken, wusch seine Hände und nahm eine lange gelbe Pflanze, die ein wenig wie eine Zucchini mit einer glänzenden Schale aussah. Nachdem er sie klein geschnitten hatte, gab er sie in die Schüssel, in der die roten Blätter schon in der orangefarbenen Flüssigkeit schwammen, und bestreute das Ganze mit einem grünlichen Pulver. Er stellte die Schüssel in die Mitte des großen Tisches und tat Mia ein paar Löffel voll auf, bevor er sich selbst zu einer größeren Portion verhalf. Das Besteck, das er dazu benutzte, war ungewöhnlich und sah aus wie eine Art Grillzange mit einer flachen und einer gebogenen Seite.

»Probier mal«, forderte er sie auf und sah sie erwartungsvoll an.

Eine kleinere Ausführung des gleichen Bestecks lag neben Mias Schüssel. Sie imitierte ihn einfach bei der Handhabung des unbekannten Esswerkzeugs, ergriff einige der Blätter mit den Zangen und nahm einen Bissen. Der Geschmack explodierte auf ihrer Zunge. Das war eine perfekte Kombination aus süß, salzig und einer würzig-scharfen Unternote. »Das ist unglaublich gut. Was ist das?«, brachte sie heraus, nachdem sie hinuntergeschluckt hatte. Ihr Mund kribbelte fast von der ganzen Fülle der Geschmackseindrücke.

Er lächelte. »Das ist ein traditionelles Gericht aus Rolert – der Region auf Krina, aus der meine Familie kommt. Wie du gesehen hast ist es sehr einfach zuzubereiten, aber der Trick ist, die Shari – so heißt die rote Pflanze – gut auszuwringen, damit sie ihren vollen Geschmack und die ganzen Nährstoffe freigibt.«

Mia hörte seiner Erklärung zu während sie den Rest ihrer Portion verschlang. Sobald sie fertig war, nahm sie sich sofort einen Nachschlag. Er grinste und aß den Rest seines Salats.

»Das war fantastisch. Danke schön«, sagte Mia, als der Salat aufgegessen war.

»Es freut mich, dass es dir geschmeckt hat«, sagte Korum und räumte die Teller ab. Aber anstatt sie in den Geschirrspüler zu räumen, hielt er sie einfach in die Nähe der Wand, die daraufhin eine Öffnung freigab, in die er die Teller stellen konnte. Und dann verschwand das schmutzige Geschirr einfach.

Als er Mias überraschten Gesichtsausdruck sah, erklärte Korum ihr: »Ich wasche nicht gerne ab, also nutze ich unsere Technologie, damit sie mir diesen Teil abnimmt.«

»Also dient der Geschirrspüler ausschließlich Dekorationszwecken?«

»Mehr oder weniger. Du kannst ihn natürlich auch benutzen, wenn du möchtest, aber du hast ja gerade gesehen, was ich gemacht habe.«

Mia nickte.

»Du kannst genau das Gleiche machen, wenn du alleine hier bist. Oder du lässt die leeren Teller einfach stehen, und das Haus kümmert sich dann nach ein paar Minuten um sie.« Er kam zum Tisch zurück, setzte sich ihr gegenüber hin und lächelte sie an. »Der Hauptgang wird in ein paar Minuten fertig sein.«

»Ich kann es gar nicht erwarten, ihn zu probieren«, antwortete Mia und lächelte ihn voller Vorfreude an.

Bis jetzt hatte sich das Leben in Lenkarda als eine rundherum herrliche Erfahrung entpuppt, und sie fühlte, wie eine intensive Glückswelle über sie hinwegschwappte, als sie in Korums wunderschönes Gesicht blickte. Es war kaum zu glauben, dass sie heute Morgen noch gedacht hatte, dass er nach Krina gebracht werden würde, und jetzt saß sie in seinem Haus in Costa Rica und unterhielt sich mit ihm auf Krinarisch, während sie das Essen genoss, das er einmal wieder für sie zubereitet hatte.

Als ihre Gedanken zu den früheren Ereignissen des Tages zurückschweiften, verging ihr das Lächeln. Sie hätte ihn heute verlieren können, kam ihr wieder in den Sinn. Wenn Korum mit den Intentionen der Keiths recht hatte, hätte er im Falle eines Sieges des Widerstands getötet werden können. Eine eisige Kälte breitete sich bei diesem Gedanken in ihrem Körper aus.

Es ist aber nicht passiert, sagte sie zu sich selbst und versuchte, sich auf die Gegenwart zu konzentrieren, aber ihre Gedanken schweiften weiter ab. Selbst wenn die Rebellen gescheitert waren, war sie trotzdem immer noch an dem Angriff auf die krinarischen Kolonien beteiligt gewesen. Und jetzt wollten sie eine Zeugenaussage von ihr, sie wollten, dass sie vor dem Rat der Krinar und den Vereinten Nationen über ihre

Verwicklung in diese Angelegenheit sprach, erinnerte sie sich, und ein Schauer lief ihren Rücken hinunter. Korum schien zu denken, dass er die Macht hatte, sie vor dem Rat zu beschützen, aber sie verstand nicht, wie so etwas gehen konnte.

»Was ist los?«, fragte Korum und war offensichtlich irritiert über ihren plötzlich so ernsten Gesichtsausdruck.

Mia holte tief Luft. »Können wir über das sprechen, was heute Morgen passiert ist?«, fragte sie vorsichtig. »Und darüber, was jetzt passieren wird?«

Der Ausdruck auf seinem Gesicht kühlte sich merklich ab und sein Lächeln verschwand. »Warum?«, fragte er. »Es ist vorbei. Ich möchte, dass wir das hinter uns lassen, Mia.«

Sie starrte ihn an. »Aber …«

»Aber was?«, fragte er leise, und seine Augen verengten sich. »Möchtest du wirklich noch einmal mit mir darüber reden, wie du mich hintergangen hast? Wie du mich beinahe in meinen Tod geschickt hast? Ich bin gewillt, es gut sein zu lassen, weil ich weiß, wie verängstigt und verwirrt du warst … aber es ist wirklich nicht in deinem besten Interesse, dieses Thema immer wieder anzusprechen, meine Süße.«

Mia zog hörbar Luft ein und versuchte, ihr Temperament im Griff zu behalten. »Ich habe nur das getan, von dem ich dachte, dass es das Beste sei«, sagte sie ruhig. »Und du hast das die ganze Zeit gewusst – und mich benutzt. Und jetzt sieht es so aus, als wolle euer Rat mich auch benutzen, also entschuldige bitte, wenn ich noch nicht wirklich dazu bereit bin, *es hinter mir zu lassen.*«

»Der Rat hat, was dich betrifft, nichts zu sagen, Mia«, sagte Korum und sah sie mit einem undurchsichtigen, bernsteinfarbenen Blick an. »Sie können dir nicht sagen, was du zu tun hast.«

»Und wieso nicht?«, fragte Mia, und ihr Herz begann schneller zu schlagen. »Weil ich dein Charl bin?«

»Genau.«

Sie blickte ihn frustriert an. »Und was bedeutet das? Dass ich dein Charl bin, meine ich?«

Er sah sie ruhig an. »Es bedeutet, dass du zu mir gehörst und dass sie keine Gerichtsgewalt über dich haben.«

Bevor Mia noch etwas hinzufügen konnte, stand er auf und ging zu dem Topf, der auf dem Herd stand. Er hob den Deckel an, rührte vorsichtig um, und ein unbekannter, aber sehr wohlriechender Geruch breitete sich in der Küche aus. »Es ist fast fertig«, sagte er und kam zum Tisch zurück.

Diese zweisekündige Pause hatte Mia dabei geholfen, sich wieder zu sammeln. »Korum«, sagte sie sanft, »ich muss das verstehen. Du, ich – ich fühle mich, als sei ich Teil eines Spiels, dessen Regeln ich nicht kenne. Was genau ist ein Charl in eurer Gesellschaft?«

Er seufzte. »Das habe ich dir doch schon gesagt, es ist unser Begriff für Menschen, mit denen wir eine Beziehung eingegangen sind.«

»Und warum hat euer Rat keine Gerichtsbefugnis über einen Charl? Der Rat ist so etwas wie eure Regierung, nicht wahr?«

»Ja, genau«, sagte Korum, den zweiten Teil ihrer Frage beantwortend. »Der Rat ist unser Regierungskörper.«

»Und du bist ein Teil davon?« Mia erinnerte sich, dass John ihr einmal so etwas erzählt hatte.

»Wenn ich möchte. Ich bin kein großer Freund von Politik, aber manchmal ist sie unumgänglich.«

»Wie kannst du dir so etwas aussuchen?«, fragte Mia und blickte ihn verwundert an. »Bist du offiziell gewählt worden oder funktioniert das auf Krina anders?«

»Das ist bei uns anders.« Korum stand auf und ging wieder zum Herd hinüber. »Wir haben keine Demokratie, so wie ihr sie habt. Wer unserem Rat beiwohnen kann, hängt von der persönlichen Stellung in der Gesellschaft ab.«

Mias Augenbrauen gingen nach oben. »Was meinst du? Ob du in der Oberschicht geboren wurdest oder so etwas in der Art?«

Er schüttelte seinen Kopf. »Nein, nicht geboren. Unsere Position in der Gesellschaft verdient man sich mit der Zeit. Sie basiert auf dem, was wir erreichen, und darauf, was wir für die Gesellschaft tun. Unsere Regierung ist also eine Art Oligarchie – aber basierend auf Leistung.«

Das war einerseits faszinierend, andererseits aber auch beängstigend. Korum musste schon mehr als nur ein bisschen für die Gesellschaft getan haben, um den Einfluss zu bekommen, den er offensichtlich besaß.

»Und wie viele von euch sind im Rat?«, fragte Mia und sah ihm dabei zu, wie er diese Art Eintopf für beide in tiefe Teller füllte. Dieses Gericht sah nicht so exotisch aus wie der Sharisalat, auch wenn sie etwas Purpurfarbenes zwischen dem rot-braunen Gemüse erkennen konnte.

»Im Moment gibt es fünfzehn Ratsmitglieder. Diese Zahl variiert von Zeit zu Zeit – sie lag schon einmal bei dreiundzwanzig, aber es gab auch Zeiten da lag sie bei nur sieben. Etwa ein Drittel von uns sind schon auf der Erde, und die anderen sind noch auf Krina.«

Er brachte die tiefen Teller zum Tisch, setzte sich hin und schob ihr die für sie bestimmte Portion hinüber. »Guten Appetit«, wünschte er ihr. »Ich bin gespannt, ob du das auch mögen wirst.«

Mia stellte ihre Fragen erst einmal zurück und probierte einen Löffel des Eintopfs. Zu ihrer Überraschung schmeckte er vollmundig und aromatisch, so als ob er Fleisch beinhalten würde. »Ist das rein pflanzlich?«, fragte sie, und Korum nickte, während er über ihre Reaktion lächelte. Sein Gesichtsausdruck strahlte wieder Wärme aus.

Mia probierte noch einen Löffel. Die Konsistenz war weich und ein bisschen breiig, fast so, als würde sie Kartoffeln essen, aber der Geschmack war völlig anders. Er erinnerte sie, mit seinem leichten Hauch von Seegras, ein bisschen an japanisches Essen, nur viel feiner. Nach dem zweiten Bissen bekam Mia plötzlich Heißhunger, ihre Geschmacksknospen verlangten nach mehr dieses intensiven Geschmacks, und sie schlang den Rest ihrer Portion gierig hinunter. »Das ist wirklich unsagbar gut«, nuschelte sie zwischen den Bissen, und Korum, der gerade dabei war, seinen eigenen Teller zu leeren, nickte nur.

Nachdem sie beide aufgegessen hatten, trug er die Teller wieder zur Wand und überließ es dem Haus, sich um sie zu kümmern. Mia beobachtete ihn genau und versuchte, sich seine exakte Vorgehensweise einzuprägen. Es schien nicht schwer zu sein, da die Technologie noch intuitiver war als die der neueren iPads. Sie hoffte, dass sie sich an alles ganz genau erinnern würde, sollte sie jemals selber ihre Teller säubern müssen.

»Danke schön – das war einfach köstlich«, sagte sie, als Korum fertig war.

»Gern geschehen«, antwortete er beiläufig und setzte sich wieder an den Tisch zurück. Er hatte einen amüsierten und leicht spöttischen Gesichtsausdruck, so als würde er genau wissen, was sie als Nächstes sagen würde.

Mias Temperament machte sich wieder bemerkbar, und sie entschied sich, ihn nicht zu enttäuschen »So, warum unterliegen Charl nicht der Gerichtsbarkeit des Rates?«, fragte sie stur.

»Weil das schon immer so war, Mia«, antwortete er sanft. »Weil die Menschen in der krinarischen Gesellschaft nur unter dieser Bedingung akzeptiert werden – wenn sie zu einem von uns gehören. Die einzige Ausnahme sind solche Menschen wie Dana, die sich dazu entscheiden, ihr früheres Leben hinter sich zu lassen, um ein Lustmädchen beziehungsweise Lustknabe auf Krina zu werden. Also, wie du siehst, mein Herz, kann der Rat nicht direkt zu dir kommen. Sie müssen immer alles über mich machen, weil du nach krinarischem Recht mir gehörst.«

Mia schnappte nach Luft und fühlte sich, als sei nicht genug davon in diesem Raum vorhanden. »Also hatte ich recht«, sagte sie ruhig. »Der Widerstand hat mich nicht angelogen, sondern du.«

Er beugte sich zu ihr hinüber, und seine Augen nahmen einen dunkleren Goldton an. »Sie haben dich angelogen. Ein Charl ist kein Lustsklave oder was auch immer sie dir erzählt haben. Es ist etwas sehr Seltenes für uns, einen Charl zu haben. Wenn wir aber einen haben, handelt es sich um sehr aufrichtige und liebevolle Partnerschaften.«

»Wie kann es eine aufrichtige und liebevolle Partnerschaft geben, wenn die beiden Personen nicht als gleichwertige

Mitglieder der Gesellschaft angesehen werden?«, fragte sie bitter.

Er lachte und sah ehrlich amüsiert aus. »Diese Arten von Beziehungen existieren immer, Mia. Schau doch einfach mal auf deine menschliche Gesellschaft. Möchtest du mir etwa sagen, dass ihr nichts für eure Kinder, Teenager oder sogar eure Haustiere empfindet? Und ich will gar nicht erst mit euren so genannten Entwicklungsländern anfangen, die sich erst kürzlich mit der Idee von Frauenrechten angefreundet haben, während viele Gebiete auf der Erde das immer noch nicht akzeptiert haben ...«

»Bin ich das für dich? Ein Haustier?« Ihr Magen zog sich zusammen, während sie auf seine Antwort wartete.

Er schüttelte seinen Kopf und sah sie aufmerksam an. »Nein Mia, du bist kein Haustier. Du bist ein einundzwanzig Jahre altes menschliches Mädchen, das noch eine ganze Menge lernen muss, um erwachsen zu werden. Ich wünschte, ich könnte dich in Ruhe lassen, damit du jemanden wie den hübschen Jungen aus dem Klub treffen kannst ...«

Er redete über Peter, fiel Mia überrascht auf.

»... aber ich kann es nicht.«

Korum stand auf, ging um den Tisch herum und setzte sich auf den Stuhl neben ihr. Er hob seine Hand hoch und streichelte zärtlich ihre Wange, während Mia ihn anstarrte, unfähig, ihren Blick von der goldenen Hitze in seinen Augen abzuwenden. »Du gehst mir unter die Haut«, sagte er sanft, »und ich möchte dich auf eine Weise, die ich niemals für möglich gehalten hätte. Ich weiß, dass du noch eine Menge über mich und über dein neues Zuhause hier erfahren musst. Ich verspreche dir, dass ich mein Bestes geben werde, um Sachen für dich einfacher zu machen und dir bei deiner Eingewöhnung zu helfen. Aber du musst aufhören, dir so viele Sorgen zu machen und mich andauernd zu bekämpfen. Es könnte sehr schön sein zwischen uns, Mia … besonders dann, wenn du es zulassen würdest.«

4. KAPITEL

In dieser Nacht, ihrer ersten Nacht in Lenkarda, hatte Mia eigenartige und beunruhigende Träume. Sie flog wieder irgendwo hin, aber diesmal hielt Korum sie während der ganzen Reise auf seinem Schoß fest. Ihr Körper fühlte sich ungewöhnlich schwer und kraftlos an, und sie konnte sich nicht bewegen – nur hilflos in seinen Armen liegen, als er sie irgendwohin trug, nachdem sie gelandet waren. In ihrem Traum betraten sie ein fremdartiges weißes Gebäude, in dem alles zu schweben schien und sich die Mauern regelmäßig auflösten. Plötzlich lag sie auf einem dieser schwebenden Objekte, und es fühlte sich unglaublich bequem an, so als ob es für ihren Körper und nur für ihren Körper allein geschaffen worden wäre. Ein weiches Licht erhellte alles, und eine wunderschöne Frau sprach zu ihr, während sie mit ihren eleganten Händen Mias Gesicht sanft und zärtlich streichelte. Mia träumte, dass sie auch mit der Frau sprach und ihr sagte, wie unglaublich schön sie war. Die Frau lachte daraufhin und sagte Korum, wie charmant sein Charl sei.

Dann war da plötzlich nur noch Dunkelheit, und Mia schlief die restliche Nacht durch. Der Traum verschwand aus ihrer Erinnerung.

Sobald sie am nächsten Morgen aufwachte, begann ihr Gehirn sofort die Unterhaltung von gestern wieder abzuspielen, und sie stöhnte, ihren Kopf im Kissen vergrabend. Sofort begann das Bett eine sanfte Massage, um ihre verspannten Muskeln zu lockern.

Seufzend vor Genuss, ließ Mia das Bett seine Arbeit machen und versuchte währenddessen, Korum und ihre Beziehung zu verstehen.

Nach seiner letzten Ansprache von gestern Nacht hatte er sie ins Schlafzimmer getragen und die nächsten Stunden damit verbracht, ihr zu zeigen, wie gut es zwischen ihnen sein könnte. Ihr Geschlecht pochte immer noch leicht, wenn sie an das alles dachte, was er mit ihr angestellt hatte, und an die vielen verschiedenen Sachen, die sie dazu gebracht hatten, in gedankenloser Ekstase zu schreien.

Sie verstand aber immer noch nicht, was Korum von ihr wollte. Dachte er ernsthaft, er würde immer stillschweigend mit allem davonkommen? Von dem, was sie bis jetzt erfahren hatte, unterschied sich die Rolle des Charls in der krinarischen Gesellschaft nicht wirklich stark davon, ein Sklave zu sein. Was ihre Gesetze betraf, war sie Korums Eigentum – etwas, was ihm gehörte. Wie konnte sich daraus eine aufrichtige und liebevolle Partnerschaft entwickeln? Er besaß die ganze Macht, konnte alles mit ihr machen, was er wollte, und niemand würde sich jemals einmischen.

Und selbst wenn sie gewillt wäre, diese Kräfteverteilung zu akzeptieren, gäbe es trotzdem noch so viele andere Angelegenheiten, die geklärt werden mussten. Wie er richtig bemerkt hatte, war sie ein einundzwanzig Jahre altes Mädchen – unreif und unerfahren im Vergleich zu einem Krinar, der schon seit zweitausend Jahren lebte. Wie konnte er jemals etwas anderes in ihr sehen als einen naiven und ignoranten Menschen? Seine Spezies hatte nicht nur eine sehr viel höher entwickelte Wissenschaft und Technologie, sondern Korum selbst musste im Laufe der Jahrhunderte seines Lebens auch ein enormes Wissen angesammelt haben. Wie konnte sich da ein Mensch mit seiner Lebenserwartung, die selten achtzig oder neunzig Jahre überschritt, überhaupt annähern? Nicht, dass er sie noch haben wollen würde, wenn sie alterte; so stark ihre gegenseitige Anziehung auch im Moment war, er würde definitiv das Interesse an ihr verlieren, wenn sie anfing, Falten und graues Haar zu bekommen – wenn nicht schon viel früher.

Mia schloss bei diesem schmerzhaften Gedanken die Augen und versuchte, an etwas anderes zu denken, um sich von solchen deprimierenden Überlegungen abzulenken.

Ein positiver Aspekt ihrer Beziehung war, dass sie sich körperlich fantastisch fühlte. Trotz der Träume, an die sie sich nur verschwommen erinnerte, musste sie viel Schlaf bekommen haben, denn sie war voller Energie, und ihr Körper hatte keinerlei Muskelschmerzen wie sonst, wenn sie langen und ausgiebigen Sex gehabt hatten. Sie kam zu dem Schluss, Korum habe wohl wieder eines seiner heilenden Mittelchen bei ihr angewandt.

Es war schwer zu glauben, dass heute erst Samstag war. Hatte sie wirklich noch letzte Woche frenetisch an ihren Arbeiten geschrieben? Es war so viel passiert, da schien die Abschlusswoche schon eine Ewigkeit her zu sein.

Montag hätte sie eigentlich ihr Praktikum in Orlando antreten sollen, um als Beraterin in einem Lager für Problemkinder zu arbeiten, stattdessen … Mia hatte noch keine Ahnung, was sie stattdessen machen würde – oder was die Zukunft sonst generell für sie bereithielt. Ihr Leben hatte so eine unerwartete Wende genommen, dass jegliches Planen unmöglich war.

Eigentlich sollte sie auch bis Montag ihre Sachen gepackt und aus ihrem Zimmer ausgezogen sein, fiel ihr plötzlich mit einem unguten Gefühl in der Magengegend ein. Mia hatte Vorbereitungen getroffen, ihr Zimmer für die Sommermonate unterzuvermieten, und die Untermieterin – ein sehr nettes Mädchen namens Rita – sollte Anfang nächster Woche einziehen. Allerdings waren Mias ganze Sachen wegen der überstürzten Abreise aus New York immer noch da.

Mia sprang aus dem Bett und rannte zu dem kleinen Tisch, auf dem ihre Handtasche stand. Sie hatte sie aus New York mitgenommen, und sie beinhaltete etwas sehr Wertvolles: ihr Handy. Sie musste Jessie so schnell wie möglich anrufen. Ihre Mitbewohnerin machte sich wahrscheinlich schon Sorgen, da sie seit gestern nichts von Mia gehört hatte, und sie würde definitiv ausrasten, wenn sich Mias Sachen noch in ihrem Zimmer befanden, wenn Rita einziehen wollte. Jessie würde niemals glauben, dass Mia so unverantwortlich war und die Untermieterin vergessen würde.

Mia zog ihr Handy aus der Tasche, hielt den Atem an und betete, dass sie Empfang hatte. Aber natürlich war ihre Hoffnung umsonst – sie hatte null Empfang. Das lag vielleicht nicht nur daran, dass sie sich in einem fremden Land befand, fiel Mia auf, sondern wahrscheinlich blockierten auch die Schutzschilde der Krinar den Empfang.

Sie seufzte, zog sich einen Bademantel über und ging sich ihre Zähne putzen, bevor sie nach Korum sah. Wenn sie Jessie dieses Wochenende nicht erreichen würde, könnte ihre Mitbewohnerin am Montag schon die Polizei zu Korums Apartment in Tribeca geschickt haben.

Sie betrat das Wohnzimmer und sah, wie Korum mit geschlossenen Augen auf dem Sofa saß. Überrascht hielt sie inne und beobachtete ihn. Schlief er? Da sie ihn nicht stören wollte, stand sie einfach nur da und nutzte diese seltene Gelegenheit, um ihren außerirdischen Liebhaber ohne seinen Schutzschild zu betrachten.

Mit geschlossenen Augen war die bronzefarbene Perfektion seines Gesichts noch beeindruckender. Die hohen Wangenknochen passten perfekt zu der markanten Nase, dem energischen Kinn, und das Gesamtbild des Gesichts war so männlich wie es schön war. Seine dunklen und vollen Augenbrauen verliefen geradlinig über seinen Augen, und seine unglaublich langen Wimpern breiteten sich wie dunkle Fächer über seinen Augen aus. Sein Haar war in dem Monat, den sie sich kannten, gewachsen – vielleicht war er zu beschäftigt damit gewesen, die Keiths zu jagen, um sich die Haare schneiden zu lassen, dachte Mia ironisch – und jetzt reichte es ihm schon fast bis zu den Ohren.

Als würde er ihren Blick auf sich spüren, öffnete er die Augen und lächelte, als er sah, dass sie dort stand. »Komm her«, murmelte er und klopfte auf den Platz neben sich. »Wie fühlst du dich?«

Mia errötete leicht. »Mir geht's gut«, sagte sie ihm.

Er sah sie weiterhin mit einem unleserlichen Gesichtsausdruck an, fast so, als würde er sie aus irgendeinem Grund eindringlich betrachten. Mia, die sich nach der Unterhaltung von gestern immer noch unsicher darüber war, wie die Dinge zwischen ihnen standen, näherte sich vorsichtig. Auch wenn sie die letzte Nacht, sich vor Lust windend, in seinen Armen verbracht hatte, war zwischen ihnen noch vieles ungeklärt. Sie hielt ein paar Schritte von ihm entfernt an und fragte: »Hast du gerade geschlafen? Es tut mir leid, dass ich dich gestört habe, falls du gerade …«

»Falls ich gerade geschlafen habe? Nein.« Ihre Annahme schien ihn zu überraschen. »Ich habe mich nur um ein paar Geschäfte gekümmert.«

»Virtuell?«, riet Mia, und Korum nickte. Er klopfte wieder auf den Platz neben sich, damit sie zu ihm kam.

Mia ging zu ihm und er streckte seine Hand nach ihr aus, um sie auf seinen Schoß zu ziehen. Er vergrub seine Hand in ihren dunklen Locken, zog ihren Kopf zu sich heran und küsste sie heiß und fordernd. Seine Zunge spielte so lange mit ihrer, bis sie alles vergaß und nur noch die unglaublichen Gefühle spürte, die er in ihr auslöste. Mia, die kaum noch in der Lage war, zu atmen, begann zu stöhnen und schmolz, hilflos an ihn gelehnt, dahin. In ihrem Schritt sammelte sich heiße Feuchtigkeit, obwohl sie nach den Exzessen der letzten Nacht eigentlich völlig ausgelaugt sein sollte.

Offensichtlich zufrieden mit ihrer Reaktion, hob Korum seinen Kopf und sah mit einem Halblächeln auf sie hinunter. Er ließ ihr Haar los, hielt sie aber weiterhin fest in seinen Armen. »Wie du siehst, Mia«, sagte er sanft, »ist es völlig egal, in welche Schublade unsere Beziehung gesteckt wird. Das ändert überhaupt nichts zwischen uns.«

Mia leckte ihre Lippen. Sie fühlten sich nach dem Kuss weich und geschwollen an. »Du hast recht. Es ändert nichts«, stimmte sie ruhig zu. Seine Anziehungskraft auf sie wurde nicht schwächer dadurch, dass sie mehr über ihre Rolle in der krinarischen Gesellschaft erfuhr. Ihrem Körper machte es nichts aus, dass sie als Charl nicht über ihr eigenes Leben bestimmen konnte.

Korum lächelte, stand auf und stellte sie auf ihre Füße. »Ich muss in dreißig Minuten zur Gerichtsverhandlung. Hättest du Lust, von hier aus zuzusehen?«

Mia bekam große Augen. »Wie, im Fernsehen?«

»Über die virtuelle Realität«, sagte er ihr. »Ich möchte dich nicht persönlich mitnehmen, um zu verhindern, dass der Rat versucht, dich zur Aussage zu zwingen.«

»Was würde denn passieren, wenn ich das täte? Aussagen, meine ich.« Mia war plötzlich neugierig, warum Korum so entschlossen war, sie davor zu beschützen. Sie war nicht scharf darauf, vor dem Rat der Krinar zu stehen, aber er schien übermäßig besorgt darüber zu sein.

»Die Verräter werden einen Protektor haben«, erklärte ihr Korum. »Das ist so etwas Ähnliches wie ein Anwalt, aber anders. Der Protektor ist jemand, der wirklich an die Unschuld der Angeklagten glaubt – er kann ein Familienmitglied oder ein Freund von ihnen sein. Wenn du der Protektor bist, dann setzt du alles aufs Spiel – deinen Ruf, dein Ansehen in der Gesellschaft. Wenn es dir nicht gelingt, die Unschuld derjenigen zu beweisen, die du vertrittst, dann verlierst du fast so viel wie sie.«

»Und haben alle Angeklagten immer einen Protektor?«, fragte Mia und versuchte, dieses fremde System zu verstehen.

Korum schüttelte seinen Kopf. »Nein, aber diese Verräter leider ja. Einer von ihnen, Rafor, ist der Sohn von Loris – eines der ältesten Mitglieder des Rats – und Loris hat in diesem Prozess persönlich die Rolle des Protektoren übernommen. Er ist eines der gnadenlosesten Individuen, die ich kenne, und er würde vor nichts Halt machen, um seinen Sohn zu schützen. Außerdem hasst er mich. Wenn ich dich dort aussagen lasse, wird er alles tun, was in seiner Macht liegt, um deine Aussage so dastehen zu lassen, als käme sie von einem irrationalen, hysterischen Menschen, den ich für meine eigenen Zwecke manipuliert habe. Er wird dich öffentlich demütigen und dafür sorgen, dass du vor allen Anwesenden zusammenbrichst, und ich werde nicht zulassen, dass das passiert.«

Mia schluckte, und langsam fing sie an, das Ganze zu verstehen. »Ihr habt keine Regeln darüber, welche Art von Fragen man den Zeugen stellen darf?«

»Nein«, sagte Korum. »Da so viel auf dem Spiel steht, ist alles erlaubt. Das Einzige, was der Protektor nicht machen darf, ist, dir körperlich wehzutun. Aber es gäbe nichts, was verhindern könnte, dass er dich verbal zerstört – und glaub mir, Loris ist wirklich gut darin.«

»Ich verstehe«, sagte Mia langsam, und ihr Magen verwandelte sich in einen harten Klumpen, als sie sich vorstellte, einem skrupellosen krinarischen Ratsmitglied gegenüberzustehen, das entschlossen war, seinen Sohn zu beschützen.

»Aber mach dir keine Sorgen«, beruhigte Korum sie. »Das wird nicht passieren. Zur Not bekommen sie eine aufgezeichnete Zeugenaussage von dir – und das auch nur, falls Arus mich sehr nett darum bittet.«

»Wer ist Arus?« Mia erinnerte sich daran, dass der Name schon früher einmal gefallen war, während des Besuchs von Saret.

»Er ist ein weiteres Mitglied unseres Rates und, unter anderem, auch unser Botschafter für die Repräsentanten der Menschen.«

»Und den magst du auch nicht?«, vermutete Mia.

Korums Lippen verzogen sich zu einem finsteren, humorlosen Lächeln. »Ich sage einfach mal, dass wir einige politische Differenzen gehabt haben.« Der Ausdruck seiner Augen war kalt und distanziert, und Mia erschauderte leicht, obwohl sie eigentlich gerade froh darüber war, dass er nicht ihr galt.

»Ich verstehe«, sagte sie. Das tat sie nicht wirklich, aber sie hatte auch nicht den Eindruck, als sei es weise, noch tiefer in dieses Thema einzudringen. Sie holte tief Luft und erinnerte sich an den eigentlichen Grund dafür, warum sie ihn gesucht hatte. »Ähm, Korum, ich wollte dich etwas fragen ...«

Sein Gesicht wurde ein wenig weicher. »Natürlich, was denn?«

Mia schaute ihn flehend an. »Ich muss Jessie anrufen. Mein Handy scheint hier keinen Empfang zu haben ...«

Er zog eine Augenbraue in die Höhe. »Deine Mitbewohnerin anrufen? Warum?«

»Weil sie sich Sorgen machen wird, wenn sie ein paar Tage lang nichts von mir hört«, erklärte ihm Mia, »und weil ich sie um einen Riesengefallen bitten muss. Meine ganzen Sachen sind noch in meinem Zimmer, und das Mädchen, dem ich das Zimmer untervermietet habe, zieht am Montag ein. Eigentlich hätte ich gestern packen und ausziehen müssen, aber ...«

»Aber stattdessen bist du hier gelandet«, sagte Korum, der ihr Problem sofort erkannte. »Einverstanden, du kannst dich bei Jessie melden und sie wissen lassen, wo du bist. Vielleicht kann sie ja die Sachen für dich packen. Wenn sie das macht, sage ich meinem Fahrer Bescheid, damit er deine Sachen abholt und sie gleich in mein New Yorker Apartment bringt.«

»Das wäre großartig, vielen Dank«, sagte Mia und lächelte erleichtert. »Und wenn ich auch kurz meine Eltern anrufen könnte, wäre das fantastisch.«

Er lächelte sie an. »Selbstverständlich. Ich würde ihnen nur vielleicht nicht erzählen, wo du bist.«

»Nein, das definitiv nicht«, stimmte Mia bereitwillig zu. Sie versuchte, sich die Reaktion ihrer Eltern vorzustellen, wenn sie ihnen von der Neuigkeit berichtete, dass sie jetzt in einer Siedlung von Außerirdischen in Costa Rica lebte, und diese Vorstellung war nicht sehr angenehm. Sie dachte einen Schritt weiter und fragte: »Was passiert, wenn ich sie in Florida besuchen werde? Was soll ich ihnen dann erzählen?«

Korum zuckte mit den Schultern. »Die Wahrheit, denke ich mal. Ich werde bei dir sein, also können sie mir alle Fragen stellen, die sie möchten, um sicherzugehen, dass du bei mir gut aufgehoben bist.«

Mias Kinnlade klappte nach unten. »Du wirst meine Eltern kennenlernen?«

»Natürlich, wieso denn nicht?«

»Ähm …« Mia fielen ein Dutzend gute Gründe ein, warum nicht. Sie entschied sich für den ersten, der ihr eingefallen war. »Na ja, ich bin mir nicht sicher, wie sie auf dich reagieren werden, weil du ja …«

Er sah amüsiert aus. »Weil ich ein Krinar bin? Sie werden sich wohl an den Gedanken gewöhnen müssen, wenn sie dich weiterhin sehen möchten.«

Mia starrte ihn an. »Was meinst du damit, wenn sie mich weiterhin sehen wollen?«

»Ich meine, Mia«, sagte er sanft, »dass du nun mit mir zusammen bist und deine Familie sich damit abfinden muss.« Als er ihren besorgten Gesichtsausdruck sah, fügte er hinzu: »Und mach dir keine Sorgen, ich werde sehr geduldig mit ihnen sein. Ich weiß, dass sie sich nur Sorgen um dich machen, und ich werde mein Bestes tun, sie zu beruhigen.«

✶ ✶ ✶

Ein paar Minuten später, als Mia immer noch völlig schockiert war von dem Gedanken daran, dass ihre Eltern Korum kennenlernen sollten, gab er ihr ein flaches, silberfarbenes Armband.

»Das ist etwas, was ich nur für dich entwickelt habe«, erklärte er ihr und legte es um ihr linkes Handgelenk. »Es wird dein persönlicher Computerersatz für deinen Aufenthalt in

Lenkarda sein. Ich habe ihn so entwickelt, dass er dich mit menschlichen Mobiltelefonen und Computern verbinden kann, und du kannst ihn auch für Anrufe oder Videochats mit deiner Familie benutzen. Ich habe alle deine Kontakte schon einprogrammiert …«

Erstaunt betrachtete Mia das Objekt an ihrem Arm. Es sah aus wie ein hübsches Schmuckstück, und sie erinnerte sich vage daran, im Fernsehen einige Krinar gesehen zu haben, die etwas Ähnliches trugen. »Wie funktioniert es?«, fragte sie, da sie keine Knöpfe an ihm entdecken konnte.

»Es wird auf deine Sprachkommandos reagieren – das ist im Moment der einfachste Weg für dich, unsere Technologie zu bedienen.«

»Also wird es mich verstehen, wenn ich die Anweisungen ganz normal spreche?«

Korum nickte. »Es wird dich problemlos in jeder Sprache verstehen, weil ich es speziell für dich entwickelt habe.«

Mia blinzelte. Sie war sich nicht sicher, aber sie vermutete, dass Korum einer der sehr wenigen Krinar war, die so etwas machen konnten – ein einzigartiges Stück Technologie nur für ihren Charl zu kreieren. »Danke schön«, sagte sie von ganzem Herzen. »Ich werde Jessie sofort anrufen.«

Um ein wenig Privatsphäre zu haben, ging Mia ins Schlafzimmer. Sie setzte sich auf ihr Bett, hob ihr linkes Handgelenk näher an ihren Mund und sprach zu dem Armband. »Bitte ruf Jessie an.« Zwei Sekunden später hörte sie etwas, was nach Wähllauten klang und ihr klar machte, dass der Anruf verbunden wurde.

»Hallo?« Das war Jessies Stimme, die da aus dem kleinen Gerät um Mias Arm kam. Im Gegensatz zu den Lautsprechern, die Mia kannte, konnte sie Jessie kristallklar hören, so als sei sie in einem Raum mit ihr.

Sie hoffte, dass Jessie sie genauso gut hören konnte, und sagte: »Hey Jessie, wie geht's dir? Ich bin's, Mia.«

»Mia? Von wo rufst du an?« Jessie hörte sich überrascht an. »Es zeigt *unbekannte Nummer* an.«

»Äh, ja, also das … Ich bin im Moment nicht in der Stadt …«

»Was? Wo bist du?«

»Ähm … in Costa Rica.«

»WAS?« Jessies Aufschrei hätte Trommelfelle zum Platzen bringen können.

Mia rieb sich ihre Ohren. »Das war eine eher ungeplante Reise, aber alles ist schön. Ich bin hier mit Korum und …«

»Ach du Scheiße, was zum Henker machst du in Costa Rica? Hat der Bastard dich gezwungen, dahin zu gehen? Weil, wenn er das getan hat …«

»Nein Jessie, alles ist in Ordnung! Ich wollte dich nur anrufen und dich wissen lassen, wo ich bin …«

»Mia, was machst du in Costa Rica?« Jessie hörte sich ein kleines bisschen ruhiger an, auch wenn Mia immer noch den panischen Unterton aus der Stimme ihrer Mitbewohnerin heraushören konnte. »Und wo genau in Costa Rica bist du?«

Mia machte eine kurze Pause, um zu überlegen, wie sie das alles jetzt am besten erklären konnte. »Ich bin gerade in Lenkarda – das ist die krinarische Siedlung in Costa Rica …«

»Oh mein Gott, Mia, hat er dich dahin gebracht? Hat er etwas herausgefunden?« In Jessies Stimme klang das pure Entsetzen mit. »Weiß er Bescheid über … du weißt schon?«

Mia seufzte. »Ja. Er wusste es die ganze Zeit. Aber mach dir keine Sorgen – jetzt ist alles in Ordnung …«

»Was meinst du mit ›er wusste es die ganze Zeit‹?«

»Du Jessie, ich möchte jetzt nicht die ganze Geschichte erzählen, aber glaube mir bitte einfach, wenn ich dir sage, dass ich in keinster Weise in Gefahr bin, okay?« Mia sprach schnell, weil sie wusste, dass sie nur ein paar Minuten Zeit hatte, bevor Jessie irgendetwas Übertriebenes machte – wie wieder Kontakt zum Widerstand aufzunehmen. »Wir haben über alles geredet, und es gab da etwas, was ich missverstanden hatte – jetzt ist alles geklärt. Ich werde nur den Sommer hier verbringen. In ein paar Wochen werden wir nach Florida fahren, um meine Eltern zu besuchen, und dann werde ich für das nächste Semester wieder nach New York zurückkehren. Es gibt also nichts, worüber man sich Sorgen machen sollte, das verspreche ich dir …«

Ein paar Sekunden lang herrschte Stille, und dann sagte Jessie ruhig: »Mia, ich verstehe das einfach nicht. Du willst mir gerade erzählen, dass der Außerirdische, den du ausspioniert hast, dich in eine krinarische Siedlung gebracht hat, und du denkst, dass ich dir glaube, dass alles in Ordnung ist?«

Mia atmete tief ein. »Alles ist okay. Ehrlich. Ich habe einen Fehler gemacht, als ich mich auf den Widerstand eingelassen habe. Korum hat mir jetzt alles erklärt und ich hatte die ganze Situation vorher einfach nicht richtig verstanden …«

»Und jetzt schon? Wie kannst du überhaupt irgendetwas glauben, was er dir erzählt?«

»Ich muss ihm einfach vertrauen, Jessie. Er hat ja auch überhaupt keinen Grund, mich jetzt anzulügen.« Zumindest hoffte Mia das.

»Und er lässt dich bei mir anrufen?«

Mia lächelte. »Ja natürlich, wie du gerade merkst – es ist also wirklich nicht so, wie du denkst.« Sie konnte fast hören, wie es in Jessies Kopf arbeitete.

»Also erzählst du mir gerade ernsthaft, dass du dich in einer Siedlung der Krinar befindest, und dass es dir gut geht? Und dass du zur Uni zurückkehren wirst und das alles?«

»Genau«, sagte Mia, erleichtert darüber, dass es langsam bei Jessie ankam. »Es hat sich einfach so ergeben. Anstatt den Sommer in Florida zu verbringen, bin ich nach Costa Rica geflogen, das ist alles.«

»Und was ist mit deinem Praktikum in Orlando?«

»Dafür habe ich auch noch keine Lösung gefunden«, gab Mia zögernd zu. »Ich werde sie wohl anrufen und ihnen erklären müssen, dass ich nicht mehr zur Verfügung stehe.«

»Also wirst du den Sommer vor dem Abschlussjahr kein Praktikum machen? Das ist wirklich ein schlechter Karriereschritt, Mia …«

»Ja, ich weiß«, sagte Mia und musste nicht auch noch von ihrer Mitbewohnerin daran erinnert werden. »Vielleicht schaffe ich es ja, über die Berufsberatung irgendetwas während des Semesters zu bekommen … Ich werde mir schon etwas einfallen lassen. Aber erstmal werden wir für ein paar Tage nach Florida fahren, und darauf freue ich mich schon.«

»Ihr beide zusammen?«

»Ja.« Mia grinste, als sie sich die Reaktion ihrer Mitbewohnerin auf das vorstellte, was sie ihr als Nächstes erzählen würde. »Er möchte meine Eltern kennenlernen.«

»WAS? Meinst du das ernst?«

Mia lachte. »Ich weiß.«

»Will er dich heiraten oder so etwas in der Art?« Jessie hörte sich so ungläubig an, wie Mia sich immer noch fühlte.

»Nein, natürlich nicht«, sagte Mia und schreckte bei dem Gedanken daran zurück. »Ich denke, er möchte einfach höflich sein. Vielleicht. Ich habe keine Ahnung, ob es in der krinarischen Kultur überhaupt etwas bedeutet, die Eltern zu treffen. Außerdem ist er älter als sie, und deshalb wird er wohl nicht so schnell von ihnen eingeschüchtert sein …«

»Wow, Mia«, sagte Jessie langsam. »Ich weiß nicht mal, was ich dir dazu sagen soll …«

»Du musst gar nichts sagen, Jessie. Ich weiß, das Ganze ist total verrückt, aber mir geht es richtig gut. Und eigentlich wollte ich dich um einen Riesengefallen bitten …«

»Lass mich raten«, sagte Jessie trocken. »Rita zieht am Montag ein, und deine wundervollen Sachen sind noch überall verteilt.«

»Ja, genau.« Mias Stimme wurde leicht flehend. »Jessie, wenn du das für mich machen könntest, wäre ich dir so wahnsinnig dankbar …«

Sie konnte hören, wie Jessie seufzte. »Natürlich. Ich werde das für dich machen. Aber wo soll ich das alles hinpacken? Einlagern?«

»Nein, Korums Fahrer in New York kann alles abholen und in Korums Apartment bringen.«

»Oh … Ich verstehe«, sagte Jessie und hörte sich eigenartig zögerlich an. »Das heißt also, dass du jetzt offiziell bei ihm einziehst?«

»Nein, natürlich nicht! Das ist nur für den Sommer, um die Sachen nicht einlagern zu müssen.«

»Also ich weiß nicht, Mia.« Jessie hörte sich wieder beunruhigt an. »Irgendwie sehe ich dich nicht wieder hier einziehen …«

»Jessie …« Mia wusste wirklich nicht, was sie sagen sollte. Sie konnte nichts versprechen, weil es noch so viele ungeklärte Sachen gab. Würde Korum wollen, dass sie mit ihm in Tribeca wohnte, wenn sie wieder nach New York zurückkehrten? Und wäre es schlimm, wenn sie das täte? Sie kannte ihn jetzt gerade einmal einen Monat, und Mia konnte sich nur schwer vorstellen, wie ihre Beziehung in weiteren zwei Monaten sein würde.

»Das ist schon okay, du musst überhaupt nichts sagen«, antwortete Jessie mit gespielter Fröhlichkeit. »Wir konnten ja nicht ewig Mitbewohnerinnen bleiben. Irgendwann musste das ja einmal enden. Zugegebenermaßen passiert das jetzt unter ziemlich ungewöhnlichen Umständen, aber ich bin mir sicher, dass sein Penthouse um einiges netter ist als unser mit Kakerlaken verseuchtes Gebäude.«

»Jessie, bitte … Es ist noch zu früh, um schon darüber zu sprechen …«

»Ich bin mir da nicht so sicher«, sagte Jessie, und eine neckische Note schlich sich in ihre Stimme. »Ihr beiden scheint ziemlich schnell voranzugehen – mit Eltern treffen und so …«

Mia lachte und schüttelte ihren Kopf tadelnd, auch wenn ihre Mitbewohnerin das nicht sehen konnte. »Ach komm, jetzt bist du einfach nur albern.«

Sie unterhielten sich noch ein wenig, und Jessie fragte Mia über ihren bisherigen Aufenthalt in Lenkarda aus. Mia erzählte ihr begeistert von dem Essen und gab mit der intelligenten Technologie an, auf die sie gestoßen war, indem sie ihr unter anderem das Bett bis ins kleinste Detail beschrieb. Wie erwartet, stimmte Jessie ihr zu, dass es definitiv eine gute Seite hatte, eine Affäre mit einem Krinar zu haben. Sie war auch völlig außer sich über Mias neu erlangte sprachliche Fähigkeit.

»Und du kannst mich wirklich verstehen?« Jessie fragte sie das in Mandarin, der Sprache, die sie von ihren eingewanderten Eltern mitbekommen hatte.

»Ja, Jessie, ich kann dich wirklich verstehen. Ist das nicht fantastisch?« Mia antwortete in der gleichen Sprache und musste sich wieder ihre Ohren reiben, als Jessie vor Aufregung aufschrie.

Letztendlich versprach Mia, sich in ein paar Tagen wieder bei Jessie zu melden, und dann sagte sie dem Gerät an ihrem Arm, es solle das Gespräch beenden.

Ihre Eltern waren die Nächsten auf der Liste.

Ihre Mutter freute sich, von ihr zu hören, auch wenn sie besorgt darüber zu sein schien, dass Mia nicht von ihrem normalen Telefon aus anrief.

»Mach dir keine Sorgen, Mami«, erklärte ihr Mia. »Mein Handy funktioniert gerade nicht richtig, und ich habe vorübergehend dieses Telefon bekommen, bei dem ich noch nicht alle Einstellungen vorgenommen habe.« Das stimmte auch zum Großteil. Ihr Handy funktionierte ja wirklich nicht in der krinarischen Siedlung, und sie hatte auch noch nicht ausprobiert, was dieses Gerät von Korum alles konnte.

»Ich verstehe, Schatz«, sagte ihre Mutter. »Aber vergiss bitte nie, uns bei so etwas anzurufen oder eine SMS zu schicken, Schatz.«

»Das mache ich «, versprach Mia. »In den nächsten Tagen werde ich sehr eingespannt in das freiwillige Projekt sein, aber ich werde dich auf jeden Fall am Mittwoch anrufen.«

»Wie läuft es denn überhaupt?«, fragte ihre Mutter und hörte sich ein wenig gereizt an. Mia hatte ihren Eltern erzählt, dass sie einige Wochen länger in New York bleiben würde, um ihrem Professor bei einem Programm für benachteiligte Highschool-Schüler zu helfen. Natürlich war ihre Mutter nicht begeistert davon gewesen, ihre jüngste Tochter erst später wiedersehen zu können.

»Es ist großartig«, log Mia. »Ich lerne eine Menge, und es wird sich unglaublich gut in meinem Lebenslauf machen.« Sie zuckte innerlich dabei zusammen, ihre Eltern so anzulügen, aber sie konnte ihnen auch nicht die Wahrheit sagen, noch nicht. Korum hatte recht: Es wäre das Beste, wenn ihre Eltern ihn persönlich kennenlernen würden und die Möglichkeit hätten, mit ihm zu reden und ihre Bedenken zu verlieren. Wenn Mia ihnen erzählen würde, wo sie sich jetzt gerade befand, würden ihre Eltern damit überhaupt nicht zurechtkommen.

Um das Gespräch in eine andere Richtung zu lenken, fragte sie: »Wie geht's Papi? Hat er in letzter Zeit wieder Kopfschmerzen gehabt?«

»Ja, erst vor ein paar Tagen«, sagte ihre Mutter seufzend. »Zum Glück war es keiner seiner schlimmsten Anfälle.«

»Sag ihm, er soll aufhören, sich selbst unter Druck zu setzen und es mit dem Computer langsam angehen lassen. Und regelmäßig spazieren gehen, okay?«

»Natürlich, meine Süße, das versuchen wir ja sowieso schon.«

»Passt auf euch auf, ja?«

Nachdem ihre Mutter ihr das versprochen hatte, plauderten sie noch eine Weile, und dann verabschiedete sich Mia, um Korum noch zu erwischen, bevor er für den Prozess aus dem Haus ging.

Er hatte ihr angeboten, alles zu beobachten, und Mia hatte vor, dieses Angebot auch anzunehmen.

5. KAPITEL

Als sich ein Teil der Mauer auflöste, um sie hindurchzulassen, betrat Mia den hohen, weißen Kuppelbau ohne Zögern. Korum hatte ihr versichert, dass niemand sie in dieser speziellen Ausführung seiner virtuellen Welt sehen, hören oder fühlen konnte. Das ermöglichte ihr, der ganzen Gerichtsverhandlung beizuwohnen, ohne irgendwelchem Druck oder unerfreulichen Begegnungen mit dem Protektor ausgesetzt zu werden. Es gab auch interaktive Versionen von virtueller Realität, hatte er ihr erklärt, aber die waren für diese Situation ungeeignet. Er selbst würde persönlich bei der Versammlung erscheinen müssen, da er ein Mitglied des Rates und außerdem einer der Hauptankläger in diesem Fall war.

Als sie das Gebäude betrat, schnappte sie erstaunt nach Luft. Dieser Ort wimmelte nur so von Krinar beider Geschlechter, die alle Kleidung in diesen hellen Farben trugen, die ihre Rasse zu bevorzugen schien. Tausende dieser großen, wunderschönen, goldhäutigen Außerirdischen, die das ganze Gebäude vom Boden bis zur Decke füllten, waren ein unglaublicher Anblick. Die Zuschauer – zumindest nahm Mia an, dass sie das waren – wurden buchstäblich übereinandergestapelt, da jeder auf einem der schwebenden Sitze saß, von denen Mia langsam verstand, dass sie hier in Lenkarda sehr verbreitet waren. Die Sitze waren in Kreisen rund um den Mittelpunkt des Doms angeordnet, und jeder Kreis schwebte direkt über dem anderen. Das war ein geschickter Aufbau, fiel Mia auf, wie eine Arena, aber aus schwebenden Sitzen.

In der Mitte befanden sich etwa ein Dutzend podiumsähnliche Plätze, von denen grob ein Drittel mit Krinar besetzt waren. Der Rest war leer.

Mia bahnte sich vorsichtig ihren Weg zu dieser Mitte und versuchte, Zusammenstöße mit anderen Anwesenden zu vermeiden, was sich allerdings als unmöglich herausstellte. Dieser Ort war einfach zu überfüllt. Die Teilnehmer merkten nichts von Mias Anwesenheit, aber Mia konnte ihre definitiv spüren, wenn sie von einem Ellenbogen erwischt wurde oder jemand auf ihren Fuß trat. Wie diese ganze virtuelle Realität funktionierte, davon hatte sie keine Ahnung, aber sie wusste, dass es nervig und geradezu schmerzhaft war, das unsichtbare Mädchen in der Menge zu sein. Endlich hatte sie es geschafft, sich bis zur Mitte durchzukämpfen, wo sich eine runde, völlig leere Fläche befand.

Als sie sicher auf diesem Platz stand, sah sie sich ehrfürchtig um.

Von innen waren die Wände des Doms durchsichtig, weshalb das helle Sonnenlicht von allen Seiten hineinfiel und von der weißen Farbe der Stühle und der hellen Kleidung der Krinar reflektiert wurde. Im Gegensatz zu den weiten, fließenden Formen, die Mia vorher immer an ihnen gesehen hatte, schien die Garderobe heute weniger informell zu sein, denn der Schnitt war bei beiden Geschlechtern enganliegender und strukturierter. Die meisten der Krinar schienen dunkle Haare und Augen zu haben, auch wenn Mia in der Menge hier und da einige wenige mit hellbraunem und kastanienbraunem Haar sehen konnte. Korum war hier durchschnittlich groß, bemerkte sie, als sie die hochgewachsenen Außerirdischen um sich herum beobachtete. Jemand wie sie – 1,60 m groß und 50 kg schwer – würde wahrscheinlich als Zwerg eingestuft werden.

Als sie ihre Aufmerksamkeit den podiumsähnlichen Objekten zuwandte, sah Mia, dass Korum hinter einem von ihnen saß. Bei dem Gedanken daran, ihn beobachten zu können, während er sie nicht sah, begann Mia zu grinsen und ging zu ihm hinüber. Er schien mit etwas in seiner Handfläche beschäftigt zu sein – wahrscheinlich dem Computer, den er da eingebettet hatte – und schenkte ihrer virtuellen Anwesenheit keinerlei Aufmerksamkeit. Sie lächelte schelmisch, trat von hinten ganz nahe an ihn heran und berührte ihn mit ihren Händen, ließ sie über seinen breiten Rücken gleiten. Natürlich reagierte er nicht, und Mia musste laut auflachen, als sie an die ganzen Möglichkeiten dachte, die sich ihr gerade boten. Sie könnte jetzt mit ihm alles machen, was sie wollte, und er würde nichts davon mitbekommen.

Um ihre Theorie zu testen, leckte sie sanft an der Rückseite seines Halses entlang. Wieder keine Reaktion, aber Mia konnte die leicht salzige Note seiner Haut schmecken und den vertrauten Geruch seines Körpers riechen. Wie vorherzusehen war, konnte sie spüren, dass sie immer erregter wurde, und sie drückte sich an ihn, um ihre Brüste an dem weichen Material seines elfenbeinfarbenen Shirts zu reiben. Tausende Zuschauer umgaben sie, und es war völlig egal, weil niemand – nicht einmal Korum selbst – wusste, was sie machte.

Mit einem breiten Grinsen biss Mia ihm sanft in den Hals und streckte sich nach seinem Schritt aus, um ihn dort durch seine Kleidung hindurch zu streicheln. Sie fühlte sich unglaublich unartig, so als würde sie etwas Verbotenes machen, auch wenn sie wusste, dass sich das Ganze mehr oder weniger in ihrem Kopf abspielte. Bevor sie jedoch weitermachen konnte, hörte sie, wie die Menge auf einmal leiser wurde, und sie zog sich zurück, da sie sich dachte, dass die Verhandlung gleich beginnen würde.

Die Zeit für Spielchen war vorbei.

Der podiumsähnliche Tisch, an dem Korum saß, war niedrig genug für Mia, um auf ihn zu klettern und es sich dort gemütlich zu machen. Es schien ein guter Ort zu sein, um das bevorstehende Drama zu beobachten.

Nachdem sie ihre Umgebung gründlich betrachtet hatte, kam sie zu dem Entschluss, dass die restlichen Podiumsplätze von den anderen Mitgliedern des Rates besetzt waren. Ein Drittel von ihnen war persönlich erschienen, während auf den anderen Sitzen – den ehemals leeren – jetzt holographische Abbilder von männlichen und weiblichen Krinar saßen. Sie vermutete, dass die Hologramme diejenigen darstellten, die nicht persönlich erscheinen konnten – vielleicht weil sie auf Krina waren. Sie sah Saret, der ihnen gegenübersaß, aber sie wusste nicht, wer die anderen Krinar waren. Mia zählte fünfzehn dieser Plätze, die sich um den leeren Kreis verteilten, aber nur vierzehn von ihnen waren besetzt. Wahrscheinlich war der leere Sitz der des Protektors, da dieser bei der Rolle, die sein Sohn als Angeklagter in diesem Prozess spielte, wohl kaum an der Urteilsfindung teilnehmen würde.

Eine Art Gong erklang in dem Kuppelbau, und die Menge verstummte. Plötzlich löste sich der Boden des Kreises in der Mitte auf, und sieben lange, silberfarbene Zylinder schwebten empor.

Der Boden verfestigte sich wieder, die Zylinder kamen auf ihm zum Stehen, und Mia schaute mit angehaltenem Atem dabei zu, wie ihre Wände verschwanden und nur noch der runde Deckel und der Boden erhalten blieben. In jedem dieser Zylinder sah Mia einen der Keiths – es waren die sieben Krinar, die alles riskiert hatten, um den Menschen zu einer strahlenderen Zukunft zu verhelfen.

Oder, wie Korum meinte, die versucht hatten, die Herrschaft über die Erde an sich zu reißen.

* * *

Die Keiths standen mit bitteren und trotzigen Gesichtern in ihrem jeweiligen Kreis. Silberfarbene Ringe umschlossen ihre Hälse – die gleichen Ringe, die die Wärter ihnen angelegt hatten, als sie gefangen genommen wurden, wie Mia gesehen hatte. Sie nahm an, dass das die krinarische Version von Handschellen war. Es waren fünf Männer und zwei Frauen, alle groß und wunderschön, wie es für ihre Rasse normal war.

Da Mia neugierig auf Korums Reaktion war, schaute sie sich zu ihm um und zuckte fast zurück, als sie die eisige Verachtung auf seinem Gesicht sah, mit der er die Verräter anblickte. Sie konnte die gefährlichen goldfarbenen Flecken in seinen Augen sehen, und seine Lippen waren zu einer dünnen, grausamen Linie zusammengepresst.

Er hasste und verachtete die Keiths wirklich für das, was sie getan hatten, erkannte Mia erschaudernd und fragte sich erneut, wie es ihm gelungen war, ihr ihr Verhalten zu verzeihen.

In der Arena herrschte Totenstille. Es gab weder Jubelrufe noch Ausbuhen, obwohl man das von einer solchen Ansammlung von Zuschauern hätte erwarten können. Es war die größte Gerichtsversammlung der letzten zehntausend Jahre, hatte Saret gesagt, und Mia konnte sehen, dass sich das in der ernsten Stimmung der Anwesenden widerspiegelte.

Ein Teil des Bodens löste sich erneut auf, und ein weiterer männlicher Krinar erschien. Er saß auf einem großen, schwebenden Sitz und erhob sich, sobald der Boden sich wieder geschlossen hatte. Im Gegensatz zu allen anderen Krinar trug er schwarze Kleidung. *Wahrscheinlich ist das der Protektor,* dachte Mia.

Es hallte noch ein Gong durch das Gebäude, und alle Ratsmitglieder erhoben sich hinter ihren Podesten. Einer von ihnen trat nach vorne, um den Neuankömmling zu begrüßen. Er berührte seine Schulter und sagte: »Willkommen, Loris«.

Der Protektor lächelte und erwiderte die Geste. »Danke, Arus.« Dann wandte er seine Aufmerksamkeit den restlichen Ratsmitgliedern zu und nahm ihre Anwesenheit mit einem kurzen Nicken zur Kenntnis.

Das waren also Korums Gegenspieler, dachte Mia und beobachtete sie mit großem Interesse. Loris' Haare waren pechschwarz, und seine Augen waren onyxfarben. Er erinnerte sie mit seinen scharfen, hübschen Gesichtszügen und seinem leicht raubtierhaften Gesichtsausdruck an einen Falken. Im Gegensatz dazu schien Arus viel zugänglicher zu sein. Mit olivfarbener Haut, schwarzem Haar und dunkelbraunen Augen war er ein sehr typischer Vertreter seiner Art, und sein Lächeln besaß eine gewisse Ehrlichkeit, die Mia zu dem Schluss kommen ließ, dass er vielleicht doch nicht so eine schlechte Person war.

Nachdem die Begrüßung abgeschlossen war, kehrte Arus auf seinen Platz zurück, während Loris stehen blieb.

Als sie eine Bewegung hinter sich hörte, blickte Mia sich um und sah, dass Korum sich erhoben hatte. Er ging mit langsamen und bedächtigen Bewegungen um seinen Tisch herum zur Mitte der Arena. Er lächelte Loris kalt an und fragte: »Ist der Protektor bereit für die Präsentation?«

Loris nickte und konnte seinen wütenden Gesichtsausdruck kaum unterdrücken. Es sah ganz so aus, als ob Korum nicht damit übertrieben hatte, dass Loris ihn hasste.

Mit einer Bewegung aus seinem Handgelenk erschuf Korum eine dreidimensionale Darstellung, die mitten in der Luft schwebte, um für alle gut sichtbar zu sein.

»Meine Mitbewohner der Erde und Zuschauer, die das Geschehen hier gerade von Krina aus verfolgen«, sprach Korum, und seine Stimme hallte durch den Kuppelbau. »Ich möchte euch ein so abscheuliches Verbrechen beweisen, wie es in ähnlicher Form in der Geschichte der Krinar seit über einhunderttausend Jahren nicht vorgekommen ist. Ein

Verbrechen, bei dem eine Handvoll Verräter, die mit ihrem Ansehen in der Gesellschaft nicht zufrieden waren, bei einer erbärmlichen Machtergreifung versucht haben, fünfzigtausend ihrer Mitbürger in den Tod zu schicken. Diese Verräter – die sieben Individuen, die ihr gerade vor euch seht – hatten nicht den Wunsch, uns als Rasse oder als Gesellschaft voranzubringen. Nein, sie wollten einfach nur Macht, und sie haben alles dafür getan, ihr Ziel zu erreichen. Sie haben gelogen, sie haben Angehörige unseres Volkes betrogen, sie haben Menschen manipuliert, die empfänglich für ihre leeren Versprechungen waren … und sie hätten jeden Einzelnen von euch getötet, um die Macht über diesen Planeten an sich zu reißen und von den leichtgläubigen Menschen als Helden verehrt zu werden …«

»Das ist eine Lüge«, unterbrach Loris ihn mit zusammengebissenen Zähnen. Rote Punkte erschienen unter seiner dunklen Haut, und Mia konnte seine Anstrengung, sich unter Kontrolle zu halten, fast körperlich spüren. »Du hast das alles arrangiert …«

»Du bist jetzt nicht dran mit reden, Protektor«, erklärte Korum ihm, und seine Lippen verzogen sich zu einem verächtlichen Lächeln. »Ich bin gerade dabei, meine Beweise zu präsentieren.« Und während er das sagte, führte er eine kleine Handbewegung aus, und die dreidimensionale Aufzeichnung erwachte zum Leben.

Mia kannte die Szene – sie selbst hatte sie erst gestern in einer virtuellen Form erlebt. Als die Aufzeichnung ablief, sah sie wieder die alte Hütte, in der die Verräter während des Angriffs des Widerstands Unterschlupf gesucht hatten, und sie lauschte der Unterhaltung mit dem unbekannten menschlichen General.

Sie wurde Zeuge davon, wie die Truppen des Widerstands mit ihren krinarischen Waffen versuchten, Lenkarda zu stürmen, und war erleichtert über ihre vernichtende Niederlage. Und auch wenn sie das gerade alles zum zweiten Mal sah und wusste, dass die menschlichen Kämpfer überlebt hatten, protestierte ihr Magen mit aufsteigender Übelkeit, als der Film vorbei war.

Nach einer weiteren Bewegung von Korums Hand wurde die nächste Aufzeichnung abgespielt – diesmal handelte es sich um ein Telefongespräch zwischen einem der Keiths und einigen Anführern des Widerstandes. Offensichtlich koordinierten sie gerade ihr Vorgehen vor den Angriffen. Und es folgten weitere Beweise: dreidimensionale Videos von Treffen des Widerstandes, in denen sie über die Keiths redeten, von Interaktionen zwischen menschlichen Regierungsabgeordneten, die die Chancen für die Befreiung der Erde diskutierten, und sogar ein Video von John, wie er Mia über ihre Planänderung unterrichtete und ihr erklärte, wie sie Korums Baupläne stehlen musste.

Als sie das alles sah, wurde Mia klar, wie durch und durch Korum sie manipuliert hatte. Während sie dachte, dass sie ihn ausspionierte, hatte er jeden ihrer Schritte verfolgt; sie hatte niemals die Möglichkeit gehabt, dem Widerstand zu helfen – sie war immer sein Köder gewesen. Ihr Magen krampfte sich bei diesem Gedanken unangenehm zusammen.

Als alle Aufzeichnungen abgespielt waren, waren mindestens vier Stunden vergangen. Mia hatte Hunger und Durst und hämmernde Kopfschmerzen, aber sie konnte ihren Platz auf Korums Podium einfach nicht verlassen, da die Vorgänge eine morbide Faszination auf sie ausübten.

Endlich schienen Korums Präsentationen beendet zu sein.

In die tödliche Stille hinein, die in der Arena herrschte, sagte Korum mit kräftiger Stimme: »Und das, Mitbewohner von Krinar und der Erde, ist der Grund dafür, dass ich die höchste aller Bestrafungen für diese Verräter fordere: völlige Rehabilitation.«

Ein Raunen ging durch die Menge, und Mia konnte das Entsetzen, das von einigen Zuschauern ausging, förmlich spüren. Was auch immer völlige Rehabilitation war, es wurde anscheinend nicht sehr häufig angewandt.

Die Keiths sahen auch völlig schockiert aus, und Mia konnte auf einigen ihrer Gesichter Angst erkennen. Welche Strafe sie auch immer erwartet hatten, offensichtlich war es nicht das gewesen, was Korum gerade vorgeschlagen hatte.

Der Protektor trat nach vorne. Genau wie Korum hatte er die ganze Zeit, während die Aufnahmen abgespielt worden waren, in der Mitte des Raumes gestanden. Seine schwarzen Augen waren von Zorn erfüllt. »Das ist undenkbar, und du weißt das«, stieß er zwischen seinen zusammengebissenen Zähnen hervor. »Selbst wenn sie schuldig sein sollten, stünde das, was du verlangst, völlig außer Frage.«

»Gestehst du also ihre Schuld ein?«, fragte Korum in einem gefährlich sanften Ton.

Loris' Augenbrauen schnellten zusammen. »Überhaupt nicht. Du weißt, dass sie nichts Falsches gemacht haben …«

»Das werden wir den Rat und die Ältesten entscheiden lassen, nicht wahr?«, antwortete Korum und blickte den anderen Krinar mit einem spöttischen Blick an. »Du bist morgen mit deiner Präsentation an der Reihe, und ich kann es ausnahmsweise kaum erwarten, zu hören, wie diese Verräter unschuldig sein könnten.«

»Das wirst du schon sehen«, sagte Loris und warf ihm einen hasserfüllten Blick zu. »Genauso wie alle anderen auch.«

Und kaum hatte er zu Ende gesprochen, ertönte die Glocke wieder. Für den heutigen Tag war die Gerichtsverhandlung zu Ende.

* * *

Der Krinar holte tief Luft und war froh, dass der erste Tag des Prozesses vorbei war. Es war genauso gelaufen, wie er das erwartet hatte.

Korum hatte die Höchststrafe für diejenigen gefordert, die er als Verräter betrachtete. Hätte der Krinar nicht seine Vorsichtsmaßnahmen getroffen, hätte er ohne weiteres als achter Angeklagter dort stehen und vom Rat verurteilt werden können.

Er hatte sich gerade noch rechtzeitig von den Keiths distanziert. Jetzt würde niemand mehr vermuten, dass er eine Rolle bei den Angriffen auf die Siedlungen gespielt hatte.

Das hatte er sichergestellt.

6. KAPITEL

Mit einem Riesenhunger und mental völlig erschöpft beendete Mia ihren Aufenthalt in der virtuellen Realität, indem sie ihrem Computerarmband an ihrem Handgelenk die Anweisung gab, sie nach Hause zurückzubringen. Sie hatte am Morgen nur ein leichtes Frühstück gehabt, einen Mango-Avocado-Smoothie, und fühlte sich jetzt so, als würde sie vor Hunger gleich umkippen. Sie öffnete ihre Augen, stand von dem Sofa auf, auf dem sie gesessen hatte, und machte sich auf die Suche nach etwas Essbarem.

Sie ging zum Kühlschrank, öffnete ihn entschlossen und starrte auf die vielfältigen essbaren Pflanzen, die sich darin befanden. Einige kannte sie – wie Tomaten und Paprika –, aber andere waren ihr völlig unbekannt. Mia wünschte sich, dass Korum hier wäre und ihr eine seiner köstlichen und sättigenden

Kreationen zubereiten würde. Aber da er persönlich bei der Verhandlung gewesen war, würde es wohl noch eine Weile dauern, bis er wieder hier wäre.

Und dann hatte sie plötzlich eine Eingebung. Korum hatte doch gesagt, dass eine der Funktionen des Hauses war, Essen zuzubereiten. Würde es das wohl auch für sie tun?

»Hey, Haus«, sagte Mia unsicher und fühlte sich dabei wie ein Idiot, »kannst du mir bitte etwas zu essen machen?«

Einen Augenblick lang passierte überhaupt nichts, und dann fragte eine wohlklingende weibliche Stimme: »Was hättest du denn gerne, Mia?«

Mia sprang vor Freude fast in die Luft. »Oh Gott, du kannst ja sprechen! Das ist großartig! Ähm … ich hätte gerne das, was Korum gestern gekocht hat, besonders dann, wenn es schnell zubereitet werden kann.«

»Ja, Mia«, antwortete die weibliche Stimme sanft. »Der Sharisalat wird in zwei Minuten fertig sein, und der Kalafanieintopf sechs Minuten später.«

Mit einem breiten Grinsen im Gesicht ging Mia zur Spüle hinüber und wusch sich die Hände. Als sie damit fertig war und sich an den Tisch setzte, öffnete sich die Wand, und eine Schüssel mit Salat kam heraus, die dann ruhig weiter zum Tisch schwebte.

Mia schaute mit einem vor Schock weit geöffneten Mund dabei zu, wie der Salat genau vor ihr landete. Es war die perfekte Portionsgröße für sie, und das zangenähnliche Besteck befand sich auch schon in der Schüssel. Die Vorspeise wartete einfach nur noch darauf, von ihr gegessen zu werden.

»Äh, danke schön«, sagte sie und sah sich um, um herauszufinden, woher die Stimme gekommen war. War irgendwo in der Decke ein Computer eingebaut?

»Gern geschehen, Mia«, sagte die weibliche Stimme wieder. »Guten Appetit, und der nächste Gang wird in wenigen Minuten fertig sein.«

Mia stürzte sich auf ihr Essen und hatte dabei wieder ein breites Grinsen im Gesicht. Bis jetzt liebte sie die krinarische Technologie. Es war genau so, wie sich die Menschen das immer in der Science-Fiction-Welt ausgedacht hatten, nur dass es völlig real war – und einen fast magischen Touch besaß, den Mia sehr ansprechend fand. Das, was ihr besonders gut gefiel, war, wie einfach alles zu bedienen war. Natürliche Sprachkommandos, einfache Handbewegungen – alles schien so intuitiv zu sein.

Als sie den Salat aufgegessen hatte, war das Eintopfgericht von gestern auch schon auf dem Tisch gelandet. Mia aß es gierig auf und merkte, wie ein Großteil ihrer Müdigkeit verschwand, als sich ihr Blutzuckerspiegel stabilisierte. Das Essen schmeckte genauso hervorragend wie gestern, und Mia wunderte sich erneut darüber, dass Korum sich Mühe gab, kochen zu lernen, wenn ihm in seinem Haus eine so bemerkenswerte Technologie zur Verfügung stand.

Endlich satt, räumte sie ab und brachte das Geschirr zur Wand – die sich daraufhin öffnete und alles annahm, genauso wie sie es für Korum getan hatte – und ging danach ins Wohnzimmer.

Sie dachte, dass sie dann jetzt auch einmal den Lagerleiter in Orlando anrufen könnte, um ihm zu sagen, dass sie am Montag ihr Praktikum nicht antreten würde.

* * *

Als Korum etwa eine Stunde später nach Hause kam, war Mia schon gelangweilt.

Sie hatte mit dem Lagerleiter gesprochen und ihm erklärt, dass unvorhergesehene Ereignisse es ihr leider unmöglich machten, diesen Sommer nach Florida zu kommen. Er war zwar enttäuscht gewesen, aber trotzdem immer noch erstaunlich nett und verständnisvoll, was eine ungemeine Erleichterung für Mia gewesen war. Danach hatte sie ein wenig das Haus erkundet und sogar versucht, sich mit ihm zu unterhalten, aber die melodische weibliche Stimme schien kein Interesse daran zu haben. Sie fragte, ob es angenehm warm und behaglich war (das war es) und ob Mia irgendetwas zu essen oder zu trinken wollte (was sie nicht wollte), aber damit war ihre Unterhaltung auch schon ausgereizt. Es schien auch keine Bücher oder andere Sachen zu geben, mit denen sie sich beschäftigen konnte.

Mit einem Seufzer ließ Mia sich auf das Sofa im Wohnzimmer fallen und starrte hinaus auf die grüne Landschaft. Sie wünschte sich, dass sie mutig genug wäre, um nach draußen zu gehen, aber den Gedanken daran, sich in einem costa-ricanischen Wald zu verlaufen, fand sie dann doch nicht so ansprechend. Sie schaute sich ihren Armbandcomputer an und fragte sich, ob er wohl auch wie ein normaler Computer funktionieren würde und sie mit dem Internet verbinden könnte. Sie überlegte, ob sie das einfach einmal ausprobieren sollte, aber entschied sich dann doch dazu, auf Korum zu warten, damit er ihr zeigte, was dieses Gerät überhaupt alles konnte.

Und dann kam Korum endlich. Er sah angespannt aus und ein wenig müde, und Mia ahnte, dass sich nach der formellen Vertagung der Verhandlung noch einige politische Diskussionen hinter geschlossenen Türen abgespielt hatten. Trotzdem lächelte er, als er sie dort sitzen sah.

»Hallo«, sagte sie unglaublich froh darüber, ihn zu sehen. Trotz allem, was zwischen ihnen passiert war, und obwohl sie gerade beobachtet hatte, wie er seine Feinde schon fast grausam behandelte, konnte sie nichts dagegen tun, dass sich in seiner Gegenwart ein warmes Gefühl in ihr ausbreitete.

Sein Lächeln verstärkte sich. Er kam herüber, um sich zu ihr auf das Sofa zu setzen, küsste sie sanft und zog sie näher zu sich heran, um sie zu umarmen. Mia erwiderte überrascht seine Umarmung und murmelte in sein T-Shirt: »Ist alles in Ordnung? Ist irgendetwas passiert?«

Er schüttelte seinen Kopf, vergrub sein Gesicht in ihrem Haar, atmete ihren Duft ein und hielt sie einfach nur fest. »Nein«, flüsterte er. »Jetzt ist alles in Ordnung.«

Nach einigen Sekunden lehnte er sich zurück und sah sie an. »Ich hoffe, du hast etwas gegessen? Ich habe das Haus programmiert, auf deine Sprachkommandos zu reagieren, um sicher zu gehen, dass du hier keinerlei Probleme haben wirst.«

Mia lächelte. »Ja, das habe ich hinbekommen. Vielen Dank dafür.«

»Sehr schön«, sagte er sanft, »ich möchte, dass du dich hier wohlfühlst.«

Mia nickte langsam. »Damit fange ich gerade an. Aber eigentlich wollte ich dich etwas fragen …«

»Natürlich, was ist denn?«

»Ich langweile mich«, fiel Mia mit der Tür ins Haus. »Ich habe überhaupt nichts, womit ich mich beschäftigen kann, wenn du nicht da bist. Zu Hause habe ich Uni, Arbeit, Freunde, Bücher, Fernsehen …«

»Ah, ich verstehe«, sagte Korum lächelnd. »Ich habe dir noch nicht gezeigt, was dein kleiner Computer alles machen kann. Sag ihm, dass du etwas lesen möchtest.«

»Okay«, sagte Mia zweifelnd und schaute auf ihr Armband: »Ich würde gerne etwas lesen …«

Fast augenblicklich öffnete sich eine der Wände und gab einen in ihr versteckten Stauraum frei – eine Art Regal. Und während Mia dabei zuschaute, schwebte ein Objekt aus dem Regal auf sie zu, das aussah wie ein dickes Blatt Papier.

»Wie können diese ganzen Dinge fliegen?«, fragte Mia fasziniert und griff nach dem Objekt. »Teller, Stühle – und jetzt das …«

»Das Prinzip gleicht dem, was wir auch für unsere Schilde benutzen, die die Siedlungen beschützen«, erklärte Korum. »Es handelt sich dabei um eine Art Kraftfeld, aber viel kleiner.«

»Ah, ich verstehe«, sagte Mia, als ob ihr das etwas sagen würde. Sie war definitiv kein Technologiecrack. Sie schaute sich das Blatt an, das sich in ihrer Hand befand, und stellte fest, dass es aus einem Material hergestellt war, das Plastik ähnelte.

»Das ist etwas, womit du dich mit Sicherheit beschäftigen kannst«, sagte er und setzte sich neben sie. »Es ist ein bisschen wie eure Tablets. Du kannst jedes Buch lesen – menschlich oder krinarisch –, das jemals geschrieben worden ist, und du kannst dir jeden Film anschauen, auf den du Lust hast. Es wird auch auf deine Sprachkommandos reagieren, also kannst du ihm einfach sagen, was du sehen oder lesen möchtest.«

»Kann ich es benutzen, um mehr über die Krinar zu lernen? Um Geschichtsbücher oder Ähnliches zu lesen?«, fragte Mia und betrachtete das Objekt aufgeregt.

»Sicher. Du kannst es für alles benutzen, was du möchtest.«

Mia grinste. »Das ist super, danke!«

Er lächelte zurück. »Das ist doch selbstverständlich. Ich möchte ja schließlich nicht, dass du dich hier langweilst.«

Plötzlich fiel Mia etwas ein. »Warte, du hast gesagt, dass es auf Sprachkommandos reagiert, aber ich habe niemals gesehen oder gehört, dass du irgendwann Sprachkommandos benutzt hast. Wie steuerst du eure ganze Technologie?«

»Ich habe einen sehr potenten Computer, der es mir ermöglicht, alles über eine spezielle Art zu denken zu steuern«, erklärte Korum und hielt seine Handfläche nach oben. »Es ist ein Modell eines hochentwickelten Gehirn-Computer-Interfaces. Ich benutze auch ein paar Gesten, aber eigentlich ist das nur eine Angewohnheit.«

Mia sah ihn an. »Also kontrollierst du elektronische Geräte mit deinem Kopf?«

»Die krinarischen schon. Menschliche Technologie ist nicht dafür ausgelegt.«

»Und was ist mit den anderen? Machen die das auch so?«

Korum nickte. »Viele von ihnen zumindest. Einige bevorzugen immer noch die altmodische Art und Weise, also Sprachkommandos und Gesten, aber die meisten haben gewechselt. Der Großteil unserer Technologie ist dafür ausgelegt, dass man sie auf beide Arten bedienen kann, weil unsere Kinder und Jugendlichen nur die erste Methode benutzen können.«

»Warum?«, fragte Mia und schaute ihn fasziniert an.

»Weil ihre Gehirne noch nicht vollständig ausgewachsen und entwickelt sind und weil es mit den Gehirn-Computer-Interfaces einen Lernprozess gibt. Das ist der Grund dafür, dass ich für den Moment alles für dich mit der Spracherkennung ausstatte – es ist für Anfänger um einiges einfacher, damit zurechtzukommen. Später, wenn dein Verständnis von unserer Technik und Gesellschaft größer ist, kann ich dich mit dem neuen Interface ausstatten.«

Mia bekam große Augen. Er würde ihr die Fähigkeit geben, krinarische Technologie mit ihren Gedanken zu steuern? Die Möglichkeiten waren einfach unvorstellbar. »Das klingt …«

»Wie ein bisschen zu viel auf einmal?«, erriet Korum, und Mia nickte.

»Deshalb gibt es ja bis jetzt auch nur die Sprachkommandos«, sagte er. »Eure Gesellschaft ist weit genug entwickelt, um solche Arten von Interfaces problemlos verstehen zu können, und es ist sehr intuitiv.«

»Also bin ich jetzt erst einmal wie eines eurer Kinder?«, fragte Mia ironisch.

Seine Lippen verzogen sich zu einem Lächeln. »Wenn du ein Krinar wärst, würdest du sogar schon ein Jugendlicher sein, deines Alters wegen.«

»Ich verstehe.« Mia warf ihm einen finsteren Blick zu. »Und ab welchem Alter werdet ihr als Erwachsene angesehen?«

»Na ja, körperlich erwachsen sind wir etwa im gleichen Alter wie die Menschen, also Anfang zwanzig oder ein wenig früher. Aber eigentlich wird ein Krinar erst ab einem Alter von ein paar hundert Jahren als reif genug angesehen, um ein voll akzeptiertes Mitglied unserer Gesellschaft zu werden – es könnte allerdings auch früher sein, falls er irgendeinen außergewöhnlichen Beitrag leistet.«

Aus irgendeinem Grund regte Mia das auf. Sie wusste nicht, warum es sie so störte, dass sie, solange sie leben würde, nie ein richtiges Mitglied der krinarischen Gesellschaft sein würde. Auch wenn es ja sowieso nicht so war, als würden sie einen Menschen jemals als ein solches betrachten. Außerdem wusste sie auch gar nicht, wie lange ihre Beziehung zu Korum überhaupt bestehen würde. Aber trotzdem ärgerte es sie, dass sie für die Krinar nie mehr als ein großes Kind sein würde.

Da sie das Thema lieber wechseln wollte, fragte sie: »Also lief die Gerichtsverhandlung so, wie du es dir vorgestellt hattest?«

Korum zuckte mit den Schultern. »So in etwa. Loris wird versuchen, alles zu verdrehen, damit es so aussieht, als hätte ich das Ganze eingefädelt. Aber es gibt zu viele Beweise für ihren Betrug, und ich denke nicht, dass er sie jetzt noch retten kann.«

»Was bedeutet völlige Rehabilitation?«, fragte Mia, vor Neugier fast platzend. »Alle schienen völlig entsetzt zu sein, als du das gefordert hast.«

»Es ist unsere drastischste Form der Bestrafung für Verbrecher«, sagte Korum, und seine Augen verengten sich leicht. »Sie wird in den Fällen angewandt, wenn ein Individuum eine ernstzunehmende Gefahr für unsere Gesellschaft darstellt – und das machen diese Verräter ganz klar.«

»Okay … aber was genau ist es?«

»Saret kann dir das besser erklären als ich«, sagte Korum. »Die genauen Mechanismen fallen in sein Fachgebiet. Aber grundsätzlich ist es so, dass das, was sie dazu gebracht hat, sich so zu verhalten – dieser Charakterzug –, komplett ausgelöscht wird.«

Mias Augen wurden riesengroß. »Wie?«

Korum seufzte. »Wie gesagt, das ist nicht mein Fachgebiet. Aber das, was ich als Laie weiß, ist, dass dabei eine Menge Erinnerungen gleich mit ausgelöscht werden und eine völlig neue Persönlichkeit erschaffen wird. Das wird allerdings nur gemacht, wenn es keine andere Wahl gibt, weil es ein großer Eingriff für das Gehirn ist. Die Betroffenen sind danach nie wieder dieselben – und darauf kommt es in diesem Fall ja auch an.«

»Also würden sie sich nicht daran erinnern, wer sie sind?« Diese Vorstellung fand Mia erschreckend.

»Es könnte sein, dass sie sich an Kleinigkeiten erinnern, damit sie kein völlig unbeschriebenes Blatt sind. Aber das, was ihre Persönlichkeit ausmachte – einschließlich des Teils, der sie dazu getrieben hat, das Verbrechen zu begehen – wäre verschwunden.«

Mia schluckte. »Das ist ganz schön hart …«

Seine Augen verengten sich wieder. »Es ist besser als das, was deine Rasse mit Verbrechern macht. Wenigstens haben wir keine Todesstrafe.«

»Habt ihr nicht?« Mia konnte nicht sagen, warum sie so überrascht war, das zu hören. Vielleicht hatte es mit dem weitverbreiteten Bild der Krinar als gewalttätige Spezies zu tun, das hauptsächlich durch die blutigen Kämpfe während der Großen Panik entstanden war.

»Nein, Mia, haben wir nicht«, sagte ihr Korum beißend. »Wir sind wirklich nicht die Monster, als die du uns immer siehst.«

»Ich habe niemals gesagt, dass ihr das seid«, protestierte Mia, und er lachte.

»Nein, nur ich, richtig?«

Mia senkte ihren Blick, da sie seinen spöttischen Gesichtsausdruck nicht ertrug. »Ich denke nicht, dass du ein Monster bist«, sagte sie ihm ruhig. »Aber ich denke, dass es falsch von dir ist, mich wie Eigentum zu behandeln, nur weil ich ein Mensch bin. Ich bin eine Person mit Gefühlen und Wünschen, und ich hatte auch schon ein Leben, bevor du ein Teil davon geworden bist …«

»Und jetzt hast du das nicht mehr?«, fragte Korum und hob ihr Kinn langsam so weit an, bis sie ihm in die Augen sehen musste. Als sie den goldfarbenen Ring um seine Iris sah, befeuchtete Mia nervös ihre plötzlich trockenen Lippen. »Denkst du, dass ich dich schlecht behandele? Dass ich dich von dem faszinierenden Leben fernhalte, das du vorher geführt hast?«

»Ich mochte das Leben, das ich davor hatte«, antwortete Mia ihm trotzig. »Es war genau so, wie ich es wollte. Es mag auf dich langweilig gewirkt haben, aber ich war glücklich damit …«

»Glücklich mit was?«, fragte er sie sanft. »Tag und Nacht zu lernen? Dich hinter weiten Sachen zu verstecken, weil du zu viel Angst davor hattest, das wirkliche Leben auszuprobieren? Mit einundzwanzig noch eine Jungfrau zu sein?«

Mia errötete vor Wut und Scham. »Ja, genau das«, sagte sie ihm bitter. »Glücklich mit meiner Familie und meinen Freunden, glücklich darüber, in New York zu leben und dort zu studieren, glücklich über das Praktikum, das ich für diesen Sommer geplant hatte …«

Sein Gesichtsausdruck verfinsterte sich. »Ich habe dir schon versprochen, dass wir bald deine Familie besuchen werden«, sagte er ihr gefährlich ruhig. »Und ich habe dir auch gesagt, dass ich dich zum Semesterbeginn nach New York zurückbringen werde. Zweifelst du etwa daran, dass ich mein Wort halten werde?«

Mia atmete tief durch und versuchte, sich unter Kontrolle zu behalten. Wahrscheinlich war das nicht die weiseste Entscheidung ihrerseits, sich unter diesen Umständen mit ihm zu streiten, aber sie konnte nichts dagegen machen. Irgendein verwegener Dämon war in ihr erweckt worden und ließ sich nicht verleugnen. »Das wäre ja nicht das erste Mal, dass du mich anlügst«, sagte sie, unfähig, den Ärger aus ihrer Stimme zu verbannen.

»Ach, wirklich?«, fragte er, und seine Worte trieften vor Sarkasmus. »*Ich* habe *dich* angelogen?«

Mia schluckte noch einmal. »Du hast mich dahingehend manipuliert, dass ich genau das gemacht habe, was du von mir wolltest«, sagte sie stur. »Ich wollte überhaupt nichts von alledem – ich wollte einfach nur in Ruhe gelassen werden ...«

Er sah sie immer noch mit einem unleserlichen Gesichtsausdruck an. »Ist das immer noch so?«, fragte er sanft. »Dass du in Ruhe gelassen werden möchtest?«

Mia starrte ihn völlig überrascht an. Ihr Mund öffnete sich, aber es kam nicht ein einziger Laut heraus.

»Und lüge mich jetzt nicht an, Mia«, fügte er ruhig hinzu. »Ich weiß immer, wenn du lügst.«

Mia blinzelte zornig und versuchte einen plötzlichen Tränenausbruch zu unterdrücken. Mit dieser einen, simplen Frage hatte er sie völlig bloßgestellt, alle ihre Schwachstellen aufgezeigt, um sie ausnutzen zu können. Sie wollte nicht, dass er wusste, wie tief ihre Gefühle für ihn waren, wollte sie nicht vor ihm ausbreiten, damit er mit ihnen spielen konnte. Was war sie nur für ein Idiot, dass sie mit jemandem wie ihm zusammen sein wollte. Ihn gleichzeitig so sehr hasste und liebte.

Seine Lippen verzogen sich zu einem Halbläcweln. »Ich verstehe.« Er lehnte sich zu ihr hinüber und küsste sie mit sanften Lippen zärtlich auf den Mund.

»Ich schau mal, ob ich dir nicht einen Praktikumsplatz besorgen kann«, sagte er, rückte von ihr ab und stand auf. »Und ich werde dich mit einigen anderen menschlichen Mädchen hier in der Siedlung bekannt machen – vielleicht wirst du ja ein paar neue Freunde finden.«

Und als Mia ihn überrascht ansah, lächelte er sie wieder an und ging in sein Büro, was ihr die Gelegenheit gab, in Ruhe das verdauen zu können, was gerade passiert war.

7. KAPITEL

Drei Stunden später lag Mia völlig vertieft in die frühe Evolutionsgeschichte der Krinar auf dem Bett, als Korum ins Schlafzimmer kam.

»Wir gehen in zwanzig Minuten essen«, sagte er ihr, »vielleicht möchtest du dich langsam fertig machen?«

Verblüfft sah Mia ihn an. »Wohin gehen wir essen?«

»Arman ist ein Bekannter von mir«, erklärte ihr Korum, setzte sich neben sie aufs Bett und legte seine Hand auf ihr Bein. »Er hat uns zu sich eingeladen, als ich ihm von dir erzählt habe. Er hat auch einen Charl, ein costa-ricanisches Mädchen, das jetzt schon seit ein paar Jahren mit ihm zusammen ist. Sie freut sich riesig darauf, dich kennenzulernen.«

Mia grinste und war plötzlich ganz aufgeregt. »Ich würde sie auch wahnsinnig gern kennenlernen!« Sie konnte es kaum noch erwarten, mit einem anderen Mädchen in ihrer Situation zu reden und etwas aus der Perspektive eines Menschen über die Krinar zu erfahren, der sie auch ganz genau kannte – und sogar schon viel länger.

Korum lächelte zurück. »Ich dachte mir, dass du das würdest. Wie gefällt dir das Buch bis jetzt?«

»Es ist faszinierend«, antwortete sie ihm aufrichtig. »Ich hatte keine Ahnung, dass ihr auch von einer affenähnlichen Spezies abstammt.«

Er nickte. »Das tun wir. Es gab viele Parallelen in unserer Evolution und eurer, bis auf die Tatsache, dass es auf Krina letztendlich zwei verschiedene Rassen gab: uns und die Lonar – das sind die Primaten, von denen ich dir schon einmal erzählt habe. Wir waren größer, stärker, schneller, langlebiger und sehr viel intelligenter als die Lonar, aber wir waren an sie gebunden, weil wir ihr Blut brauchten, um überleben zu können.«

Mia starrte ihn an. Das hatte sie auch gerade alles erfahren, und sie konnte die Bilder der frühen Krinar nicht aus ihrem Kopf bekommen. Das Buch hatte einige sehr lebhafte Beschreibungen geliefert, wie die Urkrinarer ihre Beute gejagt hatten: jeder männliche Krinar markierte sein Territorium rund um eine kleine Gruppe Lonar und verjagte die anderen Krinar, um die Blutversorgung für sich und seine Partnerin sicherzustellen. Wenn sich die Lonar erst einmal innerhalb eines krinarischen Territoriums befanden, hatten sie kaum Chancen, zu überleben, da sie durch den ständigen Blutverlust geschwächt und durch das Erlebnis, gejagt zu werden, traumatisiert wurden. Letztendlich war ihre Anzahl extrem gesunken, und die Krinar sahen sich gezwungen, ihren Ernährungsplan umzustellen.

Zu diesem Zeitpunkt waren die Krinar immer noch eine primitive Rasse, kaum mehr als Jäger und Sammler. Durch den raschen Schwund der Lonar mussten sie sich weiterentwickeln, weg von den territorialen Wurzeln und hin zu einer friedlichen Zusammenarbeit, um das zu bewahren, was von ihrer kritischen Blutversorgung noch übrig war. Die nächsten hunderttausend Jahre waren eine Zeit des schnellen Fortschritts für die Krinar und markierten die Geburtsstunde von Wissenschaft, Technologie, Medizin, Kultur und Kunst. Statt ihre Blutversorger zu jagen, begannen die Krinar, sie zu züchten, schafften ihnen günstige Lebens- und Fortpflanzungsbedingungen und bemühten sich, nur deren Blut zu sich zu nehmen, die ihr reproduktives Alter schon hinter sich gelassen hatten.

Diese Anstrengungen führten dazu, vorübergehend die Abnahme der lonarischen Bevölkerungszahlen aufzuhalten, wodurch die krinarische Gesellschaft aufzublühen begann. Trotz der niedrigen Geburtenrate stieg ihre Anzahl, da weniger Krinar in gewalttätigen Kämpfen zur Verteidigung ihres Territoriums ums Leben kamen. Man begann, Neuerungen sehr zu würdigen, und kurz darauf erfanden die Krinar das Reisen durch das Weltall. Es war das erste goldene Zeitalter in der Geschichte der Krinar, eine Zeit voller enormer wissenschaftlicher Leistungen und einer relativ friedlichen Koexistenz der verschiedenen krinarischen Stämme und Regionen.

»Ich bin nur bis dahin gekommen, wo die Plage beginnt«, sagte Mia ihm. Es war klar, dass dieses Ereignis das erste goldene Zeitalter beendet hatte, da fast alle Lonar ausgerottet wurden, was in der krinarischen Gesellschaft zu Panik und blutigen Tumulten führte.

Korum lächelte. »Du kommst also gut mit unserer Geschichte voran. Was denkst du bis jetzt?«

»Ich denke, dass sie sehr interessant ist«, antwortete Mia ehrlich. Sie fand sie auch ein wenig Angst einflößend, wenn man bedachte, wie wild die Krinar in der Vergangenheit gewesen waren, aber das wollte sie ihm nicht sagen. Sie versuchte, sich Korum als einen dieser primitiven Krinar vorzustellen, der gerade seine Beute jagt, und es war eine erstaunlich einfache Aufgabe, die sehr wenig Fantasie von ihr erforderte. Sie konnte in seiner Rasse auch heutzutage immer noch viele Charakteristika von Raubtieren wiedererkennen, angefangen von den geschmeidigen Bewegungen bis hin zu den territorialen Zügen, die sie bei Korum schon in Bezug auf sich selbst erlebt hatte.

»Du kannst später weiterlesen«, sagte er und streichelte ihr abwesend den Oberschenkel. Wie immer sandte seine Berührung einen behaglichen Schauer durch ihren Körper. »Wir sollten nicht zu spät zum Essen erscheinen – das wird als eine große Beleidigung für den Gastgeber angesehen.«

»Natürlich«, antwortete Mia und stand sofort auf. Das Letzte, was sie gerade wollte, war, jemanden zu beleidigen, »Soll ich mich hübsch machen?« Sie hatte ihre Jeans und das T-Shirt an, was sie auch gestern getragen hatte, als sie in Lenkarda angekommen war. Irgendwie hatte das Haus es geschafft, sie schon zu reinigen, denn sie hatte sie frisch gewaschen und zusammengelegt auf der Kommode im Badezimmer gefunden.

Korum war ihr offensichtlich schon zwei Schritte voraus, denn er öffnete gerade die Tür zum begehbaren Kleiderschrank.

»Ich habe dir eine Garderobe kreiert«, erklärte er ihr, »damit du nicht mehr für jedes Outfit auf mich angewiesen bist. Hier, schau mal.«

Neugierig ging Mia hinein, um einen Blick darauf zu werfen, und ihre Kinnlade klappte nach unten. Der ganze Schrank war voll mit wunderschönen hellen Kleidern, Schuhen, angefangen von ultraleichten Sandalen bis hin zu weich aussehenden Stiefeln und verschiedensten Accessoires. »Hast du das alles gemacht?«

Korum nickte. »Ich ließ mir von Leeta alle ihre Modedesigns schicken. Neben ihrer Arbeit für mich versucht sie sich in Modekreationen.«

Leeta war Korums entfernte Cousine, und Mia hatte sie in New York ein paar Mal kurz getroffen. Sie war nach Mias Meinung nicht das wärmste und freundlichste Individuum, aber ihre Modeentwürfe schienen wirklich hübsch zu sein.

»Du meinst, du bist kein Modeexperte?« Mia tat so, als sei sie völlig schockiert über diese Enthüllung und riss ihre Augen riesig weit auf. In New York war er auf jeden Fall sehr erpicht darauf gewesen, den damaligen Inhalt ihres Kleiderschrankes komplett zu entsorgen.

Er lachte. »Weit davon entfernt. Ich erkenne aber, wenn Klamotten zum Verstecken benutzt werden«, bemerkte er spitz und bezog sich damit auf ihre Tendenz, sehr hässliche, aber bequeme Sachen zu tragen.

Mia bekämpfte den kindischen Drang, ihm die Zunge rauszustrecken. »Wie du meinst«, brummelte sie.

»Heute Abend könntest du doch das hier anziehen«, sagte Korum und zog ein zartes Kleid in hellem Pink hervor.

Mia zog es unter Korums aufmerksamen Blicken an und freute sich dabei insgeheim darüber, dass seine Augen immer goldener wurden. Als sie fertig war, ging sie zum Spiegel hinüber, um einen Blick auf sich zu werfen. Wie die ganze krinarische Kleidung, die sie bis jetzt getragen hatte, saß auch dieses Kleid perfekt. Es endete kurz über den Knien, war ärmellos, und ihr Rücken war völlig frei, aber zum Glück brauchte sie ja keine BHs oder Ähnliches. Ihre Schultern wurden allerdings von breiten, mit Rüschen besetzten Trägern bedeckt, und der Karree-Ausschnitt vorne war erstaunlich sittsam. Die Farbe war wundervoll und gab ihren blassen Wangen den Anschein eines rosigen Glanzes.

»Mir ist aufgefallen, dass ihr nie leuchtende oder dunkle Farben tragt«, bemerkte Mia, weil sie sich über diese eigenartige Tatsache wunderte. »Generell scheint ihr für alles helle Farben zu bevorzugen. Gibt es einen bestimmten Grund dafür?«

Korum lächelte und sah sie mit einem warmen Glanz in den Augen an. »Den gibt es. Leuchtende oder dunkle Farben wurden in unserer Kultur historisch gesehen immer mit Gewalt und Rache verbunden. Aber wenn wir unsere Siedlungen verlassen und mit den Menschen verkehren, tragen wir natürlich auch menschliche Kleidung – und kümmern uns dabei nicht so sehr um die Farben. Einige von uns genießen es sogar tatsächlich, Kleidung zu tragen, die wir hier oder auf Krina normalerweise nicht anziehen würden – wie das knallrote Kleid, das Leeta in New York anhatte. Wenn sie das Kleid inmitten der Krinar trüge, würden alle denken, sie sei verrückt geworden und plane gerade irgendeinen Rachefeldzug.«

Etwas machte in Mia klick. »Hat der Protektor deshalb vor Gericht schwarz getragen? Weil er auf dem Kriegspfad ist?«

»Genau«, sagte Korum. »Er erklärt damit, dass er denkt, betrogen worden zu sein, und auf Rache sinnt.«

»Wie, auf Rache sinnt?«, wollte Mia wissen, aber Korum zuckte nur mit den Schultern und war offensichtlich nicht in der Stimmung, jetzt politische Themen mit ihr zu diskutieren. Da sie auch nicht mehr viel Zeit hatte, ließ Mia es für den Moment gut sein und konzentrierte sich stattdessen auf das anstehende Essen.

»Hier, du könntest doch die Schuhe dazu tragen«, sagte Korum und gab ihr ein Paar Stiefeletten in einem sanften Elfenbeinton. Wie alle krinarischen Schuhe schienen auch diese eine flache Sohle zu haben. Wie es aussah, waren hochhackige Schuhe bei den krinarischen Frauen nicht so beliebt, wie das bei den menschlichen der Fall war.

Mia zog die Stiefeletten an – die sich umgehend ihrem Fuß anpassten und bequem wurden – und versuchte, schnell ihr Haar mit ihren Fingern zu zähmen. Nachdem sie stundenlang gelegen hatte, zeigten ihre Haare einen deutlichen Bettenlook mit ihren verhedderten Locken, die in alle Richtungen abstanden. Sie gab ihre Bemühungen angesichts der hoffnungslosen Lage allerdings nach einigen Minuten auf. Selbst wenn sie regelmäßig Korums Wundershampoo benutzte, würde ihr Haar niemals so glatt sein, wie sie es gerne hätte.

»Es sieht wundervoll aus, Mia. Lass es so«, sagte Korum, der ihre Bemühungen mit stiller Belustigung verfolgte.

Mia lächelte ihn an. Das war eine der Eigenschaften, die sie so speziell an ihm fand: er schien eine Schwäche für ihr Haar zu haben und konnte nicht anders, als es häufig kurz zu berühren oder mit ihren Locken zu spielen. Allerdings hatte sie auch noch nicht einen einzigen Krinar mit Locken gesehen und nahm deshalb an, dass Korum es einfach mochte, weil es etwas Neues war. »Okay, dann bin ich, glaube ich, fertig …«

»Noch eine Sache«, sagte Korum und stellte sich hinter sie, um ihr eine ungewöhnlich schillernde Kette um den Hals zu legen, wobei er mit seinen warmen Fingern an ihrem Hals entlangstrich. Es war ein scheinbar einfaches Schmuckstück, nur ein tränenförmiger Anhänger an einer dünnen Kette, aber das schimmernde Material sorgte dafür, dass es unbeschreiblich schön aussah. Es wirkte, als hätten sich alle Farben des Regenbogens um ihren Hals versammelt und jede einzelne würde versuchen, die Aufmerksamkeit des Betrachters auf sich zu ziehen.

»Wow«, hauchte Mia und berührte den Anhänger ehrfürchtig. »Was ist das?«

»Das ist eine echte Schimmersteinkette«, erklärte ihr Korum. »Natürliche Schimmersteine gibt es nur in der Gegend auf Krina, aus der ich komme, und diese Kette hier ist in meiner Familie über Generationen hinweg weitergegeben worden. Sie ist etwa eine Million Jahre alt.«

Mia drehte sich herum und starrte ihn entsetzt an. »Und du legst sie mir um? Was passiert, wenn ich sie verliere oder kaputtmache?«

»Das wirst du nicht«, versicherte ihr Korum mit einem leichten Lächeln. Er bot ihr seinen Arm an und fragte sie: »Wollen wir?«

Sprachlos hängte Mia sich ein und folgte ihm nach draußen mit einem lustig funkelnden, krinarischen Familienerbstück um den Hals, das etwa eine Million Jahre alt war.

* * *

Fünf Minuten später standen sie vor einem cremefarbenen Haus, das fast genauso aussah wie Korums. Der Flug zum anderen Ende der Kolonie hatte mit dem kleinen Flugzeug, das Korum speziell für diesen Anlass geschaffen hatte, weniger als eine Minute gedauert.

Als sie sich dem Haus näherten, gab die Wand eine Öffnung frei, durch die sie eintreten konnten.

Ein großer, schlanker Krinar stand in der Mitte des Raumes und trug die gängige helle Kleidung. Sein Haar hatte den hellbraunsten Ton, den Mia jemals bei einem Krinar gesehen hatte, fast schon sandfarben, und seine Augen hatten einen grünlichen Einstich, der sie mit der goldenen Haut ganz besonders exotisch wirken ließ. Das Lächeln auf seinem schmalen, asketisch aussehenden Gesicht war breit und einladend.

Er ging zu Korum und berührte dessen Schulter mit seiner offenen Handfläche. »Korum, es ist eine große Ehre, dich hier zu haben«, sagte er. Sein Verhalten war irgendwie ehrerbietig, und Mia verstand, dass es wahrscheinlich eine große Ehre für ihn war, ein Mitglied des Rates in seinem Haus zu Gast zu haben.

Korum lächelte zurück und erwiderte die Begrüßungsgeste. »Es freut mich auch, dich zu sehen, Arman. Vielen Dank für die Einladung.«

Während die beiden Krinar sich begrüßten, sah sich Mia voller Neugier ihre Umgebung an. Das war das erste echte krinarische Haus, welches sie jemals betreten hatte – von der Arena einmal abgesehen –, und sie war fasziniert von seiner fast Zen-artigen Harmonie. Nirgendwo lag etwas herum; es schien eigentlich, abgesehen von den großen schwebenden Brettern, überhaupt keine Möbel zu geben. Mia nahm an, dass diese dafür vorgesehen waren, den Gästen als Sitze zu dienen. Die Außenwände waren durchsichtig, während der Rest der Innenausstattung in einem wunderschönen Cremeton gehalten war.

»Und du musst Mia sein«, sagte Arman und drehte sich zu ihr, um sie anzuschauen.

Mia lächelte ihn an. »Ja, hallo. Ich freue mich, dich kennen zu lernen.«

Überrascht stellte Mia fest, dass sie diesen Krinar mochte. Er hatte einen freundlichen Ausdruck in den Augen und fast schon etwas Sanftes in seiner Art zu sprechen, weshalb sich Mia in seiner Gegenwart sehr wohlfühlte.

»Oh, ich freue mich auch sehr darüber, dich kennenzulernen«, sagte Arman, und sein Lächeln wurde breiter. »Maria kann es auch kaum noch erwarten, dich zu sehen, seit sie gestern von dir erfahren hat.«

In diesem Moment betrat ein menschliches Mädchen den Raum. Sie hatte ein wunderschönes Kleid mit Neckholder an, das ihre schlanke, kurvige Figur perfekt zur Geltung brachte, und sie war umwerfend hübsch mit ihrer starken Ähnlichkeit zu Jennifer Lopez.

Ihrem strahlenden Gesichtsausdruck konnte man ansehen, dass sie sich sehr über den Besuch freute, und sie ging zu Mia, um sie zu umarmen und sie zur Begrüßung auf die Wange zu küssen. Mia roch ein exotisches Parfum und erwiderte überrascht die Umarmung, wenn auch etwas ungeschickt.

»Meine Liebe, wie geht es dir?«, rief sie auf Spanisch aus und ging einen Schritt zurück, um Mia näher zu betrachten. »Ich bin

Maria, und ich freue mich riesig, dich kennen zu lernen! Was für eine tolle Kette! Wie gefallen dir deine ersten Tage hier? Hat Korum dich schon herumgeführt? Du armes Ding musst ja gerade von allem völlig überwältigt sein! Ich erinnere mich daran, dass ich am Anfang nicht einmal wusste, wie ich die Toilette zu benutzen hatte!«

Mia blinzelte völlig überfordert von der Überschwänglichkeit des Mädchens. Sie war wie ein hübscher Wirbelsturm, der alles mitriss, was sich in seinem Weg befand. »Mir geht es gut, danke«, antwortete Mia und freute sich innerlich immer noch über ihr neues Sprachtalent. »Ich habe noch nicht wirklich viel von der Siedlung gesehen – ich bin ja auch erst gestern angekommen.«

»Oh, du warst noch gar nicht am Strand? Der ist wirklich schön, da solltest du dringend mal hin!« Sie drehte sich zu Korum, und ihre Stirn legte sich in leichte Falten.

Korum lachte. »Der Wink ist angekommen. Ich werde Mia morgen den Strand zeigen.«

»Maria!«, rief ihr Gastgeber aus. »Bitte sei nett zu unseren Gästen!«

»Ich bin immer nett«, erwiderte sie grinsend. »Das ist ja auch der Grund dafür, dass du mich liebst.« Sie stellte sich auf ihre Zehenspitzen, gab Arman einen Kuss auf die Wange, und Mia konnte sehen, dass er fast auf der Stelle dahinschmolz, völlig hilflos gegen den geballten Charme seiner Freundin.

Mit einem breiten Grinsen auf dem Gesicht wandte Arman seine Aufmerksamkeit wieder seinen Gästen zu. »Sie ist unverbesserlich«, sagte er, und in seiner Stimme klang dabei so viel Glück mit, dass Mia ihn nur noch mit offenem Mund anstarren konnte. »Bitte ignoriert sie und folgt mir. Das Essen ist fast fertig.«

Sie folgten Arman in ein anderes Zimmer. In der Mitte des Raumes schwebte ein weiteres ovales Brett, das von vier schwebenden Stühlen umgeben war. Mia konnte sich nicht erklären, warum die ganzen Möbel der Krinar schwebten. Auf der großen Planke – Mia nahm an, dass diese als Tisch diente – standen etwa zwanzig Gerichte, angefangen von bekannten tropischen Früchten und Gemüsesorten bis hin zu exotisch aussehenden Salaten, Dips und den typischen Eintöpfen.

Sie setzte sich auf einen Stuhl und musste lächeln, als sich der Stuhl ihrem Körper anpasste. Alle Erfindungen der Krinar schienen dahingehend konzipiert zu sein, höchsten Komfort und Bequemlichkeit zu verschaffen.

Das Essen flog dank der leichten Unterhaltung und den lustigen Geschichten über die costa-ricanische Flora und Fauna nur so dahin. Mia erfuhr, dass Arman Künstler war und dass er zur Erde gekommen war, um menschliche Kultur und Kunst zu studieren. Er hatte Maria schon kurz nach seiner Ankunft getroffen. Ihre Familie hatte Land in der Gegend besessen, in der die Krinar ihre Siedlung bauten, und Arman war einer der Verantwortlichen dafür gewesen, die umgesiedelten Menschen angemessen zu entschädigen. Es schien bei ihnen Liebe auf den ersten Blick gewesen zu sein.

»Von dem Moment an, als ich ihn zum ersten Mal sah, wusste ich, dass ich ihn wollte«, gab Maria zu, und ihre dunklen Augen funkelten. »Es war mir egal, dass er nicht menschlich war und dass alle Angst vor ihm hatten. Ich wusste, dass er nicht so böse sein konnte, wie sie sagten – er war viel zu nett dafür.« Und mit diesen Worten streckte sie ihre Hand aus, um seine zu drücken, und strahlte ihn mit einem unglaublich intensiven Lächeln an.

Als Mia die beiden Liebenden beobachtete, fühlte sie einen komischen Druck in ihrer Brust, der sich sehr stark wie Eifersucht anfühlte. Sie schienen wirklich verliebt zu sein, trotz aller Hindernisse, die für Mia immer so unüberwindbar ausgesehen hatten. Und Maria war viel zu glücklich für jemanden, der in der krinarischen Gesellschaft so wenig Rechte hatte. Ihr formeller Status als Charl hatte offensichtlich kaum einen Einfluss auf ihre Beziehung mit Arman. Ganz im Gegenteil, es schien sogar so zu sein, dass ihr krinarischer Liebhaber ziemlich froh darüber war, ihr die Führung in vielen Angelegenheiten zu überlassen. Seine eigene entspannte und ruhige Persönlichkeit wurde durch ihre aufgeschlossene und temperamentvolle Natur perfekt vervollständigt.

Als das Essen sich dem Ende näherte, hatte Mia viele ihrer Bedenken vergessen und genoss einfach die Gesellschaft dieses netten Paares. Sie gingen liebevoll und zärtlich miteinander um, und Maria schien auch nicht durch die Anwesenheit der beiden Krinar eingeschüchtert zu sein. Sie tadelte Korum sogar ein zweites Mal dafür, dass er mit Mia noch keinen ordentlichen Rundgang durch die Siedlung gemacht hatte, woraufhin Korum sich lachend bei ihr entschuldigte. Es fühlte sich an wie ein ganz normaler Pärchenabend, nur dass zwei der Anwesenden aus einer anderen Galaxie kamen.

Schließlich verabschiedete sich Mia widerstrebend und ging mit Korum nach Hause. Sie dachte über diese ungewöhnliche Beziehung nach, in die sie gerade einen Einblick bekommen hatte, und in ihrem Herzen machte sich die Hoffnung breit, dass einige Sachen doch funktionieren könnten, von denen sie rational wusste, dass sie eigentlich unmöglich waren.

* * *

Der Krinar spielte die Resultate seines jüngsten Experiments noch einmal ab, und dann noch einmal und noch einmal und immer wieder.

Alles schien genau so zu laufen, wie er es sich erhofft hatte. Bald könnte er den nächsten Teil seines Plans umsetzen. Es war Pech gewesen, dass die Keiths versagt hatten, aber letztendlich war das nur ein kleinerer Rückschlag.

Jetzt wollte er wieder seinen Feind anschauen … und dessen kleinen Charl.

Aus irgendeinem Grund fand er diese Aufzeichnungen besonders faszinierend.

8. KAPITEL

Auf dem kurzen Weg nach Hause dachte Mia über das andere Paar nach. Ein Mensch und ein Krinar, die so glücklich miteinander waren – das schien allem zu widersprechen, was Mia vom Widerstand gehört hatte und was sie über die Rolle des Charls in der krinarischen Gesellschaft wusste. Wie hatten sie dieses Kunststück hinbekommen? Und machte sich Maria keine Sorgen darüber, Arman letztendlich zu verlieren, wenn ihre Schönheit verblühte, während er sich nicht veränderte?

Natürlich war Arman ganz anders als Korum. Es fiel ihr schwer, zu glauben, dass er derselben Rasse von Jägern angehörte. Er schien viel zu nett und sanftmütig für einen Krinar zu sein, und Mia konnte sich nicht vorstellen, dass er Maria gegen ihren Willen festhielt. Ganz im Gegenteil, es sah sogar so aus, als habe Maria den ersten Schritt in dieser

Beziehung gemacht. Offensichtlich gab es unter den Krinar genauso viele verschiedene Persönlichkeiten wie unter den Menschen, und Mia hatte ausgerechnet den getroffen, der auch vor Milliarden von Jahren in einem urzeitlichen krinarischen Wald nicht fehl am Platze gewesen wäre.

Korum wäre mit seiner Mischung aus Rücksichtslosigkeit und hoher Intelligenz ein sehr erfolgreicher Jäger gewesen, da war sich Mia völlig sicher. Sein Ehrgeiz hatte ihn bis an die Spitze der krinarischen Gesellschaft gebracht, und sie zweifelte nicht daran, dass er auch an jedem anderen Ort erfolgreich gewesen wäre – er war einfach so. Er wusste ganz genau, was er wollte, und setzte alles daran, es zu bekommen.

Und im Moment wollte er sie.

Seufzend schaute Mia auf den Boden, als sie auf der Lichtung neben Korums Haus landeten. Das Schiff setzte sanft auf, und eine seiner Wände öffnete sich umgehend, um einen Ausgang für sie zu schaffen.

Sie stand auf, stieg aus der Gondel und folgte Korum ins Haus. »Ist der Strand weit weg von hier?«, fragte sie, als sie sich daran erinnerte, dass Maria ihn vorhin erwähnt hatte.

»Nein, man kann da gut zu Fuß hingehen«, sagte Korum, als sie eintraten. »Wenn du möchtest, kann ich dir morgen zeigen, wie du dorthin kommst, dann musst du nicht im Haus bleiben, wenn ich nicht da bin. Aber geh bitte nicht ohne mich ins Wasser – die Brandung kann sehr stark sein, und die Strömungen sind unberechenbar.«

»Ich kann sehr gut schwimmen«, entgegnete Mia ihm. »Mach dir keine Sorgen um mich.«

»Das ist egal.« Korum hielt inne und warf ihr einen strengen Blick zu. »Entweder du versprichst mir, nicht alleine ins Wasser zu gehen, oder du wirst überhaupt nicht ohne mich zum Strand gehen.«

Mia rollte innerlich mit den Augen. Der Diktator war zurück. »Na gut. Ich werde nicht alleine ins Wasser gehen.« Da sie in Florida aufgewachsen war, wusste sie genau, auf was sie zu achten hatte, wenn es um Strömungen und hohe Wellen ging. Sie hatte auch bei stürmischem Wetter keine Angst vor dem Meer. Aber sie wollte ja nicht, dass Korum ihr verbot, allein an den Strand zu gehen, also beschloss sie, klein beizugeben und sich nicht weiter zu streiten.

»Gut.« Er hörte sich beruhigt an. »Dann werde ich dir morgen früh zeigen, wo er ist.«

»Und die Gerichtsverhandlung?«

»Die fängt nicht vor elf Uhr an. Wenn du früh aufwachst, können wir einen Spaziergang zum Strand machen, und ich zeige dir auf dem Weg noch ein paar schöne Flecken. Später kann ich dich dann richtig herumführen.«

»Das wäre schön, danke«, sagte Mia. »Kann ich morgen wieder die Gerichtsverhandlung verfolgen? Sie war wirklich faszinierend …«

Er lächelte sie an. »Natürlich. Loris wird seine Verteidigung präsentieren – das sollte also eine besonders interessante Vorstellung werden.«

»Warum hasst er dich so sehr?«, fragte Mia neugierig, da sie gern mehr über krinarische Politik erfahren wollte. »Hattet ihr schon Meinungsverschiedenheiten, bevor sein Sohn angeklagt wurde?«

Korums Lippen verzogen sich leicht. »Meinungsverschiedenheiten kann man das auch nennen. Vor einigen Jahrhunderten besaß er ein Unternehmen, das mit meinem konkurrierte. Die Entwicklungen seiner Firma waren allerdings viel schlechter als meine, und deshalb musste er sie letztendlich schließen. Sein Sohn – Rafor – arbeitete zu dieser Zeit als einer der führenden Ingenieure und verlor eine Menge Ansehen in der Gesellschaft, als das Unternehmen aufgegeben werden musste. Loris hatte damals noch andere Projekte und war außerdem stark in der Politik eingespannt, weshalb sein Ansehen kaum sank und er sich schnell von diesem Rückschlag erholte. Ganz im Gegensatz zu seinem Sohn.«

Dann war also Rafor derjenige der Keiths gewesen, der den Widerstand mit den ganzen Apparaten versorgt hatte. Jetzt ergab alles Sinn. Seine Entwürfe waren niemals so gut gewesen wie Korums, weshalb es auch kein Wunder war, dass der Widerstand gescheitert war.

»Und dafür hasst Loris dich? Dafür, dass Rafor sein Ansehen verloren hat?« Mia war sich nicht hundertprozentig sicher, ob sie dieses Konzept mit dem Ansehen in der Gesellschaft richtig verstand, aber es schien auf jeden Fall sehr wichtig für die Krinar zu sein.

»Ja, deshalb«, sagte Korum. »Er hasst die Tatsache, dass sein Sohn als Designer nicht gut genug war, und er gibt mir die Schuld daran, dass Rafor sein ganzes Leben lang nichts anderes geleistet hat. Und jetzt, da Rafor sich auch noch als ein erbärmlicher Verräter erwiesen hat ...«

»... gibt er dir daran auch die Schuld?«, tippte Mia und sah mit einer leicht gerunzelten Stirn zu Korum auf. »Ist das der Grund dafür, dass er auf Rache aus ist?«

Korum nickte, und in seinen Augen glitzerte etwas, was wie Vorfreude aussah. »Genau.«

»Und das beunruhigt dich nicht?«, fragte Mia, während sie versuchte, ihren Liebhaber zu verstehen. Er machte fast den Eindruck, als ob er den Hass des anderen Krinar genoss. »Dass jemand dich so sehr hasst, meine ich.«

»Warum sollte mich das beunruhigen?« Der Gedanke schien ihn zu belustigen. »Er ist weder der Erste, noch wird er der Letzte sein.«

Mia starrte ihn an. »Es ist dir egal, ob Leute dich mögen? Ob sie deine Freunde oder deine Feinde sind?«

Korum lachte. »Ja, wieso denn nicht? Wenn jemand mein Feind sein möchte, ist das seine Entscheidung – eine, die er letztendlich bereuen wird.«

»Ich verstehe«, sagte Mia, und ein weiteres Stück des Korumpuzzles fand seinen Platz. Sie wusste, dass es solche Personen gab, die ein derartiges Selbstvertrauen hatten – oder so arrogant waren, je nachdem wie man es betrachtete –, dass ihnen das Verlangen fehlte, anderen zu gefallen. Und ihr Liebhaber schien einer davon zu sein. Wenn überhaupt, schien er von Konflikten zu profitieren. Sie fragte sich, ob das ein genereller Charakterzug der Krinar war oder einfach Teil von Korums Persönlichkeit.

Bevor Mia allerdings diesen Gedanken zu Ende bringen konnte, trat Korum näher an sie heran und hob seine Hand, um ihr ihre Haare aus dem Gesicht zu streichen. »Jetzt haben wir genug über Politik geredet«, sagte er und bedeckte ihre Wange mit einer seiner großen, warmen Hände, und seine Augen bekamen das goldene Leuchten. »Mir fallen da viel schönere Sachen ein, die wir gerade machen könnten.«

Mias Herzschlag beschleunigte sich sofort, und die Muskeln in ihrem Unterleib spannten sich an, da sie unverzüglich auf seine Berührung und den unmissverständlich sexuellen Unterton in seiner Stimme reagierten. So eine schöne pawlowsche Reaktion, bemerkte die Psychologiestudentin in ihr ironisch – ihr Körper war jetzt völlig darauf eingestellt auf ihn zu reagieren, nach dem Genuss zu verlangen, den nur er ihr verschaffen konnte. Es störte Mia ungemein, die Kontrolle über ihren eigenen Körper verloren zu haben, da sie sich dadurch noch weniger als Herrin über ihr eigenes Leben und ihre eigenen Entscheidungen fühlte.

Er beugte sich zu ihr nach unten, legte einen Arm um ihren Rücken und den anderen unter ihre Kniekehlen, um sie dann mühelos hochzuheben. Mia schloss ihre Augen und lehnte ihren Kopf gegen seine Schulter, während er sie ins Schlafzimmer trug.

Wie er vorhin gesagt hatte, war es egal, in welche Schublade ihre Beziehung gesteckt wurde – zumindest was diesen Teil davon betraf.

* * *

Als sie im Schlafzimmer ankamen, legte er sie auf das Bett, blieb aber selbst noch einen Moment stehen. Irritiert beobachtete sie, wie er sich einen kleinen weißen Punkt auf seine rechte Schläfe klebte.

»Was ist das?«, fragte sie ihn misstrauisch, als er sich wieder über sie beugte.

»Das wirst du gleich sehen«, sagte er geheimnisvoll mit einem schelmischen Glitzern in seinen bernsteinfarbenen Augen. Und dann berührte er auch ihre Schläfe. Mia hob verschreckt ihre Hand, betastete die Stelle, an der er sie

130

angefasst hatte, und fühlte eine kleine Unebenheit. Er hatte ihr auch so einen Punkt angeklebt.

Nervös öffnete Mia ihren Mund, um ihn erneut zu fragen, was es damit auf sich habe, aber in diesem Moment küsste er sie, und alle rationalen Gedanken verschwanden aus ihrem Kopf. Seine Hand umschloss ihre Brust und massierte sie leicht, während sein Daumen leicht über ihren Nippel fuhr, bis Mia eine Hitzewelle durch sich hindurchrauschen spürte. Seine andere Hand griff in ihr Haar und hielt ihren Kopf fest, während seine Zunge ihren Mund erkundete. Sie schmeckte den Hunger seines Kusses und wunderte sich kurz darüber, was ihn hervorgerufen hatte.

Und dann spürte sie auf einmal kein weiches Bett mehr unter sich, und in ihren Ohren dröhnte laute Musik, deren pulsierender Rhythmus in ihren Knochen vibrierte. Sie zog entsetzt Luft ein und stieß Korum weg, der sie sofort losließ und sie mit einer beunruhigenden Mischung aus Belustigung und brennender Begierde ansah. Sie setzte sich auf und sah sich panisch und ungläubig um.

Sie befanden sich auf dem Boden eines riesigen Metallkäfigs, zumindest sah es wie einer aus, und um sich herum sah Mia wirbelnde Körper, die sich aneinanderrieben und gegeneinanderstießen. Sie war fassungslos, als ihr klar wurde, von tanzenden Menschen umgeben zu sein. Die flackernden Lichter über ihnen warfen blaue und purpurfarbene Schatten auf alles und verstärkten dadurch die Surrealität dieser Situation.

»Wo sind wir?«, schrie sie und sprang auf ihre Füße, während sie Korum weiter ängstlich und verwundert anstarrte.

Hatte er sie irgendwohin teleportiert oder war das eine unbekannte und neue virtuelle Welt?

Er lachte und stand mit einer geschmeidigen Bewegung vom Boden auf. »Komm her«, sagte er und zog sie an sich heran.

Verärgert und verwirrt versuchte Mia, sich dagegen zu wehren, aber das war natürlich sinnlos. Sekunden später hielt er sie gegen seinen Körper gepresst, und sie konnte spüren, wie seine Erektion gegen ihren Bauch drückte.

»Ich habe heute etwas Interessantes erfahren«, sagte Korum sanft, und seine Stimme schaffte es irgendwie, die Musik zu übertönen. Seine Augen sahen in den eigenwilligen, blitzenden Lichtern der Tanzfläche fast gelb aus. »Meinem süßen, kleinen Charl scheint es zu gefallen, mich an öffentlichen Plätzen zu berühren – natürlich nur, wenn sie denkt, dass niemand sie dabei sieht. Wenn sie davon ausgeht, dass ich es nicht fühlen kann.«

Mia schluckte und erinnerte sich daran, was sie vorhin gemacht hatte, bevor die Gerichtsverhandlung begann. Sie hatte Korum sehr intim berührt und war sich dabei sicher gewesen, dass niemand auf der ganzen Welt das jemals herausfinden würde. War er wütend auf sie? Hatte er vor, sie irgendwie dafür zu bestrafen?

»Wo sind wir?«, fragte sie und sah misstrauisch zu ihm hoch. »Warum hast du mich hierhergebracht?«

»Wir sind in dem exklusivsten Nachtklub in Beverly Hills«, sagte Korum. »Und ich werde dir jetzt genau das geben, was du möchtest.«

Mias Magen zog sich vor Angst und Aufregung zusammen. »Korum, bitte, ich denke nicht …«

Bevor sie den Satz zu Ende bringen konnte, griff er um ihren Po und hob sie hoch, um sie mit ihrem Rücken und gespreizten Beinen gegen die Gitter des Käfigs zu pressen. Er legte sein Becken auf ihres, und Mia zog erneut scharf die Luft ein, als sie sein hartes Glied durch den dünnen Stoff ihrer Kleidung an ihren Genitalien spürte. Dann war sein Mund auch schon wieder über ihr und er küsste sie so intensiv und eindringlich, dass sie kaum noch atmen konnte.

Er hatte vor, mit ihr Sex in aller Öffentlichkeit zu haben, begriff Mia mit einem halb funktionierenden Teil ihres Gehirns, und der Gedanke daran weckte Entsetzen und gleichzeitig unerträgliche Lust in ihr. Das konnte mit Sicherheit nicht real sein, dachte sie verzweifelt, das würde er ihr bestimmt nicht antun … oder doch?

Sie versuchte, sich seinem Mund zu entwinden, und ihre Nägel krallten sich dabei in seine Schultern. Er ließ das aber nicht zu, sondern biss sie warnend in ihre Unterlippe, bis sie keine andere Wahl hatte, als nachzugeben. Ihr eigener Herzschlag war fast lauter als die dröhnende Musik um sie herum, als sie versuchte, so etwas Ähnliches wie einen klaren Verstand in dieser verrückten Situation zu bewahren.

Korum hielt sie mit einem Arm hoch, während seine freie Hand nach ihrem Rock griff und ihn so weit nach oben schob, bis die Vorderseite ihres Unterleibs unbedeckt war. Mia wimmerte panikerfüllt und zerkratzte ihm verzweifelt mit ihren Fingernägeln seine nackten Schultern, als er seinen Penis aus seiner Hose befreite. Sie konnte die ungebremste Kraft, mit der er gegen ihre empfindliche Öffnung presste, spüren, und dann drang er auch schon in sie ein, ohne auf ihre Muskeln zu achten, die ihm den Zugang verwehren wollten.

Es passierte alles so schnell, dass Mia die Situation kaum begreifen konnte, zumal die flackernden Lichter und die hämmernde Musik ihr Gefühl der Orientierungslosigkeit noch verstärkten. Sie fühlte eine unerträgliche Hitze, und ihr ganzer Körper brannte aus einer eigenartigen Mischung aus Scham und fiebriger Begierde, als sein Geschlecht immer weiter in sie stieß und ihre enge Scheide sich zögernd dem riesigen Fremdkörper anpasste. Da ihr gesamtes Gewicht auf seinem Arm lag, hatte sie überhaupt keinen Einfluss darauf, wie tief er in sie eindrang, und er fühlte sich viel zu groß an, mit seiner Eichel, die fast gegen ihren Muttermund stieß. Für einen kurzen Augenblick drohten die Schmerzen sie zu überwältigen, aber dann schaffte es ihr Körper doch, sich an seine Maße anzupassen, und an die Stelle des unangenehmen Gefühls trat brennendes Verlangen. Gleichzeitig nahm sich sein Mund das, was er verlangte, und seine Zunge imitierte die unbarmherzigen Stöße seines Geschlechts.

Mias Sinne waren völlig überreizt, und sie konnte nicht einen zusammenhängenden Gedanken fassen. Sie fühlte nur noch, wie er begann, seine Hüften zu bewegen, und die Kraft seiner Stöße presste sie gegen das Gitter. Die Metallstäbe drückten sich in die weiche Haut ihres entblößten Rückens, und der pulsierende Rhythmus der Musik schien in ihr widerzuhallen. Der Lärm der tanzenden Menge war nur noch ein unterschwelliges Rauschen in ihren Ohren. Ihr wurde einen Moment lang schwarz vor Augen, als seine Küsse ihr den Sauerstoff entzogen, aber dann gab sein Mund sie frei und ließ sie atmen. Die drohende Ohnmacht verschwand, und Mia wurde sich wieder ansatzweise der Situation bewusst, in der sie sich gerade befand.

Sie schnappte weiterhin verzweifelt nach Luft und kniff ihre Augen fest zusammen, damit sie so tun konnte, als würde das gerade nicht geschehen, als würden sie nicht gerade in einem Käfig mitten in einem Nachtklub Sex haben. Das konnte nicht echt sein, nichts davon; mit Sicherheit konnte sie nicht gerade das harte Metall spüren, das sich in ihren Rücken drückte, konnte hören, wie die Menge mit der hämmernden Musik mitschrie und tobte. Und dennoch konnte das unerbittliche Rein und Raus seines Gliedes mit nichts anderem verwechselt werden, genauso wenig wie die feuchte Hitze seines Mundes, der ihren Hals hinunterwanderte.

Eine Schamwelle durchrollte sie wieder und trug gleichzeitig zu der starken Spannung bei, die sich in ihr aufbaute. Seine Stöße wurden schneller, seine Hüften rammten gegen sie, und alle Muskeln ihres Körpers schienen sich gleichzeitig zusammenzuziehen. Die Lust war so groß, dass sie fast nicht auszuhalten war ... und dann konnte sie nur noch schreien, als der Höhepunkt sie mit der Gewalt einer Flutwelle überkam und ihre Scheide sich um sein Geschlecht krampfte, um es dann kurz freizugeben, bevor der nächste Krampf folgte.

Als der Orgasmus langsam nachließ, sank Mia in Korums Arme und verbarg ihr Gesicht in seiner Halsbeuge. Sie konnte fühlen, wie er auch erschauderte, konnte sein raues Stöhnen hören, als sein Penis in ihr pochte und zuckte, während er seinen Samen in warmen Schüben entlud.

Jetzt, da alles vorbei war, fühlte sie nur noch siedend heißes Schamgefühl, und ihre Augen füllten sich mit wütenden Tränen. Sie wollte sich nicht umsehen, wollte nicht den Blicken der Menschen begegnen, die sie jetzt mit Sicherheit gierig anstarrten.

Noch mehr Tränen liefen ihre Wangen hinab und befeuchteten seinen Hals. Mia wollte verschwinden, so tun, als sei das alles nur ein entsetzlicher Traum, aber sie konnte nicht vor dem davonlaufen, was sie gerade fühlte. Sein Glied, welches allmählich an Härte verlor, befand sich immer noch in ihr, und sie konnte spüren, wie sich der Käfig in ihren Rücken drückte. Und gerade als sie dachte, dass sie das keine Sekunde länger ertragen könne, murmelte er ihr ins Ohr, »Wir sind nicht wirklich hier, Liebling. Das weißt du doch aber, stimmt's?«

»Was?« Mia rückte von ihm ab und sah ihn entsetzt und ungläubig an. Sie konnte den hypnotisierenden Rhythmus der neuesten Dance-Hop-Scheibe hören, konnte ihn in sich spüren – und er erzählte ihr gerade, dass das alles nur in ihrem Kopf passierte?

Seine Lippen formten ein kleines Lächeln. »Hast du gedacht, das sei echt?«

»Lass mich runter«, sagte sie ruhig, und heiße Wut rauschte durch sie hindurch. »Lass mich jetzt sofort runter.«

Diesmal hörte er sogar auf sie und stellte sie vorsichtig auf den Boden, bevor er sich langsam zurückzog. Ihre zitternden Beine weigerten sich für einen kurzen Augenblick, ihr Gewicht zu tragen, und er hielt sie vorsichtig fest, während er mit einem leicht amüsierten Gesicht auf sie hinabblickte. Ihr Kleid fiel in seine eigentliche Passform zurück und bedeckte ihren Schambereich wieder.

Sobald sie auf ihren eigenen Füßen stehen konnte, drückte Mia gegen Korums Brust, und er trat einen Schritt zurück, um ihr etwas Freiraum zu geben. Nur um sicherzugehen, dass das, was er ihr gerade gesagt hatte, stimmte, drehte sich Mia langsam im Kreis, um die anderen Tänzer außerhalb des Käfigs zu betrachten.

Niemand schaute zu ihnen. Nicht ein einziger aus der ganzen Menge. Die Musik spielte weiter, die Tänzer rieben sich immer noch aneinander und niemand schenkte ihnen Aufmerksamkeit. *Trotz allem war das hier nicht real.* Das passierte alles nur virtuell, wie die Gerichtsverhandlung. Oder doch nicht?

Sie drehte sich wieder zu Korum um und fragte ihn ohne Umschweife: »Hatten wir gerade Sex oder hat sich das auch alles nur in meinem Kopf abgespielt?«

Anstatt auf ihre Frage zu antworten, hob Korum seine Hand zu seiner rechten Schläfe und drückte leicht darauf. Der Klub um sie herum verschwand, die Realität verschwamm und erneuerte sich, und Mia fand sich auf dem Boden stehend neben einer der Schlafzimmerwände wieder. Er stand weniger als einen halben Meter von ihr entfernt, mit geöffneten Shorts und seinem teilweise entblößten, erschlafften Penis.

Mia blinzelte, um ihre leicht verschwommene Sicht wieder zu normalisieren und analysierte die derzeitige Situation. Ihre Vagina fühlte sich geschwollen und ein wenig wund an, genauso wie immer, wenn sie Sex gehabt hatten, und sie konnte auch die Nässe seines Spermas spüren, das an ihrem Bein hinunterlief.

Also, der Sex war wohl definitiv echt gewesen.

Mia konnte sich allerdings nicht entscheiden, ob das die ganze Situation für sie besser oder schlechter machte. Jetzt, nach dem Abklingen des Adrenalinschubs, fühlte sie, dass sie leicht zitterte und fror, obwohl es in dem Raum warm war.

»Ich brauche eine Dusche«, erklärte sie ihm und weigerte sich, ihn dabei anzusehen.

»Mia«, sagte er sanft, und seine Hand hielt sie am Oberarm fest, als sie versuchte, an ihm vorbeizugehen, »Du willst mir doch jetzt nicht sagen, dass es dir nicht gefallen hat?«

»Natürlich hat es das nicht!« Tränen stiegen wieder in ihren Augen auf, als ihre starken Gefühle von brennender Scham und ungewollter Erregung hochkamen und sie versuchte, ihren Arm von ihm loszureißen. Das war natürlich sinnlos, zumal er ihre Bemühungen nicht einmal zu merken schien.

»Lügnerin«, sagte Korum, und sie konnte die Belustigung in seiner Stimme hören. »Ich konnte genau spüren, wie sehr du es nicht gemocht hast, als du kamst, und sich deine kleine Muschi um mich gekrampft und mich ausgepresst hat.«

Mia fühlte, wie ihre Wangen knallrot wurden. »Ich werde jetzt duschen gehen«, wiederholte sie ihm und wollte nichts weiter, als einfach nur von ihm wegzukommen.

»In Ordnung«, sagte er. »Ich werde mit dir mitkommen.« Und bevor sie irgendwelche Einwände hervorbringen konnte, hob er sie wieder hoch und trug sie ins Badezimmer, wo er sie neben dem Whirlpool wieder auf ihre eigenen Füße stellte.

»Ich wollte alleine gehen«, beschwerte sie sich bei ihm, als er ihr das Kleid auszog und sie nackt, nur mit der Kette um ihren Hals und den weichen Stiefeletten an den Füßen, stehen ließ. Sie tastete die Kette ab, öffnete den Verschluss, nahm sie vorsichtig ab und legte sie auf dem Rand des Whirlpools ab. Sie hatte nicht vor, mit einem eine Million Jahre alten Schmuckstück um den Hals zu duschen.

Er lächelte sie an und zog seine eigenen Sachen auch aus. »Warum würdest du das jetzt gerne machen?«

»Weil ich dich in diesem Moment nicht mag«, sagte sie ihm ganz direkt. Und das war eine riesige Untertreibung. Am liebsten würde sie gerade ihre ganze Wut an ihm auslassen – indem sie ihn in sein wunderschönes Gesicht schlug, bis ihm das Lachen verging.

»Weil ich dir das gegeben habe, was du wolltest, du dich aber nicht getraut hast, es zu sagen?«, fragte er und legte seinen Kopf zur Seite.

»Ich wollte das nicht«, erklärte Mia ihm nachdrücklich. »Und die Tatsache, dass ich einen Orgasmus hatte, hat auch nichts damit zu tun. Ich bin mehr als nur die Summe meiner körperlichen Reaktionen …«

»Natürlich bist du das«, erwiderte Korum, kam zu ihr und kniete sich vor sie, um ihr die Schuhe auszuziehen. Mia blickte aufgebracht zu ihm hinunter und bekämpfte den lächerlichen Drang, ihm durch das dunkle und glänzende Haar zu streichen. Mit einer geschmeidigen Bewegung stellte er sich wieder hin und fügte mit der Andeutung eines Lächelns hinzu: »Wenn du dich wirklich unwohl oder verängstigt gefühlt hättest, hätte ich sofort abgebrochen und uns hierhin zurückgebracht. Ich konnte deine Erregung spüren, dein Vergnügen daran, etwas Verbotenes zu tun. Das ist auch der Grund dafür, dass du heute in der virtuellen Welt an mir herumgespielt hast – weil du unter deiner schüchternen Schale den Gedanken liebst, ein ganz klein wenig unartig zu sein …«

Darauf hatte Mia keine gute Antwort, und deshalb senkte sie ihren Blick und ging unter die Dusche. Er folgte ihr und veränderte die Einstellungen, so dass das Wasser über sie beide lief. Dann machte er sich ein wenig von dem angenehm riechenden Shampoo auf die Handfläche, schäumte ihre Haare damit ein und massierte mit seinen starken Fingern ihren Kopf, bis die Anspannungen alle weg waren.

Nachdem ihr Haar sauber und weich war, widmete er seine Aufmerksamkeit ihrem Körper und wusch zärtlich jeden Millimeter ihrer Haut, bis sie ihren ganzen Ärger vergaß und vor Wonne über die geschickten Berührungen fast dahinschmolz. Und gerade als sie dachte, dass er fertig war, ging er auf die Knie und brachte sie mit seinem Mund und seiner Zunge zärtlich zu einem weiteren Höhepunkt.

Völlig entspannt und unglaublich müde spürte Mia kaum noch, wie er sie abtrocknete und ins Bett trug. Sobald ihr Kopf das Kissen berührte, war sie auch schon weg und bemerkte nicht einmal, dass sie in seiner warmen Umarmung schlief.

9. KAPITEL

Als Mia am nächsten Morgen aufwachte, hatte sie immer noch die frischen Erinnerungen ihres Sexabenteuers im Kopf.

Sie konnte es nach wie vor nicht glauben, dass Korum ihr das angetan hatte – dass sie geglaubt hatte, Sex in der Öffentlichkeit zu haben –, und sie konnte es auch nicht fassen, trotz ihres Schamgefühls so darauf reagiert zu haben. Selbst jetzt fühlte sie, wie sie allein bei dem Gedanken daran feucht wurde, und verfluchte, dass sie so empfänglich für ihn war. Er schien ihre sexuellen Bedürfnisse besser zu kennen als sie und zögerte auch nicht, ihre Grenzen zu überschreiten. Sie wollte wirklich weiterhin wütend auf ihn sein. Aber wenn sie ehrlich zu sich selbst war, musste sie zugeben, dass sie diese Erfahrung auf einer bestimmten Ebene sehr genossen hatte. Es war unglaublich aufregend gewesen, Sex in der Öffentlichkeit zu haben – besonders jetzt, da sie wusste, dass sie sich nicht zu schämen brauchte, weil niemand sie dort wahrgenommen hatte.

Sie streckte sich, gähnte und erinnerte sich an den versprochenen Spaziergang zum Strand. Mia sprang aus dem Bett, zog sich ihren Bademantel an, putzte sich ihre Zähne und wusch sich das Gesicht, bevor sie Korum suchen ging.

Zu ihrer großen Überraschung konnte sie ihn aber nirgends finden. Bevor sie sich allerdings weitere Gedanken darüber machen konnte, wo er wohl gerade war, hörte sie etwas im Wohnzimmer und verließ die Küche, um nachzuschauen, was das Geräusch gewesen war. Es war Korum, der gerade durch die offene Wand hereinkam, und Mia zog bei seinem Anblick entsetzt die Luft ein.

Im Gegensatz zu seinem sonst so makellosen Aussehen machte ihr Liebhaber mit seinen dreckigen und zerrissenen Sachen jetzt eher den Eindruck, als habe er sich gerade im Schlamm gewälzt. Und das auf seinem Arm und seinem Gesicht, waren das etwa … Blutspuren?

Als er sie dort stehen sah, grinste Korum sie kurz an, und seine weißen Zähne leuchteten geradezu in seinem mit Dreck bespritzten Gesicht. »Du bist früh aufgewacht. Ich hatte gehofft, dass du noch schlafen würdest und ich noch duschen könnte, bevor du mich so siehst.«

Mia fand endlich ihre Sprache wieder. »Was ist passiert? Geht's dir gut?«

Er lachte, und seine Augen funkelten vor Freude. »Mit mir ist alles in Ordnung. Ich habe nur gerade draußen Defrebs gespielt – das ist eine Sportart, die mir sehr viel Spaß macht.«

»Oh …« Mia atmete erleichtert auf. »Ist das wie ein Ballspiel oder so?«

»Eher eine Art Kampfsport«, erklärte er ihr und ging Richtung Badezimmer.

Neugierig folgte Mia ihm und sah ihm dabei zu, wie er sich seine dreckigen Sachen auszog und sie auf den Boden fallen ließ. Sein nackter, umwerfender Körper roch anziehend männlich, und seine goldene Haut glänzte vor Schweiß. Er sah aus wie ein Kämpfer, der gerade von der Schlacht heimgekommen war, und jetzt konnte sie auch sehen, dass er definitiv Kratzer und frisches Blut an seinen Armen und Beinen hatte.

»Machst du das, um dich fit zu halten? Kampfsport?«, fragte sie ihn, während sie sich auf die Kante des Whirlpools setzte, während er den Wasserstrahl einstellte. Die schmutzige Kleidung war schon in einer der Wände verschwunden, und der Boden war wieder makellos sauber. Eine weitere praktische Funktion des Hauses, nahm Mia an.

»Ja, genau«, bestätigte er und stellte sich unter das Wasser. Seine Stimme wurde durch das fließende Wasser stark gedämpft, und sie kam näher, um ihn besser verstehen zu können. »Wir treiben kaum Sport wie die meisten modernen Menschen, also in einem Fitnessstudio oder nur eine bestimmte Art von körperlicher Aktivität. Stattdessen praktizieren wir normalerweise verschiedene Sportarten. Defrebs ist dabei besonders beliebt, weil es den Kämpfen in der Arena am ähnlichsten ist …«

»Arena?«

»Ah, bis dahin hast du also noch nicht gelesen …« Er machte eine kurze Pause, um sich die Haare einzuschäumen und sie sich danach wieder auszuwaschen, bevor er fortfuhr. »Die

Arena ist ein Ort, an dem unsere Bürger besonders unüberbrückbare Differenzen lösen. Also, wenn ich zum Beispiel denke, dass mir jemand irreparablen Schaden zugefügt hat, kann ich ihn zu einem Treffen in der Arena herausfordern – und dann müsste er meine Herausforderung annehmen, oder er würde einen großen Teil seines Ansehens verlieren.«

Mia schaute überrascht auf das beschlagene Glas der Duschverkleidung. »Und was würdet ihr dann in der Arena machen? Kämpfen?«

»Genau. Außer Waffen ist alles erlaubt. Das Ziel ist es, zu gewinnen, den Feind zu unterwerfen, während alle dabei zuschauen …«

Mia lachte ungläubig. »Was? Wie die Gladiatoren im alten Rom?«

»Was denkst du, woher die Römer die Idee hatten?«

»Wie bitte? Ehrlich?«

Korum stellte das Wasser ab und öffnete die Tür, um sich ein Handtuch von einem nahe stehenden Regal zu nehmen. »Ehrlich. Die gleiche Gruppe Wissenschaftler, von denen ich dir schon einmal erzählt habe – die für so viele griechische und römische Mythen verantwortlich sind – haben auch die Kämpfe in der Arena ins Leben gerufen. Einige von ihnen vermissten diesen Teil des krinarischen Lebens so sehr, dass sie diese Tradition Schritt für Schritt in die römische Kultur einführten, in der sie dann allerdings ein Eigenleben entwickelte. Es überraschte uns ehrlich gesagt, wie lange diese Spiele existierten und wie beliebt sie waren.«

Mia konnte ihren Ohren kaum glauben. »Und ihr habt diese Spiele immer noch? In diesem modernen Zeitalter?«

»Natürlich«, sagte er, und seine Augen schimmerten leicht golden. »Für uns ist das ein Weg, bestimmte … Bedürfnisse … zu befriedigen, die ansonsten unserer friedlichen und blühenden Gesellschaft im Wege stehen würden.«

Bedürfnisse? Sie blinzelte und beobachtete ihn misstrauisch, als er sich zu Ende abtrocknete. Also besaßen die Krinar immer noch die gewalttätigen Neigungen, über die sie gerade gelesen hatte. Kein Wunder, dass es so viele Gerüchte über ihre Brutalität während der großen Panik gegeben hatte …

Bevor sie diesen Gedanken weiter fortführen konnte, kam er zu ihr und hob sie an der Taille hoch. Überrascht hielt sich Mia an seinen Schultern fest, als er ihren Mund mit seinem bedeckte und sie mit kaum gebremster Aggression küsste. Diesen Sport zu treiben hatte ihn offensichtlich erregt, denn sie spürte trotz ihres dicken Bademantels, wie sein Penis härter wurde und gegen ihr Bein drückte. Ihr Körper reagierte sofort: ihre Lenden zogen sich voller Lust zusammen, und ihre Nippel stellten sich zu harten Knospen auf.

Als er ihre Erregung spürte, entwich seiner Kehle ein tiefes Knurren, und er drückte sie gegen die Wand während, seine Hände an ihrem Bademantelgürtel zogen. Er beugte sein Knie und setzte sie darauf ab, so dass sich ihre Genitalien an seinem Bein rieben. Mia stöhnte in seinen Mund, und der Druck auf ihre Klitoris erregte sie immer mehr. Seine Hände wanderten weiter nach unten, ergriffen ihre Schenkel und öffneten sie weit, bevor er auf einmal in ihr war und sie ohne weitere Vorbereitung aufspießte.

Mia schrie durch die harte Gewalt seines Eindringens auf. So erregt sie auch war, er war immer noch zu groß für sie, um ihn leicht in sich aufnehmen zu können, und ihr empfindlicher innerer Kanal war bis zu dem Punkt gedehnt, an dem der Schmerz begann. Er machte eine kurze Pause, damit sie sich anpassen konnte, und während er immer noch ihre Beine gespreizt hielt und ihr somit jede Kontrolle über den sexuellen Akt verwehrte, begann er langsam mit seinen Stößen. Der dicke Kopf seines Geschlechts rieb mit jeder seiner Bewegungen gegen ihren G-Punkt, und durch diese weit geöffnete Position drückte seine Hüfte bei jedem Stoß auf ihre Klitoris, wodurch sich die Spannung in ihrem Körper immer weiter aufbaute.

Schließlich kam sie mit einem Schrei und zuckte hilflos in seinen Armen. Korum konnte das rhythmische Pulsieren ihrer Vagina um sein geschwollenes Glied nicht mehr aushalten, und raues Stöhnen begleitete seinen Höhepunkt.

Keuchend hing Mia in seinen Armen, bis er sie schließlich sanft auf den Boden setzte und sich kurz zurückzog, um ihr ein Tuch zu reichen.

Ihre Knie waren ein wenig weich, und er hielt sie mit einem leicht verblüfften Ausdruck auf seinem wunderschönen Gesicht fest. »Auch wenn du mir das jetzt vielleicht nicht glaubst, aber ich wollte das wirklich nicht«, sagte Korum, und ein selbstironisches Lächeln umspielte seine Lippen. »Ich verstehe ernsthaft nicht, warum ich bei dir einfach keine Kontrolle über mich zu haben scheine. Es ist fast, als müsse ich jedes Mal, wenn sich mir die Möglichkeit bietet, in dich eindringen …«

Mia, deren Scheide immer noch von den Nachwirkungen des Orgasmus pochte und die sich durch sein Geständnis absurderweise sehr geschmeichelt fühlte, befeuchtete ihre Lippen und zuckte leicht mit den Schultern. »Das ist schon in Ordnung … Es ist ja nicht so, als würde es mir keinen Spaß machen …«

»Ach wirklich?«, zog er sie auf, und ein breites Grinsen erschien auf seinem Gesicht. »Es macht dir Spaß? Darauf wäre ich nie gekommen ...«

Mia warf ihm einen bösen Blick zu und säuberte sich mit dem Tuch. »Du hattest mir aber eigentlich einen Ausflug zum Strand versprochen«, erinnerte sie ihn, um das Thema zu wechseln. Die Stärke ihrer sexuellen Reaktion auf ihn – generell ihrer Gefühle für ihn – war ihr immer noch unangenehm. Warum hatte sie sich nicht in einen unkomplizierteren Mann verlieben können? Warum musste es dieses harte, kompromisslose Exemplar mit seinem dominanten Charakter sein? Selbst Arman wäre eine einfachere Person für eine Beziehung gewesen; zumindest hätte sie sich bei jemandem wie ihm eher so gefühlt, als habe sie ein wenig Kontrolle über sich selbst und die Situation, anstatt sich ständig völlig aus dem Gleichgewicht geworfen zu fühlen.

»Das sollten wir immer noch schaffen«, sagte Korum und kreierte sich mit Hilfe der Nanomaschinen die Kleidung, die er sich gleich anzog. »Ich mache dir Frühstück und dann gehen wir.«

»Okay«, sagte Mia. »Ich dusche mich schnell ab, und dann komme ich sofort.«

* * *

Sieben Minuten später betrat Mia die Küche und sah, dass Korum etwas Grünes in einem normalen menschlichen Mixer zubereitete.

»Was ist das?«, fragte sie ihn und verfolgte neugierig, wie er diese eigenartige Kreation zubereitete.

Korum lächelte, und seine Gesichtszüge hellten sich bei ihrem Anblick merklich auf. »Ich hatte gehofft, dass du schnell sein würdest.« Er ging zwei Schritte bis zu ihr, küsste sie sanft auf die Stirn und widmete sich dann wieder seiner Aufgabe. »Das ist eine Mischung aus Mango, Banane, Spinat und Bowit – das ist eine süße Nussart von Krina. Hast du Hunger?«

»Immer«, gab Mia mit einem verlegenen Lächeln zu. Der Smoothie hörte sich vielversprechend an. »Haben wir noch genug Zeit, um vor der Gerichtsverhandlung schwimmen zu gehen?«

»Definitiv«, sagte er und stellte den Mixer an. Mia hielt mit den Händen ihre Ohren zu, um sie gegen den Lärm, der zum Glück nur ungefähr zehn Sekunden lang anhielt, abzuschirmen. Als es im Zimmer wieder still war, fügte er noch hinzu: »Wir haben noch etwa zwei Stunden Zeit, also sollte ich es auch noch schaffen, dir ein paar interessante Plätze hier in der Nähe zu zeigen, bevor wir kurz schwimmen gehen.«

»Das wäre großartig«, sagte Mia, die es kaum erwarten konnte, hinauszugehen und die Gegend zu erkunden. »Ich kam mir gestern ganz schön eingesperrt vor ...«

»Natürlich«, sagte er und schenkte den grünen Shake in einen hohen, durchsichtigen Becher, den er ihr dann hinüberreichte. »Ich möchte nicht, dass du dich so fühlst. Probier mal – das sollte recht lecker sein.«

Mia nahm einen Schluck der dickflüssigen Mischung, und ihre Geschmacksnerven explodierten fast wegen des süßen, vollmundigen Geschmacks. Nichts, was sie in ihrem ganzen Leben probiert hatte, ähnelte dieser Kreation auch nur entfernt. Sie schmeckte leicht nach Schokolade, Sahne, und neben dem bekannteren fruchtigen Aroma gab es außerdem etwas, was sie nicht beschreiben konnte. »Wow.« Sie schluckte und leckte sich ihre Lippen. »Was auch immer dieses Bo-Ding ist, es ist absolut fantastisch.«

Korum lächelte, erfreut über ihre Reaktion. »Ja, das ist auch eine meiner Lieblingsnüsse. Die Bowitpflanze braucht fünf Jahre, bis sie ausgewachsen ist, und deshalb ist dieses das erste Jahr, in dem wir die Nüsse hier auf der Erde ernten konnten. Sie sind wirklich lecker und passen zu vielen Gerichten.«

»Kann ich meinen Smoothie mitnehmen?«, fragte Mia, die endlich richtig in den Tag starten wollte. »Dann würde ich mich nämlich nur schnell anziehen, und dann könnten wir los …«

»Na klar, warum denn nicht?« Korum schenkte sich auch einen Becher ein. »Dann zeige ich dir mal unsere Schwimmbekleidung.«

Er nahm seinen Shake und verließ die Küche, um zum Schlafzimmer zu gehen. Mia folgte ihm, neugierig darauf, die krinarische Version eines Badeanzugs zu sehen.

Als er im Zimmer ankam, stellte er erst einmal seinen Becher auf die Kommode und ging dann zum Kleiderschrank, um ein winziges Stückchen Stoff hervorzuholen, das er auf das Bett legte. »Das hier tragen unsere Frauen normalerweise.«

Mia starrte auf den Stofffetzen. »Oh … Ich kann mir nicht vorstellen, dass mir das passt.« Vielleicht würde sich der Chihuahua ihrer Eltern da hineinzwängen können, aber alles, was größer war, definitiv nicht.

Er lachte. »Das Material ist dehnbar. Probier es doch mal an.«

Keineswegs davon überzeugt, stellte auch Mia ihren Shake ab und näherte sich zögernd dem Bett. Sie nahm den Stoff in die Hand und begutachtete ihn.

»Du musst ihn über deinen Kopf ziehen«, sagte Korum. »Zieh deinen Bademantel aus, und ich zeige dir, wie du ihn anziehen musst.«

»Okay«, sagte Mia, öffnete ihren Bademantel, zog ihn aus und ließ ihn aufs Bett fallen. Darunter war sie komplett nackt und konnte die Hitze seines Blickes, der ihren Körper hinunterwanderte, auf sich spüren. Als seine Augen sich wieder auf ihr Gesicht richteten, hatten sie die Farbe reinen Goldes. Mias Atmung beschleunigte sich, und sie fühlte, wie ihre Nippel sich versteiften, als ihr Körper auf seine Begierde reagierte.

Sie hörte, wie er tief einatmete, so als würde er ihren Duft inhalieren, und dann sagte er mit rauer Stimme, »Hier, so wird das angezogen.« Er zog das wie eine Bandana geschnittene Stück Stoff mit seinen Händen auseinander, zog es ihr über den Kopf und ließ los, als es sicher um ihre Hüften saß. Seine Finger berührten dabei ihren Bauch, und sofort stieg erneut Hitze in ihr auf.

Mit leicht geöffneten Lippen starrte Mia ihn an und konnte es gar nicht fassen, dass sie ihn schon wieder begehrte.

»Schau mich nicht so an«, sagte er mit rauer Stimme. »Ich habe dir versprochen, dich heute Morgen herumzuführen, und das werde ich auch machen.«

Mia errötete. »Natürlich.« Das war lächerlich, er machte eine Nymphomanin aus ihr. Es war mit Sicherheit nicht normal, jemanden die ganze Zeit so stark zu begehren.

Sie versuchte, sich abzulenken, und schaute auf ihre bandanaförmige Bekleidung. Zu ihrer Überraschung hatte sie sich über den ganzen Oberkörper ausgedehnt und sich in einen ungewöhnlichen Badeanzug verwandelt. Der Stoff verschmolz zwischen ihren Beinen und verdeckte somit ihren

Schambereich und ihre Gesäßspalte. Von dort aus wanderte er an den Seiten ihres Brustkorbs nach oben und bedeckte leicht ihre Brüste, so dass ihre Nippel nicht zu sehen waren. Wie jedes krinarische Kleidungsstück passte es sich ihrer Figur perfekt an und schien auch sicher zu sitzen, obwohl es überhaupt nicht durch Träger oder Ähnliches festgehalten wurde.

Das Resultat war unglaublich sexy, fand Mia, und ihre Wangen färbten sich rot bei dem Gedanken daran, so angezogen das Haus zu verlassen. »Ist das alles, was ich anziehen werde?«, fragte sie und sah zu Korum hoch.

Er schüttelte seinen Kopf. »Nein, du solltest das hier darüber tragen«, sagte er und gab ihr etwas, was wie ein simpler, weißer Schlauch aussah. »Du kannst es ja ausziehen, wenn wir am Strand sind.«

Mia zwängte sich in den Stoff und ging zum Spiegel, um einen Blick auf sich zu werfen. Es sah aus wie ein ganz normales Schlauchkleid, das aus einem dünnen und anschmiegsamen Material gemacht war. Gar nicht so anders als eines der Strandkleider, die man in Florida trug.

»Du könntest ja diese Schuhe dazu tragen«, sagte Korum und reichte ihr ein paar graue, kniehohe Stiefel. »Da wir zu Fuß gehen und du Insekten nicht wirklich gerne magst, sind hohe Schuhe vielleicht die beste Option für dich.«

Da Mia alles tragen würde, nur um möglichst jeglichen Körperkontakt mit diesen Krabbeltierchen zu vermeiden, zog sie dankbar die Stiefel an. Sie warf einen letzten Blick auf sich und nahm ihren Smoothie von der Kommode. »Ich bin fertig.«

»Dann lass uns los.« Korum schnappte sich seinen Becher und führte sie heraus aus dem Haus und hinein in den grünen Dschungel, der sich rund um ihr Haus erstreckte.

Der erste Ort, den Korum ihr zeigte, war eine Grotte mit zwei mittelgroßen Wasserfällen. Das Wasser fiel aus etwa sechs Meter Höhe in ein kleines, flaches Becken und lief dann als ein kleines Flüsschen ab. Am Ufer des Flusses gab es einige große Felsen, und das Gras sah weich und grün aus. Das war ein sehr schöner Ort zum Entspannen und Lesen, fand Mia und versuchte, sich zu merken, wo sich die Grotte befand.

Nach den Wasserfällen gingen sie zu einem anderen, einem größeren Fluss – der ins Meer mündete. Korums Meinung nach war das eine ausgezeichnete Stelle, um sich das örtliche Wildleben anzuschauen, das verschiedene Vogelarten und Brüllaffen einschloss. »Das hört sich interessant an«, bemerkte Mia, und er versprach ihr, an einem der folgenden Morgen eine Bootstour mit ihr zu unternehmen.

Als sie dem Meeresarm weiter Richtung Westen folgten, kamen sie schließlich am Strand an. Korum hatte sie gewarnt, dass die Brandung ziemlich stark war und recht große Wellen an die Küste schlugen. In einiger Entfernung konnte Mia ein paar Personen erkennen – wahrscheinlich Krinar –, die auch am Meer waren, aber um sie herum war der Strand völlig leer.

»Wir haben nur noch dreißig Minuten Zeit«, sagte ihr Korum. »Dann muss ich zur Verhandlung.«

»Natürlich«, sagte Mia grinsend. »Wollen wir dann noch schnell schwimmen gehen?« Und ohne seine Antwort abzuwarten, zog sie sich ihre Stiefel aus, schälte sich aus ihrem Schlauchkleid und rannte auf den Ozean zu.

Er holte sie umgehend ein und hob sie in seine Arme, noch bevor auch nur einer ihrer Zehen das Wasser berührt hatte. »Ich hab dich«, sagte er, und seine Augen strahlten warme Belustigung aus.

Mia lachte und fühlte sich unbeschwerter, als sie sich die ganzen letzten Wochen jemals gefühlt hatte. Sie schlang ihre Arme um seinen Hals und sagte zu ihm: »Okay, aber jetzt musst du auch mit mir hineinkommen. Und falls dir das Wasser zu kalt ist, möchte ich keine Beschwerden hören.«

»Oh, eine Herausforderung?«, fragte er und zog eine Augenbraue hoch. »Dann schauen wir doch mal, wer sich zuerst beschwert …« Und dann ging er mit Mia auf dem Arm entschlossen in den Ozean.

Mia kreischte lachend über die plötzliche Berührung mit dem kalten Wasser und hielt dann ihren Atem an, als eine große Welle über ihre Köpfe hinwegschwappte. Sie konnte den starken Sog der Strömung spüren, und ihr fiel auf, dass Korum mit den potentiellen Gefahren, wenn sie allein schwimmen ging, wahrscheinlich recht hatte. Mit ihm fühlte sie sich jedenfalls sicher, da seine krinarische Stärke dem Sog offensichtlich mehr als gewachsen war und er ohne Anstrengung der Zugkraft des Wassers widerstehen konnte.

Die Welle zog sich zurück, und Mia rieb sich mit der Hand ihre Augen, um das Salzwasser loszuwerden. Als sie sie endlich wieder öffnete, sah Korum mit einem eigenartigen Lächeln auf sie hinab.

»Was?«, fragte sie ein wenig verunsichert.

»Nichts«, murmelte er und lächelte dabei immer noch. »Du siehst nur sehr niedlich aus mit deinen nassen Wimpern und Haaren. Das erinnert mich an den Tag, an dem dich der Regen erwischt hatte.«

»Du meinst, als ich dich das zweite Mal getroffen habe? Das Mal, an dem ich dich angeniest habe?«, fragte Mia misstrauisch und immer noch etwas beschämt bei der Erinnerung daran.

Er nickte. »Du warst das süßeste Ding, das ich seit langem gesehen hatte, diese tropfnassen Locken und diese großen blauen Augen … und ich konnte mich kaum beherrschen, dich nicht gleich auf der Stelle zu küssen.«

Mia warf ihm einen ungläubigen Blick zu. »Wirklich? Ich dachte, ich sähe furchtbar aus, wie eine abgesoffene Ratte.«

Er lachte. »Mehr wie ein abgesoffenes Kätzchen, wenn du unbedingt tierische Vergleiche anstellen möchtest. Oder wie ein Fregu – das ist ein niedliches, flauschiges Säugetier, das wir auf Krina haben.«

»Habt ihr welche von ihnen hier?«, fragte Mia und war plötzlich ganz aufgeregt bei der Aussicht, außerirdische Tiere zu sehen. »In Lenkarda, meine ich …«

Korum schüttelte seinen Kopf. »Nein, die Fregu sind überhaupt nicht domestiziert worden, und wir entfernen keine wilden Tiere aus ihrem gewohnten Lebensraum. Generell zähmen wir keine Tiere.«

»Also habt ihr überhaupt keine Haustiere?«, fragte Mia überrascht.

In diesem Moment näherte sich eine weitere Welle, und Korum hob Mia höher, damit sie diesmal ihren Kopf oberhalb des Wassers halten konnte. »Keine Haustiere«, bestätigte er, als die Welle vorbei war. »Das gibt es einzig und allein bei den Menschen.«

»Wirklich? Das hätte ich niemals gedacht. Meine Eltern haben einen Hund«, gestand Mia. »Einen kleinen Chihuahua. Er ist sehr niedlich.«

»Ich weiß«, sagte Korum. »Ich habe Aufzeichnungen gesehen.«

Aus irgendeinem Grund schockierte Mia das nicht. »Natürlich hast du das«, sagte sie seufzend. Sie wusste, dass sie wütend sein sollte, dass er so in die Privatsphäre ihrer Familie eingedrungen war, aber stattdessen ergab sie sich komischerweise in ihr Schicksal. Ihr Liebhaber hatte offensichtlich überhaupt keinen Sinn für angemessene Grenzen, und Mia war in diesem Moment einfach zu zufrieden, um das mit einem weiteren Streit zu verderben. Trotzdem konnte sie es sich nicht verkneifen zu fragen: »Gibt es eigentlich irgendetwas, was du über mich oder meine Familie noch nicht weißt?«

»Wahrscheinlich nicht mehr viel«, gab er ohne Umschweife zu. »Deine Familie fasziniert mich.«

Ihre Familie? »Warum?«, fragte Mia überrascht. »Wir sind doch nur eine durchschnittliche amerikanische Familie …«

»Weil du mich faszinierst«, antwortete ihr Korum und sah sie mit einem unleserlichen, bernsteinfarbenen Blick an. »Und ich möchte besser verstehen, wer du bist und woher du kommst.«

Mia starrte ihn an. »Ich verstehe«, murmelte sie, auch wenn sie das nicht tat, nicht wirklich zumindest. Warum jemand wie er – ein brillanter Krinar mit so einem hohen Ansehen in seiner Gesellschaft – an einem normalen menschlichen Mädchen interessiert war, ging über ihr Verständnis.

Plötzlich grinste er, und die seltsame Anspannung verflog. »Warum zeigst du mir nicht, was für eine gute Schwimmerin du bist?«, schlug er spielerisch vor und ließ sie los.

Mia grinste zurück und fühlte sich fast unerträglich glücklich. »Schau zu und lerne«, sagte sie großspurig zu ihm und schwamm mit starken und gleichmäßigen Bewegungen weiter in den Ozean hinaus, da sie mit Sicherheit wusste, dass sie mit Korum im tiefen Wasser viel sicherer war als mit einem Lebensretter in einem Kinderschwimmbecken.

* * *

Der Krinar beobachtete, wie sein Feind im Wasser mit seinem Charl fröhlich herumtollte.

Zuerst hatte er nicht verstanden, was Korum an diesem Mädchen so anziehend fand; sie hatte auf ihn wie ein typischer Mensch gewirkt. Ein hübscher, kleiner Mensch, aber wirklich nichts Besonderes. Als er sie jedoch immer weiter beobachtet hatte, waren ihm langsam die feine Zartheit ihrer Gesichtszüge und die Weichheit ihrer blassen Haut aufgefallen. Ihr Körper war klein und zerbrechlich, aber er hatte perfekte Rundungen an genau den richtigen Stellen, und sie strahlte eine unschuldige Sinnlichkeit aus, wenn sie sich bewegte oder mit der Art, wie sie beim Sprechen ihren Kopf hielt.

Entsetzt merkte der Krinar, dass er seine Finger in ihrem dicken, lockigen Haar vergraben und ihren Geruch einatmen wollte, um dann ihren Hals zu lecken und den warmen Blutfluss in ihren Venen durch die dünne Haut zu spüren. Das war das Beste am Sex mit menschlichen Frauen – zu wissen, dass nur einen kleinen Biss entfernt das Paradies wartete.

Das Verlangen überkam ihn völlig überraschend. Das gehörte nicht zu seinem Plan. Er hatte gedacht, dass er über solchem Unsinn, solchen primitiven Trieben stand. Im

156

Moment gab er seinen Begierden kaum nach, er konnte sich diese Ablenkung nicht erlauben. Es stand für ihn zu viel auf dem Spiel, um das alles für ein wenig kurzweiligen körperlichen Genuss wegzuwerfen.

Mit einer übermenschlichen Anstrengung drückte er die Fantasie weg und konzentrierte sich auf die Aufgabe, die vor ihm lag.

10. KAPITEL

Nach dem Schwimmen brachte Korum Mia nach Hause, sprang unter die Dusche und verließ wie ein Wirbelwind innerhalb von zwei Minuten das Haus. Mia konnte ihm nur irritiert dabei zuschauen, wie er kurz innehielt, um ihr einen schnellen Kuss auf die Stirn zu geben, und danach quasi aus der Tür flog.

Nachdem er fort war, ging Mia auch duschen und stärkte sich noch schnell mit einem Imbiss aus Mango und Walnüssen, um die bevorstehende Präsentation ohne Hunger durchzustehen. Dann legte sie sich das Armband um, das Korum ihr gestern gegeben hatte, machte es sich auf dem Sofa bequem und tauchte in das Spektakel ein.

Der zweite Tag der Verhandlung wurde mit dem ihr schon bekannten Gong eingeläutet.

Wie schon das letzte Mal suchte sich Mia einen Weg durch die Massen und machte es sich dann auf Korums Podium bequem. Heute fasste sie sein virtuelles Ich allerdings nicht an, und ihre Wangen röteten sich bei dem Gedanken daran, was er letzte Nacht wegen dieser gestrigen Berührungen mit ihr gemacht hatte.

An diesem Morgen gab es weniger Begrüßungen und Einleitungen. Nachdem die Beschuldigten und der Protektor die Arena betreten hatten, wurde das Publikum still und folgte mit enormem Interesse dem weiteren Verlauf des Prozesses.

Wieder war Loris ganz in schwarz gekleidet. Sein Gesicht sah verkniffen und angestrengt aus, und der Blick, den er in Korums Richtung warf, war so voller Wut und Bitterkeit, dass Mia ungewollt erzitterte. Nach ein paar Sekunden schien er sich wieder unter Kontrolle zu bekommen, und seine Züge glätteten sich, wurden ausdruckslos.

Er ging einen Schritt nach vorne und sprach in einer lauten und tragenden Stimme zum Publikum. »Liebe Einwohner der Erde und Mitbürger auf Krina! Euch wurden Beweise eines furchtbaren Verbrechens vorgelegt – eines Verbrechens, das schon fast nicht zu glauben ist. Und wenn ihr die Aufzeichnungen, die euch gestern gezeigt wurden, für richtig erachten würdet, dann müsstet ihr natürlich diese Angeklagten – darunter meinen Sohn – für schuldig erklären.

Aber ihr solltet euch auch fragen, ob das überhaupt möglich ist. Wie kann es sein, dass sieben junge Personen, die noch nie durch kriminelles Verhalten aufgefallen sind, sich ganz plötzlich verschwören, um gewaltsam fünfzigtausend Krinar von der Erde zu vertreiben und dabei alle unsere Leben zu gefährden? Dabei mein Leben zu gefährden! Wie können sie einen solchen ausgefeilten Plan erarbeiten und Menschen mit krinarischen Waffen und Technologien ausstatten? Und wozu? Um den Menschen zu helfen? Ergibt das für euch einen Sinn?«

In der Menge herrschte Totenstille. Mia hielt ihren Atem an und konnte ihre Augen nicht von der schwarzgewandeten Figur lösen, die so eindrucksvoll in der Arena stand.

»Also für mich ergibt das keinen Sinn. Ich kenne meinen Sohn, und er hat seine Fehler – aber Möchtegern-Massenmörder ist keiner davon. Und das ist auch der Grund dafür, dass ich nach vorne treten musste, um die Funktion des Protektors auszuüben – weil diese Verhandlung eine Farce ist. Sie ist ein sehr realer Angriff auf diese jungen Krinar, und ich habe keine andere Wahl, als sie zu verteidigen.«

Mia drehte sich schnell um, um einen kurzen Blick auf Korum zu werfen und seine Reaktion auf das alles zu sehen. Sein Gesicht wirkte ruhig und leicht amüsiert, und er schien dem Prozess mit höflicher Aufmerksamkeit zu folgen.

»Ich habe mit Rafor und jedem seiner Freunde ausführlich gesprochen, und keine ihrer Aussagen passen zusammen«, fuhr Loris fort. »Sie sind einfach völlig verwirrt. So verwirrt, dass sie sich an gar nichts von dem erinnern können, dessen sie beschuldigt werden – so verwirrt, dass sie sich kaum an die Mehrzahl der wichtigsten Ereignisse des letzten Jahres erinnern können ... Ich weiß, was jetzt viele von euch denken. Falls sie schuldig wären und so tun würden, als könnten sie sich an nichts erinnern, wäre das natürlich eine gute Vorgehensweise, um die Verhandlungen zum Stillstand zu bringen. Das war auch mein erster Gedanke ... und deshalb habe ich bei den führenden Verstandesexperten hier auf der Erde einen Erinnerungsscan in Auftrag gegeben. Vier verschiedene

Laboratorien haben ihre Untersuchungen durchgeführt – Laboratorien in Arizona, Thailand, Fidschi und Hawaii – und ihre Ergebnisse sind unstrittig.

Bei allen sieben Angeklagten wurden die Erinnerungen verändert.«

Entsetztes Gemurmel ging durch die Menge, und Mia konnte die überraschten Ausdrücke auf den Gesichtern der Ratsmitglieder sehen. Einen kurzen Blick hinter sich werfend, konnte sie ein ganz leichtes, kaum wahrnehmbares Stirnrunzeln auf Korums Gesicht erkennen. Er schien irritiert zu sein.

»Jetzt wissen viele von euch, dass es nur wenige Personen gibt, die fähig sind, solche Eingriffe durchzuführen. Tatsächlich glaube ich, dass es auf diesem Planeten weniger als dreißig Individuen gibt, die überhaupt etwas mit der Manipulation der Gedanken zu tun haben. Und da kommt mir eines unserer geschätzten Ratsmitglieder in den Sinn ...«

Bei diesem letzten Satz ging erneut ein Raunen durch das Publikum, und Saret erhob sich langsam hinter seinem Tisch. »Beschuldigst du mich etwa?«, fragte er in einem völlig ungläubigen Ton.

»Ja, Saret«, sagte Loris, und Mia konnte wieder die unterdrückte Wut in seiner Stimme hören. »Ich beschuldige dich und deinen Freund Korum, die Erinnerungen meines Sohnes und der anderen Beschuldigten verändert zu haben. Ich beschuldige euch, euch an ihrem Verstand vergangen zu haben, um eure eigenen politischen Ziele voranzubringen. Ich beschuldige Korum, diese ganze Abfolge der Ereignisse bis hin zum Angriff auf die Siedlungen eingefädelt zu haben, um mich zu zerstören, die Machtverteilung im Rat zu verändern und somit seinen eigenen unstillbaren Ehrgeiz zu befriedigen. Und ich beschuldige dich, ihm dabei geholfen zu haben, seine Spuren zu verwischen, indem du den Verstand meines Sohnes und der anderen jungen Angeklagten, die heute vor dir stehen, geschändet hast!«

Die Menge brach in einen lauten Austausch von Argumenten und schockierten Ausrufen aus, und Mia drehte sich wieder um, um Korum anzusehen. Sie hatte keine Vorstellung davon, wie er wohl auf Loris' Worte reagieren würde. Könnte an ihnen etwas Wahres dran sein?

Korum saß dort äußerlich ruhig und mit einem völlig unleserlichen Gesichtsausdruck. Nur der leicht gelbe Ring um seine Pupillen gab einen kleinen Hinweis darauf, was er innerlich fühlte. Er stand langsam auf und näherte sich der Mitte der Arena, wo der Protektor stand.

»Sehr gut gemacht, Loris«, sagte Korum in einem leichten und spöttischen Ton. »Das war sehr kreativ. Ich muss zugeben, dass ich nie erwartet hätte, dass du diese Richtung einschlagen würdest – auch wenn ich verstehen kann, warum du es machst. Zwei Fliegen mit einer Klappe schlagen und das alles … Natürlich gibt es immer noch diese ganzen Aufzeichnungen und nicht zu vergessen die Zeugen, die alle eindeutig dafür sprechen, dass dein Sohn und seine Mitstreiter sehr rational handelten und keinerlei Spuren irgendeiner geistigen Verwirrung aufzeigten …«

»Diese Aufzeichnungen sind alle wertlos«, unterbrach ihn Loris, und auf seinem Gesicht spiegelte sich kaum kontrollierte Wut wider. »Wie wir alle wissen, kann jemand mit deinem technologischen Können alles in dieser Art fälschen …«

»Ich stelle die Aufzeichnungen gerne für eine Untersuchung durch Experten zur Verfügung«, sagte Korum und zuckte gleichgültig mit den Schultern. »Du kannst dir sogar einige dieser Experten aussuchen … solange sie für die Aufrichtigkeit des Ergebnisses mit ihrem Ruf bürgen. Und selbstverständlich haben andere Ratsmitglieder bereits die Zeugen verhört. Ratsmitglieder, gab es bei irgendeiner Aussage etwas, was den Aufzeichnungen widerspricht?«

Arus stand auf, um zu antworten. Mia schluckte nervös und sah dabei zu, wie ein weiterer Gegner Korums in die Mitte der Arena ging. Was, wenn er sich auf Loris' Seite stellen würde? Würde Korum dann in Schwierigkeiten stecken? Sie konnte den Gedanken nicht ertragen, dass ihm wegen dieser Anschuldigungen irgendetwas passierte.

»Ich werde für den Rat sprechen«, sagte Arus mit einer tiefen, ruhigen Stimme. Und wieder gab es etwas in seinem offenen, aufrichtigen Gesicht, was dazu führte, dass Mia ihm glauben wollte, ihn mögen wollte. Das war eine sehr nützliche Eigenschaft für einen Politiker, fiel ihr auf – besonders für einen Botschafter.

»So gerne ich auch Loris' Bestreben, seinen Sohn beschützen zu wollen, unterstützen würde«, sagte er, »besteht kein Zweifel darüber, dass alle Zeugen, die wir bis jetzt befragt haben – von menschlichen Mitgliedern des Widerstandes bis hin zu den Wächtern, die an der Operation teilgenommen haben –, eine sehr ähnliche Beschreibung der Ereignisse abgegeben haben. Und leider unterstützen diese Aussagen die Aufzeichnungen, Loris.« In Arus' Stimme schien ehrliches Bedauern mitzuschwingen, als er das sagte.

»Zeugen können gekauft werden …«

Arus schüttelte seinen Kopf. »Nicht so viele. Wir haben fünfzig völlig verschiedene Zeugen beider Spezies, Menschen und Krinar. Es tut mir leid, Loris, aber das sind einfach zu viele.«

»Und wie erklärst du dir dann den Gedächtnisverlust?«, fragte Loris wütend und sah Arus verbittert an.

»Den kann ich nicht erklären«, gab Arus zu. »Der Rat wird diesen Fall untersuchen müssen …«

»Ich kann dazu vielleicht eine Vermutung anstellen …«, sagte Korum, und Mia konnte die neugierige Anspannung der Menge förmlich spüren. »Es gibt eine menschliche Verteidigungsstrategie, die häufig in den entwickelten Ländern angewandt wird. Sie besteht darin, zu beweisen, dass der Angeklagte nicht zurechnungsfähig ist und dadurch unfähig, die Gerichtsverhandlung durchzustehen. Wenn der Angeklagte nämlich als psychisch krank eingestuft wird, kann er keine Verantwortung für seine Taten übernehmen – und anstatt bestraft zu werden, bekommt er eine Behandlung seiner Krankheit.

Dem Protektor ist selbstverständlich klar, dass alle Beweise auf die Schuld der Angeklagten deuten. Natürlich kann er jetzt nicht den Anschein erwecken, sein Sohn sei unzurechnungsfähig und habe deshalb nicht gewusst, was er tat. Nein, das kann er nicht behaupten – aber er kann sagen, dass das Gedächtnis seines Sohnes manipuliert worden ist und seine Erinnerungen gewalttätig ausgelöscht wurden. Tatsache in diesem Fall ist aber auch, dass es nur eine Person gäbe, die davon profitieren würde, wenn Rafor und die anderen Verräter ihr Gedächtnis verlieren würden – und das bin weder ich noch ist es Saret.«

»Beschuldigst du mich, dass ich mich am Gedächtnis meines eigenen Sohnes vergangen habe?«, fragte Loris ungläubig, und Mia konnte sehen, wie sich seine Hände zu Fäusten ballten.

»Im Gegensatz zu dir beschuldige ich nicht, ohne Beweise zu haben«, sagte Korum und lächelte ihn kalt an. »Ich äußere lediglich eine Vermutung.«

Der Lärm der Menge wurde lauter. Mia, die neugierig war, wie Saret darauf reagieren würde, drehte sich zu ihm um. Er beobachtete die Abläufe mit einem leicht amüsierten Gesichtsausdruck, als könne er gar nicht glauben, dass er in das Ganze hineingezogen worden war. Er tat Mia leid. Nicht, dass sie viel über krinarische Politik wusste, aber Korums Freund wirkte auf sie, als würde er nicht gerne im Kreuzfeuer stehen.

Ihr Liebhaber dagegen schien ganz in seinem Element zu sein. Korum genoss die hilflose Wut seines Feindes sichtlich.

»Alle Vermutungen und Anschuldigungen sind zu diesem Zeitpunkt nutzlos«, sagte Arus, und die Menge wurde wieder still. »Der Rat wird die Resultate der Laboratorien anschauen müssen, bevor weiter in diese Richtung vorgegangen werden kann. In der Zwischenzeit zeigen wir die Aussagen aller zur Verfügung stehenden Zeugen, um weiteres Licht auf diesen Fall zu werfen.« Und mit einer kleinen Geste rief er ein dreidimensionales Bild auf, genauso wie Korum das gestern getan hatte.

Mehr Aufzeichnungen, verstand Mia und seufzte bei dem Gedanken daran, dass der heutige Verhandlungstag wahrscheinlich noch länger dauern würde als der gestrige. Wenn sie jetzt fünfzig Zeugenaussagen zeigen würden, könnte das bis in die Nacht dauern.

Mia machte es sich auf Korums Podium noch ein wenig bequemer und richtete sich auf eine lange und wahrscheinlich langweilige Vorführung ein.

* * *

Der Krinar schaute die Aufzeichnungen zufrieden an.

Es war alles perfekt gelaufen, genauso wie er das gehofft hatte. Niemand würde nun die Wahrheit erfahren können, zumindest nicht, bis es ohnehin zu spät war, um etwas zu unternehmen.

Er war froh, dass er so vorausschauend das Gedächtnis der Keiths gelöscht hatte. Jetzt wären sie niemals mehr in der Lage, zu erklären, dass er der Anführer dieser kleinen Rebellion gewesen war.

Er war in Sicherheit und sollte seinen Plan in Ruhe ausführen können.

Besonders dann, wenn er es hinbekam, ein bestimmtes menschliches Mädchen aus seinen Gedanken zu verbannen.

11. KAPITEL

Nachdem sie sich fünf Stunden lang die Aufzeichnungen angesehen hatte, reichte es Mia. Sie verließ das virtuelle Verfahren, stand vom Sofa auf und ging in die Küche, um sich etwas zu essen zu holen. Sie war wirklich erschöpft davon, so lange aufmerksam zuzuhören, und sie hatte keine Ahnung, wie Korum und die anderen Krinar die ganze Zeit so aufmerksam bleiben konnten.

Wie das letzte Mal bereitete ihr das Haus ein leckeres Essen zu. Risikofreudig hatte Mia diesmal um das beliebteste krinarische Gericht gebeten – vorausgesetzt, es sei für Menschen zum Verzehr geeignet. Als die Mahlzeit wenige Minuten später fertig war, stöhnte sie schon fast vor Hunger, und von dem leckeren Geruch lief ihr das Wasser im Munde zusammen. Das Essen war wieder ein Eintopf mit einem vollmundigen und herzhaften Geschmack, der eine leichte Ähnlichkeit zu Lamm oder Kalb aufwies. Sie konnte sich das nach fünf Jahren ohne diese Köstlichkeiten natürlich auch einfach nur einbilden. Wie das ganze krinarische Essen, welches sie bis jetzt probiert hatte, war auch dieser Eintopf rein pflanzlich.

Da es draußen noch hell war, als Mia mit dem Essen fertig war, beschloss sie sich noch ein wenig aus dem Haus zu wagen. Sie zog sich ein Paar Stiefel und ein einfaches elfenbeinfarbenes Kleid an, bat das Haus, sie hinauszulassen und lächelte zufrieden, als sich die Wand für sie auflöste, genauso wie sie das sonst für Korum tat. Sie schnappte sich ein Handtuch und die krinarische Version eines Tablets, das Korum ihr gestern gegeben hatte, und ging zu den Wasserfällen. Sie freute sich darauf, ein paar Stunden zu lesen und mehr über die frühe Geschichte der Krinar zu erfahren.

Als sie an ihrem Ziel ankam, entdeckte Mia ein schönes Plätzchen im Gras ohne sichtbare Ameisenhügel in der Nähe und breitete ihr Handtuch dort aus. Sie legte sich auf den Bauch und tauchte in das Drama »Am Ende des ersten goldenen Zeitalters der Krinar ein«.

»Hallo? Mia?« Der Klang einer unbekannten Stimme, die ihren Namen rief, riss Mia aus ihrer Versunkenheit.

Überrascht schaute sie von ihrem Buch auf und sah eine junge menschliche Frau, die ein paar Meter von ihr entfernt stand. Sie trug krinarische Kleidung und wirkte mit ihren großen, braunen Augen, dem gewellten, schwarzen Haar und dem weichen, olivfarbenen Teint leicht südländisch.

»Ja, hallo«, sagte Mia, stand auf und starrte auf den Neuankömmling. Auf den ersten Blick schien die Frau – eigentlich eher das Mädchen – Anfang zwanzig oder auch ein wenig jünger zu sein, aber sie hatte etwas Majestätisches in ihrer Haltung, das Mia vermuten ließ, dass sie schon älter war. Obwohl ihr Marias lebhafte Ausstrahlung fehlte, war sie mit ihrem herzförmigen Gesicht und ihrem großen, schlanken Körper eine ruhige, fast leuchtende Schönheit. Noch ein Charl, verstand Mia.

»Ich bin Delia«, sagte das Mädchen und lächelte sie freundlich an. Sie sprach auf Krinarisch. »Maria hat mir erzählt, dass sie dich gestern kennengelernt hat, und ich wollte vorbeikommen, um dich in Lenkarda willkommen zu heißen.«

»Schön, dich zu treffen, Delia«, sagte Mia und lächelte ebenfalls. »Woher wusstest du, wo ich bin?«

»Ich bin zu Korums Haus gegangen, aber es schien niemand da zu sein«, erklärte ihr Delia. »Also habe ich mir überlegt, den schönen Weg nach Hause zu nehmen, und dann habe ich dich hier lesen sehen. Ich hoffe, das macht dir nichts aus – ich wollte dich nicht stören …«

»Oh nein, überhaupt nicht!«, versicherte Mia ihr. »Ich freue mich sehr darüber, dass du vorbeigekommen bist! Nimm Platz.« Sie zeigte auf das eine Ende des Handtuchs und machte es sich selbst auf dem anderen bequem. Delia lächelte und setzte sich mit einer anmutigen Bewegung auf den freien Platz neben sie.

»Lebst du schon lange in Lenkarda?«, fragte Mia und sah das andere Mädchen neugierig an.

»Ich bin hier, seit die Siedlung gebaut wurde«, sagte Delia. »Man könnte tatsächlich sagen, dass ich einer der Ureinwohner bin.«

Mia bekam große Augen. Das Mädchen war schon seit fast fünf Jahren ein Charl? Sie musste den Krinar sofort nach dem K-Day getroffen haben. »Das ist ja unglaublich«, sagte sie zu Delia. »Wie gefällt dir das Leben hier?«

Delia zuckte mit den Schultern. »Es ist ein bisschen anders als das, was ich gewohnt bin. Ich ziehe unser altes Zuhause vor, aber Arus wurde hier gebraucht …«

»Arus?« Konnte das der gleiche Arus sein, den sie virtuell gesehen hatte?

»Ja«, bestätigte Delia. »Hast du den Namen schon gehört?«

»Habe ich«, sagte Mia vorsichtig, da sie nicht wusste, wie viel sie zu jemandem sagen sollte, der offensichtlich mit Korums Feind zusammen war. »Er ist im Rat, nicht wahr?«

Delia nickte. »Ja, und er ist auch der Verantwortliche für die Beziehungen zu den menschlichen Regierungen.«

»Oh ja, stimmt«, sagte Mia und versuchte herauszubekommen, wie viel das Mädchen über die deutlichen Spannungen zwischen ihren Liebhabern wusste.

Als ob sie ihre Gedanken lesen könnte, warf Delia ihr einen beruhigenden Blick zu. »Du musst dir keine Sorgen machen, Mia«, sagte sie ihr. »Selbst wenn unsere Cheren ihre politischen Meinungsverschiedenheiten haben, bin ich nicht als Arus' Repräsentant oder Ähnliches hier. Ich dachte mir einfach nur, dass du vielleicht von dem Ganzen hier ein wenig überwältigt bist und jemanden zum Reden gebrauchen könntest …«

Mia lächelte sie verlegen an. »Es tut mir leid, ich wollte dir nicht unterstellen …«

Delia lächelte zurück. »Hast du nicht. Mach dir keine Sorgen. Ich wollte nur von vornherein alle Missverständnisse ausräumen und dich beruhigen.«

»Wie lange bist du schon mit Arus zusammen?«, fragte Mia, um schnell das Thema zu wechseln. »Und du nennst Arus deinen Cheren?«

»Ja«, sagte Delia. »Ein Cheren ist der männliche bzw. weibliche Gegenpart zum Charl.«

»Ich verstehe.« Jetzt hatte sie auch ein krinarisches Wort dafür, was Korum für sie war. »Also wann hast du Arus getroffen? Gleich als sie auf die Erde kamen?«

»Ich habe ihn vor sehr langer Zeit getroffen.« Delia schenkte ihr ein warmes Lächeln. »Und du? Bist du lange mit Korum zusammen?«

Mia schüttelte ihren Kopf. »Überhaupt nicht. Wir haben uns erst vor einem Monat im Central Park in New York getroffen.«

»Als du Teil des Widerstandes warst?«, fragte Delia und beobachtete sie mit diesen großen, braunen Augen.

Mia errötete leicht. Jeder in Lenkarda schien über ihre Beteiligung an dem versuchten Angriff auf die Siedlungen Bescheid zu wissen. »Nein«, sagte sie. »Ich habe die Widerstandskämpfer erst später getroffen.«

»Also bist du zuerst Korums Charl geworden und hast dich danach dem Widerstand angeschlossen?« Delia schien über den Ablauf der Ereignisse überrascht zu sein.

Mia seufzte. »Kurz nachdem ich ihn getroffen hatte, kamen sie auf mich zu, und ich erklärte mich bereit, ihnen zu helfen. Damals dachte ich, dass ich das Richtige machen würde.«

»Ich verstehe«, sagte Delia und beobachtete sie ganz genau. »Ich denke, Korum ist nicht der einfachste Cheren, oder?«

Mias Wangen wurden noch röter. »Ich bin mir nicht sicher, was du meinst«, sagte sie und starrte Delia mit leicht gerunzelter Stirn an.

»Es tut mir leid.« Delia sah sie entschuldigend an. »Ich wollte mich nicht in eure Beziehung einmischen. Es ist nur, dass du so jung und verletzlich zu sein scheinst …«

»Ich kann nicht so viel jünger sein als du«, sagte Mia, leicht beleidigt von der Annahme des Mädchens.

Delia lachte und schüttelte bedauernd ihren Kopf. »Entschuldige bitte, Mia. Ich bin wieder in einen Fettnapf getreten, stimmt's? Ich wollte dich in keinster Weise beleidigen … Alles, was ich sagen wollte, ist, dass ich weiß, wie schwierig es am Anfang sein kann, mit einem von ihnen zusammen zu sein. Dein Cheren steht außerdem in dem Ruf, rücksichtslos zu sein, und ich denke, ich wollte einfach nur sichergehen, dass es dir gut geht.«

»Mir geht es gut«, sagte Mia und runzelte erneut ihre Stirn. Sie brauchte von diesem Mädchen nichts über Korums Ruf zu erfahren. Sie wusste nun wirklich besser als jeder andere, wie ihr Liebhaber sein konnte.

»Natürlich«, sagte Delia sanft. »Das sehe ich.«

»Aber wie hast du denn jetzt Arus getroffen?«, fragte Mia, die die Unterhaltung in eine andere Richtung lenken wollte.

Delia lächelte. »Das ist eine lange Geschichte. Aber wenn du möchtest, kann ich sie dir gerne irgendwann mal erzählen.« Sie stand auf und sagte: »Arus hat mir gerade gesagt, dass die Verhandlung vorbei ist und dass er sich auf dem Heimweg befindet. Ich sollte nach Hause zurückkehren. Es war schön, dich kennenzulernen, Mia. Ich hoffe, wir sehen uns bald wieder.«

Mia nickte und stand auch auf. »Danke, es war auch wirklich sehr schön, dich zu treffen. Wahrscheinlich sollte ich mich auch auf den Weg nach Hause machen.«

»Das ist keine schlechte Idee«, sagte Delia und lächelte. »Ich bin mir sicher, Korum fragt sich schon, wo du bist.«

Mia winkte ab. »Ach, durch das Bestrahlen weiß er es doch sowieso.«

»Das stimmt«, sagte Delia, und einen Moment lang erschien etwas auf ihrem wunderschönen und fröhlichen Gesicht, was wie Mitleid aussah. Bevor Mia näher darauf eingehen konnte, fügte das Mädchen hinzu: »Maria organisiert ein kleines Treffen am Strand, das in drei Wochen stattfinden soll – eine Art Picknick, wenn du so möchtest. Sie hat Geburtstag und wollte, dass ich dich einlade, falls ich dich heute sehen sollte. Die meisten Charl aus Lenkarda werden kommen, und es könnte eine gute Möglichkeit für dich sein, mehr von uns kennenzulernen und Freunde zu finden …«

Eine Strandparty der Charls? Mia grinste, hocherfreut über diese Vorstellung. »Oh, ich werde definitiv kommen«, versprach sie.

»Das ist großartig«, sagte Delia, und ihr Lächeln kehrte wieder zurück. »Wir werden dich dann dort sehen.« Sie hob ihre Hand und strich mit ihrem Handrücken ganz sanft über Mias Wange, eine Geste, die fast wie eine Liebkosung wirkte. Überrascht befühlte Mia ihre Wange mit ihrer Hand, aber Delia war schon weggegangen, und ihr anmutiger Körper verschwand zwischen den Bäumen.

* * *

Als sie das Haus betrat, hörte Mia ein rhythmisches Klopfen, das aus der Küche kam. Neugierig schaute sie nach, was dieses Geräusch verursachte, und entdeckte, dass Korum schon nach Hause gekommen war und Gemüse für das Abendessen schnitt. Mias Magen knurrte, und ihr fiel auf, wie hungrig sie war.

Als Korum sie in die Küche kommen sah, schaute er auf, lächelte sie an, und ihr wurde innerlich ganz warm. »Na, hallo erstmal. Ich habe schon angefangen, mich zu fragen, ob ich losziehen und den Wald nach dir durchkämmen muss. Du hast dich nicht verlaufen, oder?«

»Nein«, antwortete Mia ihm grinsend. »Aber ich habe einen anderen Charl getroffen. Ein Mädchen namens Delia ... und sie hat mich zu einer Strandparty eingeladen!«

»Delia? Arus' Charl?«

Mia nickte begeistert. »Kennst du sie?«

»Nicht besonders gut«, sagte Korum. »Im Laufe der Jahre habe ich sie ein paar Mal getroffen.« Er schien nicht besonders erfreut über diese jüngsten Entwicklungen zu sein, und sein Gesichtsausdruck kühlte sich merklich ab.

»Du magst sie nicht?«, fragte Mia, und ihre vorherige Begeisterung schwand langsam. »Oder ist es, weil sie mit Arus zusammen ist?«

Korum zuckte mit den Schultern. »Ich habe nichts gegen sie«, sagte er. »Worüber habt ihr denn geredet? Und was für eine Strandparty ist das?«

»Es ist Marias Geburtstag, und sie organisiert ein Treffen für die Charl, die hier in Lenkarda leben«, erzählte Mia ihm. »Und wir hatten nicht viel Gelegenheit zum Reden. Delia hat mir erzählt, dass sie schon sehr lange mit Arus zusammen ist – ich denke, sie muss ihn schon kurz nach eurer Ankunft hier getroffen haben. Die meiste Zeit war sie einfach nur nett. Oh, und ich habe von ihr ein neues Wort gelernt, das ich noch niemals zuvor gehört hatte: Cheren.«

Korum lächelte, und Mia dachte, dass er fast erleichtert aussah. »Ja, so würdest du mich nennen.«

»Was genau bedeutet es? Gibt es ein vergleichbares menschliches Wort dafür?«

»Nein, das gibt es nicht«, sagte Korum. »Genauso wenig wie es eins für Charl gibt. Das sind Eigenheiten der krinarischen Sprache.«

»Ich verstehe«, sagte Mia, ging zum Tisch hinüber und setzte sich. »Die Strandparty wird in drei Wochen sein. Es ist doch in Ordnung, wenn ich gehe, oder nicht?«

»Natürlich«, sagte er und sah auf, um sie warm anzulächeln. »Du solltest auf jeden Fall gehen, wenn du Freundschaften schließen möchtest. Ich denke, Maria ist sehr nett, und sie schien dich gestern auch sehr gern zu mögen.«

»Ich mag sie auch«, gab Mia zu und lächelte bei dem Gedanken daran, Armans Charl wiederzusehen. »Sie ist genau so, wie Latinofrauen häufig in den amerikanischen Medien dargestellt werden – sehr hübsch und extrovertiert. Ach, und was ich vergessen habe, Delia zu fragen … Weißt du, woher sie kommt? Delia, meine ich …«

»Ich denke, aus Griechenland«, antwortete Korum, legte die geschnittenen Gemüsestücke in eine große Schüssel und bestreute sie mit einem braunen Puder. Nachdem er alles schnell vermischt hatte, brachte er den Salat zum Tisch und tat ihnen auf.

Mia war recht schnell mit ihrer Portion fertig und lehnte sich satt in ihrem Stuhl zurück. Wie alles, was Korum zubereitete, war auch dieses Essen, in dem sich die bekannten Geschmäcker von Tomate und Gurke hervorragend mit den exotischeren Pflanzen von Krina vermischt hatten, köstlich gewesen. Es war auch erstaunlich sättigend, wenn man bedachte, dass es sich nur um Gemüse handelte. »Danke«, sagte Mia zu ihm. »Das war großartig.«

»Gern geschehen. Es freut mich, dass es dir geschmeckt hat.«

»Ich habe heute ein wenig in eurer Geschichte weitergelesen«, erzählte Mia ihm, als er geschmeidig vom Tisch aufstand und die Teller zur Wand trug, wo sie sofort verschwanden.

»Und, was denkst du?« Er kam mit einem Teller Erdbeeren zurück.

»Ich war ganz schön schockiert«, gab Mia zu. »Ich kann gar nicht glauben, dass eure Gesellschaft diese Plage überlebt hat, die die Primaten fast vollständig ausgerottet hat. Ich bin mir nicht sicher, ob die Menschen weiterexistiert hätten, wenn innerhalb weniger Monate achtzig Prozent der Lebensmittel weggefallen wären.«

»Wir haben es auch fast nicht überlebt«, sagte Korum, biss in eine Erdbeere und leckte sich den Saft von der Oberlippe. Mia unterdrückte den plötzlichen Drang, ihm den Saft selbst abzulecken. »Mehr als die Hälfte unserer Bevölkerung wurde in den Auseinandersetzungen und Kämpfen während dieser Zeit getötet, und viele andere starben durch Unterversorgung mit Hämoglobin. Wenn das synthetische Blut nicht rechtzeitig gekommen wäre, wären wir alle ausgestorben. So brauchten wir Millionen von Jahren, um uns wieder zu erholen und dorthin zurückzukehren, wo wir uns befanden, bevor die Plage fast die Lonar ausgerottet hat.«

Mia nickte. Darüber hatte sie gelesen. Die Auswirkungen der Plage waren furchtbar gewesen. Die Krinar waren im Kern eine gewalttätige Spezies, und diese Gewalt wurde mit der Bedrohung ihres Überlebens entfesselt. Regionen bekämpften andere Regionen, Siedlungen griffen andere Siedlungen innerhalb ihrer Region an, und jeder versuchte die verbliebenen Lonar für sich und seine Familie zu horten. Selbst nachdem das synthetische Mittel erhältlich war, gingen die blutigen Auseinandersetzungen weiter, da die großen Verluste während der Zeit, die auf die Plage folgten, tiefe Narben auf der Seele der Krinar hinterlassen hatten. Fast jede Familie hatte jemanden verloren – ein Kind, einen Elternteil, einen Cousin oder einen Freund – und das Streben nach Rache wurde eine alltägliche Sache.

»Wie konntet ihr das überwinden? Die ganzen Kriege und Rachefeldzüge? Und dahin kommen, wo ihr heute seid?« Der kurze Einblick in das krinarische Leben in Lenkarda schien in einem großen Gegensatz zu der Geschichte zu stehen, die sie gerade erfahren hatte.

»Es war nicht einfach«, sagte Korum. »Es hat eine ganze Weile gedauert, bis die Erinnerungen an diese Zeit verblassten. Wir verabschiedeten Gesetze, die gewalttätigem Verhalten und illegalen Rachefeldzügen Einhalt geboten. Jetzt sind nur noch die Kämpfe in der Arena der einzige sozial und gesetzlich akzeptierte Weg, Rache zu nehmen und Auseinandersetzungen beizulegen, die auf keine andere Art und Weise geklärt werden können.«

Mia sah ihn neugierig an. »Hast du jemals in der Arena gekämpft?«

»Ein paar Mal.« Er sah nicht so aus, als hätte er vor, näher auf dieses Thema einzugehen. Stattdessen stand er vom Tisch auf und fragte: »Was hältst du von einem Verdauungsspaziergang zum Strand?«

Mia blinzelte überrascht. »Ähm, klar. Denkst du nicht, dass es gleich dunkel wird?«

»Ich kann ziemlich gut im Dunkeln sehen, und außerdem scheint der Mond recht hell. Es gibt also nichts, vor dem du Angst haben müsstest.«

»Na dann, gerne.« Wenn sie nicht völlig von Mücken zerstochen werden würde, könnte das richtig schön werden.

Korum nahm ihre Hand und führte sie nach draußen. Die Sonne war gerade dabei, unterzugehen, und hinter den Bäumen, die sich als dunkle Umrisse von dem hellen Himmel absetzten, glühte es immer noch orange. Die Temperaturen sanken ein wenig, als die Hitze des Tages langsam verschwand, und Mia konnte das Zirpen einiger Insekten und das Rauschen der Blätter in der warmen tropischen Brise hören. Einige Meter entfernt verschwand ein Leguan, der ihnen offensichtlich aus dem Weg gehen wollte, von einem Felsen ins Gebüsch.

»Wie lief der Rest der Verhandlung?«, fragte Mia. »Ich habe nach etwa fünf Stunden damit aufgehört, mir alle Zeugenaussagen anzuschauen.«

»Es war ziemlich unspektakulär«, sagte Korum und lächelte auf sie hinab. »Du hast nicht viel verpasst.«

»Denkst du, dass irgendjemand Loris geglaubt hat, als er diese Beschuldigungen gegen dich erhoben hat?«

»Ich bin mir sicher, dass es da einige gab.« Er hörte sich allerdings nicht besonders besorgt darüber an. »Aber er hat keine Beweise, um seine Behauptungen zu bekräftigen.«

»Arus schien auf deiner Seite zu sein«, sagte Mia und ging vorsichtig um einen gefallenen Baumstamm herum. Es wurde mit jeder Minute dunkler und sie waren noch ein ganzes Stück vom Strand entfernt.

»Er hatte keine andere Wahl«, erklärte Korum. »Er muss sich auf die Seite der Beweise stellen.«

»Warum magst du ihn nicht?«, fragte Mia und sah zu ihm hoch. »Er scheint kein böser Krinar zu sein …«

»Das ist er auch nicht«, gab Korum zu. »Er ist einfach nur in einigen Sachen fehlgeleitet. Er sieht nicht immer das ganze Bild.«

»Und du schon?«

Korums Lächeln wurde breiter. »Größtenteils.«

Die nächsten Minuten gingen sie in geselligem Schweigen. Mia musste sich konzentrieren, wohin sie ihre Füße setzte, und Korum schien in Gedanken versunken zu sein. Dieser Moment hatte etwas Friedliches, von dem sanften Glühen der Abenddämmerung bis hin zu dem leisen Rauschen des Ozeans in der Ferne.

Zum ersten Mal begriff Mia, wie turbulent ihre Beziehung zu Korum bis jetzt gewesen war. In vielen Punkten war sie wie eine Achterbahnfahrt, mit viel Leidenschaft, Drama und Aufregung, aber es gab nur wenige Momente wie diesen, in denen sie Zeit mit ihm verbringen konnte, ohne dass ihr Puls entweder aus sexueller Erregung oder einem anderen starken Gefühl raste. Als sie sich früher vorgestellt hatte, wie es sei, einen Freund zu haben, war es immer genau so gewesen – lange, schöne, gemeinsame Spaziergänge und ruhige Stunden, in denen man einfach die Gegenwart des anderen genoss. Und in diesem Moment konnte sie so tun, als sei Korum genau das für sie – ein Freund, ein normaler menschlicher Liebhaber, den sie sorglos nach Hause mitbringen konnte, um ihn ihren Eltern vorzustellen, jemand, mit dem sie eine Zukunft haben konnte.

Und dann stieß ihr Fuß plötzlich gegen einen Stein, und Mia stolperte. Bevor sie mehr tun konnte als nach Luft zu schnappen, hatte Korum sie schon aufgefangen und in seine Arme gehoben.

»Ist bei dir alles in Ordnung?«, fragte er und sah besorgt auf sie hinab.

Als Antwort schlang Mia ihre Arme um seinen Hals und legte ihren Kopf auf seiner Schulter ab, weil sie gerade das seltene Bedürfnis danach hatte. »Mir geht es gut. Ich war einfach nur ein Tollpatsch.«

»Du bist kein Tollpatsch«, erwiderte Korum. »Du kannst nur nichts mehr sehen, sobald es dunkel wird.«

»Stimmt«, sagte Mia und atmete den warmen Duft seiner Haut nahe der Kehle ein. Sie fühlte sich eigenartig zufrieden, so zärtlich von seinen starken Armen gehalten zu werden. Ihr fiel auf, dass sie schon länger keine Angst mehr vor ihm hatte, zumindest auf körperlicher Ebene. Sie konnte kaum glauben, dass sie noch vor ein paar Tagen gedacht hatte, er würde sie dafür, dass sie dem Widerstand geholfen hatte, umbringen.

Er trug Mia noch ein paar Minuten länger, bis sie am Strand ankamen. Dort setzte er sie ab, aber ließ seine Hände auf ihren Hüften liegen. »Hast du Lust, schwimmen zu gehen?«, fragte er, und Mia konnte die sinnliche Krümmung seiner Lippen in dem sanften Licht des fast vollen Mondes erkennen.

»Ich habe keinen Badeanzug«, sagte Mia und schaute zu ihm auf. Die nächtliche Luft kühlte sich auch ein wenig ab – was zwar perfekt für einen Spaziergang war, aber nicht so schön auf nasser Haut.

»Es ist niemand in der Nähe«, bemerkte er. »Nur ich. Und ich habe dich schon nackt gesehen.«

Aus irgendeinem Grund riss diese Aussage Mia aus ihrer ruhigen Zufriedenheit. Ihr Unterleib zog sich vor Erregung zusammen, und ihre Nippel wurden hart. Plötzlich war ihr auch viel wärmer, so als ob die Sonne immer noch auf sie schien. Sie schaute ihn an und fragte: »Und was ist, wenn jemand vorbeikommt?«

»Das wird nicht passieren«, versprach er. »Ich habe dieses Stück Strand für heute Abend nur für uns reserviert.«

Er hatte den Strand nur für sie reserviert? Es war ihr nie klar gewesen, dass jemand so etwas tun konnte. Aber es ergab natürlich Sinn, dass wenn jemand so etwas machen konnte, dann Korum; als Ratsmitglied genoss er in Lenkarda wahrscheinlich spezielle Privilegien.

Da ihre Antwort auf sich warten ließ, wurde er ungeduldig und beschloss, die Angelegenheit selbst in die Hand zu nehmen. Er ging ein paar Schritte zurück, zog sich seine Kleidung und Sandalen aus und ließ alles sorglos im Sand liegen. Mias Atem wurde schneller. Sein großer, muskulöser Körper war nun völlig nackt, und das Mondlicht schien auf die harte Erektion zwischen seinen Beinen.

»Zieh deine Sachen aus«, befahl er sanft. »Ich möchte dich nackt sehen, jetzt.«

Mia starrte ihn an und leckte sich über ihre plötzlich trockenen Lippen. Sie konnte das weiche Material ihres Kleides an ihren harten Nippeln reiben spüren und merkte, wie sich zwischen ihren Lenden Flüssigkeit ansammelte. Ihr ganzer Körper fühlte sich empfindlich an, da ihr Herz kräftiger schlug und ihr Blut schneller durch die Venen lief. Die Erinnerung an die beunruhigende – und doch unglaublich erotische – Erfahrung der letzten Nacht war plötzlich wieder lebendig in ihrem Kopf, und sie schluckte nervös, als sie sich fragte, was er ihr wohl diesmal für eine Lektion erteilen oder was für eine Fantasie erfüllen würde, von der sie gar nicht gewusst hatte, dass sie sie überhaupt hegte.

Er sagte nichts weiter zu ihr, sondern stand einfach nur da und schaute sie erwartungsvoll an. Mia fragte sich, wie gut er wohl im Dunkeln sah. Sie konnte sein Gesicht in dem schummerigen Licht nicht mehr erkennen und hatte deshalb keine Ahnung, was er wohl gerade dachte.

Ihre Hände zitterten ein wenig, als sie ihre Stiefel auszog. Der Sand fühlte sich unter ihren nackten Füßen kalt an, da er die Wärme der Sonne nicht mehr gespeichert hatte.

»Jetzt das Kleid«, drängte Korum, und in seiner Stimme schwang eine Rauheit mit, die sie denken ließ, dass er mit seiner Geduld fast am Ende war.

Mia gehorchte, zog sich das Kleid über ihren Kopf und ließ es in den Sand fallen. Sie war jetzt völlig nackt und merkte, wie die abendliche Brise des Ozeans sie leicht erzittern ließ.

Er trat auf sie zu und umfasste ihre Schultern, um sie näher zu sich heranzuziehen. »Du bist so wunderschön«, flüsterte er und beugte sich nach vorne, um sie zu küssen. Seine Hände verließen ihre Schultern und legten sich stattdessen auf ihre Pobacken. Dann hob er sie hoch und ließ sie an sich entlanggleiten, bis sein hartes Geschlecht sich in ihren Bauch presste.

Sein Mund legte sich über ihren, und sie konnte die weiche Wärme seiner Lippen spüren, fühlte die unnachgiebigen Stöße seiner Zunge, die in ihren Mund eindrang. Sie schmolz innerlich dahin, stöhnte sanft und schlang ihre Arme um seinen Nacken. Sein Griff um ihren Po verstärkte sich, seine Hände kneteten ihre kleinen runden Backen, und plötzlich ließ er sie zu Boden gleiten und setzte sie auf ihren Sachen ab. Seine rechte Hand suchte sich ihren Weg ihren Körper hinunter, spreizte ihre Beine, und dann erkundeten seine Finger ihre zarten Spalten mit einer so sanften Berührung, dass sie fast den Verstand verlor. Mia wand sich, ihre Hüften hoben sich ihm entgegen und verlangten nach mehr. Er gab ihr, was sie wollte, ein langer Finger drang in sie ein und fand den empfindlichen Punkt in ihr. Die bekannte Anspannung begann sich in ihrem Bauch aufzubauen, und sie verdrehte ihre Hüfte, brauchte nur noch ein klitzekleines bisschen mehr ... dann erreichte sie den Punkt mit einem kleinen Aufschrei, und ihre inneren Muskeln pulsierten durch den erlösenden Höhepunkt.

Als sie bewegungsunfähig in den Nachwehen des Orgasmus lag, fühlte sie, wie er ihre Beine mit seinen Händen noch weiter auseinanderschob. Sein Penis strich ihre Schenkel entlang, und die Spitze war unglaublich glatt und heiß. Er drückte sie gegen ihre feuchte Öffnung, und Mia hielt in Erwartung auf sein Eindringen ihre Luft an. Ihr Körper sehnte sich danach, noch mehr dieser Lust zu bekommen, die er gerade verspürt hatte.

»Sag mir, dass du mich willst«, flüsterte er, und etwas Unbekanntes schwang dabei in seiner Stimme mit, eine dunkle Note, die sie noch niemals vorher gehört hatte.

»Du weißt, dass ich das tue«, sagte sie ihm sanft und dachte, sie würde sterben, wenn sie ihn nicht sofort in sich hätte. Ihre Haut fühlte sich zu empfindlich an, so als könne sie das Verlangen, das in ihr brannte, nicht mehr zurückhalten.

»Wie sehr?«, fragte er rau. »Wie sehr willst du mich?«

»Sehr«, gab Mia zu und schaute zu ihm hoch, während ihre Beckenmuskeln sich vor Verlangen zusammenzogen und ihre Klitoris pochte. Was wollte er von ihr? Merkte er nicht, wie sehr ihr Körper nach ihm verlangte?

Dann beugte er seinen Kopf nach unten und küsste sie wieder, als sein Glied nach vorne drückte und er mit einem kräftigen Stoß in sie eindrang. Mia schrie gegen seine Lippen und war plötzlich bis zum Zerbersten gefüllt. Bevor sie sich dem Gefühl ganz anpassen konnte, begann er sich zu bewegen, und seine Hüften stießen nach vorn und zogen sich wieder zurück. Der harte Rhythmus vibrierte so intensiv in ihr, dass sie sein ganzes eigenartiges Verhalten vergaß. Sie hörte ihre eigenen Schreie, obwohl ihr nicht bewusst war, dass sie schrie, und seine Derbheit verstärkte die Anspannung, die sich in ihr aufbaute.

Und plötzlich stoppte er genau dann, als die Erlösung nur noch wenige Sekunden entfernt war. Frustriert stöhnte Mia und wand sich unter ihm, da sie unfähig war, die krampfhaften Bewegungen ihres Körpers zu kontrollieren. »Korum, bitte …«

»Bitte was?«, murmelte er und zog sich von ihr zurück. Seine Hand glitt zwischen ihren Körpern hinab, und er legte einen Finger leicht auf ihre Klitoris, um sie auf dem köstlichen Punkt des Lustschmerzes festzuhalten. »Bitte was?«

»Bitte fick mich«, flüsterte sie, fast außer sich vor Verlangen. Er drückte härter gegen ihre Falten, und Mia schrie auf, als die Anspannung in ihr noch weiter wuchs.

»Sag mir, dass du mich liebst«, befahl er, und Mia erstarrte, als die ungewohnten Worte durch ihren Nebel drangen und sie für eine Sekunde aus ihrer sinnlichen Benommenheit rissen.

»Sag es mir, Mia«, sagte er scharf, und sein Finger drang in sie ein, fand den empfindlichen Punkt, der sie immer verrückt machte, und drückte ihn rhythmisch, bis sie vor Frustration fast schrie und ihr Körper sich in seinen Armen wand und drehte.

Fast zusammenhanglos rief sie: »Das tue ich! Bitte, Korum … Ich tue es!«

»Du tust was?« Er war unerbittlich, völlig unnachgiebig mit seiner Forderung.

»Ich liebe dich«, schluchzte sie, und obwohl sie wusste, dass sie es später bereuen würde, konnte sie nichts dagegen machen. »Korum, bitte … Ich liebe dich!«

Dann erst zog sein Finger sich aus ihr zurück, und sie konnte wieder seinen Penis spüren, der in sie eindrang. Sie erschauderte erleichtert, als er seine Stöße wiederaufnahm und tief in sie glitt, um ihre pulsierende Leere auszufüllen. Gleichzeitig hatte er seine Hand in ihrem Haar vergraben, zog ihren Hals zu sich, und Mia fühlte die Hitze seines Mundes auf ihrem Nacken, bevor sie den vertrauten, schneidenden Schmerz seines Bisses spürte. Im gleichen Augenblick verwandelte sich ihre Welt auch schon in einen Nebel aus Gefühlen, und der langersehnte Höhepunkt überkam sie mit solcher Gewalt, dass sie ein paar Sekunden lang ohnmächtig wurde und kaum seinen rauen Schrei wahrnahm, als er ihr kurz darauf folgte.

Der Rest der Nacht verging in einem Nebel. Er nahm sie in seinem Blutrausch immer und immer wieder, bis sie nicht mehr kommen konnte, sie heiser war vom vielen Schreien und ihr Körper durch die endlosen Orgasmen völlig erschöpft war. Es schien alles nicht wirklich zu sein, nichts davon. Ihre Sinne waren durch die Chemikalie in seinem Speichel überempfindlich, ihr Kopf völlig leer, und ihr ganzes Sein verlor sich einfach in der extremen Ekstase seiner Berührung.

Irgendwann vor dem Morgengrauen schlief Mia schließlich einfach in seinen Armen ein, während die Wellen des Ozeans ein paar Meter entfernt gegen die Küste schlugen und der Mond auf ihre verschlungenen Körper herabschien.

12. KAPITEL

Als Mia am nächsten Morgen ihre Augen öffnete, wurde sie von den Erinnerungen an die letzte Nacht überflutet. Sie schaute zur Decke, während sich in ihrem Kopf die ganzen Ereignisse noch einmal abspielten.

Sie hatte ihm gesagt, dass sie ihn liebte, erinnerte sie sich, und ihr Magen zog sich bei diesem Gedanken zusammen. Wie ein Idiot hatte sie zugelassen, dass er ihren letzten kleinen Schutz wegriss und ihr Herz und ihre Seele freilegte. Jetzt konnte er mit ihren Gefühlen genauso spielen wie mit ihrem Körper. Und warum? Warum hatte er ihr das angetan? Reichte es ihm denn nicht, schon ihr ganzes Leben zu kontrollieren? Musste er sie jetzt auch noch auf emotionaler Ebene besitzen und ihr das letzte bisschen Privatsphäre nehmen?

Sie könnte es heute abstreiten. Sie könnte sagen, dass er die Worte erzwungen hatte – und das wäre ja auch zutreffend. Aber er würde wissen, dass sie log, wenn sie versuchte, ihr widerwillig gegebenes Zugeständnis zurückzuziehen.

Mia stöhnte, vergrub ihr Gesicht im Kopfkissen und wünschte sich, länger schlafen zu können. Das Letzte, was sie wollte, war, ihm heute zu begegnen.

Nach etwa einer Minute überredete sie sich, aufzustehen und duschen zu gehen. Zu ihrer großen Überraschung fand sie nicht ein einziges Sandkorn auf ihrem Körper. Korum musste sie letzte Nacht – beziehungsweise heute Morgen – noch gewaschen haben, nachdem er sie nach Hause gebracht hatte. Sie konnte sich allerdings überhaupt nicht an diesen Teil erinnern. Was sie auch wunderte, war, dass sie nach dem Sexmarathon der letzten Nacht überhaupt nicht wund war; in New York hatte Korum nach solchen Nächten häufig seinen kleinen Heilapparat bei ihr anwenden müssen. Wahrscheinlich hatte er es getan, während sie schlief, vermutete Mia.

Sie trat unter die heißen Wasserstrahlen der Dusche, schloss ihre Augen und versuchte, an etwas anderes zu denken als daran, Korum heute mit Sicherheit noch sehen zu müssen.

Das war allerdings unmöglich. Ihr Kopf überlegte die ganze Zeit, was sie wohl zu ihm sagen würde, wenn sie ihn das nächste Mal sah, wie er sich verhalten würde, ob er wie immer spöttisch sein würde ... Sie wünschte sich nichts sehnlicher, als für ein paar Tage verschwinden zu können, einfach nach Hause in ihr eigenes Apartment gehen zu können – aber das war offensichtlich nicht möglich.

Mia trat aus der Dusche, trocknete sich ab und zog sich einen Bademantel über. Sie bereitete sich mental auf ein mögliches

Zusammentreffen mit ihm vor und ging ins Wohnzimmer. Zu ihrer großen Erleichterung war Korum nicht da, und Mia fiel ein, dass er wahrscheinlich bei der Gerichtsverhandlung sein musste. Es war schon fast drei Uhr nachmittags, stellte sie erschrocken fest, als sie auf die Uhr schaute.

Sie schlenderte in die Küche, bestellte sich zum Frühstück einen Obstteller und nahm ihn mit sich ins Wohnzimmer. Wahrscheinlich war es schon zu spät, um in die virtuelle Welt einzutauchen; falls die Gerichtsverhandlung zur gleichen Zeit wie gestern angefangen hatte, wären die Präsentationen in ein paar Stunden vorbei. Also machte es sich Mia stattdessen auf dem Sofa gemütlich und versuchte sich damit abzulenken, den letzten Dan-Brown-Thriller zu lesen.

Als sie wieder von ihrem Buch aufsah, um nach der Uhrzeit zu schauen, war es schon fast fünf. Ihr Magen knurrte und erinnerte sie daran, dass sie heute kaum etwas gegessen hatte. Außerdem hatte sie immer noch den Bademantel und die Hausschuhe an.

Mia stand auf, ging ins Schlafzimmer und zog sich ein hübsches weißes und pinkfarbenes Kleid sowie ein Paar flache Riemchensandalen an. Sie konnte nicht einschätzen, wann Korum mit der Verhandlung fertig sein würde, aber gestern war er am frühen Abend schon zu Hause gewesen und hatte gerade das Essen zubereitet, als sie von ihrer Unterhaltung mit Delia zurückgekommen war. Aus irgendeinem Grund wollte sie nicht schlampig aussehen, wenn er heute nach Hause kam, auch wenn sie sich nicht erklären konnte, warum sie sich überhaupt Sorgen darum machte. Einen kurzen Moment lang dachte sie darüber nach, das Haus zu verlassen und spazieren zu gehen, in der Hoffnung, ihm noch eine Weile länger aus dem Weg gehen zu können. Aber sie entschied sich dafür, kein Feigling zu sein, und blieb, wo sie war. Sie konnte ja sowieso nicht weit weggehen oder zu einem Ort, an dem er sie nicht sofort finden würde. Die Überwachungsapparate, die sie in ihren Handflächen hatte, übertrugen ihm ja jederzeit ihren Aufenthaltsort. Also war es das Beste, sie würde sich der Situation stellen und es schnell hinter sich haben.

Er kam eine Stunde später.

Als Mia Korum eintreten hörte, sah sie von ihrem Buch auf, und ihr Herz setzte bei seinem Anblick einmal wieder einen Schlag aus. Er trug formellere Verhandlungssachen und sah einfach großartig aus. Seine bronzefarbene Haut bildete einen wunderschönen Kontrast zu seinem weißen Shirt, und sein kräftiger Körper unterstrich den figurbetonten Schnitt seiner Kleidung. Der Ausdruck seiner Augen war erstaunlich warm, so als hätte er nicht die letzte Nacht damit verbracht, sie zu quälen, um ihre dummen Gefühle freizulegen.

Als Mia ihn misstrauisch ansah, kam er zu ihr, hob sie von dem Sofa und zu sich hoch, um ihr einen kurzen Kuss zu geben.

»Ich habe eine Überraschung für dich«, sagte er und stellte sie vorsichtig wieder auf ihre Füße, ohne dabei seine Hände von ihrer Hüfte zu nehmen.

»Eine Überraschung?«, fragte Mia irritiert.

Korum nickte und lächelte sie an. »Wir gehen heute mit Saret und einem seiner Assistenten essen.«

»Okay …«, sagte Mia und runzelte leicht ihre Stirn. »Hört sich gut an, aber was ist die Überraschung?«

Sein Lächeln wurde breiter. »Der Grund, warum wir uns mit ihnen treffen, ist, dass sie mehr über deine psychologischen Kenntnisse erfahren möchten, um besser einschätzen zu können, wie und wo du in Sarets Labor am nützlichsten sein könntest.«

»Was meinst du damit?« Mia konnte ihren Ohren kaum trauen. »Was hat Sarets Labor damit zu tun?«

»Na ja, da die Uni und die Karriere für dich so wichtig sind«, sagte Korum, »wollte ich sichergehen, dass ich dir nichts vorenthalte, wenn ich dich hierherbringe. Du schienst das letzte Mal an Sarets Spezialgebiet interessiert gewesen zu sein, und soweit ich das verstanden habe, hast du ein ähnliches Forschungsgebiet wie er. Einer seiner Assistenten ist vor Kurzem gegangen und hat einen freien Platz im Labor hinterlassen. Natürlich gibt es für diese Position schon etwa zehn Bewerber, aber ich konnte Saret davon überzeugen, dich für ein paar Monate einzustellen, um es einfach mal auszuprobieren. Natürlich ist das eine riesige Chance für dich, viel zu lernen, aber es könnte auch einige einzigartige Sichtweisen für ihn aufzeigen, wenn man deinen Hintergrund bedenkt …«

»Und er hat zugestimmt, mich zu nehmen? Einen Menschen?«, fragte Mia ungläubig, und ihr Herz klopfte zum Zerspringen.

»Hat er«, bestätigte Korum. »Er schuldet mir noch ein paar Gefallen, und er hat außerdem gesagt, dass er dich mag.«

»Du erzählst mir gerade, dass ich in einem krinarischen Labor an der Seite eines der führenden Verstandesexperten arbeiten kann?«, fragte Mia langsam und brauchte seine Bestätigung. Sie hyperventilierte fast vor Aufregung. Das war eine unglaubliche, einzigartige Gelegenheit. Wie viele Menschen bekamen eine solche Chance, den krinarischen Verstand aus dieser Perspektive zu erforschen? Wissenschaftler würden dem Teufel ihre Seele verkaufen, um gerade an ihrer Stelle sein zu können. Mia wollte herumspringen, laut lachen, und sie wusste, dass sie ein riesiges Grinsen auf ihrem Gesicht hatte.

»Falls du daran interessiert bist«, fügte er beiläufig hinzu, aber das Funkeln in seinen Augen verriet ihr, dass er ganz genau wusste, wie viel ihr das bedeutete.

»Falls ich interessiert bin? Oh Korum, ich weiß gar nicht, wie ich dir dafür danken soll«, sagte Mia ehrlich zu ihm. »Das ist so eine unglaubliche Chance für mich! Danke schön! Vielen, vielen Dank!«

Er lächelte und sah mit sich selbst sehr zufrieden aus. »Gern geschehen. Es freut mich, dass dir meine Idee gefällt. Und dazu, wie du mir danken kannst …«, Seine Augen bekamen den vertrauten goldenen Ton, er setzte sich zu ihr auf das Sofa und zog sie zu sich heran. »Ein Kuss wäre schön«, sagte er sanft.

Mias Grinsen verschwand, und sie spannte sich an, da die Erinnerungen an die vergangene Nacht in ihr hochkamen. Einen Moment lang hatte sie völlig vergessen, was er getan hatte, was er sie gezwungen hatte zu sagen, da sie von der fantastischen Möglichkeit, die er ihr geboten hatte, zu abgelenkt gewesen war. Aber jetzt war alles wieder präsent. Tat er so, als sei das nie passiert? Falls das so wäre, hätte sie nichts dagegen einzuwenden und würde gerne das Gleiche tun.

Sie schaute in sein Gesicht, vergrub ihre Finger in seinem Haar und zog seinen Kopf zu sich heran. Sein Haar fühlte sich voll und weich an, und seine Lippen drückten samtig und warm gegen ihre. Er schmeckte köstlich, nach exotischer Frucht und sich selbst, und sie küsste ihn mit der ganzen Leidenschaft und Erregung, die sie gerade spürte. Als sie den Kuss schließlich beendete, atmete er ein wenig schneller, und Mia konnte fühlen, wie sich ihre Nippel unter dem Kleid zu steifen Knospen verhärtet hatten.

»Mmm, das war wirklich ein gelungenes Dankeschön«, murmelte er und sah sie mit einem weichen Lächeln an. »Vielleicht sollte ich jeden Tag Praktikumsplätze für dich auftreiben.«

»Wenn du das tätest, würde sich meine Aufregung wahrscheinlich bald in Grenzen halten«, antwortete Mia ihm. »Das ist wirklich mehr, als ich jemals erwartet hätte oder mir vorstellen konnte. Nochmals danke schön.«

»Gern geschehen«, sagte er und genoss ganz offensichtlich ihre Reaktion. »Bist du jetzt ausgehfertig? Das Essen ist in fünfzehn Minuten, und wir sollten nicht zu spät kommen.«

Mia stand auf und drehte sich vor ihm. »Kann ich das anlassen oder sollte ich mich besser umziehen gehen?«

»Das ist perfekt. Mach dir noch ein wenig Schmuck um, und dann bist du fertig.«

* * *

Sie verließen das Haus ein paar Minuten später, nachdem Mia ihre eine Million Jahre alte Schimmersteinkette umgelegt hatte. Korum hatte in der Zwischenzeit schon ein kleines Flugobjekt geschaffen, das sie zu ihrer Essensverabredung bringen würde, und Mia stieg durch die aufgelöste Wand, setzte sich auf eines der schwebenden Bretter und machte es sich bequem. Sie hatte sich schon ganz gut an dieses Transportmittel gewöhnt.

»Treffen wir sie in einem Restaurant?«, fragte sie und war neugierig, ob es so etwas in Lenkarda überhaupt gab. Bis jetzt war die einzige Mahlzeit, die sie nicht in Korums Haus zu sich genommen hatte, das Essen bei Arman gewesen.

Korum nickte. »So etwas Ähnliches. Es heißt Essenshalle, und wir bekommen dort ein Separee. Das Prinzip ähnelt einem menschlichen Restaurant, aber es gibt keine Kellner. Das Essen dort ist in der Regel ausgefallener als das, was man normalerweise zu Hause bekommen würde, mit exotischeren Zutaten als denen, die mein Haus oder ich normalerweise benutzen.«

»Treffen sich Krinar in dieser Essenshalle, um auszugehen, so wie wir, wenn wir ein Restaurant besuchen?«

»Genau«, bestätigte Korum. »Es ist ein beliebter Ort für Geschäftstreffen und Ähnliches. Auch manchmal für Verabredungen von Pärchen, aber die meisten bevorzugen ein bisschen mehr Privatsphäre für derartige Treffen.«

»Warum?«, fragte Mia, während das kleine Flugzeug geräuschlos abhob.

»Sex in der Öffentlichkeit wird als unhöflich angesehen«, erklärte Korum ihr mit einem schelmischen Lächeln, »und Verabredungen enden häufig mit Sex.«

Mia fühlte, wie ihr Gesicht warm wurde. »Ich verstehe. Häufiger als bei den Menschen?«

»Wahrscheinlich – auch wenn ich keine Daten darüber gesehen habe, die diese Vermutung bestätigen würden. Unsere Gesellschaft scheint in solchen Angelegenheiten aber freizügiger zu sein. Außer den verheirateten Paaren nimmt jeder Verhütungsmittel, also müssen wir uns keine Sorgen um ungewollte Schwangerschaften machen. Es gibt auch keine sexuelle Übertragung von Krankheiten bei den Krinar und somit auch wirklich keinen Grund, warum wir nicht unseren Spaß haben sollten.«

Und plötzlich war Mia extrem und völlig irrational eifersüchtig, als sie sich Korum dabei vorstellte, wie er *ein wenig Spaß* mit einer unbekannten Krinarin hatte. Er hatte ihr gesagt, sie sei die einzige Frau in seinem Leben, und das schon, seit sie sich getroffen hatten. Das glaubte sie ihm auch – er hatte ja keinen Grund, sie anzulügen. Und trotzdem konnte sie diese Vorstellung von Korum, eng umschlungen mit einer wunderschönen, krinarischen Frau, nicht aus ihrem Kopf bekommen.

Bevor sie ihm allerdings noch mehr Fragen stellen konnte, landete das Fluggerät sanft vor einem großen, weißen Gebäude. Es sah aus wie ein länglicher Würfel mit abgerundeten Ecken, hatte also eine ähnliche Form wie Korums Haus, aber war viel größer.

Korum stieg zuerst aus und hielt ihr seine Hand hin. Mia nahm sein Angebot gerne an und klammerte sich an ihm fest. Das war das erste Mal, dass sie in Lenkarda öffentlich ausging, und sie war aufgeregt und nervös bei dem Gedanken daran, andere Krinar zu treffen. Vor allem aber hoffte sie, auf Saret und seinen Assistenten nicht wie ein Idiot zu wirken. Sie wünschte sich, dass sie die Gelegenheit hätte, noch schnell ein paar Aufzeichnungen ihrer Kurse überfliegen zu können, falls sie beschlossen, sie darüber auszufragen, was sie bis jetzt in ihrem Psychologiestudium gelernt hatte.

Korum führte sie, ihre Hand haltend, zum Gebäude. Als sie es erreichten, löste sich die Wand auf, um sie hineinzulassen, und sie betraten einen hallenartigen Raum mit dunklen Wänden und einer durchsichtigen Decke. Niemand kam auf sie zu, um sie zu begrüßen, aber eine große Anzahl von Krinar, männlich und weiblich, in einer Mischung aus formeller und informeller Kleidung, liefen umher.

Als sie eintraten, drehten sich mehrere Dutzend Köpfe zu ihnen um, und Mia, die es irritierte, im Mittelpunkt zu stehen, krallte sich noch stärker an Korums Arm fest. Korum schien diese Blicke gar nicht zur Kenntnis zu nehmen und ging in einem entspannten Schritt quer durch den Raum. Mia tat ihr Bestes, um seine Haltung zu imitieren. Sie blickte geradeaus und versuchte, diese hinreißenden Kreaturen, die jetzt unverblümt – und Mias Meinung nach unverschämt – sie und ihren Liebhaber beobachteten, nicht anzustarren.

Kurz bevor es so aussah, als würden sie die gegenüberliegende Seite erreichen, öffnete sich die Wand zu ihrer Rechten, und Korum führte sie dort hinein. Dahinter versteckte sich ein privater Raum, in dem Saret und ein anderer männlicher Krinar schon auf sie warteten.

Als sie eintraten, erhob sich Saret von seinem schwebenden Sitz, trat auf Korum zu und begrüßte ihn, indem er ihm seine Handfläche auf die Schulter legte. Ihr Liebhaber erwiderte diese Geste mit einem Lächeln.

»Ich freue mich, dass ihr heute Abend kommen konntet«, sagte Saret und schaute sie beide an. »Mia, ist das das erste Mal, dass du in einer Essenshalle bist?«

Mia nickte und war ein wenig nervös. Wenn alles gut lief, würde dieser Krinar bald ihr Chef sein. »Ich bin noch nicht viel draußen gewesen.«

»Natürlich nicht«, sagte Saret. »Dein Cheren war sehr stark mit der Verhandlung beschäftigt, wie viele von uns. Korum, hast du eigentlich schon Adam kennengelernt?«

»Nein, das Vergnügen hatte ich noch nicht«, sagte Korum und drehte sich zu dem anderen Krinar um. »Aber ich habe eine Menge von diesem jungen Mann gehört.«

Adam stand auf und streckte zu Mias Überraschung seine Hand in einer sehr menschlichen Geste nach vorne. »Ich habe auch eine Menge über Sie gehört«, sagte er. Seine Stimme war tief und weich, und die Art und Weise, wie er die krinarischen Worte aussprach, ließen ihn fast wie einen Ausländer wirken.

Mit einem leichten Lächeln streckte Korum ebenfalls seinen Arm aus und schüttelte Adams Hand. »Ich sehe, dass Sie sich noch nicht so richtig mit unserer Begrüßung angefreundet haben.«

Der andere Krinar zuckte mit seinen Schultern. »Ich kenne die Gewohnheiten mittlerweile, aber sie sind immer noch nicht automatisch bei mir. Da sie für einige Zeit in New York gelebt haben, dachte ich mir, das würde Sie nicht stören.« Dann drehte er sich zu Mia um, lächelte sie herzlich an und sagte: »Ich bin Adam Moore. Und sie müssen Mia Stalis sein, die junge Frau, über die ich so viel gehört habe.«

Mia blinzelte, weil sie sich nicht sicher war, ob sie sich gerade nur eingebildet hatte, dass der Krinar sich mit einem menschlichen Vor- und Nachnamen vorgestellt hatte. »Ja, hallo«, sagte sie und lächelte zurück. Korum hatte ihn einen jungen Mann genannt, und sie fragte sich, wie alt er wohl wirklich war. Körperlich schien er im gleichen Alter wie Korum und Saret zu sein.

»Adam hat einen sehr ungewöhnlichen Werdegang«, sagte Saret, der wohl ihre Verwirrung spürte. »Setzt euch, und wir können während des Essens weiterreden.«

»Das hört sich gut an«, sagte Korum und zog ein Paar schwebender Sitze zu ihnen heran. Mia setzte sich auf einen davon und ließ ihn sich ihrem Körper anpassen. Korum machte das Gleiche, und ihre Sitze bewegten sich näher an die anderen beiden Krinar heran, die sich in der Zwischenzeit auch wieder gesetzt hatten. Jetzt bildeten die vier einen Kreis um etwas, was wie ein winziger schwebender Tisch aussah. Nach näherer Betrachtung konnte Mia sehen, dass der Tisch eher wie eine Art Tablett war, auf dem sich krinarische Beschreibungen und Bilder verschiedener Gerichte befanden. Eine Speisekarte, erkannte sie.

»Wir haben unser Essen schon bestellt«, ließ Saret sie wissen. »Ihr müsst also nicht warten.«

»Möchtest du, dass ich etwas für dich aussuche?«, fragte Korum Mia, und seine Lippen verzogen sich zu einem Lächeln mit Grübchen.

»Gerne«, antwortete ihm Mia, die froh war, diese Aufgabe abgeben zu können. Obwohl der eingepflanzte Übersetzer es ihr ermöglichte, Krinarisch zu lesen, hatte sie keine Vorstellung davon, um was es sich bei den meisten Gerichten handelte.

Korum bewegte seine Handfläche über dem Tisch hin und her. »Okay, ich habe für uns beide bestellt. Das Essen sollte in wenigen Minuten hier sein.«

Mia dankte ihm und wandte ihre Aufmerksamkeit mit einem Lächeln wieder den anderen beiden Krinar zu.

Saret lächelte zurück, und seine braunen Augen funkelten. »Wie gefallen dir deine ersten Tage in Lenkarda?«

»Es ist ein wunderschöner Ort«, antwortete sie ehrlich. »Der Strand ist toll. Ich bin in Florida aufgewachsen, und deshalb vermisse ich ihn in New York wirklich. Ich meine, wir haben dort auch den Ozean und das alles, aber es ist einfach nicht das Gleiche.«

»Zu schmutzig und verunreinigt, richtig?«, sagte Saret.

»Er ist ziemlich schmutzig«, gab Mia zu, »und überfüllt. Sogar im Sommer sind die Strände rund um die Stadt nicht die besten. Und das Wetter ist natürlich auch die meiste Zeit im Jahr nicht optimal, um an den Strand zu gehen …«

»Fahren Sie manchmal auch an die New-Jersey-Küste oder zu den Hamptons?«, fragte Adam. »Die Strände dort sind viel schöner.«

»Nein, leider hatte ich noch keine Gelegenheit dazu. Ich habe kein Auto und bin normalerweise im Sommer sowieso nicht in New York. Während des Semesters ist das Wetter nur im September schön genug für einen Ausflug zum Strand, und normalerweise habe ich keine Zeit, um mit dem Bus für das ganze Wochenende wegzufahren. Warum, sind Sie schon einmal da gewesen?«

»Ich bin in Manhattan aufgewachsen«, sagte Adam. »Also bin ich mit meiner Familie häufiger an die New-Jersey-Küste oder zu den Hamptons gefahren.«

Mias Augen weiteten sich vor Überraschung. »Ihre Familie?«

Adam nickte. »Als ich ein Baby war, wurde ich von einer menschlichen Familie adoptiert. Sie hatten natürlich keine

Ahnung, was ich war, und ich auch nicht, zumindest nicht bis zum K-Day.«

»Wirklich?« Mia starrte ihn fasziniert an. Für sie sah er mit seinem braunen Haar, der goldenen Haut und den braunen Augen sehr wie ein Krinar aus. Er bewegte sich auch genauso wie sie, fast mit der Anmut einer Katze, wie das viele Raubtiere machten. Natürlich hatte vor dem K-Day niemand von der Existenz der Krinar gewusst, weshalb es möglich gewesen war, ihn für einen Menschen zu halten. »Also haben Sie erst kürzlich herausgefunden, dass Sie ein Krinar sind?«

»Ich wusste natürlich, dass ich anders war«, sagte Adam mit einem Schulterzucken. »Aber ich hatte keine Ahnung, dass ich eigentlich von einem anderen Planeten komme.«

»Aber wie konnte das niemandem auffallen? Ich meine, Sie müssen doch stärker und schneller als die anderen Kinder gewesen sein … Und was war mit den Bluttests und Impfungen?«

»Das war nicht einfach«, gab Adam zu. »Meine Eltern sind erstaunliche Menschen. Sie begriffen sehr früh, dass ich kein normales Kind aus Rumänien war und haben alles in ihrer Macht stehende getan, um mich zu beschützen.«

»Aber wie konnte das überhaupt passieren?« Mia versuchte immer noch, diese unwahrscheinliche Sache zu begreifen. »Wie konnten Sie als Baby auf die Erde kommen – und noch dazu vor dem K-Day?«

»Das ist eine lange Geschichte«, antwortete Adam und bekam plötzlich einen kälteren Gesichtsausdruck, der ihn um einiges gefährlicher wirken ließ. Als sie ihn so sah, konnte Mia sich leicht vorstellen, wie er in ein paar Hundert Jahren Korums

Platz einnehmen könnte. »Und wahrscheinlich keine gute Unterhaltung für ein Essen.«

»Natürlich nicht«, entschuldigte sich Mia schnell. Sie hatte offensichtlich einen empfindlichen Punkt getroffen. »Ich wollte meine Nase nicht in persönliche Angelegenheiten stecken …«

»Kein Problem«, meinte Adam und lächelte sie wieder an. »Ich weiß, dass diese ganze Geschichte sehr eigenartig ist, und ich mache Ihnen keinen Vorwurf daraus, dass Sie neugierig sind.«

In diesem Moment erschien das Essen. Die Teller schwebten aus der Wand zu Mias linker Seite und landeten auf dem Tisch – der sich sofort zu einer ziemlich großen Fläche ausdehnte. Mias Gericht schien aus einem purpurfarbenen Getreide und einer Mischung aus grünen und orangefarbenen Stücken ihr unbekannter Pflanzen zu bestehen. Alles war in aufwendigen blumenförmigen Gebilden und Wirbeln angerichtet, und es schien sich eher um ein Kunstwerk als um richtiges Essen zu handeln.

Korum hatte das Gleiche auch für sich bestellt. Mia probierte einen Bissen dieser Kreation und stöhnte fast vor Genuss auf. Ihre Geschmacksknospen fühlten sich durch diese unglaubliche Kombination von süß, salzig und scharf, als seien sie im Himmel. Für ein paar Minuten herrschte am Tisch völlige Stille, als alle vier sich auf ihr Essen konzentrierten.

Saret hatte zuerst aufgegessen und schob seinen Teller von sich weg, woraufhin dieser augenblicklich davonschwebte. Er kam auf das vorangegangene Gesprächsthema zurück und erzählte Mia: »Wie du dir vorstellen kannst, ist Adam immer noch damit beschäftigt, sich an unsere Art zu leben zu gewöhnen. Ihr habt also in bestimmten Punkten eine Menge gemeinsam, und das ist auch der Grund, warum ich Adam heute mitgebracht habe. Trotz seines jungen Alters ist er einer meiner vielversprechendsten Assistenten – und der Grund dafür ist unter anderem die einzigartige Perspektive, die er wegen seines persönlichen Hintergrunds mitbringt. Normalerweise würde ich keine Kandidaten annehmen, die erst in ihren Zwanzigern sind – Jugendliche in unserer Gesellschaft –, aber Adam ist um einiges reifer als ein typischer Krinar seines Alters.«

Mia nickte, und ihre Handflächen begannen zu schwitzen. »Und jetzt kommen wir zu dem Grund dieses Essens.« Sie schob den Rest ihres Essens weg, um sich besser auf Saret konzentrieren zu können.

»Korum hat mir erzählt, dass du ein starkes Interesse an allem hast, was mit dem Verstand zusammenhängt – dass du dich in deinem Studium darauf spezialisiert hast. Stimmt das?«, fragte er und sah sie erwartungsvoll an.

»Ich bin eine Psychologiestudentin an der New Yorker Universität«, bestätigte Mia. »So wie ich das verstehe, ist Psychologie nur ein Teilbereich dessen, was dein Spezialgebiet ist … aber ich würde gerne alles lernen, was mit dem Verstand zu tun hat.«

»Und wie viel weißt du schon? Was haben sie dir an der NYU bis jetzt beigebracht?«

Mia fühlte, wie sie in ihren *Vorstellungsgesprächsmodus* wechselte, in der ihre Nervosität sich irgendwie in klarere Gedanken und Äußerungen verwandelte. Sie sammelte alles, an was sie sich erinnern konnte, zusammen und erzählte Saret erst von ihren Grundseminaren in Psychologie und ging dann weiter zu den fortgeschritteneren, spezialisierten Seminaren, an denen sie erst kürzlich teilgenommen hatte. Sie sprach von ihrer Hausarbeit über Kinderpsychologie, die sie gerade erst geschrieben hatte, und über das Praktikum als Beraterin für Opfer von häuslicher Gewalt, das sie im Daytona Beach Hospital absolviert hatte. Sie erklärte ihm auch, dass sie einen erweiterten Studienabschluss plane und als Berufsberaterin arbeiten wolle, um einen positiven Einfluss auf junge Menschen in einer wichtigen Lebensphase zu nehmen.

Saret und Adam hörten ihr aufmerksam zu, und Saret nickte ab und an, wenn sie einige der Schlüsselkonzepte erwähnte, die sie in ihren Kursen gelernt hatte. Korum beobachtete alles schweigend und schien sehr zufrieden damit zu sein, ihr einfach nur dabei zuzuschauen, wie sie angeregt über ihre Ausbildung sprach.

Schließlich unterbrach Saret sie nach einer halben Stunde: »Ich danke dir, Mia. Das ist genau das, was ich wissen wollte. Du scheinst dich wirklich mit Leidenschaft deinem Studiengebiet zu widmen, und ich denke, du würdest eine nützliche Bereicherung für unser Team sein. Könntest du morgen beginnen?«

Mia sprang vor Freude fast auf, konnte sich aber gerade noch so beherrschen und grinste Saret breit an. »Definitiv! Um wie viel Uhr soll ich da sein?« Dann erinnerte sie sich daran, dass sie vielleicht erst mit dem Krinar reden sollte, der ihr Leben bestimmte, und so schaute sie schnell zu Korum hinüber. Er nickte mit einem Lächeln im Gesicht und Mias Grinsen wurde unglaublich breit.

»Kannst du um neun Uhr morgens da sein?«, fragte Saret. »Ich weiß, dass ihr mehr Schlaf braucht als wir, aber ich glaube, dass das eine normale Anfangszeit bei den Menschen ist …«

»Natürlich«, sagte Mia erfreut. »Ich kann auch gerne früher kommen, zu eurer normalen Zeit, wann auch immer das ist …«

Aus ihrem Augenwinkel sah Mia, wie Korum seinen Kopf schüttelte.

»Nein, das ist nicht nötig«, sagte Saret. »Es liegt nichts Dringendes an, und wir haben mehr von dir, wenn du nicht unter Schlafentzug leidest. Komm einfach um neun, okay?«

Mia nickte und fühlte sich, als würde sie schweben. »Na klar, ich kann es kaum erwarten!«

Adam lächelte über ihren Enthusiasmus. »Es wird eine sehr steile Lernkurve werden«, warnte er. »Ich arbeite jetzt schon die letzten zwei Jahre in dem Labor und lerne immer noch fünfzehn neue Sachen pro Tag.«

Mia grinste erneut und war viel zu aufgedreht, um sich einschüchtern zu lassen. »Das ist völlig in Ordnung – ich liebe es, zu lernen.« Sie drehte sich zu Saret um und sagte aufrichtig zu ihm: »Danke für diese Möglichkeit. Ich werde mein Bestes geben, um mich nützlich zu machen.«

»Gern geschehen«, antwortete Saret lächelnd. »Ich freue mich darauf, dich morgen zu sehen.« Dann stand er auf und verabschiedete sich von Korum, indem er seine Hand wieder auf dessen Schulter legte, und verließ den Raum.

Adam folgte dem Beispiel seines Chefs, erhob sich und schüttelte wieder Korums Hand, bevor er ging. Mia bemerkte, dass er ihr aus irgendeinem Grund nicht seine Hand anbot, obwohl er wissen musste, dass es sehr unhöflich war, sie einfach so zu ignorieren. Sie vermutete, dass es ein Tabu war, Frauen anzufassen – oder vielleicht nur die Charl anderer Krinar – welches wahrscheinlich mit der territorialen Natur der

Krinar zusammenhing. Da Adam diesem Brauch folgte, schien es dafür einen sehr überzeugenden Grund zu geben.

Schließlich waren Korum und Mia allein.

Ihr Liebhaber stand auf und lächelte sie warm an. »Du warst großartig – und Saret war von dir beeindruckt. Ich bin sehr stolz auf dich.«

Mia schenkte ihm ein strahlendes Lächeln, da seine Worte sie mit einem glücklichen Glühen erfüllten, und stand auf. »Danke schön. Und ein weiteres Dankeschön dafür, dass du das alles hier möglich gemacht hast.«

»Gern geschehen«, sagte Korum, zog sie näher an sich heran und vergrub seine Hand in ihrem Haar. Als er sie so an seinen Körper gedrückt festhielt und ihr Gesicht sich zu ihm nach oben drehte, sagte er sanft: »Und jetzt sag mir noch einmal, dass du mich liebst.«

Mia starrt zu ihm hoch, ihre Euphorie schwand, und an ihre Stelle trat das schreckliche Gefühl von Verletzlichkeit. Er hatte nicht vor, das, was letzte Nacht passiert war, zu ignorieren.

Sie befeuchtete ihre Lippen. »Korum, ich …« Sie versuchte, ihren Blick zu senken, wegzuschauen, aber das war unmöglich, so wie er sie hielt.

»Sag es mir, Mia.« Seine Augen nahmen einen goldeneren Farbton an. »Ich möchte noch einmal hören, dass du es sagst.«

Sie wollte es ihm unbedingt verwehren, sie wollte ihm sagen, dass sie letzte Nacht nicht bei Verstand gewesen war, aber ihr Mund weigerte sich, diese Worte zu formulieren.

Weil sie ihn liebte, so sehr, dass es wehtat, so sehr, dass sie kaum denken konnte wegen der starken Gefühle, die ihre Brust füllten. Irgendwann während der letzten Woche war aus dem unnahbaren und gefährlichen Fremden jemand geworden, ohne den sie sich ihr Leben nicht mehr vorstellen konnte. So sehr sie ihn auch für den Verlust ihrer Freiheit hasste, genauso liebte sie die vielen kleinen Freuden, die er ihr täglich bereitete, die Art und Weise, wie er es schaffte, dass sie sich lebendig fühlte.

Er hatte recht: bevor sie ihn getroffen hatte, war sie mit ihrem Leben einfach nur zufrieden gewesen. Sie hatte eine bequeme und meist glückliche Existenz gehabt. Aber sie hatte nicht wirklich gelebt.

»Sag es mir, mein Liebling«, drängte er sie sanft, und seine Hand verließ ihr Haar, um zärtlich ihre Wange zu bedecken. »Sag es mir …«

»Ich tue es. Ich liebe dich«, flüsterte sie, blickte zu ihm hoch und fragte sich, was er wohl jetzt sagen würde, ob er ihr Geständnis irgendwie gegen sie verwenden würde.

Aber er lächelte nur und beugte sich zu ihr hinunter, um sie zu küssen. Seine wunderschönen Lippen berührten ihre so sanft, dass sie fühlte, wie sich ihr Herz in der Brust zusammenzog. »Macht es dich glücklich, hier einen Praktikumsplatz zu haben?«, flüsterte er, hob seinen Kopf und sah sie mit einem warmen Strahlen in seinen goldenen Augen an.

Mia nickte. »Natürlich«, sagte sie leise. »Du weißt, dass es das tut.«

»Gut. Ich möchte, dass du hier glücklich bist«, sagte er mit weicher Stimme, trat zurück und entließ sie aus seiner Umarmung. Danach nahm er ihre Hand und führte sie aus ihrem Separee hinaus in den großen Saal.

* * *

Ein paar Minuten später waren sie schon zu Hause.

Während der kurzen Reise hatte Mia ihren Blick auf den durchsichtigen Boden gerichtet gehabt, obwohl ihr Kopf viel zu beschäftigt mit den Ereignissen des Abends gewesen war, als dass sie etwas von der Landschaft unter sich wahrgenommen hätte. Auf eine eigenartige Weise war es für sie befreiend, sich Korum gegenüber so zu öffnen, ihm zu sagen, wie sie sich wirklich fühlte. Jetzt musste sie nicht mehr ständig auf der Hut sein und Angst davor haben, er könne herausfinden, dass sie sich in ihn verliebt hatte. Sie musste sich keine Sorgen mehr machen, er würde sie damit aufziehen, dass sie ein dummes junges Mädchen war, das Sex mit Gefühlen verwechselte.

Er hatte sich überhaupt nicht über sie lustig gemacht. Im Gegensatz zu ihren Erwartungen schien er sich über diese offen gezeigten Gefühle zu freuen; er war ja auch derjenige gewesen, der dieses Liebesgeständnis quasi erzwungen hatte. Er hatte ihr nicht mit einer eigenen Liebeserklärung geantwortet, aber das hatte sie von ihm auch nicht wirklich erwartet. Er hatte ihr schon gesagt, dass sie ihm wichtig war, und sie glaubte ihm. Aber Liebe? Konnte jemand wie Korum sich wirklich in einen Menschen verlieben? Arman schien Maria zu lieben, aber ihre Beziehung war so anders als die, die Mia mit ihrem Cheren hatte.

Nein, sie wusste nicht, ob Korum sie jemals lieben konnte, und sie wollte sich auch nicht verrückt machen, indem sie länger darüber nachdachte – nicht jetzt, nicht, wenn sie so glücklich war und sich so wahnsinnig darauf freute, morgen ihr Praktikum zu beginnen.

Sie stiegen aus dem Luftschiff, und Korum demontierte es schnell, indem er die Nanomaschinen mit einer kleinen Geste aktivierte. Mia beobachtete ihn und fühlte sich, als würde ihr Herz vor zu viel Gefühl in ihrer Brust zerspringen. Jede Bewegung seines großen, muskulösen Körpers war durchtränkt mit kaum gezügelter Kraft, und sein krinarisches Jägererbe kam durch die raubtierhafte Anmut in seiner Haltung deutlich zum Vorschein. Er war so anders als ihre Vorstellung von jemandem, mit dem sie eines Tages zusammen sein würde – und so falsch für sie unter vielen Gesichtspunkten – und trotzdem war er der einzige Mann, der jemals solche Gefühle in ihr ausgelöst hatte.

Nachdem sich das Schiff wieder in seine ursprünglichen Atome zersetzt hatte, hob Korum sie in seine Arme, trug sie ins Haus und gleich weiter ins Schlafzimmer. Mia hing an ihm und sehnte sich verzweifelt nach körperlichem Kontakt, nach der unglaublichen Lust, die nur er ihr geben konnte.

Sie betraten das Schlafzimmer, und er legte sie vorsichtig auf dem Bett ab. Sie sah ihm dabei zu, wie er sich sein T-Shirt auszog und seinen kräftigen Brustkorb und den muskulösen Bauch entblößte. Als Nächstes waren seine Shorts an der Reihe, und dann war er vollständig nackt, sein großer Penis schon hart, und seine Hoden schwangen schwer zwischen seinen Beinen. Dieser Körper war der Inbegriff männlicher Schönheit, dachte Mia, und ihr Körper reagierte auf diesen Anblick mit augenblicklicher Erregung.

Bevor sie die Gelegenheit hatte, ihn ausgiebig bewundern zu können, war er schon auf ihr, zog ihr Kleid nach oben und legte ihren Unterleib unter seinen brennenden Blicken frei. Ohne jegliche Vorwarnung spreizte er ihre Beine und hielt inne, offensichtlich völlig fasziniert von ihren Genitalien.

Mias Körper überzog sich mit Schamesröte, und sie versuchte, ihre Beine zu schließen, da sie sich viel zu entblößt fühlte. Aber das ließ er nicht zu, zumindest nicht, bis er sich nicht in Ruhe alles angeschaut hatte. Endlich hob er seinen Kopf und murmelte: »Du hast die schönste kleine Muschi, die ich jemals gesehen habe. Habe ich dir das eigentlich schon mal gesagt?«

Mia schüttelte ihren Kopf und wurde noch röter.

»Hast du aber«, sagte er sanft. »Diese ganzen pinkfarbenen Fältchen und die kleine Klitoris – wie eine wunderschöne Blume.« Und bevor Mia irgendetwas sagen konnte, beugte er sich auch schon zu dem Objekt seiner Bewunderung hinunter, teilte vorsichtig die besagten Fältchen mit seinen Fingern, und seine Zunge fand problemlos die empfindliche Stelle um ihre Klitoris.

Mia schrie, von der plötzlichen Lustwelle völlig überrascht, auf, bog sich seinem Mund entgegen, und ihr Körper spannte sich durch dieses intensive Gefühl, dass schon fast unerträglich war, an. Ihre Hände fanden irgendwie ihren Weg in seine Haare und fassten fest zu, um ihn zu einem härteren Rhythmus zu zwingen, der ihr sofortige Erleichterung bringen würde. Aber Korum gestattete ihr keine Eile, seine Zunge fuhr weiter mit diesen leichten Berührungen um den empfindlichen Punkt und ließ sie immer ganz nah am Orgasmus sein. Und gerade als Mia dachte, dass sie gleich den Verstand verlieren würde, presste er die flache Seite seiner Zunge gegen ihre Klitoris. Er bewegte sie mit genauso einem Druck vor und zurück, dass Mia ihren

Höhepunkt mit einem lauten Schrei erreichte, und ihr ganzer Körper durch seine Intensität erbebte.

Keuchend und ermattet lag sie einfach nur da, während er ihrer von dem Orgasmus pulsierenden Vagina zuschaute, da sein Interesse daran offensichtlich immer noch nicht vollständig befriedigt war. Als sie sich ein wenig erholt hatte, wollte er sich wieder auf sie begeben, aber Mia flüsterte: »Warte.«

Zu ihrer Überraschung hörte er auf sie.

Immer noch leicht zitternd von den Nachwirkungen dessen, was sie gerade erlebt hatte, setzte sie sich hin und lächelte Korum herausfordernd an. Sie streckte ihre linke Hand aus, um seinen Hoden zu streicheln und sagte sanft: »Ein Seitenwechsel wäre fair, also warum liegst du jetzt nicht mal unten?«

Seine Augen wurden noch goldener, und Mia spürte, wie sein Hodensack sich in ihrer Hand zusammenzog. Es erregte ihn, wenn sie die Initiative ergriff, merkte sie.

»Wie wäre es, wenn ich mich hinstelle?«, schlug er stattdessen vor, und Mia nickte, da sie diese Idee sogar noch besser fand. Sie kniete sich auf dem großen Bett hin, streckte ihre Arme aus, ließ ihre Hände über seine Brust gleiten und fühlte die harten Muskeln, die von der weichen Haut bedeckt wurden. Sein Fleisch fasste sich heiß und fest an, und sie glaubte fast, dass er eine zum Leben erweckte griechische oder römische Götterstatue war.

Ihre Hand wanderte über seine angespannten Bauchmuskeln weiter nach unten und folgte danach der schwachen Spur seiner Haare bis zu seinem Geschlecht. Als sie ihre Finger um seinen Schaft legte, fühlte Mia, wie sein Penis in ihrer Hand noch härter wurde. Sie streichelte ihn zärtlich und genoss das samtige Gefühl seiner Haut. Er stöhnte, schloss seine Augen, und der Ausdruck auf seinem Gesicht wirkte fast so, als habe er Schmerzen.

Durch seine Reaktion ermutigt, drückte Mia ihre Lippen auf seine Brust und küsste sich dann langsam nach unten vor, bis ihr Mund genau über seinem Penis verweilte. Er hielt erwartungsvoll seinen Atem an, und Mia musste lächeln, bevor sie anfing, ihn zu lecken und mit ihrer Zunge sanft über seine empfindliche Eichel zu fahren. Er zischte, und seine Hüfte bog sich ihr entgegen. Seine Hände vergruben sich in ihrem Haar und drückten ihr Gesicht näher an sein Geschlecht, so dass Mia keine andere Wahl hatte, als ihren Mund zu öffnen und ihn in sich aufzunehmen.

Als er fühlte, wie sich ihre Lippen um sein Glied legten, erzitterte er, und sie konnte seine leicht salzigen Lusttropfen schmecken. Ihre Lenden zogen sich zusammen, als eine Welle von Erregung durch sie hindurchströmte.

Seine Lust machte sie enorm an, bemerkte Mia, die den Effekt genoss, den sie auf ihn ausübte. Sie hatte nur selten die Möglichkeit, genau das zu tun, ihn in ihren Mund zu nehmen und ihn dort kommen zu lassen. Normalerweise war er einfach zu sehr damit beschäftigt, sie zu erregen und vor Lust fast in den Wahnsinn zu treiben, so lange, bis sie ekstatisch in seinen Armen schrie.

Mia nahm seine Hoden in ihre linke Hand, legte ihre rechte Hand um seine Peniswurzel und begann, sich mit einer langsamen, rhythmischen Bewegung nach oben und unten zu bewegen, während sie ihn mit jedem Mal tiefer in ihren Mund nahm. Sie konnte ihn natürlich nicht ganz aufnehmen, aber das schien ihn nicht zu stören. Der Griff seiner Finger in ihrem Haar wurde fast schmerzhaft fest.

Dann fühlte sie, wie er noch weiter anschwoll und unglaublich lang und dick wurde, bevor er mit einem rauen Schrei kam, seinem Kopf nach hinten warf und eine salzige Flüssigkeit in ihren Mund spritzte.

Nach etwa einer Minute lösten sich Korums Finger langsam aus ihrem Haar, und er zog seinen weit weniger harten Penis aus ihrem Mund. Lächelnd blickte er auf sie hinab. »Das war unglaublich«, sagte er zu ihr, und Mia schaute zu ihm hoch, während sie sich langsam ihre Lippen leckte und den dort verbliebenen Samen schmecken konnte. Sie wusste nicht, warum sie es so aufregend fand, ihm diese Lust zu verschaffen, aber es war so. Sie war wieder vollständig erregt, so als sei der starke Orgasmus, den sie erst vor ein paar Minuten gehabt hatte, schon Tage her.

Er kam zu ihr auf das Bett, holte sie zu sich heran und zog ihr das Kleid über den Kopf. Als er ihren nackten Körper sah, wurde er sofort wieder hart, und Mias Bauch zog sich voller Vorfreude auf ihn zusammen, als er ihren Mund mit einem leidenschaftlichen Kuss verschloss.

Und dann nahm er sie mit seinem Körper in Besitz, genauso wie er jetzt ihr Herz und ihre Seele schon besaß.

13. KAPITEL

Während der nächsten zehn Tage verfiel Mia in eine Routine. Ihre Tage waren fast vollständig mit ihrem Praktikum in Sarets Labor ausgefüllt, und ihre Abende und – ziemlich häufig – ihre Nächte mit Korum.

Das Praktikum in dem Labor erwies sich als strapaziöse und geistig erschöpfende Arbeit, aber Mia lernte in ein paar Tagen dort mehr als während ihrer ganzen drei Jahre an der Uni. Saret duldete keine Entschuldigungen wegen Unwissenheit oder der Tatsache, als Mensch bei einigen Aufgaben langsamer zu sein als die anderen Assistenten. Am allerersten Tag wurde sie Adam als Arbeitspartner zugeteilt, und sie bekamen drei Projekte, von denen das Interessanteste war, herauszufinden, wie man das Verfahren des Wissenstransfers für krinarische Kinder verbessern könnte. Mia hatte gelernt, dass die Krinar ihre

Kinder per Wissenstransfer ausbildeten – im Wesentlichen prägten sie die nötigen Informationen in die reifenden Gehirne ein und vermieden so das Auswendiglernen der grundlegenden Sachen wie Lesen, Schreiben, Mathe und Geschichte.

Nachdem er ihr eine superschnelle Kurzeinführung in die hochentwickelte Technologie, die im Labor benutzt wurde, gegeben hatte, beauftragte Saret Adam damit, Mia die Studie zu erklären, die sie bis jetzt durchgeführt hatten, und ihr die notwendigen Aufzeichnungen und Texte zu zeigen. Als Mia das Labor am ersten Tag verließ, war es schon zehn Uhr abends, und sie war völlig erschöpft. Korum war wütend auf Saret gewesen, aber ihr neuer Chef hatte sich als erstaunlich unnachgiebig erwiesen. Entweder Mia arbeitete genauso hart wie die anderen Praktikanten – oder er hatte für sie keinen Platz in seinem Labor. Nach einem größeren Streit zwischen den beiden Krinar, der verschiedene, kaum verhüllte Drohungen von Korums Seite beinhaltete, hatte Saret zögernd zugestimmt, dass Mia an den meisten Abenden um sieben Uhr zu Hause sein würde – außer wenn sie kritische Simulationen ausführten. An solchen Tagen würde Mia bis Mitternacht im Labor bleiben müssen, genauso wie alle anderen Labormitarbeiter auch. Mia hatte protestiert, dass es ihr nichts ausmache, länger zu arbeiten, dass sie es liebte, neue Sachen zu lernen und dass sie so lange wie nötig bleiben würde, aber Korum hatte sich geweigert, darauf zu hören. »Du bist ein Mensch, und du bist mein Charl. Ich lasse es nicht zu, dass du dich so verausgabst«, sagte er ihr rundweg, und damit war ihr neuer Tagesablauf festgelegt.

In ihrem Bestreben, den Überblick über die riesige Menge an Informationen, die jeden Tag auf sie zukamen, zu behalten, speicherte sie sich eine große Anzahl Aufzeichnungen, die mit ihrer Arbeit zusammenhingen, auf dem papierdünnen Tablet, das sie von Korum bekommen hatte. Es stellte sich heraus, dass das Tablet wasserdicht war, und so konnte Mia die Zeit beim Duschen gleich zum Anschauen einiger Videos nutzen. Korum war alles andere als begeistert gewesen, als er das herausgefunden hatte, und murmelte, sie sei von ihrem Praktikum noch besessener als von ihrer Arbeit für die Uni, aber er stellte sich ihr nicht in den Weg. Er hatte ihr sogar in seinem Büro einen komfortablen Arbeitsplatz eingerichtet, an dem sie neben ihm lernen konnte, während er an seinen Entwürfen arbeitete.

Es stellte sich heraus, dass Adam, den sie gebeten hatte, sie zu duzen, ein unverzichtbarer Laborpartner war, und Mia erkannte schnell, dass Saret ihr einen großen Gefallen getan hatte, als er sie zusammen für die Projekte eingeteilt hatte. Der junge Krinar – der, wie sie erfahren hatte, erst 28 Jahre alt war – hatte einen scharfen Verstand und fühlte sich sehr wohl dabei, mit einem Menschen zu arbeiten. Als Teenager hatte er mit Aktienhandel schon ein Vermögen gemacht und seiner menschlichen Familie einen ansehnlichen Treuhandfonds eingerichtet, um sicherzustellen, dass sie immer ein angenehmes Leben führen würde. Er war auch der Eigentümer einiger Patente für Mikrochips, für die Intel und Apple ihm Angebote gemacht hatten, und er hoffte, in ein paar Jahren ein Praktikum in Korums Unternehmen absolvieren zu können. Zu ihrer Überraschung erfuhr sie außerdem von seiner menschlichen Freundin (er weigerte sich, sie seinen Charl zu nennen). Als Mia allerdings versuchte, noch mehr über diese anscheinend sehr faszinierende Geschichte herauszufinden, verweigerte er ihr weitere Informationen. Er versprach Mia nur, eines Tages seine Freundin kennenzulernen, und damit musste sie sich dann zufrieden geben.

In diesen ersten Tagen war Mia so überwältigt von allem, dass sie einfach nur weinen wollte, da ihr Hirn von dem riesigen Lernpensum, das sie jeden Tag zu bewältigen versuchte, schmerzte. Um ihr zu helfen, schlug Adam vor, dass sie sie mit einem Teil der wichtigen Informationen prägen könnten, wie sie das auch bei den krinarischen Kindern taten. Anfangs wollte Mia von dem Vorschlag nichts wissen, aber nachdem sie sich mit der grundlegenden Datensammlung zur Benutzung der komplexeren Laborausstattung herumgequält hatte, stimmte sie zu, wenn auch widerwillig. Saret war begeistert gewesen, ein lebendiges Forschungsobjekt zu haben, auch wenn sie weder ein Kind noch ein Krinar war, und bat Korum um seine Erlaubnis, das neue Prägungsverfahren an Mia auszuprobieren. Nachdem dieser Saret und Adam über die Sicherheit und die möglichen Nebenwirkungen gelöchert hatte, gab ihr Cheren seine Zustimmung und sagte Mia, er hoffe wirklich, es würde ihr bei den anfänglichen Schwierigkeiten der Eingewöhnung helfen. Das Ergebnis dieser Entscheidung war, dass Mia den Großteil des Wochenendes in der Prägungskammer verbrachte, und ihr Gehirn die ganzen Informationen aufsaugte, von denen Saret glaubte, dass sie für seine Assistentin von Nutzen sein könnten.

Als Mia die Kammer Sonntagabend verließ, fühlte sie sich benommen, und ihr war leicht übel, aber sie wusste so viel über Neurobiologie, dass es sie für eine Ehrendoktorwürde in diesem Fach qualifizierte. Theoretisch konnte sie sogar Operationen am Gehirn durchführen, besonders bei einem Krinar – auch wenn sie nicht dachte, dass ihr die praktischen Aspekte dieser Aufgabe gefallen würden. Gleichzeitig konnte sie – zumindest theoretisch – die ganze Ausstattung in Sarets Labor problemlos benutzen und fühlte sich jetzt unendlich viel wohler mit der krinarischen Technologie um sie herum.

Nach dem Prägen öffnete sich für Mia eine völlig neue Welt, und ihre zweite Woche in Sarets Labor war um einiges weniger stressig als die erste. Anstatt sich die ganze Zeit wie ein stümperhafter Idiot zu fühlen, wusste sie wirklich, wie sie die ganzen einfachen – und viele der fortgeschrittenen – Aufgaben, die Saret von seinen Assistenten verlangte, zu erfüllen hatte. Die drei anderen Praktikanten des Labors – die anfänglich über ihre Anwesenheit hier belustigt gewesen waren – begannen, sie mehr wie jemand Gleichberechtigten zu behandeln und teilten mit ihr einen Teil ihrer Werkzeuge und Ausstattung. Sie waren immer noch verschlossen ihr gegenüber, so als ob sie sich unsicher über den Menschen in ihrer Mitte waren, aber Mia ließ nicht zu, dass sie das belastete. Es hatte viele krinarische Bewerber für diese Stelle gegeben, und sie war nur Korums wegen hier. Es war verständlich, dass die anderen Praktikanten dachten, dass sie diese Chance nicht wirklich verdient hatte. Mia war entschlossen, ihnen das Gegenteil zu beweisen.

Jetzt, da sie dank des Prägens eine solide Grundlage hatte, lernte sie viel schneller und war sogar in der Lage, Adam einige Vorschläge zu potentiellen Verbesserungen des Prägungsprozesses zu unterbreiten. Er hatte natürlich an die meisten Sachen schon selbst gedacht, berichtete Saret aber trotzdem von Mias Fortschritten. Ihr Chef bescheinigte ihr daraufhin, eine natürliche Begabung für sein Forschungsfeld – lobende Worte, die sie niemals aus dem Mund eines Krinar erwartet hätte.

Da sie ihre Arbeit im Labor über alles liebte, fragte sie sich, weshalb der vorherige Assistent wohl gegangen war.

»Ich bin mir nicht sicher«, meinte Adam. »Saur war eines Tages einfach weg. Er sagte Saret, dass er hiermit seine Kündigung einreiche, und am nächsten Tag war er schon weg. Er war schon immer etwas eigenartig gewesen, eine Art Einzelgänger – keiner von uns kannte ihn wirklich gut. Aber er war sehr begabt. Er arbeitete viel an der Manipulation des Verstandes, das ist der komplexeste Teilbereich dessen, was wir hier machen. Niemand hat ihn mehr gesehen, seit er das Labor verlassen hat. Ich glaube nicht, dass er noch in Lenkarda ist.«

Was ihre *Heimatfront* betraf, hatte ihre Beziehung zu Korum sich entscheidend verändert. Nach ihrem ersten, eher unfreiwilligen Liebesgeständnis hatte sie sich gefühlt, als müsse sie nichts mehr vor ihm verstecken, und jetzt gingen ihr diese Worte schnell und leicht von der Zunge. Korum schien diese neue Situation zu genießen und bat sie häufig, ihm zu sagen, wie sehr sie ihn liebte. Außerdem hatte er ein permanentes warmes Glühen in seinen Augen, wenn er sie anschaute. Manchmal dachte sie, dass er sie auch liebte, zumindest ein kleines bisschen, aber sie wollte ihn nicht fragen, da sie den zerbrechlichen Waffenstillstand, der zwischen ihnen herrschte, nicht zerstören wollte. Stattdessen entschied sie sich zum ersten Mal in ihrem Leben dafür, den Augenblick zu leben und nicht in der Vergangenheit zu verweilen oder sich Sorgen über ihre Zukunft zu machen.

Korums eigene Tage waren voll mit dem Prozess und den ganzen damit verbundenen politischen Aspekten, von denen er ihr häufig beim Abendessen erzählte. Der Rat hatte eine Untersuchung des vermeintlichen Gedächtnisverlustes der

Keiths angeordnet, und verschiedene Verstandesexperten – darunter auch Saret – mussten die Gültigkeit der Ergebnisse bezeugen. Es sah so aus, als seien diese Gedächtnisverluste real, und das endgültige Urteil wurde verschoben, bis der Rat herausfinden konnte, was genau passiert war und wer hinter den unerklärlichen Entwicklungen steckte. Korum vermutete immer noch, dass Loris der Schuldige war, aber er hatte nicht genügend Beweise, um sich gegen den Rest des Rates durchzusetzen. Nutznießer dieser Entwicklungen waren die Keiths, die, solange die Untersuchungen andauerten, eine vorübergehende Galgenfrist genossen.

Jeden Abend kochte Korum für sie und ließ sie ständig neue und exotische Speisen von Krina probieren. Nach dem Essen machten sie entweder einen Spaziergang zum Strand oder arbeiteten Seite an Seite still in seinem Büro. Jedes Mal, wenn Mia über ihr Leben in Lenkarda nachdachte, war sie erstaunt darüber, wie sehr es von ihren anfänglichen Vorstellungen abwich, wie unglaublich fantastisch es war. Weit davon entfernt, sich wie Korums Haustier zu fühlen, wachte sie jeden Morgen aufgeregt auf und konnte es gar nicht erwarten, sich dem vor ihr liegenden Tag zu stellen, alles zu lernen, was ihr neuer Job ihr beibringen konnte. An ihren Abenden genoss sie die Gesellschaft ihres Liebhabers, und nachts den leidenschaftlichen Sex mit ihm.

Im Bett war Korum unersättlich, und Mia merkte, dass er sich in New York sehr zurückgehalten hatte. Sein Hunger sie betreffend schien keine Grenzen zu kennen, und häufig nahm er sie so oft hintereinander, bis sie völlig ausgebrannt war und praktisch in seinen Armen einschlief. Ihr Körper schien sich überraschenderweise an seine sexuellen Bedürfnisse gewöhnt zu haben, und Mia musste sich nicht länger über inneres Wundsein oder Muskelkater am nächsten Morgen Sorgen machen. Selbst bei den Gelegenheiten, bei denen er von ihrem Blut trank, erholte sie sich mit ungewöhnlicher Leichtigkeit.

Außerdem hatte er begonnen, virtuelle Realität in ihr Sexualleben aufzunehmen. Jetzt hatten sie zumindest ein paar Mal die Woche Sex an verschiedenen öffentlichen und privaten Orten, angefangen von der Bühne bei einem Konzert von Beyoncé bis hin zum Gipfel des Mount Everest (auf dem es für Mias Geschmack viel zu kalt gewesen war). Nach dieser ersten Erfahrung in dem virtuellen Klub überschritt er ihre Grenzen nur noch leicht, auch wenn sie keine Zweifel daran hatte, dass er erst an der Oberfläche dessen gekratzt hatte, was er letztendlich alles mit ihr im Bett vorhatte.

An manchen Tagen bewunderte sie ihre eigene Energie, die unerschöpflich zu sein schien. Während sie definitiv viel schneller ermüdete als ihre krinarischen Kollegen in Sarets Labor, schaffte sie es, zehn oder auch mehr Stunden pro Tag zu arbeiten und dann noch einige Stunden mit Korum zu verbringen, von denen sich wenigstens ein paar im Bett abspielten – oder eben da, wo sie sich gerade befanden, wenn er in Stimmung kam. Sie sollte erschöpft sein und auf dem Zahnfleisch kriechen, aber stattdessen fühlte sie sich großartig. Sie machte dafür die costa-ricanische Luft verantwortlich und die generelle Aufregung über ihren neuen Job.

Nach einer Woche rief sie Jessie an, um ihr zu sagen, wie glücklich sie war.

»Ehrlich, Mia? Du bist dort glücklich?«, fragte Jessie sie ungläubig. »Nach allem, was er dir angetan hat?«

»Jetzt ist alles anders«, erklärte Mia ihrer Mitbewohnerin. »Es war ungerechtfertigt, dass ich anfangs so eine große Angst vor ihm hatte. Ich denke, dass er wirklich etwas für mich empfindet …«

»Ein blutsaugender Außerirdischer, der dich quasi entführt hat? Leidest du unter einer eigenartigen Version des Stockholm-Syndroms?«

Mia lachte. »Hey, ich bin hier die Psychologiestudentin. Und nein, das denke ich nicht …« Sie ging nicht in die Details ihrer verbesserten Beziehung zu Korum – sie fühlte sich immer noch so zerbrechlich und kostbar an – aber sie erzählte Jessie von dem Praktikum und beschrieb einige der coolen neuen Sachen, die sie gerade lernte.

»Oh mein Gott, Mia, du wirst ein Experte für die Krinar sein, wenn du zurückkommst«, sagte sie neidisch. »Und okay, ich kann sehen, dass er dich nicht gerade misshandelt …«

»Nein, ganz im Gegenteil«, antwortete Mia ehrlich. »Ich denke sogar, dass ich glücklicher bin, als ich es jemals in meinem ganzen Leben war.«

»Aber du wirst doch nach New York zurückkommen, oder nicht?«, fragte Jessie besorgt. »Du wirst dich doch nicht dazu entschließen, dortzubleiben, oder?«

»Nein, natürlich nicht«, versicherte Mia ihr. »Ich muss ja auch noch die Uni und das Ganze beenden …« Auch wenn der Gedanke daran, nach New York zurückzukehren, längst nicht mehr so verlockend war wie noch vor ein paar Tagen.

Sie rief auch ein paar Mal ihre Eltern an, um ihnen zu sagen, dass alles in Ordnung war und sie am Freitag nach Hause kommen würde – also fast genau zwei Wochen nach der eigentlich geplanten Ankunft. Korum hatte diesen Urlaub mit

Saret abgesprochen und ihm erklärt, Mia müsse ihre Familie sehen. Ihr Chef war ganz und gar nicht erfreut darüber gewesen, dass Mia eine ganze Woche lang fehlen würde, aber er hatte es akzeptiert. Mia hatte auch versprochen, mit Adam in Verbindung zu bleiben, und sich über die neuesten Entwicklungen ihrer Projekte auf dem Laufenden zu halten.

»Welchen Flug wirst du nehmen?«, fragte ihre Mutter erfreut. »Wir müssen das wissen, damit wir dich abholen können.«

Mia zuckte zusammen und war froh, dass ihre Mutter sie nicht sehen konnte. Sie hatte keine Ahnung, wie sie nach Florida reisen würde und war die ganze Woche auf der Arbeit so beschäftigt gewesen, dass sie vergessen hatte, Korum nach den Einzelheiten der Reise zu fragen.

»Ich stehe gerade auf der Warteliste für den Flug ganz früh am Morgen«, log Mia und zuckte innerlich wegen der erneuten Lüge, die sie ihren Eltern auftischen musste, zusammen. »Aber es könnte auch sein, dass ich erst den am Nachmittag bekomme, also kann ich das wirklich noch nicht sagen. Macht euch aber keine Sorgen – der Professor hat mir einen Mietwagen besorgt, damit ich nicht vom Flughafen abgeholt werden muss.«

»Okay, Süße«, sagte ihre Mutter und hörte sich überrascht an. »Wenn du sicher bist … Uns macht das aber wirklich nichts aus. Fliegst du nach Orlando oder Jacksonville?«

»Orlando«, antwortete Mia ihr. Das hörte sich glaubwürdig genug an.

* * *

Donnerstagabend, in der Nacht vor ihrem Abflug nach Florida, stand für sie noch die Teilnahme an einer Feier auf dem Programm. Korums Cousine Leeta war siebenundvierzig Jahre mit ihrem Lebenspartner zusammen – was in der krinarischen Kultur ein wichtiger Meilenstein war. In Erdenzeit umgerechnet waren es eigentlich eher fünfzig Jahre, da sich Krina etwas langsamer um ihre Sonne drehte als die Erde.

Es war Mias erstes öffentliches Ereignis in Lenkarda.

»Wir haben keine Ehen und Hochzeiten im menschlichen Sinn«, erklärte ihr Korum und sah ihr dabei zu, wie sie sich das wunderschöne Kleid anzog, das er für sie kreiert hatte. »Wenn ein Paar aber eine dauerhafte Bindung eingehen möchte, legt es sich auf eine mündliche Vereinbarung fest, die es dann in einer Aufnahme dokumentiert. Das ist allerdings eine Sache nur zwischen den beiden. Es gibt keine Feier oder so etwas, und ihre Vereinigung wird auch vor dem Ablauf von siebenundvierzig Jahren nicht als dauerhaft angesehen ...«

»Warum siebenundvierzig?«, fragte Mia neugierig und schlüpfte in ein Paar glitzernde Sandalen, die hervorragend zu dem glänzenden Stoff ihres Kleides passten. Das Kleid selbst war eng anliegend und betonte jede Rundung ihres Körpers. Außerdem war es durch den sehr tiefen Rückenausschnitt unglaublich sexy. Um ihren Hals trug sie Korums wunderschöne Kette, und ihr Kopfschmuck war ein zartes, silbernes Netz, das sich irgendwie durch ihr Haar wand und ihre Locken einzeln hervorhob. Sie sah so gut aus, wie es nur möglich war, und sie war froh darüber, dass Leeta sich die Zeit genommen hatte, ihr aufgezeichnete Anweisungen darüber, was sie zu tragen hatte, zuzusenden. Korum hatte wohl darauf bestanden, um sicherzustellen, dass Mia sich auf ihrer ersten Party in Lenkarda nicht unwohl fühlte.

»Das ist eine Jahreszahl, die für uns etwas Besonderes darstellt. Es ist eine ziemlich große Primzahl, und viele historisch wichtige Ereignisse fanden in Jahren statt, die auf siebenundvierzig endeten. Außerdem wird es als eine ausreichende Zeitspanne dafür angesehen, dass ein Paar herausfinden kann, ob es für eine dauerhafte Beziehung geeignet ist oder nicht. Vor der Feier der siebenundvierzig Jahre ist es einfach, die Verbindung zu verlassen; das Ereignis allerdings, dem wir heute Abend beiwohnen werden, macht die Vereinigung verbindlich. Danach verlieren Paare, deren Verbindung scheitert, ihr Ansehen in der Gesellschaft. Falls ein Partner den anderen betrügt oder etwas anderes macht, was zum Ende der Beziehung führt, wird dessen Ansehen natürlich mehr darunter leiden als das des Unschuldigen.«

»Also gibt es kaum Trennungen bei den Krinar?«

Korum nickte und erhob sich geschmeidig vom Bett, auf dem er gerade gelegen hatte. Er selbst trug eine enge, weiße Hose, die er in ein Paar kniehohe, graue Stiefel gesteckt hatte, und ein ärmelloses, weißes Shirt, das aus einem steifen, strukturierten Material gefertigt war. Es war offensichtlich die traditionelle krinarische Kleidung für solche Feiern, und er sah einfach umwerfend darin aus.

»Ja, Trennungen – oder Auflösungen der Vereinigungen – sind selten. Aber dauerhafte Verbindungen an sich sind es auch. Viele Krinar finden keine Person, mit der sie für Jahrhunderte oder Jahrtausende zusammen sein wollen, und andere legen sich aus verschiedenen Gründen nicht auf eine offiziell bindende Vereinigung fest. Wie du siehst, ist die Feier des siebenundvierzigsten Jahrestags ein wichtiges Ereignis für uns, und es werden viele Personen daran teilnehmen. Wir dürfen nicht zu spät kommen.«

»Natürlich nicht«, sagte Mia und folge ihm zur Schlafzimmertür.

Sie verließen das Haus wie immer durch die sich auflösende Wand und stiegen in die Gondel, die Korum schon startbereit für ihren Flug neben dem Haus stehen hatte. Die Feier fand hier in Lenkarda statt, aber zu weit von ihrem Haus entfernt, um zu Fuß gehen zu können. In den letzten zwei Wochen hatte Mia gelernt, dass sich die Krinar auf zwei Arten fortbewegten – zu Fuß oder in diesen kleinen fliegenden Objekten. Es gab keine Autos oder andere Transportmittel, die sich auf dem Boden bewegten.

Mia setzte sich in ihren intelligenten Sitz und genoss das Gefühl, völlig gemütlich und entspannt zu reisen. Obwohl es schon fast zehn Uhr abends war und sie einen langen Tag im Labor gehabt hatte, war sie ziemlich aufgeregt darüber, an dieser Feier teilzunehmen. Sie tippte mit dem Fuß auf den Boden und sah dabei zu, wie das Schiff abhob und sie rasch zum Zentrum der Siedlung brachte.

Eine Minute später landeten sie vor einem Gebäude, das Mia noch niemals zuvor gesehen hatte. Anstatt auf dem Boden zu stehen, schwebte es ein paar Meter über den Baumwipfeln in der Luft. Ein langer Steg verband eine seiner Wände mit dem Boden und diente als eine Art Brücke.

»Das ist die Festhalle«, erklärte ihr Korum, als sie aus dem Flugobjekt stiegen und auf dem Steg entlang zu dem beeindruckenden Bau gingen. Das Gebäude schien etwa zwanzig Etagen hoch zu sein und hatte die Ausmaße eines

Häuserblocks. Mia war erstaunt, dass sie es nicht vorher schon auf der virtuellen Karte Lenkardas gesehen hatte.

»Ist das Gebäude immer hier?«, fragte sie, während sie die anderen Schiffe um sie herum landen sah, denen Hunderte Krinar entstiegen.

»Nein«, antwortete ihr Korum und führte sie, unter Nichtbeachtung der starrenden Blicke in ihre Richtung, zu dem Gebäude. »Es wurde speziell für diesen Anlass errichtet und wird danach wieder in seine Bestandteile aufgelöst. Auf Krina gibt es eine viel größere Festhalle, die auch immer da ist, aber hier auf der Erde sind wir zu wenige, als dass es sich lohnen würde, die ganze Zeit ein so großes Gebäude hier stehen zu haben. Die Feier des siebenundvierzigsten Jahrestags ist eines der wenigen Ereignisse, bei dem die gesamte krinarische Bevölkerung der Erde zusammenkommt. Außerdem werden auch viele virtuell von Krina zusehen.«

Die komplette krinarische Bevölkerung der Erde? Alle fünfzigtausend? Mia hatte den vollen Umfang dieses Ereignisses überhaupt nicht erkannt. Nervös und aufgeregt hing sie an Korums Arm, als sie das Gebäude betraten.

Der Geräuschpegel, der innen herrschte, war ohrenbetäubend. Es schienen sich schon Tausende versammelt zu haben, und Mia konnte ihren Blick nicht von diesen atemberaubenden Kreaturen um sich herum abwenden. Die Frauen trugen glänzende, helle Kleider, die Mias ähnelten, während die Kleidung der Männer so wie Korums war. Allerdings fiel Mia auf, dass selbst die kleinste aller krinarischen Frauen noch mindestens zehn Zentimeter größer war als sie, und sie wünschte sich, sie würde High Heels tragen. Das Gebäude selbst war wunderschön mit Blumen und glitzernden

Elementen geschmückt. Die Wände waren nicht so durchsichtig, wie sie es sonst in krinarischen Bauten waren, sondern schienen stattdessen alles zu reflektieren, weshalb die riesige Halle noch größer wirkte.

Wie schon in der Essenshalle wurden sie von den Krinar um sie herum angestarrt. Mia fragte sich, ob das daran lag, dass sie noch nie viele Menschen gesehen hatten – was unwahrscheinlich war, wenn man bedachte, dass sie auf der Erde lebten – oder weil sie überrascht waren, Korum mit einem Charl zu sehen. Sie entschied sich für Letzteres. Wahrscheinlich war es nur die Neuigkeit, das Ratsmitglied in Begleitung eines menschlichen Mädchens zu sehen.

Als sie sich ihren Weg durch die Menge bahnten, legte Korum besitzergreifend eine Hand auf ihren Rücken und zog sie näher an sich heran. Mia hatte in den letzten zwei Wochen gelernt, dass es eine große Beleidigung für die Krinar darstellte, die Frau eines anderen Mannes anzufassen, sei es seine Partnerin oder sein Charl. Das war ein eigenartiges Überbleibsel ihrer territorialen Anfänge. Die Krinar waren sehr freizügig, was Sex anbelangte, und die krinarischen Frauen hatten die gleichen Rechte und Freiheiten wie die Männer. Sobald sie allerdings in einer offiziellen Beziehung waren, war es keinem Mann erlaubt, die Frau ohne eine explizite Zustimmung des Cheren oder Partners zu berühren. In einigen Fällen konnte eine Verletzung dieser Regel sogar zu einem Kampf in der Arena führen.

Korum war besonders empfindlich in diesem Punkt. Als er sie an ihrem zweiten Tag vom Labor abholte, rastete er fast aus, als er sah, wie Adam über ihr lehnte, um ihr bei der Bedienung eines bestimmten Testgerätes zu helfen. Mia war von Adams

Gelassenheit in dieser Situation beeindruckt gewesen, denn anstatt sich von Korums Wut einschüchtern zu lassen, hatte er ihm ruhig erklärt, dass er Mia einfach nur bei ihrer Arbeit geholfen habe, ohne Hand an sie zu legen. Zum Glück hatte Korum nicht mehr gemacht, als ihn böse anzufunkeln – Mia hätte es gehasst, wäre es zu einer körperlichen Auseinandersetzung gekommen. Trotzdem war Adam nach diesem Zwischenfall besonders vorsichtig, was sie betraf, und hielt immer mindestens einen halben Meter Abstand zu ihr. Er wollte nicht, dass ein eifersüchtiger Cheren hinter ihm her war, hatte er ihr lachend erklärt.

Und auch jetzt hielt Korum sie eng an sich gedrückt, als sie den Gang zur Mitte der riesigen Halle entlanggingen – damit auch ja kein anderer Mann sie im Vorbeigehen zufällig berührte, dachte Mia genervt.

Als sie sich dem Mittelpunkt des Saales näherten, bemerkte Mia eine schwebende Plattform, auf der ein Paar stand. Sie erkannte das dunkelrote Haar von Korums Cousine, deren Feier sie beiwohnten. Dieses Dunkelrot war ein so ungewöhnlicher Farbton für die Krinar, dass Mia sich fragte, ob es echt oder gefärbt war. Leetas Partner sah genauso umwerfend aus wie sie – groß, muskulös und mit der für die Krinar typischen schwarzen Haarfarbe. Sie waren beide mit ungewöhnlichen, blass mintgrünen Gewändern bekleidet und standen völlig bewegungslos einander zugewandt da.

Hunderte schwebender Bretter waren kreisförmig übereinander um die Plattform angeordnet, und Korum führte sie direkt zur vordersten Reihe. Als Verwandter und Ratsmitglied bekam er offensichtlich die besten Plätze.

Mia sah sich um und erkannte ein paar Reihen hinter sich ein bekanntes Gesicht. Sie hob ihren Arm, winkte Delia zu und lächelte, als Arus' Charl ihren Gruß erwiderte. Korum, der neugierig war, wem Mia so viel Aufmerksamkeit schenkte, drehte sich ebenfalls um, und als er Arus sah, nickte er ihm kurz kühl zu. Das andere Ratsmitglied erwiderte den Gruß in gleicher Weise. Offensichtlich hatten sich die politischen Spannungen zwischen den beiden seit dem letzten Mal, an dem Mia sie beobachtet hatte, nicht verringert.

»Und was wird jetzt passieren?«, fragte Mia und sah dabei zu, wie immer mehr Krinar in das Gebäude strömten. Sie war sich nicht sicher, ob es schon fünfzigtausend waren, aber es sah definitiv nach einer großen Anzahl aus.

»In ein paar Minuten werden sie sich verbinden, und dann werden alle die ganze Nacht lang tanzend feiern«, sagte Korum, und in seinen Augen konnte sie ein schelmisches Lächeln sehen.

Dieses Blitzen besagte normalerweise, dass er etwas vorhatte. »Was meinst du mit *sich verbinden*?«, fragte Mia vorsichtig. Ihre Gedanken hatten begonnen, in eine eigenartige und unangemessene Richtung abzudriften.

Seine Lippen formten sich zu einem Lächeln und brachten das Grübchen in seiner linken Wange zum Vorschein. »Genau das, was du denkst, meine Süße. Sie werden sich in aller Öffentlichkeit lieben und somit ihre Verbindung auf die gleiche Art und Weise eingehen wie schon unsere Vorfahren.«

»Sie werden vor allen Leuten Sex haben?«

Sie musste knallrot geworden sein, denn Korum brach in Lachen aus. »Ja, mein Liebling. Aber mach dir keine Sorgen, die Gewänder, die sie tragen, sind speziell dafür geschaffen, ihnen die nötige Privatsphäre zu geben. Deine empfindlichen Gefühle werden nicht verletzt werden.«

»Meine Gefühle sind nicht empfindlich«, zischte Mia und wusste, dass wahrscheinlich alle Krinar um sie herum ihre Unterhaltung hören konnten. Wie die legendären Vampire hatten auch die Krinar ausgeprägtere Sinne als die meisten Menschen, sie hatten ein besseres Gehör, eine schärfere Sicht und einen empfindlicheren Geruchssinn – alles praktische Bestandteile ihres Jägererbes.

»Nein?«, neckte er und hob seine Hand, um ihr über die Wange zu streichen. »Du bist an öffentliche Orgien gewöhnt?«

Mia schob seine Hand weg und war entschlossen, ihre Aufmerksamkeit dem Paar auf der Plattform zuzuwenden. Manchmal liebte Korum es, mit ihr zu spielen, ihr alle möglichen schmutzigen Sachen zu erzählen, nur damit sie errötete. Mia war nicht prüde, aber sie konnte nichts gegen diese ungewollte Reaktion ihrer Haut tun – und er amüsierte sich prächtig über diese Tatsache.

In diesem Moment verdunkelte sich die Halle, und der Lärm der Menge verstummte umgehend. Ein sanftes Licht ging an und beleuchtete einzig die Plattform. Sie war eine Art Bühne, bemerkte Mia, und ihre Wangen erhitzten sich bei dem Gedanken daran, was jetzt kommen würde. Sie fand die krinarische Kultur generell ziemlich widersprüchlich; während die Wissenschaften und die Technologie unglaublich weit entwickelt waren, wurden gleichzeitig einige Bräuche gepflegt – wie die Kämpfe in der Arena und jetzt dieses Verbindungsritual –, die fast barbarisch waren.

Eine eigenartige Musik, die nichts glich, was Mia kannte, begann zu erklingen. Die Melodie war eingängig und kraftvoll, und der unterschwellige Takt war rhythmisch und unregelmäßig zugleich, was bei Mia den Drang auslöste, in ihrem Sitz hin und her zu rutschen. Es war keine Tanzmusik, aber sie besaß etwas unbeschreiblich Sinnliches, ein paar Töne schienen regelrecht ihre Haut zu liebkosen. Sie hatte keine Vorstellung davon, was für Instrumente spielten, aber sie musste zugeben, dass das Gesamtergebnis wunderschön war. Korum hatte ihr mehrere Male krinarische Musik vorgespielt, und sie hatte sie ziemlich ungewöhnlich gefunden – aber sie war anders gewesen als diese Musik hier.

»Das ist das traditionelle Verbindungslied«, flüsterte Korum ihr zu. »Das ist eine unserer ältesten Melodien – sie ist mehr als eine Milliarde Jahre alt.«

»Sie ist unglaublich«, flüsterte Mia zurück und fühlte, wie sich ihre feinen Nackenhaare aufrichteten, als das Tempo anstieg.

Das Paar – das die ganze Zeit über bewegungslos auf der Bühne gestanden hatte – ging einen Schritt aufeinander zu. Leeta und ihr Partner hoben ihre Arme, legten ihre Handflächen aufeinander, und die Gewänder die sie trugen, schienen sich auszudehnen und um ihre Körper zu legen, bis eine Art Zelt entstanden war. Jetzt waren nur noch ihre Köpfe zu sehen, und der Ausdruck auf ihren Gesichtern war ruhig, so als würden sie nicht gleich etwas sehr Intimes vor fünfzigtausend Zuschauern machen.

Als die Musik weiterspielte, begann Leetas Partner zu sprechen, und seine Stimme hallte durch den ganzen Saal: »In den letzten siebenundvierzig Jahren warst du meine Begleiterin, meine Liebe, mein Leben. Ohne dich hat meine Zukunft keinen Sinn. Du bist die Luft, die ich atme, das Wasser, das ich trinke, das Essen, mit dem ich mich ernähre. Du bist ein Teil von mir, und du wirst immer ein Teil von mir sein.«

Er verstummte, und Mia blinzelte, um die plötzlich vorhandene Feuchtigkeit in ihren Augen wegzubekommen. Obwohl seine Worte sehr einfach gewesen waren, schienen sie wirklich seine Gefühle widerzuspiegeln. Mia konnte nichts dagegen machen, Leeta darum zu beneiden, offensichtlich jemanden gefunden zu haben, der sie über alles liebte.

Leeta sprach als Nächste. »Du bist mein Partner, meine Liebe, mein Leben«, sagte sie feierlich. »Ohne dich hat meine Zukunft keinen Sinn. Du bist die Luft, die ich atme, das Wasser, das ich trinke, das Essen, mit dem ich mich ernähre. Du bist ein Teil von mir und du wirst immer ein Teil von mir sein. Ich werde mit dir die nächsten siebenundvierzig Jahre zusammen sein, die darauffolgenden siebenundvierzig Jahre, und alle weiteren siebenundvierzig Jahre, bis in alle Ewigkeit.«

Sie verstummte, und dann sprachen sie gemeinsam. »Wir sind vereint«, sagten sie, und ihre Stimmen hallten durch das Gebäude.

Die Musik erlosch für einen Moment, und dann begann sie wieder, aber dieses Mal tiefer und sinnlicher. Zu ihrer Überraschung fühlte Mia, wie sie erregt wurde, ihr Puls schneller schlug und ihre Muskeln im Unterleib sich bei den ungewöhnlichen aber melodiösen Tönen zusammenzogen. Sie hatte sich niemals vorstellen können, dass Musik sie derart beeinflussen konnte.

Und offensichtlich war sie nicht die Einzige. Die Atmosphäre im Publikum begann sich zu verändern, und Mia spürte die plötzliche Anspannung in der Luft. Eine warme, männliche Hand legte sich auf ihren Oberschenkel und streichelte ihn leicht. Mia drehte ihren Kopf und sah, dass Korum sie mit diesem vertrauten Glühen in seinen bernsteinfarbenen Augen anschaute. Korums Lippen formten die Worte: »Jetzt beginnt der nette Teil«, und Mias Wangen wurden wieder heiß.

Sie sah sich verstohlen um und bemerkte, dass die anderen Zuschauer mit versunkenen Ausdrücken auf ihren Gesichtern auf die Bühne starrten.

Währenddessen kam sich das Paar auf der Plattform immer näher. Auch wenn Mia ihre Körper nicht sehen konnte, wusste sie, dass sie sich jetzt schon berührten. Leetas Augen waren geschlossen, und sie sah unter ihrer hellen, goldenen Haut errötet aus. Ihr Partner schien schwerer zu atmen, als er auf ihr schönes Gesicht schaute. Sie küssten sich nicht, und es gab keinen sichtbaren körperlichen Kontakt, aber trotzdem klopfte Mias Herz allein weil sie wusste, was sie taten. Die Szene, die sich auf der Bühne abspielte, war unglaublich erotisch, und diese Erotik wurde dadurch verstärkt, dass so viel der Fantasie der Zuschauer überlassen war.

Fasziniert schaute Mia auf das Paar, unfähig, ihren Blick auch nur einen Moment lang abzuwenden.

⋆ ⋆ ⋆

Ein paar Reihen entfernt beobachtete der Krinar, wie Korums Charl das Verbindungsritual verfolgte.

Ihr kleines Gesicht hatte eine rötliche Färbung, und ihre Lippen standen einen kleinen Spalt offen. Er konnte sehen, wie ihre Brust sich mit jedem Atemzug hob und senkte, und seine Finger wollten ihr Kleid herunterreißen und diese perfekten runden Brüste mit den pinkfarbenen Spitzen für seinen Blick freilegen.

In den letzten zwei Wochen war sein Verlangen fast zu einer unerträglichen Besessenheit geworden. Wenn er versuchte, das Ganze logisch zu analysieren, dann wusste er, dass es nur damit zu tun hatte, dass sie seinem Feind gehörte. Er hasste Korum seit langem, und der Gedanke daran, ihm etwas wegzunehmen, was er liebte, war überaus verlockend.

Aber es ging tiefer als das. Er bemerkte, dass er ständig an sie dachte, sich vorstellte, sie anzufassen, sie zu schmecken … mit ihr Sex zu haben, so wie er es mit Korum am Strand gesehen hatte. Bis heute war es ihm nicht gelungen, sich diese Aufzeichnung komplett anzuschauen. Er wurde von blinder Wut und bitterer Eifersucht übermannt, wenn er seinen Erzfeind dabei beobachtete, wie er das genoss, was er unbedingt für sich selbst haben wollte.

Sie war unglaublich gefährlich, diese Besessenheit, die er spürte. Er begann Probleme damit zu haben, sich zu kontrollieren, aber konnte es sich überhaupt nicht leisten, seine wahren Gefühle durchblicken zu lassen. Es stand zu viel auf dem Spiel, um alles für ein menschliches Mädchen zu riskieren, egal wie sehr er sich nach ihrem zarten, kleinen Körper verzehrte.

14. KAPITEL

Nachdem das Verbindungsritual beendet war, schützten undurchsichtige Wände, die sich um die Plattform bildeten, das Paar vor unerwünschten Blicken, und die Musik verstummte.

Mit glühenden Wangen erhob sich Mia von ihrem Sitz und folgte damit Korums Beispiel. Das, was sie gerade gesehen hatte, war weit von Pornografie entfernt gewesen, und trotzdem konnte sie die verzückten Gesichter des Paares nicht aus ihren Gedanken verbannen. Der sexuelle Akt war vor den Blicken des Publikums verhüllt gewesen, aber ihre Gefühle während des Rituals waren für alle sichtbar geblieben. Gegen Ende war die Musik angestiegen, und Mia hatte erkannt, dass sie den Liebesakt imitierte und gleichzeitig unterstützte.

Jetzt standen alle Gäste. Als sie zu Korum hochblickte, sah sie, dass er geradeaus schaute und dann ganz plötzlich mit seinem Fuß aufstampfte, dann nochmal und nochmal. Das schien ein Zeichen gewesen zu sein, auf das alle gewartet hatten, denn auf einmal war die ganze Halle mit den lauten, stampfenden Geräuschen der anderen Anwesenden erfüllt. Zuerst unsicher, schloss sich Mia der Menge an und dachte sich, dass es sich hierbei wohl um die krinarische Version des Klatschens handelte. Korum blickte kurz zu ihr und lächelte ihr erfreut zu.

Das Scheinwerferlicht auf der Bühne erlosch, und die Halle wurde langsam heller. Alle Sitze erhoben sich in die Luft und schwebten weg, um den Raum, wo die Zuschauer vorher gesessen hatten, freizugeben.

Eine andere Art von Musik erklang, und sie glich der, die Mia auch schon in Korums Haus gehört hatte. Sie war wie eine Mischung, die sich anhörte wie Synthesizer mit weinenden Untertönen und einem pulsierenden Rhythmus. Krinarische Partymusik, dachte sich Mia und beobachtete die anderen, die begannen, sich zu vermischen und kleine Grüppchen zu bilden.

»Wie hat es dir gefallen?«, fragte Korum, legte seine Hand auf ihre Schulter und sah lächelnd zu ihr hinunter.

»Ich fand es wunderschön«, antwortete Mia ihm ehrlich, und sein Lächeln wurde breiter.

»Möchtest du noch zum Tanzen bleiben, oder bist du zu müde?«, fragte er.

»Nein, ich bin nicht müde, ich würde sehr gerne noch bleiben!« Sie wäre ja wirklich ein Idiot, wenn sie sich eine krinarische Party mit Tanz entgehen lassen würde!

»Na dann, lass uns tanzen.«

Er führte sie von der Plattform weg, hin zu einer der Flächen in den Ecken, die offensichtlich als Tanzflächen dienten. Als sie durch die Menge gingen, traten die anderen Krinar zur Seite, um sie durchzulassen. Korum nickte ein paar anderen Anwesenden zur Begrüßung zu, und bei manchen hielt er auch kurz an, um Hallo zu sagen und Mia vorzustellen. Alle Krinar, die sie trafen, schienen Korum mit einer Mischung aus Ehrerbietung und Respekt zu behandeln, und Mia wurde wieder einmal klar, wie viel Macht ihr Geliebter in seiner Gesellschaft hatte.

Als sie eine der Tanzflächen erreichten, hielt Mia an und starrte einfach nur. Sie hatte überhaupt keine Chance, jemals so zu tanzen, das war einfach völlig unmöglich.

Diese athletische Anmut der Tänzer war einfach unglaublich – und übermenschlich. Sie bewegten sich nicht – sie schwebten regelrecht von einem Tanzschritt in den nächsten. Es war ein einzigartiges und für Mia völlig unvergleichliches Spektakel, und sie versuchte sich vorzustellen, wie krinarische Athleten oder professionelle Tänzer wohl aussehen würden – falls es so etwas bei ihnen gab.

Sie schaute zu Korum hoch und bemerkte trocken: »Ich denke, ich schaue dann mal besser vom Rand zu. Das hier ist dann doch eine Spur zu fortgeschritten für mich.«

»Mach dir keine Sorgen darüber«, sagte Korum und grinste sie an. »Du kannst dich einfach von mir führen lassen.«

Und bevor sie widersprechen konnte, zog er sie auf die Tanzfläche, und seine Hände umfassten ihre Hüften mit einem festen Griff. Überrascht klammerte sich Mia schnell an seinen Schultern fest, als er auch schon eine unbekannte Abfolge von Bewegungen begann.

Mit Korum zu tanzen war eine Erfahrung der besonderen Art. Sie war sich nicht einmal sicher, ob sie das überhaupt

Tanzen nennen sollte – es fühlte sich eher so an, als hätte ein Tornado sie erwischt und würde sie jetzt mitreißen. In der nächsten Stunde berührten ihre Füße kaum den Boden, als er sie in einer aufwendigen Bewegungsabfolge über die Tanzfläche wirbelte. Mia konnte sich einfach nur noch lachend an ihm festhalten und bei den gewagteren Bewegungen nach Luft schnappen, während sich die Halle um sie herum drehte. Als sie schließlich durstig und atemlos war, bat sie ihn, aufzuhören.

»Das war unglaublich!« Sie konnte nichts gegen das breite Grinsen auf ihrem Gesicht machen, als sie zu einem der schwebenden Tische gingen, auf denen sehr interessant aussehende Flüssigkeiten standen.

Korum grinste zurück. »Siehst du? Du kannst tanzen.« Er füllte einen Becher mit einer pinkfarbenen Flüssigkeit und reichte ihn ihr.

»Es ist eher so, dass ich mich an dir festhalten kann, während du mich umherwirbelst«, sagte Mia und lachte über das Bild, das sie abgegeben haben mussten. Sie hatte sich gefühlt, als würde sie fliegen, und das war ein fantastisches Gefühl gewesen. Sie nahm ihm den Becher ab, probierte einen Schluck und trank daraufhin sofort das ganze Glas in einem Zug aus.

»Das war lecker«, sagte sie. »Was war das?« Es schmeckte wie Saft, hatte aber einen kühlen und erfrischenden Nachgeschmack.

»Es ist ein Fruchtcocktail. Sehr beliebt bei Partys und ähnlichen Veranstaltungen.«

»Ihr trinkt keinen Alkohol?«

»Doch.« Korum zeigte auf die anderen Flüssigkeiten auf dem Tisch. »Aber da ist nichts dabei, was du nehmen könntest. Diese Getränke sind dafür gemacht, uns zu beschwipsen, also würden sie dich wahrscheinlich sofort umhauen. Bleib also besser bei deinem Cocktail, okay?«

Mia tat so, als würde sie schmollen. Nach dem Zwischenfall im Klub in New York scheute Korum keine Mühen, ihren Alkoholkonsum zu limitieren. Sie wollte nichts, was einen Krinar betrunken machen konnte, aber sie fand es schon eigenartig, dass Korum den Drang verspürte, sie vorzuwarnen.

»Schau mich nicht so an«, sagte er sanft, und seine Augen hingen an ihrem Mund. »Das führt nur dazu, dass ich an deiner köstlichen Unterlippe knabbern möchte.«

Von Korums plötzlichem Stimmungswechsel überrascht, befeuchtete sich Mia automatisch ihre Lippen – und bemerkte ihren Fehler, als sie hörte, wie er scharf Luft einzog.

»Das war's«, sagte er ruhig, aber mit einer leicht heiseren Stimme. »Wir gehen jetzt nach Hause.«

Und bevor sie irgendetwas sagen konnte, schob er sie schnell durch die Menge, schnurstracks auf den Ausgang zu.

Als sie bei sich ankamen, zog er ihr die Sachen vom Körper, sobald sie das Haus betreten hatten. Etwas überrumpelt stand Mia nackt im Zimmer und schaute Korum dabei zu, wie er sich auch seiner Kleidung entledigte. Er war schon vollständig erregt, und bei dem hungrigen Blick in seinen Augen stieg die vertraute Hitze in ihrem Unterleib auf.

»Du machst mich wahnsinnig, weißt du das eigentlich?«, bemerkte er mit rauer Stimme, ging auf sie zu und hob sie hoch, um sie auf das Sofa zu stellen. Von diesem günstigen Platz aus war sie ein wenig größer als er und genoss es, zur Abwechslung auch einmal auf ihn hinabzuschauen.

»Ich mache doch gar nichts«, protestierte Mia und stöhnte, als er seinen heißen Mund auf ihren Hals drückte und an diesem empfindlichen Punkt, den sie dort hatte, knabberte. Lustschauer jagten ihr über den Rücken, und ihre Augen schlossen sich, als er sie näher zu sich heranzog und mit seinen großen Händen ihren nackten Rücken streichelte. Seine Lippen wanderten ihren Hals erst bis zum Schlüsselbein hinab und dann noch weiter, bis seine Zunge langsam um ihren rechten Nippel kreiste. Mias innere Muskeln zogen sich vor Lust zusammen.

Er hob seinen Kopf und sah sie mit einem brennenden, bernsteinfarbenen Blick an. »Du existierst. Allein wenn du atmest, führt es dazu, dass ich dich begehre. Alles an dir zieht mich an – dein Geschmack, dein Geruch, der Ausdruck auf deinem Gesicht, wenn ich tief in dir bin. Ich halte es nicht einen verdammten Tag lang aus, dich nicht anzufassen, dich nicht in meinen Armen zu spüren. Ich kann nicht einmal für ein paar Stunden weggehen. Und das reicht mir immer noch nicht, Mia … Ich will mehr. Ich will alles.«

Mias Atem blieb ihr im Halse stecken, als sie ihn anblickte. Seine Intensität machte ihr fast schon Angst.

»Du hast doch alles«, flüsterte sie und umklammerte seine starken Schultern. »Ich liebe dich. Das weißt du …«

»Weiß ich das?« Seine Hände glitten ihren Rücken hinab und bedeckten ihre Pobacken. Er zog sie näher zu sich ran, bis ihr Unterleib gegen ihn gedrückt war und die Spitze seines harten Penis zwischen ihren Oberschenkeln steckte.

»Natürlich …« Mia zog Luft ein, als sie fühlte, wie er begann, in sie einzudringen.

»Sag mir, dass du mir gehörst«, befahl er ihr, und sie wunderte sich über das dunkle Verlangen, das sie auf seinem erröteten Gesicht sah. Seine Augen funkelten mit einer eigenartigen Gefühlsregung, die sie nicht zuordnen konnte.

Mia leckte sich ihre Lippen. Bis jetzt war nur seine Eichel in ihr, und sie wollte unbedingt mehr. »Ich gehöre dir«, sagte sie ihm sanft und schrie unmittelbar danach auf. Ihr Kopf fiel nach hinten, als er mit einem Stoß ganz in sie eindrang.

»Das stimmt«, flüsterte er erregt, »du gehörst mir. Du wirst mir immer gehören.«

Und in den nächsten Stunden zweifelte Mia nicht einen Moment lang daran.

* * *

»Wann fliegen wir nach Florida? Und kannst du mir bitte mehr menschliche Kleidung machen? Ich glaube nicht, dass ich genug hier habe ... Und Schuhe ... Vielleicht sollten wir meine neuen Sachen aus New York holen?«

Am nächsten Morgen war Mia ein Nervenbündel und ging die ganze Zeit in der Küche auf und ab, da sie zu aufgedreht war, um länger als bis 7.00 Uhr morgens schlafen zu können. Und das, obwohl sie diese Nacht nur weniger als vier Stunden Zeit dafür gehabt hatte.

»Ich glaube, ich habe dich noch nie so nervös gesehen, nicht einmal, als du mich noch ausspioniert hast«, bemerkte Korum belustigt und schnitt eine Papaya für ihren morgendlichen Smoothie klein. Er war wieder so wie immer und hatte offensichtlich die eigenartige Stimmung der letzten Nacht hinter sich gelassen.

Mia atmete tief durch und ließ sich auf einen der Stühle fallen. »Nein, jetzt ernsthaft, ich habe nichts zum Anziehen. Alles, was ich habe, sind die Sachen, mit denen ich hierhergekommen bin, also eine Jeans und ein T-Shirt …«

»Habe ich mich jemals nicht um alles gekümmert, was dich betrifft?«

Das stimmte, das tat er immer. Er kümmerte sich immer um die ganze Logistik, und alles funktionierte hervorragend.

»Okay, ich bin einfach nervös«, gab Mia zu und führte ihren Daumen zum Mund, um an ihrem Nagel zu kauen. Dann fiel ihr allerdings ein, dass sie sich diese hässliche Angewohnheit ja schon zu Highschool-Zeiten abgewöhnt hatte.

»Warum? Du solltest dich freuen. Du wirst deine Familie sehen. Das wolltest du doch, oder etwa nicht?«

»Sie werden herausfinden, dass ich sie angelogen habe«, erklärte Mia ihm ungeduldig und warf ihm einen *Du-verstehst-das-einfach-nicht*-Blick zu. »Und außerdem werden sie ausflippen, wenn sie dich kennenlernen …«

Er seufzte verzweifelt. »Sie werden nicht ausflippen. Darüber haben wir schon gesprochen. Zuerst wirst du ihnen von mir erzählen, und dann werde ich mein Bestes geben, um sie davon zu überzeugen, dass du bei mir sehr sicher und gut aufgehoben bist.«

Mia sprang auf, da sie einfach nicht ruhig sitzen bleiben konnte. »Ich weiß, aber ich kann mir einfach nicht vorstellen, dass sie nicht ausrasten. Ich habe noch niemals zuvor einen Freund mit nach Hause gebracht, und jetzt komme ich mit einem Krinar an. Sie haben außer im Fernsehen noch nie jemanden von eurer Rasse gesehen.«

»Na ja, dann werden sie eben eine neue Erfahrung machen.«

Korum war in diesem Thema völlig unnachgiebig. Soweit es ihn betraf, würden sich ihre Eltern einfach an die Tatsache gewöhnen müssen, dass ihre Tochter nun sein Charl war. Jedes Mal, wenn Mia den Vorschlag machte, allein nach Florida zu fahren, lehnte er das sofort rundweg ab. Viel zu gefährlich, hatte er ihr gesagt, und außerdem hatte er nicht vor, sie eine Woche lang überhaupt nicht zu sehen. Wenn Mia argumentierte, dass sie sich ja immer noch jede Nacht sehen könnten – da mit seinem superschnellen Luftschiff diese Entfernung innerhalb weniger Minuten zurückgelegt werden konnte – erinnerte er sie an den ersten Teil seiner Aussage. Nicht alle Widerstandskämpfer waren bis jetzt gefangen genommen worden, erklärte er ihr, und deshalb war es nicht sicher für sie, Lenkarda zu verlassen.

Mia atmete frustriert aus. »Okay, einverstanden. Also fliegen wir mit dem gleichen Schiff, das uns auch nach Costa Rica gebracht hat?« Als Korum nickte, fuhr sie fort: »Und wo hast du vor zu landen? Im Garten meiner Eltern?«

Er lachte. »Nein, meine Süße. Das könnte sie zu sehr ängstigen, davon mal ganz abgesehen, dass es zu viel ungewollte Aufmerksamkeit auf deine Familie lenkt. Wir werden in einem speziellen Abschnitt des Daytona Beach International Airport landen, und ich werde uns dort ein Auto bauen. Dann fahren wir zu dem Haus deiner Eltern. Deine Ankunft wird sehr menschlich und sehr unkompliziert sein.«

»Und du wirst in der Zeit was machen? Im Auto sitzen, während ich ihnen alles erkläre?«

»Ich werde dich absetzen und dann ein wenig die Gegend erkunden fahren. Du rufst mich einfach an, wenn ich kommen kann. Hier, trink deinen Smoothie und hör auf, dir Sorgen zu machen. Es wird alles gut gehen«, beruhigte sie Korum und gab ihr den Shake.

»Danke schön«, sagte Mia, nachdem sie ein paar Schlucke dieser köstlichen Mischung getrunken hatte. Sie begann, sich ein ganz klein wenig besser zu fühlen. Vielleicht machte sie sich wirklich zu viele Gedanken darüber. »Also, wann fliegen wir los?«

Er zuckte mit den Schultern. »Sobald du bereit bist. Wir können jetzt los, wenn du möchtest.«

»Wie bitte? Jetzt sofort?« Und ihre Nerven lagen schon wieder blank.

Korum sah verzweifelt aus. »Ich habe gesagt, sobald du bereit bist. Trink deinen Smoothie, mach, was auch immer du noch machen musst, und dann fliegen wir.«

»Sollte ich mich nicht auch anziehen?«, fragte Mia und schaute ihn besorgt an. Im Moment trug sie einen Bademantel und Hausschlappen.

»Ja, solltest du. Und wenn du in deinen Schrank schaust, findest du ein Outfit, das ich dir speziell für heute gefertigt habe«, erklärte Korum ihr geduldig. »Und jetzt hör auf, Panik zu verbreiten und mach dich fertig. Deine Familie wartet.«

Mia platzte fast vor Spannung als sie ins Schlafzimmer rannte und den Schrank öffnete. Korum hatte tatsächlich ein hübsches, blaues Sommerkleid und ein Paar silberne Flip-Flops vorbereitet. Da sich weder am Kleid noch an den Schuhen ein Markenname befand, war sich Mia ziemlich sicher, dass ihr Liebhaber diese Sachen selbst entworfen hatte. Er hatte ihren Geschmack genau getroffen; das Kleid hatte einen weiten

Halsausschnitt, wie er auch gerade in allen Modezeitschriften vertreten war, und die Flip-Flops glitzerten gerade so viel, dass sie als *lässiger Day-Glamour-Look* durchgingen – oder wie auch immer die Zeitschriften das nannten. Es gab sogar ein Unterwäscheset für sie: einen Spitzenpanty und einen dazu passenden trägerlosen BH. Korum hatte offensichtlich einmal wieder an alles gedacht.

Mia zog sich ihre neuen menschlichen Sachen an und betrachtete sich kritisch im Spiegel, um herauszufinden, wie ihre Eltern sie wahrnehmen würden. In ihrer eigenen, nicht besonders bescheidenen Meinung sah sie ungewöhnlich gut aus. Ihre Haut wies keinerlei Unreinheiten auf – selbst die Sommersprossen waren trotz der heißen Sonne verblasst –, und ihre dunkelbraunen Locken waren weich und glänzend. Die Farbe des Kleides passte zu ihren Augen und ließen sie dunkelblauer wirken. Insgesamt sah sie also genau so aus, wie sie sich fühlte – glücklich und gesund. Hoffentlich würde das dabei helfen, die Sorgen ihrer Eltern zu mindern.

Als sie aus dem Schlafzimmer kam, fand Mia Korum arbeitend in seinem Büro. Er schien ein Design zu verbessern, war aber schon fertig umgezogen. Er hatte sich für eine Kombination aus Jeans und einem weißen Poloshirt entschieden, und Letzteres umschmeichelte seinen muskulösen Körper perfekt. An den Füßen trug er ein Paar braune Halbschuhe, die gleichzeitig lässig und elegant wirkten.

»Ich bin fertig«, teilte ihm Mia mit.

Bei ihrem Anblick begann Korum zu lächeln, und goldene Flecken erschienen in seinen ausdrucksvollen Augen. »Komm her«, sagte er sanft und zog sie auf seinen Schoß, noch ehe sie protestieren konnte.

Er beugte sich nach unten und küsste sie leidenschaftlich, seine Zunge glitt in ihren Mund, während seine Hand ihren Weg unter ihren Rock fand und gegen ihr spitzenbedecktes Geschlecht drückte. Ihr Körper reagierte mit umgehender Erregtheit, ihre Nippel richteten sich steif nach oben und ihre Scheide wurde feucht, als sie sich auf sein Eindringen vorbereitete.

Nach Luft schnappend, stöhnte Mia: »Was machst du da?« Seine schlimmen Finger waren nun schon in ihrem Höschen, und sie fühlte, wie sie die Stelle um ihre Klitoris streichelten. Sie konnte nicht mehr stillsitzen und rutschte auf seinem Schoß hin und her, als sie fühlte, wie sich die Spannung in ihr aufbaute. Sie konnte gar nicht glauben, dass er das gerade mit ihr machte, so kurz nach ihrem Sexmarathon.

»Ich will nur sichergehen, dass du entspannt bist, wenn du deine Eltern wiedersiehst«, murmelte er, und sie hörte das Geräusch eines Reißverschlusses, der geöffnet wurde. Bevor sie irgendetwas sagen konnte, zog er ihr Unterhöschen bis zu den Knöcheln hinunter und schob ihren Rock nach oben. Jetzt lag ihr nackter Po auf seinem Schoß, und sein harter Penis drückte gegen ihre Backen.

»Korum, bitte … Ich bin mir nicht sicher, dass das eine gute Idee ist … Oh!« Sie schnappte nach Luft, als er plötzlich in sie eindrang und sein dickes Glied ohne Vorspiel in ihre Vagina stieß. Da ihre Füße in ihrer Unterhose festhingen, konnte sie ihre Beine auch nicht weiter spreizen, und sein Penis fühlte sich riesig in ihr an, wie ein erhitzter Stab, der sie von innen heraus verbrannte.

»Schscht«, flüsterte er, und seine Finger fanden erneut ihre Klitoris. »Entspann dich einfach. So ist es gut …«

Mia winselte, da sie sich gleichzeitig unangenehm voll und unerträglich davon erregt fühlte, dass er sich in ihr bewegte und sein hartes Geschlecht an ihrem G-Punkt rieb. Außerdem begann er, ihre Klitoris mit einem beständigen und gleichmäßigen Druck zu massieren.

Ohne Vorwarnung schoss ein starker Orgasmus durch ihren Körper, und Mia schrie auf, während ihre Scheide sich um den großen Eindringling in ihr krampfte. Korum stöhnte auch, als sein Penis in ihr zuckte und sein Sperma in warmen Schüben abgegeben wurde, als das rhythmische Zusammenziehen ihrer inneren Muskeln ihn zum Höhepunkt brachte.

Mia, die sich wie eine Stoffpuppe fühlte, ließ sich gegen ihn fallen. Ihr ganzer Körper zitterte immer noch von kleinen Nachbeben, und sie konnte hören, wie seine Atmung sich langsam wieder normalisierte.

Nach einer Minute stand er auf, stellte sie sanft auf ihre Füße und reichte ihr ein Tuch, damit sie sich die Überbleibsel ihres Liebesaktes wegwischen konnte. »Fühlst du dich jetzt besser?«, fragte er und lächelte sie an.

Mia fühlte sich weniger angespannt, aber machte sich jetzt Sorgen darüber, bei dem Haus ihrer Eltern aufzutauchen und dabei auszusehen und zu riechen wie eine Nymphomanin. Sie warf ihm einen vorwurfsvollen Blick zu, während sie sich die Spermaspuren von ihren Oberschenkelinnenseiten wischte. »Ich muss erst einmal duschen, bevor ich überhaupt irgendwo hingehe …«

»Okay.« Korum grinste. »Lass uns schnell duschen, und dann können wir los. Fünf Minuten sollten reichen.« Er hob sie hoch und trug sie mit unmenschlicher Geschwindigkeit ins Badezimmer.

Er hielt sein Wort, und innerhalb weniger Minuten waren sie fertig und verließen das Haus. Die Gondel, die Mia nach Costa Rica gebracht hatte, wartete schon startbereit neben dem Haus. Korum hatte offensichtlich die Lichtung vergrößert, damit das Schiff gleich dort auf sie warten konnte und sie nicht bis zu der Stelle laufen mussten, an der sie vor zwei Wochen gelandet waren.

Mia trat durch die aufgelöste Wand und betrachtete die mittlerweile vertraut wirkenden, durchsichtigen, leicht elfenbeinfarbenen Wände und die schwebenden Sitze. Das Schiff sah nicht nach dem komplexen, technologischen Objekt aus, das es war, denn es hatte keine sichtbare Elektronik oder andere Kontrollinstrumente. Trotzdem wusste sie, dass es sie in wenigen Minuten Tausende von Kilometern weit transportieren konnte, und das ohne unangenehme Nebenwirkungen von der hohen Geschwindigkeit.

Mia setzte sich auf einen der Sitze und seufzte, als sie fühlte, wie er sich ihrem Körper anpasste. Das war eine der Sachen, die sie in Florida am meisten vermissen würde – diese ganze intelligente Technologie, die nur dafür geschaffen zu sein schien, ihnen das Leben einfacher und komfortabler zu machen. Sie beschloss, Korum darum zu bitten, sein Zuhause wieder in das umzuwandeln, was es gewesen war, bevor er es *vermenschlicht* hatte; jetzt, da sie sich fast völlig an die krinarische Technologie gewöhnt hatte, war sie neugierig, zu erfahren, wie sein Haus normalerweise aussah.

Und dann waren sie auch schon auf dem Weg zu ihren Eltern, das Schiff hob geräuschlos ab und flog sie Richtung

Florida, wo Mias Eltern zum Glück noch keine Ahnung von der Überraschung hatten, die ihre jüngste Tochter für sie bereithielt.

* * *

Der Krinar schaute zu, wie das Schiff abhob.

Sie waren weg. Sie war weg.

Ihr letzte Nacht dabei zuzusehen, wie sie mit seinem Feind tanzte, war für ihn fast unerträglich gewesen. Er wollte derjenige sein, der ihren leichten Körper an seinen gedrückt hielt und sie für die Nacht zu sich nach Hause mitnahm. Er hatte die darauffolgenden Stunden damit verbracht, sie sich in Korums Bett vorzustellen, und die stille Wut hatte ein Loch in seinen Magen gebrannt. Vielleicht war es das Beste, dass sie wegfuhren. Das würde während der nächsten Woche seine Ablenkung minimieren.

Sie hatte glücklich ausgesehen und gelacht, als Korum sie herumgewirbelt hatte. Dummes Mädchen. Wenn sie nur die Wahrheit wüsste.

Sie würde seine Sache unterstützen, wenn er ihr erst einmal alles erklärt haben würde. Sie würde es verstehen – dessen war sich der Krinar sicher.

Sie würde wollen, dass die Erde gerettet wird.

15. KAPITEL

»Kannst du mich bitte hier rauslassen?«, bat Mia Korum, als er in die Straße ihrer Eltern einbog. »Sie könnten ansonsten das Auto sehen, wenn du in ihre Einfahrt fährst.«

»Natürlich«, antwortete er, und der unvorstellbar teure Ferrari-Spider-Cabrio hielt sanft ein paar Häuser von dem Haus entfernt an, in dem Mia aufgewachsen war.

Warum Korum gerade dieses Auto gewählt hatte, war Mia nicht wirklich klar. Sie erinnerte sich vage daran, dass Jessies Bruder vor ein paar Monaten davon geschwärmt hatte; wahrscheinlich kostete dieses Auto mehr als drei durchschnittliche Häuser zusammen. Als sie eingewandt hatte, dass ein Toyota sie genauso gut an ihr Ziel bringen würde, hatte ihr Liebhaber nur seine Augenbrauen gehoben. »Das hier ist eines der netteren Autos«, hatte er ihr erklärt, »und ich würde gerne einmal eines dieser menschlichen Gefährte steuern. Ich muss dir ja jetzt wohl nicht sagen, dass dieses sowieso das einzige Automodell ist, das ich angepasst habe, damit unsere Nanomaschinen es reproduzieren können.«

Und damit war das Gespräch beendet gewesen. Der kleine Sportwagen düste die I-95 mit über 160 km/h entlang, und sie erreichten Ormond Beach in einer Rekordzeit. Es sah so aus, als sei einer der Vorteile, mit einem Krinar zu reisen, dass man sich keine Sorgen um Strafzettel wegen Geschwindigkeitsüberschreitungen machen musste; jeder Polizist, der das Pech hatte, sie anzuhalten, würde sofort zurückweichen.

»Alles klar, ruf mich an, wann immer du möchtest, dass ich vorbeikomme. Und hör auf, dir Sorgen zu machen«, sagte Korum zu ihr, lehnte sich hinüber, um ihr die Tür zu öffnen, und gab ihr einen schnellen Kuss auf die Lippen.

»Okay, mach' ich.«

Mia stieg aus dem Auto, schloss die Tür und sah ihm dabei zu, wie er wegfuhr. Dann atmete sie tief ein und ging auf das Haus ihrer Eltern zu.

Die Straße, in der Mia aufgewachsen war, befand sich in dem etwas älteren Teil der Stadt. Die Mehrzahl der Häuser waren in den Achtzigern und Neunzigern gebaut worden, vor dem riesigen Immobilienboom in der Mitte des einundzwanzigsten Jahrhunderts. Das war auch der Grund dafür, dass einige Dächer der Nachbarhäuser schon ein wenig alt aussahen, und nur wenige von ihnen waren mit Solarzellen bedeckt, obwohl das heutzutage sehr verbreitet war. Generell hatten die Häuser nicht das glänzende, brandneue Aussehen und auch nicht die dementsprechende Ausstrahlung, wie das in den reicheren und teureren Teilen der Stadt der Fall war. Aber dafür war hier die Landschaft schöner, mit den großen Bäumen, die viel Schatten spendeten und dadurch die Energierechnung nach unten drückten.

Als sie die Straße hinunterging, saugte Mia die vertraute Atmosphäre auf, und mit jedem Haus und jedem Busch kamen Kindheitserinnerungen zurück. Dort war das Haus ihrer Freundin Lauren, bei der sie so viele Sommer im Pool verbracht hatten. Und dort drüben standen die Eichen, die sie immer hochgeklettert waren, ohne sich um ihre Sicherheit Gedanken zu machen, genauso wie das nun einmal für Kinder üblich war. Lauren war gerade an eine Uni nach Michigan gegangen, weshalb Mia sie in letzter Zeit kaum noch sah. Allerdings skypten oder telefonierten sie alle paar Monate miteinander, um sich nicht völlig aus den Augen zu verlieren.

Wie so viele andere auch waren Mias Eltern wegen des schönen Wetters und den erschwinglichen Häusern von Brooklyn nach Florida gezogen. Es war eine Entscheidung gewesen, die sie niemals bereut hatten, und sie hatten sich auch schnell an den langsameren Ablauf des Lebens hier gewöhnt. Marisa war zu dem Zeitpunkt drei Jahre alt gewesen, und New York war für das junge Paar zu teuer gewesen, um etwas Größeres als eine kleine Wohnung zu kaufen. Also hatten sie stattdessen zwei Jahre lang gespart, ihr ganzes Geld zusammengekratzt – während dieser Zeit hatten sie nicht einmal in einem Restaurant gegessen, berichtete ihre Mutter ihr stolz – und dann eine Anzahlung auf ein hübsches Haus mit vier

Zimmern in einer schönen Mittelklassenachbarschaft in Ormond Beach geleistet.

Als sie sich dem Haus näherte, machte sie eine kurze Pause, um ihre Nervosität unter Kontrolle zu bekommen. Damit sie ihren Eltern nicht noch mehr Lügen erzählen musste, hatte sie sich dafür entschieden, sie vor dem Besuch nicht noch einmal anzurufen, nicht einmal, um sie wissen zu lassen, um wie viel Uhr sie käme. Es erschien ihr leichter, einfach bei ihnen aufzutauchen und die ganze Geschichte zu erklären. Als sie auf ihr Telefon schaute, sah sie, dass es erst neun Uhr morgens war, also würden ihre Eltern höchstwahrscheinlich zu Hause sein.

Sie hob ihre Hand und klingelte. Sofort unterbrach ein lautes, bellendes Geräusch die Stille, als Mocha, der Chihuahua ihrer Eltern, seiner Pflicht nachkam und den Besucher ankündigte. Ihre Eltern hatten sich den Hund angeschafft, als Mia ihr Studium in New York begonnen hatte – als Ersatz für sie, wie ihr Vater immer scherzhaft meinte.

Zwanzig Sekunden später öffnete ihre Mutter die Tür. »Oh mein Gott, Mia!«

Bevor Mia überhaupt etwas sagen konnte, wurde sie in eine warme, vertraute Umarmung eingeschlossen. Wie immer roch Ella Stalis nach Zitronen und einem Parfum von Chanel.

Grinsend drückte Mia sie zurück, bevor sie sich aus der Umarmung wand. »Hallo Mami. Überraschung!«

»Oh Süße, wir haben gar nicht damit gerechnet, dass du so früh kommen würdest! Warum hast du uns nicht angerufen? Und wo ist dein Auto?« Ihre Mutter blickte über Mias Schultern und sah, dass kein Auto in der Einfahrt stand. »Und dein ganzes Gepäck?«

»Das ist eine längere Geschichte, Mami. Ist Papi auch zu Hause? Es gibt da etwas, was ich euch sagen muss.«

Sofort machte sich auf dem Gesicht ihrer Mutter Besorgnis breit. »Mia, Süße, bist du okay? Was ist passiert? Komm erstmal rein …«

»Nichts ist passiert, Mami«, versicherte Mia ihr und ging in den Flur, der zu dem geräumigen Wohnzimmer führte. Mocha flüchtete sofort. Der Hund ihrer Eltern war sehr scheu bei Fremden und sah Mia immer noch als solche an, obwohl er sie schon häufig gesehen hatte. »Es ist alles in Ordnung. Ich muss euch nur eine interessante Geschichte erzählen, das ist alles. Ist Papi zu Hause?«

»Er ist in seinem Büro«, sagte ihre Mutter und rief dann: »Dan! Komm her und schau, wer zu Hause ist!«

Daniel Stalis kam ins Wohnzimmer und hatte dabei immer noch seinen Schlafanzug und einen Bademantel an. Als er Mia sah, hellte sich sein Gesicht auf. »Mia, Süße! Was machst du so früh schon zu Hause? Wann bist du denn geflogen?«

Mit einem Lächeln ging Mia auf ihn zu, drückte ihn ganz fest und atmete den vertrauten Duft von Aftershave und Minzzahnpasta ein. »Hallo Papi. Ich habe euch beide so sehr vermisst!«

Ihr Vater grinste und drückte sie zurück. »Ich vergesse immer, wie klein du bist, wenn ich dich eine Zeit lang nicht sehe. Aber du solltest wirklich mehr essen.«

»Ich esse wie ein Scheunendrescher, und das weißt du auch«, sagte Mia zu ihm und grinste.

»Mia möchte uns etwas sagen«, unterbrach ihre Mutter, und Mia konnte hören, wie besorgt sie war.

Ihr Vater runzelte die Stirn. »Ist alles in Ordnung? Hat es etwas mit diesem Professor zu tun?«

»Ja und nein.« Mia wusste gar nicht, wo sie am besten beginnen sollte. »Warum setzen wir uns nicht und trinken einen Tee? Das ist eine längere Geschichte.«

Ihre Mutter nickte bedächtig. »Natürlich. Ich werde sofort einen Tee kochen gehen. Hast du Hunger? Hast du schon gefrühstückt? Ich kann Kartoffelpuffer machen …«

»Ich habe schon gegessen, Mami, danke. Aber ein anderes Mal sehr gerne.« Mia setzte sich an den Tisch und knetete nervös ihre Hände, während sie ihrer Mutter dabei zusah, wie sie Wasser zum Kochen aufsetzte. Ihr Vater setzte sich zu ihr und beobachtete seine Tochter stillschweigend, während der Tee zubereitet wurde. Als das Wasser gekocht hatte, stand Mia auf, um ihrer Mutter dabei zu helfen, die Tassen zum Tisch zu tragen. Schließlich saßen sie alle drei, und jeder hatte einen heißen, dampfenden Tee vor sich.

»So, Süße. Jetzt erzähl mal«, sagte ihre Mutter und bereitete sich offensichtlich auf das Schlimmste vor.

»Okay«, begann Mia langsam. »Ich habe euch nicht die ganze Wahrheit darüber erzählt, was in den letzten Wochen in meinem Leben passiert ist. Es gab keinen Professor, und ich bin auch nicht wegen dieses freiwilligen Projekts in New York geblieben …«

Als Mia die überraschten Gesichtsausdrücke ihrer Eltern sah, fuhr sie schnell fort: »Also eigentlich habe ich da jemanden getroffen …«

»Siehst du, Ella, ich habe dir doch gesagt, dass Mia sich komisch benimmt!« Einen Moment lang sah ihr Vater sehr selbstzufrieden aus, aber ihre Mutter schaute sie weiterhin besorgt an.

Mia atmete tief durch und fuhr fort: »Der Grund, weshalb ich euch nichts von ihm erzählt habe, ist, dass ihr jemanden wie ihn normalerweise nicht besonders mögt, und ich wollte nicht, dass ihr euch Sorgen macht …«

»Wer ist er, Mia?«, fragte ihre Mutter schneidend. »Ein Drogendealer? Jemand mit Vorstrafen?«

»Nein, nichts in der Art!« Auch wenn es vielleicht leichter für ihre Eltern gewesen wäre, so jemanden zu akzeptieren. »Korum ist ein Krinar.«

Einen Moment lang herrschte Totenstille am Tisch. Ihre Eltern sahen zutiefst erschüttert aus, benommen und sprachlos.

Ihr Vater räusperte sich. »Ein Krinar? So wie in *Die Außerirdischen*?«

Mia nickte und trank einen Schluck ihres Tees. »Ich habe ihn vor ein paar Wochen in einem Park in Manhattan getroffen. Und seitdem sind wir die ganze Zeit zusammen gewesen.«

Das Kinn ihrer Mutter bebte. »Was meinst du mit zusammen gewesen? Wie genau zusammen?«

»Ella, stell dich doch nicht so dumm«, sagte ihr Vater, und sein Ton war erstaunlich ruhig. »Offensichtlich versucht Mia uns gerade zu sagen, dass sie einen Freund hat, der ein Krinar ist. Stimmt's?«

Ihr Vater war sehr gut in Stresssituationen. »Genau«, sagte Mia ihnen, und ihr Magen verkrampfte sich, als das Gesicht ihrer Mutter einfiel und dicke Tränen ihre Wangen hinunterliefen. Da sie sich wie die schlechteste Tochter der ganzen Welt fühlte, versuchte Mia, sie zu beruhigen. »Aber du kannst doch sehen, dass es mir hervorragend geht. Ich weiß, wie sie in den Medien dargestellt werden, aber die Realität ist überhaupt nicht so. Er ist sehr fürsorglich und er macht mich glücklich …«

»Fürsorglich? Wie können diese Monster fürsorglich sein? Mia, sie sagen, dass die Krinar Blut trinken!« Ihre Mutter war außer sich, und ihr normalerweise blasses Gesicht wurde rot und fleckig.

»Trinken sie Blut?«, fragte ihr Vater und sah etwas neugierig aus.

»Nur zur Entspannung und sehr wenig davon«, gestand Mia ehrlich. »Es ist einfach eine angenehme Sache für sie – aber eigentlich brauchen sie es nicht mehr.«

Ihre Mutter vergrub ihr Gesicht in ihren Händen. »Oh mein Gott, mir ist schlecht!«

»Ella, hör auf damit«, sagte ihr Vater mit ungewöhnlich fester Stimme. »Deine Reaktion ist genau das, wovor Mia solche Angst hatte, und der Grund dafür, dass sie uns nicht früher davon erzählt hat.«

Mia lächelte, und der Knoten in ihrer Brust löste sich leicht. »Danke, Papi. Ich weiß, wie sich das anhört, aber bitte glaubt mir, wenn ich euch sage, dass er mich sehr gut behandelt und mich sehr glücklich macht …«

»Ist er der Grund dafür, dass du nicht pünktlich nach Hause gekommen bist?«, fragte ihr Vater, während ihre Mutter den Kopf hob, um mit ihren noch immer tränenvollen Augen Mia anzuschauen.

»Ja. Wir sind nach meiner Abschlusswoche nach Costa Rica geflogen«, antwortete Mia. »Ich habe dort einen Praktikumsplatz in einem neurochirurgischen Labor und arbeite an einigen sehr interessanten Objekten …«

»In Costa Rica?« Ihr Vater sah einen Moment lang verwirrt aus, und dann wurden seine Augen riesengroß. »In der krinarischen Siedlung in Costa Rica?«

Mia schenkte ihm ein breites Grinsen. »Genau da. Korum hat mir dort ein Praktikum besorgt. Ich arbeite an der Seite eines ihrer führenden Verstandesexperten und ihr könnt euch gar nicht vorstellen, wie viel ich gerade lerne …«

»Du arbeitest in einer krinarischen Siedlung in Costa Rica?« Ihre Mutter sah völlig geplättet aus. »Mit den Krinar?«

»Ich weiß, ich kann es ja selbst kaum glauben«, sagte Mia ihnen und grinste breit. »Und ich kann jetzt so viele Sprachen sprechen …«

»Wie bitte? Was meinst du damit?« Ihr Vater rieb sich seine Schläfen. »Was denn für Sprachen?«

»Alle Sprachen«, sagte Mia ihm auf Polnisch, weil sie wusste, dass er sie verstehen würde. »Alle menschlichen Sprachen, plus Krinarisch. Der Übersetzer, den ich von Korum bekommen habe, ist ziemlich cool.« Sie entschied sich dafür, lieber nichts von dem Teil mit dem Gehirnimplantat zu erzählen.

Das Kinn ihres Vaters klappte nach unten. »Du sprichst akzentfrei Polnisch! Mia, wie hast du das …?«

»Krinarische Technologie«, erklärte sie lächelnd. »Manche Sachen, die sie machen, sind einfach unvorstellbar …«

»Aber Mia, er ist nicht menschlich …« Ihre Mutter schien unter Schock zu stehen. »Wie kannst du überhaupt …«

»Mami, in vielen Sachen sind sie den Menschen sehr ähnlich. Du weißt, dass sie uns nach ihrem Vorbild erschaffen haben?«

Ihre Mutter schüttelte den Kopf, da sie offensichtlich gar nicht glauben konnte, was sie da hörte. »Und das rechtfertigt es?

Wie bist du überhaupt mit ihm zusammengekommen? Du hast ihn im Park getroffen und dann was? Dann hat er dich ausgeführt?«

Mia zögerte einen Moment. »Ja, eigentlich schon. Er hat mir Blumen geschickt und wir sind in ein wirklich schönes Restaurant gegangen. Und seitdem waren wir zusammen …«

»Einfach so?« Ihre Mutter konnte es gar nicht glauben. »Du triffst eine dieser Kreaturen im Park und dann verabredest du dich mit ihr? Was hast du dir dabei gedacht?«

Sie hatte sich gedacht, dass sie weder sterben noch entführt werden wollte. Aber das mussten ihre Eltern ja nicht unbedingt wissen. »Er sieht sehr gut aus«, sagte sie ihnen ehrlich. »Und das war das erste Mal, dass ich mich von jemandem so stark angezogen fühlte.«

»Also hast du die Tatsache, dass er nicht menschlich ist, völlig ignoriert? Mia, das hört sich so gar nicht nach dir an …« Ihre Mutter sah sie an, als wäre ihr ein zweiter Kopf gewachsen.

»Wie bist du von Costa Rica hierhergekommen?«, fragte ihr Vater ruhig und sah sie mit einem unleserlichen Gesichtsausdruck an. Wie immer war er der Einzige, der unter schwierigen Umständen klar denken konnte.

Mia sah ihn an. »Korum hat mich hergebracht. Wir sind mit einem ihrer Schiffe nach Daytona geflogen, und dann hat er mich mit einem Auto hier vorbeigebracht, damit ich mit euch reden kann.«

»Und wie lange bleibst du?«

»Was meinst du damit, Dan, wie lange sie bleibt? Für den Rest des Sommers, oder etwa nicht?«, fragte ihre Mutter und klang panisch.

Mia schüttelte ihren Kopf. »Ich werde eine Woche lang hier bleiben, Mami. Leider kann ich nicht so lange vom Labor wegbleiben ...«

Ihre Mutter brach in Tränen aus. »Oh mein Gott, wir sehen dich zum letzten Mal ...«

»Wie bitte? Nein! Natürlich nicht! Ich muss nur mein Praktikum beenden, das ist alles. Ich werde bald hierher zurückkommen, und ihr könnt mich während des nächsten Semesters in New York besuchen kommen ...«

»Wo ist er jetzt?«, fragte ihr Vater kühl. »Wenn er dich hierhergebracht hat, wo ist er dann jetzt?«

Mia atmete tief ein. »Ich muss ihn anrufen. Ich wollte zuerst alleine mit euch reden, um euch ein paar Sachen zu erklären, bevor ihr ihn trefft. Aber er möchte euch gerne persönlich kennenlernen, um euch zu versichern, dass alles in Ordnung ist und ich bei ihm gut aufgehoben bin.«

»Wir werden einen Krinar treffen?« Ihre Mutter schien über diese neue Wendung der Ereignisse völlig verblüfft zu sein.

»Ja«, antwortete Mia ihr. »Und ihr werdet sehen, dass es wirklich nichts gibt, vor dem man Angst haben müsste.« Sie hoffte, dass Korum sein bestes Benehmen an den Tag legen würde.

»Ja dann, Mia«, sagte ihr Vater, »warum rufst du ihn nicht an? Wir würden deinen Krinar gerne kennenlernen.«

* * *

Eine halbe Stunde später klingelte es an der Tür.

Mia hatte ihren Eltern in der Zwischenzeit noch ein wenig mehr über Korum und ihre Beziehung erzählt, natürlich ausschließlich die positiven Aspekte. Sie hatte ihnen beschrieben, wie sehr er sich um sie kümmerte und ihnen erzählt, dass sein Hobby das Kochen war (das Gesicht ihrer Mutter hellte sich darüber ein wenig auf), dass er so etwas wie ein Genie war und seine eigene Firma hatte. Sie hatte ihnen auch erklärt, was für eine unglaubliche Chance er ihr mit diesem Praktikum geboten hatte. Als Korum kam, war sich Mia deshalb schon ziemlich sicher, dass ihre Eltern ruhig genug waren, um recht höflich zu sein. Trotzdem konnte sie ihre Angst nicht ganz wegdrücken, als sie die Tür öffnete und ihren Liebhaber dort stehen sah, viel zu gut aussehend, um menschlich zu sein.

»Hallo«, sagte er sanft und lehnte sich vor, um Mia einen Kuss auf die Stirn zu geben.

»Hallo. Komm rein.« Mia ergriff seine Hand und führte ihn ins Haus. Sie machte eine kurze Pause im Flur, schaute ihn flehend an und drückte seine Hand in der Hoffnung, dass er ihr wortloses Flehen verstehen würde.

Korum lächelte und flüsterte: »Vertrau mir.«

Mia hatte keine andere Wahl. Sie bereitete sich auf das Schlimmste vor und führte Korum ins Wohnzimmer.

Als sie eintraten, standen ihre Eltern vom Sofa auf und starrten einfach nur. Mia konnte ihnen keinen Vorwurf daraus machen. Korum war ein atemberaubender Anblick. Er hatte das weiße Poloshirt und die blaue Jeans an und sah somit aus wie der Inbegriff von lässiger Eleganz. Mit seinem glänzenden, schwarzen Haar und der goldenen Haut hätte er ein Model oder ein Filmstar sein können, nur dass Menschen keine bernsteinfarbenen Augen hatten – oder sich mit so einer animalischen Grazie bewegten. Und selbst wenn er still stand, strahlte er Macht aus, und seine Gegenwart dominierte den Raum.

Er ging einen Schritt auf ihre Eltern zu und lächelte sie offen an, wobei sich sein Grübchen auf der linken Wange zeigte. »Sie müssen Ella und Dan sein. Ich freue mich sehr, Sie kennen zu lernen. Mia hat mir so viel über ihre Familie erzählt.«

Mia bemerkte, dass er nicht anbot, ihnen die Hand zu schütteln oder auf irgendeine andere Art und Weise versuchte, sie zu berühren. Wahrscheinlich war es das Beste so. Ihre Eltern waren schon angespannt genug, weil sie Korum in ihrem Haus hatten.

Ihr Vater grüßte mit einem kurzen Kopfnicken. »Das ist eigenartig, wir haben nämlich erst heute von Ihnen erfahren.«

»Dan!«, flüsterte ihre Mutter scharf, da sie ganz offensichtlich Angst vor der Reaktion ihres außerirdischen Gastes hatte. Trotzdem schien sie ihren Blick nicht von Korum lösen zu können und starrte ihn die ganze Zeit wie betäubt an. Mia wusste genau, wie sie sich fühlte.

Korum schien allerdings überhaupt nicht verärgert zu sein, sondern lächelte ihren Vater stattdessen warm an. »Natürlich«, sagte er sanft. »Ich verstehe, dass das alles ein großer Schock für Sie ist. Ich weiß, wie sehr Sie Ihre Tochter lieben und wie besorgt Sie um sie sind. Ich würde gerne Ihre Bedenken, unsere Beziehung betreffend, zerstreuen.«

Endlich erinnerte sich ihre Mutter wieder an ihre Gastgeberrolle. »Kann ich Ihnen etwas zu trinken oder zu essen anbieten?«, fragte sie unsicher und starrte Korum dabei immer noch an, so als sei sie sich nicht sicher, ob sie schreiend davonrennen oder sich vorbeugen und ihn anfassen sollte.

»Sehr gerne«, sagte er sofort. »Eine Tasse Tee und ein wenig Obst wären sehr schön, besonders, wenn Sie sich mir dabei anschließen würden.«

Mia blinzelte überrascht. Sie hatte nicht gewusst, dass Korum Tee trank. Und dann begriff sie auf einmal, wie detailliert seine Nachforschungen über ihre Familie gewesen sein mussten: er hatte gezielt die einzige Sache ausgesucht, die dazu führen würde, dass ihre Mutter sich besser fühlte – das tägliche Teeritual ihrer Eltern.

»Sehr gerne.« Ihre Mutter sah erleichtert darüber aus, etwas zu tun zu haben. »Bitte nehmen Sie im Esszimmer Platz, und ich werde etwas Tee bringen. Wir haben wirklich gute heimische Orangen … Sie essen doch Orangen?«

Korum grinste sie an. »Auf jeden Fall. Ich liebe Orangen, besonders die aus Florida.«

Ella Stalis lächelte ihn vorsichtig an. »Das ist großartig. Wir haben diese Woche besonders gute – saftig und süß. Ich werde sie sofort auf den Tisch stellen.« Sie errötete ein wenig, sah ungewöhnlich aufgeregt aus und eilte dann weg.

Mia rollte in Gedanken mit ihren Augen. Offensichtlich waren auch ältere Frauen nicht immun gegen seinen Charme.

»Zum Esszimmer geht es hier entlang«, sagte ihr Vater und sah so aus, als würde er sich mit Korum und Mia allein leicht unbehaglich fühlen.

Mia ging zu Korum, nahm seine Hand und war entschlossen, ihrem Vater zu zeigen, dass es nichts gab, um das man sich Sorgen machen müsste. Mit einem Lächeln führte sie ihn zum Tisch.

Alle drei setzten sich hin.

In diesem Moment kam auch Mocha schwanzwedelnd angelaufen. Zu Mias großer Überraschung kam sie direkt auf Korum zu und schnüffelte an seinen Beinen. Er lächelte und beugte sich nach unten, um den Hund, der diese Aufmerksamkeit zu genießen schien, zu streicheln. Mia schaute sich diese Szene ungläubig an; der Chihuahua war normalerweise mehr als zurückhaltend bei Fremden.

Nach einer Minute setzte Korum sich wieder aufrecht hin und richtete seine Aufmerksamkeit erneut auf die menschlichen Bewohner des Hauses.

»Mia hat uns erzählt, dass sie ein Praktikum in Ihrer Siedlung macht«, sagte Dan Stalis und schaute Korum dabei an, als würde er eine neue und exotische Rasse beobachten – was ja auch durchaus zutreffend war. »Wie genau funktioniert das? Ich nehme an, dass sie nicht wirklich viel von eurer Wissenschaft versteht und sich auch mit der krinarischen Technologie überhaupt nicht auskennt …«

»Ganz im Gegenteil«, erzählte ihm Korum, »Mia lernt sehr schnell. Sie hat in den letzten Wochen unglaubliche Fortschritte gemacht. Saret – ihr Chef im Labor – hat mir erzählt, dass sie sehr gute Arbeit leistet.«

Mia lächelte und errötete bei diesem Kompliment. »Wie ich dir schon erzählt habe, ist Saret einer ihrer besten Verstandesexperten. Er ist der Vorreiter in der krinarischen Neurowissenschaft und Psychologie. Und ich arbeite für ihn. Kannst du dir das vorstellen?«

Ihr Vater rieb sich wieder seine Schläfen, und Mia konnte sehen, wie er leicht zusammenzuckte. »Ehrlich gesagt, nein. Das Ganze ist doch recht überwältigend. Entschuldigen Sie bitte, wenn wir jetzt nicht gerade vor Freude an die Decke springen – «

»Aber selbstverständlich«, antwortete Korum freundlich. »Das würde ich ja auch nicht, wenn es sich um meine Tochter handeln würde.«

»Haben Sie Kinder?«, fragte Dan unverblümt.

»Nein, habe ich nicht.«

»Warum nicht?«

»Papi!« Mia schämte sich für diese Fragen ihres Vaters.

Korum zuckte mit den Schultern und störte sich offensichtlich überhaupt nicht daran, dass ihm solche persönlichen Fragen gestellt wurden. »Weil ich keine Partnerin habe, und ich würde kein Kind alleine aufziehen wollen.«

Die Augen ihres Vaters verengten sich. »Wie alt sind Sie?«

»In Erdenjahren bin ich etwa zweitausend Jahre alt.«

Der Gesichtsausdruck ihres Vaters war unbezahlbar. »Z-zweitausend?«

In diesem Moment kam ihre Mutter mit einer Schale Orangen und einem Tablett mit Tee herein.

Mia stand auf und eilte zu ihr. »Lass mich dir helfen«, sagte sie und nahm ihr die Schüssel ab.

»Danke, Süße«, sagte ihre Mutter, und Mia atmete erleichtert auf, da anscheinend wenigstens einer ihrer Elternteile seine Fassung wiedererlangt hatte.

Während Ella die Tassen mit dem heißen Tee auf dem Tisch verteilte, fragte sie Korum: »Möchten Sie Milch oder Zucker? Wir haben Kokosmilch, Mandelmilch, Sojamilch …«

»Nein, danke«, antwortete Korum höflich und schenkte ihr ein bezauberndes Lächeln. »Ich bevorzuge meinen Tee schwarz.«

»Wir auch«, gestand ihre Mutter und errötete wieder. Mia konnte sich kaum das Kichern verkneifen – ihr einer Elternteil schien für ihren Liebhaber zu schwärmen.

»Ella«, sagte Mias Vater vorsichtig, »Korum ist offensichtlich viel älter, als wir angenommen haben …«

»Ach ja?«, fragte ihre Mutter und griff nach einer Orange. Sie pellte die Frucht systematisch und sah ihren Ehemann fragend an.

»Er ist zweitausend Jahre alt …« Ihrem Vater schien diese Tatsache keine Ruhe zu lassen.

»Wie bitte?« Die Orange fiel auf den Tisch und landete mit einem sanften *Plopp*.

»Mami, du wusstest doch, dass die Krinar langlebig sind«, sagte Mia und verzweifelte fast an ihren Reaktionen. »Wir haben dieses Programm vor einigen Jahren zusammen geschaut, erinnerst du dich? Es war eine dieser Dokumentationen von Nova über die Invasion.«

»Ich erinnere mich«, sagte ihre Mutter und sah dabei immer noch aus, als habe sie der Schlag getroffen. »Aber mir war nicht klar, dass es sich dabei um Tausende von Jahren handelt …«

»Wie genau funktioniert so etwas in einer Beziehung mit einem Menschen?« Ihr Vater war wieder ganz er selbst, sehr direkt. »Weil, Mia kann unmöglich so lange leben …«

»Das ist eine Sache zwischen Ihrer Tochter und mir, Dan«, antwortete Korum freundlich, aber mit einem harten Unterton in seiner Stimme, die vor einer Vertiefung dieses Themas warnte. »Wir werden das alles zu gegebener Zeit lösen.« Und dann nahm er eine Orange, pellte sie, und seine Finger bewegten sich schneller und effizienter als die ihrer Mutter es getan hatten.

»Und bevor ich's vergesse«, fügte er hinzu und biss in die Orange, »Mia hat erwähnt, dass Sie häufig Kopfschmerzen haben und mir ist aufgefallen, dass Sie sich mehrmals Ihre Schläfen gerieben haben. Leiden Sie gerade unter einem Anfall?«

Ihr Vater, völlig unvorbereitet auf so eine Frage, nickte.

Auf das zustimmende Zeichen hin griff Korum in seine Jeanstasche und holte eine kleine Kapsel heraus. Er gab sie Mias Vater und sagte, »Das ist etwas, was dieses Problem beheben sollte. Einer unserer Experten für menschliche Biologie hat sie genau für solche Fälle wie den Ihren entwickelt.«

»Was ist das? Ein Schmerzmittel?« Ihr Vater beäugte die kleine Kapsel misstrauisch.

»Ja, es wirkt sofort als solches. Aber es sollte auch zukünftigen Anfällen vorbeugen.«

»Ein Heilmittel für Migräne?«, fragte ihre Mutter, und in ihren Augen spiegelte sich verzweifelte Hoffnung wider.

»Genau«, bestätigte Korum, und Ella Stalis' Augen erstrahlten.

Ihr Vater runzelte die Stirn. »Und die Nebenwirkungen? Woher weiß ich, dass es sicher ist?«

»Papi, ihre Medizin ist toll«, antwortete Mia ihm ehrlich. »Es gibt wirklich nichts, wovor du Angst haben solltest.«

»Mia hat recht. Es gibt bei unseren Medikamenten keine Nebenwirkungen. Und Dan, das Letzte, das ich möchte, ist, den Menschen wehzutun, die Mia am meisten liebt. Ich weiß, dass Sie bis jetzt keinen Grund haben, mir zu vertrauen, aber ich hoffe, das wird sich in Zukunft ändern. Und wenn Sie die Medizin nicht nehmen möchten, ist das allein Ihre

Entscheidung. Ich wollte sie Ihnen lediglich geben, falls Sie Schmerzen haben sollten.«

»Nimm sie einfach, Dan. Jetzt sofort«, wies ihn Ella an und warf ihrem Ehemann einen entschiedenen Blick zu. »Ich glaube nicht, dass Mias Freund dir etwas geben würde, was schlecht für dich ist. Wenn es auch nur die kleinste Hoffnung gibt, dass dich die Kapsel heilen kann, dann bist du es dir und deiner Familie schuldig, sie zu versuchen – und ganz besonders, wenn Korum sagt, dass sie keine Nebenwirkungen hat.«

Ihr Vater zögerte und betrachtete Korums Gesicht einen Moment lang. Was auch immer er dort sah, es schien ihn zu überzeugen. »Kann ich sie einfach so hinunterschlucken?«

»Drücken Sie sie am besten in ein Glas Wasser und trinken Sie es dann«, antwortete Korum. »So wirkt sie schneller.«

Mias Mutter war schon aufgestanden und schenkte ihrem Vater einen Becher aus einem Krug ein, der auf dem Tisch stand. »Hier«, sagte sie, und schob ihm das Wasser hin.

Dan Stalis nahm den Becher langsam in eine Hand, zerdrückte die Kapsel mit den Fingern der anderen und ließ die zwei Tropfen der Flüssigkeit, die sie beinhaltete, in sein Getränk fallen. »Ist das alles?«, fragte er und sah Korum an.

Ihr Liebhaber lächelte ihm aufmunternd zu. »Ja.«

Nachdem er misstrauisch daran gerochen hatte, probierte Mias Vater einen Schluck davon. »Das ist wirklich lecker.« Er klang überrascht.

»Das ist bei unserer Medizin meistens der Fall.«

Ihr Vater führte das Glas wieder zu seinem Mund und trank den Rest aus. Mia konnte sehen, wie sich die angespannten Muskeln um seine Kieferpartie fast augenblicklich entspannten.

Sie lächelte ihn an und fragte: »Es wirkt, stimmt's? Du kannst es sofort spüren.«

Ihr Vater sah positiv überrascht aus, und das Gesicht ihrer Mutter strahlte vor Freude. »Ja. Es scheint augenblicklich zu wirken.« Er drehte sich zu Korum und sagte: »Danke schön. Das war sehr freundlich von Ihnen.«

»Gern geschehen«, sagte Korum sanft. »Ich würde für Mia, und die Menschen, die sie liebt, alles machen.«

16. KAPITEL

»Ich muss auch noch mit meiner Schwester sprechen«, sagte Mia, als sie ins Auto stieg und ihren Eltern zum Abschied winkte. Ihre Mutter hielt Mocha fest, die ihnen fast nach draußen gefolgt wäre, da sie offensichtlich für Korum schwärmte. »Ich weiß, dass meine Mutter sie jetzt sofort anrufen wird, aber ich möchte gerne, dass sie es auch von mir hört. Ich habe ihr schon vorher etwas erzählt, aber ich würde gerne die Möglichkeit haben, ihr alles zu erklären, damit sie keinen falschen Eindruck von unserer Beziehung bekommt.«

»Was hast du ihr denn erzählt?«, fragte Korum sie und fuhr langsam aus der Einfahrt. Er fuhr genau so, wie er alles andere auch machte – gekonnt und effizient.

»Ich habe ihr erzählt, ich hätte einen Liebhaber aus Dubai«, gab Mia zu und errötete ein wenig. »Und ich habe ihr gesagt, dass das mit uns nichts Längerfristiges werden könne, da du bald weg müsstest.«

»Ich verstehe«, sagte Korum mit einer deutlich kälteren Stimme. »Und wann hast du ihr das erzählt?«

Mist. Sie hätte dieses Thema wirklich nicht ansprechen sollen – aber jetzt war es zu spät. »Als ich dachte, du würdest nach Krina zurückkehren«, bekannte sie. »Bevor, du weißt schon …«

»Bevor du mich verraten hast?«

Mia zog Luft ein. »Bist du immer noch wütend auf mich? Du hast gesagt, du würdest damit leben können …«

»Ich kann damit leben, dich nicht dafür zu bestrafen. Aber ich kann es nicht völlig vergessen, meine Süße. Noch nicht.«

Mia biss sich auf ihre Lippe, da er sie aus der Fassung gebracht hatte. »Manchmal verstehe ich dich nicht«, sagte sie ruhig. »In einer Minute bist du so nett zu mir und meiner Familie, und in der nächsten redest du darüber, mich für etwas zu bestrafen, was nicht wirklich meine Schuld war – etwas, was du auch noch manipuliert und zu deinem Vorteil genutzt hast. Was hast du denn erwartet, was ich tun würde? Einfach ruhig die Tatsache akzeptieren, dass ich als deine Sexsklavin enden könnte?«

»Du hättest jederzeit mit mir reden und mich fragen können, ob das stimmt.« Er blickte die ganze Zeit auf die Straße, aber Mia konnte sehen, dass seine angespannte Kinnpartie leicht zuckte.

»Und wenn es wahr gewesen wäre? Was hätte ich dann gemacht? Dann hätte ich John und alle anderen Widerstandskämpfer in Gefahr gebracht und meine Möglichkeit verloren, ihnen und mir zu helfen.«

»Und wann habe ich dich jemals wie eine Sexsklavin behandelt?«, fragte Korum, und sein ruhiger Ton jagte ihr einen leichten Schauer über den Rücken. Er schaute sie immer noch nicht an. »Ich habe dir alles gegeben, Mia, und du hast dich weiter so verhalten, als sei ich ein Monster.«

Mia schluckte. »Du wusstest, dass ich am Anfang Angst vor dir hatte, und du hast mir keine Wahl gelassen«, sagte sie und fühlte, wie ihr alter Ärger wieder in ihr hochstieg. »Und außerdem, was ist ein Charl denn wirklich? Welche Rechte habe ich in eurer Gesellschaft? Ich weiß, dass du mich nicht schlecht behandelst, aber du könntest es, stimmt's? Und wenn du mich eingeschlossen in deinem Haus halten wollen würdest, würde irgendjemand eingreifen?«

Er antwortete nicht, aber sie konnte sehen, dass sein Kiefer noch angespannter wurde.

Sie bogen vom Granada Boulevard auf die A1A, auf der er noch ein paar Minuten lang fuhr, bevor er in die gewundene Einfahrt einer großen Villa in der ersten Meereslinie einbog. Als sie sich näherten, schwang das eiserne Tor auf und ließ sie hinein.

»Wo sind wir?«, fragte Mia und unterbrach damit das eisige Schweigen. Ihr war unglaublich schlecht. Sie hasste es, sich mit Korum zu streiten, und ganz besonders, nachdem die letzten Tage so schön gewesen waren, so friedlich. Warum war sie so dumm gewesen, ihn daran zu erinnern, was damals passiert war?

Das Auto hielt an, und er stellte die Gangschaltung auf Parkmodus, bevor er sich zu ihr herumdrehte. »Komm her«, sagte er rau, vergrub seine Hand in ihrem Haar und beugte sich hinüber, um ihr einen langen und intensiven Kuss zu geben. Als er sie endlich wieder Luft holen ließ, war Mia schon dahingeschmolzen und zitterte fast vor Verlangen.

Er ließ sie los, stieg aus dem Auto und kam zu ihr, um ihr die Tür aufzuhalten. Mia stieg mit wackeligen Beinen aus, und er sah ihr mit hungrigen, goldenen Augen dabei zu.

Sie schaute zu ihm hoch.

»Wir sind in dem Haus, das ich für diese Woche gemietet habe«, erklärte er ihr. »Lass uns hineingehen.« Er nahm ihre Hand, führte sie die Treppen hinauf und hinein in das herrschaftliche, weiße Gebäude.

Die Inneneinrichtung ihres gemieteten Hauses hätte mit seinen modernen, weißen Möbeln und der offenen Anordnung auf dem glänzenden Hartholzboden auch problemlos aus der Zeitschrift *Architectural Digest* stammen können. Eine der Wände – die auf der Meeresseite – war komplett aus Glas und gab somit einen atemberaubenden Blick frei.

Korum drehte Mia zu sich herum, beugte sich nach unten und küsste sie erneut, diesmal allerdings ganz sanft. »Wieso rufst du jetzt nicht deine Schwester an?«, schlug er vor, und seine Stimme klang immer noch ein wenig heiser. »Und wenn du zurückkommst, habe ich etwas mit dir vor.«

* * *

Mia ging nach oben, während sie versuchte, ihren erhöhten Herzschlag zu beruhigen, und betrat ein Zimmer, in dem sie ein schon fast antikes Festnetztelefon entdeckte. Als sie sich sicher war, dass sie sich wieder weitestgehend unter Kontrolle hatte und auch an etwas anderes als nur an Korums Pläne für sie denken konnte, wählte sie die Handynummer ihrer Schwester, die sie auswendig kannte.

Marisa nahm beim fünften Klingeln ab. »Hallo?«

»Hey, Marisa, ich bin's …«

»Mia? Ich habe gerade mit Mama telefoniert! Ehrlich? Du bist mit einem Krinar zusammen?!?«

Mia seufzte. »Ja. Erinnerst du dich an das, was ich dir erzählt habe?«

»Über deinen angeblichen reichen Liebhaber in einer Führungsposition?«, fragte ihre Schwester in einem sarkastischen Ton. »Ja, an den erinnere ich mich hervorragend.«

Mia zuckte zusammen. »Na ja, ich war nicht hundertprozentig ehrlich …«

»Wirklich?«

»Es tut mir leid«, sagte Mia aufrichtig. »Ich habe zu diesem Zeitpunkt wirklich gedacht, er würde nach Krina zurückkehren und ich würde ihn niemals wiedersehen. Ich musste mit jemandem reden, aber ich dachte, dass ich besser nicht die ganze Geschichte erzählen sollte …«

Einen Moment lang herrschte Ruhe. »Mia«, Marisa hörte sich beleidigt an, »du kannst mir immer die ganze Geschichte erzählen, auch wenn sie es wert ist, auf der Titelseite des National Geographic zu stehen. Ich bin deine Schwester, und wenn es jemanden gibt, der Verständnis hat, dann bin ich das.«

Mia schloss ihre Augen ganz fest und schämte sich. »Ich weiß. Es tut mir so leid. Es ist nur zu dem Zeitpunkt eine Menge passiert, und ich konnte damals nicht klar denken …«

»Was ist denn passiert? Und was hat sich geändert? Wie konnte aus *das kann niemals funktionieren* ein *ich stelle dich meinen Eltern vor und verbringe den Sommer in Costa Rica* werden?«

»Wir haben an unseren Problemen gearbeitet«, sagte Mia, die nicht in die Details gehen wollte. »Und er bleibt hier auf der Erde.«

Wieder war einen Moment lang Ruhe. Dann fragte ihre Schwester: »Ernsthaft, Mia? Ein Krinar? Konntest du dir nicht jemanden unserer Rasse aussuchen?«

Mia lächelte erleichtert. Das Schlimmste schien überstanden zu sein. »Ich weiß, das ist verrückt …«

»Verrückt ist eine Untertreibung«, sagte Marisa ernsthaft. »Ich würde es verdammt genial nennen.«

Mia lachte überrascht. »Wie bitte?«

»Meine kleine Schwester ist mit einem superheißen, reichen, außerirdischen Genie zusammen, das gerade Papas Migräne geheilt hat? Ja, zum Henker, das ist verdammt genial!«

Mia konnte ihren Ohren kaum trauen. »Du wirst mir jetzt keinen Vortrag darüber halten, wie dumm ich bin, mich mit jemandem einzulassen, der so gefährlich und noch dazu nicht menschlich ist und bla, bla, bla?«

»Ach komm, ich bin mir sicher, dass unsere Eltern das schon getan haben. Was könnte ich dem noch hinzufügen? Nein, kleine Schwester, ich freue mich für dich. Du bist lange genug dem Pfad der Tugend gefolgt. Ein wenig Gefahr und Würze in deinem Leben ist genau das, was du brauchst. Und außerdem hat Mama mir erzählt, dass er unglaublich gut aussehend ist und seit Urzeiten lebt. Es könnte ja gar nicht noch cooler sein … Ich kann es kaum erwarten, ihn kennenzulernen!«

Mia grinste breit. Ihre Schwester schaffte es immer wieder, sie zu überraschen. »Du bist die allertollste aller Schwestern«, sagte sie Marisa. »Also, wann werde ich dich und Connor zu Gesicht bekommen?«

»Heute Abend um sechs. Offensichtlich hat dein außerirdischer Liebhaber die ganze Familie zum Abendessen eingeladen.«

»Hat er? Wann?« Mia konnte sich an nichts in der Art erinnern.

»Keine Ahnung. Ich war nicht dabei. Solltest du das nicht eigentlich besser wissen? Ich dachte, er hätte das gemacht, weil du das so wolltest …«

»Ähm … was solche Sachen betrifft, ergreift er häufig mal die Initiative.« Zu häufig sogar, wenn man bedachte, dass Mia von dieser Einladung gar nichts wusste. Er musste mit ihren Eltern gesprochen haben, während sie im Badezimmer gewesen war. »Also treffen wir uns irgendwo in einem Restaurant?«

»Das ist schon etwas verrückt, dass ich diejenige bin, die dir das alles sagen muss, Mia.« Marisa hörte sich an, als würde sie lachen. »Wir kommen zu eurem gemieteten Haus. Er kocht. Klingelt's immer noch nicht bei dir?«

»Das hört sich wie etwas an, was Korum machen würde.« Mia lächelte, auch wenn Marisa das nicht sehen konnte. »Dann mach dich mal auf etwas gefasst – er ist ein fantastischer Koch.«

»Und macht die Wäsche, stimmt's? Außer, den Teil hast du dir auch ausgedacht.«

»Nein«, sagte Mia grinsend. »Er hat in New York definitiv die ganze Wäsche gemacht. Er hat eine eigenartige Schwäche für menschliche Geräte. Ich denke, das kommt hauptsächlich von seinem Kochhobby, was als solches schon wirklich komisch ist. Sie haben diese intelligenten Häuser, die für sie kochen,

Marisa. Er braucht für ein Gourmetessen nicht einen Finger krumm zu machen, und trotzdem macht er es …«

»Oh mein Gott, wo kann ich denn jetzt nur einen Krinar für mich herbekommen? Ich bin jetzt schon in ihn verliebt, und dabei habe ich ihn noch nicht einmal persönlich kennengelernt!«

Mia brach in Lachen aus. »Hey, der ist schon vergeben. Und außerdem, hätte Connor da nicht noch ein Wörtchen mitzureden, wenn seine schwangere Frau sich einen Außerirdischen angeln will?«

»Connor würde seine schwangere Frau im Moment liebend gern einem Außerirdischen geben«, sagte Marisa, und Mia hörte einen ernsthaften Unterton heraus. »Ich habe gerade solche Stimmungsschwankungen, dass er im Haus herumschleicht, als würde ich beißen. Was ich auch jederzeit könnte. Meine Launen sind mehr als schrullig. Werde bloß nicht schwanger, Schwesterlein – das ist kein Spaß …«

Mia ernüchterte umgehend. »Oh Marisa, wie egoistisch von mir. Ich habe dich nicht einmal gefragt, wie es dir geht!«

»Na ja, ich habe dir auch nicht wirklich eine Gelegenheit dazu gegeben. Aber ich fühle mich immer noch bescheiden. Die Übelkeit geht einfach nicht weg, und ich habe letzte Woche noch ein Pfund an Gewicht verloren. Der Arzt weiß nicht mehr, was er noch machen soll. Ich habe mich viel ausgeruht, ich habe es mit Yoga und Meditation versucht – aber nichts davon scheint zu wirken.«

»Ach Marisa …«

»Denkst du, dein Freund könnte da auch helfen?«, scherzte ihre Schwester.

»Keine Ahnung«, antwortete Mia ehrlich. »Vielleicht. Ich werde ihn mal fragen. Er ist kein Arzt, aber es könnte sein, dass er Zugriff auf eines ihrer Wundermedikamente hat.«

»Ach Quatsch, das musst du nicht … Ich hab doch nur einen blöden Witz gemacht …«

»Mag sein, aber ich nicht. Ich werde ihn gleich mal fragen.«

»Mia, bitte, das ist mir peinlich. Ich bin mir sicher, dass es in ein paar Wochen vorbei sein wird …«

»Ja, ja«, sagte Mia. »Und dann bist du nur noch Haut und Knochen, wenn du das nicht sowieso schon bist. Und du hast nicht gerade eine Tonne Fett über, auf die du gut verzichten könntest.«

Sie konnte hören, wie Marisa verzweifelt seufzte. »Okay, ich denke, du kannst ihn ja mal fragen. Ich möchte einfach nicht, dass er denkt, dass wir ihn ausnutzen …«

»Ach komm, Korum hat doch auch Papi das Heilmittel für die Migräne gegeben. Ich wusste nicht einmal, dass es so etwas gibt, und schon gar nicht, dass er es mitgebracht hatte. Also mach dir bitte keine Sorgen mehr – das ist gerade überhaupt nicht gut für dich.«

»Okay, okay …« Ihre Schwester hörte sich auf einmal abgelenkt an. »Moment, Schatz, ich rede gerade mit Mia!«

»Du musst los?«, fragte Mia.

»Ach, das ist nur Connor … Wir waren eigentlich gerade auf dem Sprung, zum Einkaufen zu fahren, als erst Mama angerufen hat und danach du …«

»Na, dann fahrt mal los. Wir sehen uns ja heute Abend. Ich kann's kaum erwarten!«

»Geht mir genauso. Hab' dich lieb, kleine Schwester! Bis nachher!«

»Hab' dich auch lieb!« Damit legte Mia auf und ging Korum suchen.

Sie fand ihn draußen in dem unendlichen Pool mit den olympischen Ausmaßen, der offensichtlich mit zu dem Eigentum gehörte. Korum glitt gerade durch das Wasser wie ein Hai, unglaublich schnell.

»Hallo«, rief Mia und erinnerte sich dann an die mysteriösen Pläne, die er für sie hatte. Hatten sie etwas mit Sex zu tun? Bei diesem Gedanken wurde ihre Atmung schneller. Sie sagte sich, dass sie sich besser auf Marisa konzentrieren sollte, und entschied sich, Korum gleich nach einer Medikation für sie zu fragen, bevor er die Möglichkeit hatte, seine wie auch immer gearteten Pläne umzusetzen.

Korum schwamm zum Rand des Pools und drückte sich dort mit seinen Armen ohne Anstrengungen aus dem Wasser. Sein schwarzes Haar drückte sich nass gegen seinen Schädel, und Wassertropfen glitzerten wie Diamanten auf seiner Haut. Er sah unglaublich sexy aus, und Mia schluckte, als ihr in diesem Moment einmal wieder bewusst wurde, wie hinreißend ihr Liebhaber war. Sie ging zum Rand des Pools und setzte sich in einen der Lounge-Sessel, die praktischerweise dort standen.

»Selber hallo«, sagte er mit einem warmen Lächeln und setzte sich in den Stuhl neben ihr. Er schien ihre vorangegangene Meinungsverschiedenheit vergessen zu haben, und Mia lächelte ihn erleichtert an.

Sie konnte ihn genauso gut jetzt gleich wegen Marisa fragen. »Kennst du dich mit schwangeren Frauen aus?«, sprudelte es aus ihr heraus, und dann errötete sie aus irgendeinem Grund.

Korum hob eine Augenbraue an und sah belustigt aus. »Ich nehme an, du redest über deine Schwester?«

Mia nickte. »Ihre Schwangerschaft ist sehr schwierig. Sie leidet unter einer sehr starken Übelkeit. Ich habe mich gefragt, ob du vielleicht ein Medikament dagegen hast, oder etwas anderes, was ihren Magen beruhigen könnte ...«

Korum überlegte und sah einen Moment lang sehr nachdenklich aus. »Ich habe nichts dabei, aber ich kann wahrscheinlich jemanden bitten, es mit hierherzubringen. Es wäre aber nur eine vorübergehende Lösung ... Wenn etwas mit deiner Schwester nicht stimmt und ihre Übelkeit deshalb ausgelöst wird, würde diese Medizin nichts anderes bewirken, als die Symptome verschwinden zu lassen.«

»Oh, ich verstehe ...«

»Das Beste für deine Schwester wäre wahrscheinlich Ellet. Ich werde sie bitten, diese Woche mal vorbeizukommen und sich Marisa anzuschauen ...«

»Ellet?« Der Name hörte sich irgendwie vertraut an, auch wenn sie sich nicht daran erinnern konnte, wo sie ihn schon einmal gehört hatte.

Korum lächelte. »Sie ist unsere Expertin für menschliche Biologie in Lenkarda. Ihr Labor entwickelt viele der Medikamente, die ich dir in der Vergangenheit gegeben habe, und auch das, das ich deinem Vater mitgebracht habe. Sie ist hervorragend auf ihrem Gebiet und weiß mehr über menschliche Gesundheit als alle eure Ärzte zusammen.«

Irgendetwas ließ Mia keine Ruhe, eine flüchtige Erinnerung, die sie nicht zu fassen bekam. Nachdem sie einen Moment lang versucht hatte, sich daran zu erinnern, gab sie auf und kam zu dem gegenwärtigen Thema zurück. »Ich verstehe ... Wenn sie einen Blick auf Marisa werfen könnte, wäre das phänomenal. Würde sie das wirklich tun? Dafür den ganzen Weg bis hierher auf sich nehmen?«

Er zuckte mit den Schultern. »Sie schuldet mir ein paar Gefallen.«

»Gibt es irgendjemanden in Lenkarda, der dir nicht ein paar Gefallen schuldet?«, fragte Mia trocken und blickte ihn an. Ihr Liebhaber schien immer ein Ass im Ärmel zu haben.

»Nicht viele«, gab Korum zu und lächelte sie an. »Ich glaube, *einen gut zu haben* kommt in Situationen wie dieser sehr gelegen. Natürlich würde Ellet wahrscheinlich sowieso hierherkommen. Sie hat eine Schwäche für schwangere Menschen.«

Mia grinste und wollte ihn vor Dankbarkeit umarmen und küssen. Sie wollte keine Kämpfe mit ihm austragen; sie liebte ihn viel zu sehr. Sie gab ihrem Drang nach, stand aus dem Lounge-Sessel auf und ignorierte seine nassen Shorts, die sich gegen ihr Kleid drückten. Sie nahm seinen Kopf in beide Hände, zog ihn zu sich heran und gab ihm einen zärtlichen Kuss auf die Lippen. »Danke schön, Korum«, sagte sie sanft und sah ihm in die Augen. »Ich weiß das alles, was du für mich und meine Familie gemacht hast, wirklich zu schätzen.«

Er lächelte, und seine Augen leuchteten in einem warmen Bernsteinton. »Sehr gern geschehen, mein Liebling ...«

»Ich liebe dich«, sagte ihm Mia aufrichtig. »Ich liebe dich unglaublich doll, und es tut mir wirklich leid, was vorher alles passiert ist. Du hast völlig recht – ich hätte dir mehr Vertrauen schenken sollen. Denkst du, dass du mir eines Tages vergeben können wirst?«

Das war das erste Mal, dass sie sich bei ihm dafür entschuldigte, ihn ausspioniert zu haben. Er hob seine Hand und strich ihr leicht über die Wange. »Selbstverständlich«, sagte er zärtlich. »Rational gesehen weiß ich ja auch, warum du das gemacht hast, was du gemacht hast, aber was dich angeht, habe ich Schwierigkeiten, rational zu sein. Als du zugestimmt hast, mit dem Widerstand zusammenzuarbeiten, konnte ich vor Ärger nicht mehr klar denken und habe mich davon leiten lassen, anstatt dir mehr Zeit zu geben, dich an unsere Beziehung zu gewöhnen. Es tut mir leid, dass ich dir deshalb so viel Stress und Sorgen bereitet habe. Aber ich bin glücklich darüber, dass du jetzt hier bist, bei mir …«

»Ich bin auch glücklich«, sagte Mia, und sie wusste, er konnte die Tiefe ihrer Gefühle auf ihrem Gesicht lesen. »Das bin ich wirklich …«

Seine Augen leuchteten noch mehr, und Korum lehnte sich zu ihr nach vorne, um sie hungrig zu küssen, so als wollte er sie gleich verspeisen. Seine Hände umfassten ihre Schultern, und er zog sie näher heran, hob sie auf seinen Schoß, und seine Erektion drückte sich durch das nasse Material seiner Badehose in sie hinein.

Von seiner Leidenschaft völlig überrumpelt, konnte Mia sich nur noch an ihm festklammern, als er gierig ihren Mund verschlang, seine Hände über ihren Körper wanderten und er die Kleidung zerriss, die ihn davon abhielt, ihre nackte Haut zu berühren. Sein heißer Mund bewegte sich auf ihren Hals zu und zwickte leicht in ihre Haut. Sie schrie auf, und ihr Kopf fiel nach hinten, so als sei er zu schwer für ihren Hals. Sie fühlte eine unglaubliche Hitze in sich, so als würde sie innerlich von einer flüssigen Flamme verbrannt werden, und jede ihrer Fasern war überempfindlich, sehnte sich nach seiner Berührung. Er schien das Gleiche zu fühlen, sein Glied rieb gegen ihr Bein, und seine Hände bewegten sich schon fast grob auf ihr entlang.

Ihre Finger formten sich zu Klauen und krallten sich in seinen Schulterblättern fest. »Bitte, Korum ...« Sie wollte ihn mit einer Verzweiflung in sich haben, die keinen Sinn ergab. »Bitte ...«

Er erhob sich mit ihr in den Armen, drehte sie herum und setzte sie auf allen vieren auf dem Lounge-Sessel ab. Dann beugte er sich über sie und drang mit einem kräftigen Stoß in sie ein, ohne dass sein harter Penis sich auch nur ein kleines bisschen zurückhielt.

Mia zog, von dem unerwartet plötzlichen Eindringen überrascht, hörbar Luft ein. Ihre inneren Muskeln versuchten angestrengt, sich an seine Dicke anzupassen, aber dazu ließ er ihr keine Zeit. Er umfasste ihre Hüften und nahm sie erbarmungslos. Seine eigenen Hüften hämmerten mit so einer Kraft auf sie ein, dass sie gar nicht atmen konnte, da sie von ihren Gefühlen so überwältigt war. Sie konnte seinen schweren Atem und ihr eigenes Schreien hören, und auf einmal bestand ihre Welt aus nichts weiter als ihrem Körper, dem Genuss und dem Schmerz. Sie hatten sich in ihr vermischt und waren jetzt untrennbar, konnten alle drei nur zusammen existieren ... Sie war nur noch wie ein Tier, das von seinen grundlegendsten Instinkten geleitet wurde.

Es schien ewig anzudauern, und er kam mit einem kehligen Stöhnen, während er sich in ihr rieb, als würde er versuchen, sie beide verschmelzen zu lassen. Das Pulsieren seines Geschlechts in ihr brachte das Fass zum überlaufen, und der Orgasmus fegte über sie hinweg, ließ sie schwach und zitternd zurück. Nur seine

Hände auf ihren Hüften hielten sie davon ab, auf dem Lounge-Sessel zusammenzubrechen, da ihre eigenen Arme und Beine zu sehr zitterten, um ihr Gewicht zu halten.

Nach etwa einer Minute beruhigte sich seine Atmung, und er trennte ihre Körper, indem er sich aus ihr zurückzog. Mia fühlte sich zu erschöpft, um sich zu bewegen, und war sehr froh, als er sie hochhob und in das Haus trug.

Sie legte ihre Arme um seinen Nacken und murmelte in seine Schulter: »War es das, woran du gedacht hast, als du meintest, dass du Pläne hättest?«

»So in etwa«, gab Korum zu und ging nach oben. »Ich hatte mir eigentlich etwas Zivilisierteres vorgestellt, aber wie immer, wenn es dich betrifft, scheine ich die Kontrolle über mich zu verlieren. Ich habe dir nicht wehgetan, oder?«

Das hatte er ein wenig, aber ihre Lust war dadurch nur gesteigert worden. Und außerdem fühlte sie sich schon wieder bestens, jedes Gefühl von Wundsein war verschwunden. »Nein«, beruhigte Mia ihn. »Es war wunderschön.«

Er trug sie in ein großes, luxuriös ausgestattetes Badezimmer und stellte sie neben eine Badewanne mit Löwenfüßen. »Gut«, sagte er, stellte das Wasser an und lächelte ihr zu. »Aber ich denke trotzdem, dass dir ein schönes Bad guttun würde, und mir auch.«

Und als Mia ihn ansah, wurde sein Penis schon wieder hart.

17. KAPITEL

Marisa und Connor kamen zuerst, ihr 2012er Toyota fuhr fünf Minuten vor sechs in die Einfahrt. Korum deckte gerade noch den Tisch zu Ende, und deshalb ging Mia hinaus, um die Gäste zu begrüßen.

»Oh mein Gott, Mia! Es ist so schön, dich zu sehen, kleine Schwester! Du siehst fantastisch aus! Was hat er dir nur zu essen gegeben?«, platzte es aus Marisa heraus, sobald sie aus dem Auto stieg. »Und, alter Schwede, schau dir dieses Haus an! Er muss ein Milliardär sein!«

Lachend umarmte Mia ihre Schwester und erschrak, als sie fühlte, wie ungewöhnlich zerbrechlich sie war. »Marisa! Es ist so schön, dich zu sehen! Und dich auch, Connor!«

Lachend beugte sich ihr Schwager zu ihr hinunter, um sie zu umarmen. »Hallo Lieblingsschwägerin. Wie geht es dir?«

»Mir geht's hervorragend! Lasst uns reingehen! Korum ist gerade bei den letzten Vorbereitungen für das Abendessen – welches übrigens fantastisch werden wird.«

»Mit Fleisch?«, fragte Connor mit einem hoffnungsvollen Blick, als sie Mia ins Haus folgten. Als ehemaliger Quarterback der Uni hatte Marisas Mann immer noch Probleme damit, sich an die Ernährungsumstellung seit dem K-Day zu gewöhnen.

»Nein, tut mir leid, sie essen hauptsächlich Pflanzen. Aber sie haben wirklich sehr leckere Sachen.«

»Ich kann es immer noch kaum glauben, dass Vampire Vegetarier sind …«, brummelte Connor, und Mia musste wieder lachen.

»Sie sind keine richtigen Vampire – das haben sie schon lange hinter sich«, erklärte Mia. »Und einige der Pflanzen, die es auf Krina gibt, sind sehr wohlschmeckend und kalorienreich. Ich glaube, wenn wir die hier gehabt hätten, würden wir vielleicht auch kein Fleisch essen.«

»Du hast Pflanzen von Krina probiert?« Marisa hörte sich neidisch an. Ihre Schwester war normalerweise ein risikofreudiger Esser, und sie und Mia gingen häufig in ungewöhnliche Restaurants, wann immer Marisa nach New York kam.

»Ja«, bestätigte Mia grinsend. »Und sie sind wirklich gut. Aber die gibt es nur in Lenkarda. Heute Nacht gibt es eine viel lokalere Küche.«

»Na, ich hoffe nur, dass ich auch was essen kann. Den ganzen Weg hierher war mir schon schlecht«, bemerkte Marisa. Sie sah blass und ziemlich krank aus. »Wir mussten sogar eine Pause machen. Ich bin erstaunt, dass wir noch vor den Eltern hier sind …«

»Ach, was ich dir gerade erzählen wollte«, sagte Mia und machte eine kurze Pause, bevor sie das Haus betrat. »Ich habe mit Korum gesprochen, und einer ihrer Ärzte wird einen Blick auf dich werfen, um festzustellen, was das Problem ist.«

»Ein krinarischer Arzt?« Connor sah überrascht aus.

»Na ja, eigentlich ist sie eher ein Arzt für Menschen – eine Krinarin, deren Spezialgebiet menschliche Biologie ist. Korum sagt, dass sie wirklich sehr gut ist.«

»Wow, Mia, ich weiß gar nicht, was ich dazu sagen soll …« Und plötzlich waren Marisas Augen voller Tränen.

»Ach Quatsch, mach dir darüber keine Gedanken! Das ist wirklich keine große Sache …«

»Hormone«, erklärte ihr Connor und zog seine Frau näher zu sich heran, um sie zu umarmen.

»Ah, ich verstehe.« Mia ließ Marisa einen kurzen Augenblick in Ruhe, damit sie sich wieder sammeln konnte. Dann lächelte sie die beiden an und fragte: »Bereit, hineinzugehen?«

Marisa, die gleich viel strahlender aussah, nickte, und Mia führte sie ins Haus.

Korum musste gerade mit dem, was er noch zu tun gehabt hatte, fertig geworden sein, denn er betrat das Wohnzimmer zur gleichen Zeit wie sie. Wie immer sah er umwerfend aus, mit dieser goldenen Haut, die einen Kontrast zu dem einfachen weißen Hemd bildete, das er trug. Und auch wenn sie den Großteil des Nachmittags im Bett verbracht hatten, konnte Mia nichts dagegen machen, dass sie sein Anblick erregte.

Als er ihre Schwester sah, lächelte er sie strahlend an und ging auf sie zu. »Du musst Marisa sein«, sagte er warm. »Ich kann definitiv die Ähnlichkeit zwischen euch beiden erkennen …«

Marisa nickte ungewöhnlich schüchtern und wurde rot. »Ja, hallo …« Sie schien unfähig zu sein, dem noch etwas hinzufügen zu können.

Mia rief sich ihr erstes Treffen mit Korum in Erinnerung und wusste genau, wie Marisa sich fühlte. Offensichtlich schützten auch Ehe und Schwangerschaft eine Frau nicht vor der magnetischen Anziehungskraft ihres Liebhabers.

Korum drehte sich zu Connor um, und sagte: »Und du bist Marisas Ehemann, stimmt's? Connor?«

Ihr Schwager streckte höflich seine Hand aus. »Ja, sehr erfreut, dich kennen zu lernen. Korum, richtig?« Er sah um einiges weniger hingerissen aus als seine Frau.

Mias Liebhaber schüttelte seine Hand kurz. »Ja, genau. Und die Freude ist ganz meinerseits. Kann ich euch etwas zu trinken anbieten, während wir auf Mias Eltern warten?«

»Ein Bier wäre toll«, sagte Connor, ohne zu zögern. Mia war beeindruckt davon, wie gefasst er war. Rein äußerlich sah er überhaupt nicht beeindruckt aus.

Korum lächelte und verschwand in die Küche. In diesem Moment trafen sich die Blicke der Schwestern. »Wow«, formten Marisas Lippen. »Einfach nur wow.«

Mia grinste. Sie war immer eifersüchtig auf ihre beliebte ältere Schwester gewesen, die es schaffte, immer alles zu bekommen – gute Noten, tolle Freunde und eine Menge gut aussehender Jungen, die hinter ihr her waren. Und jetzt war sie neidisch auf sie?

Korum kam wieder und trug ein Tablett mit einem Bier, einem Glas Champagner und einem Becher mit einer milchigen Flüssigkeit. Er gab Mia den Champagner, Connor das Bier und hielt dann den Becher Marisa hin. »Das ist etwas, was deinen

Magen beruhigen wird«, sagte er freundlich. »Zumindest für den Rest des Abends.«

Sie nahm den Becher dankbar entgegen und leerte ihn komplett, ohne sich auch nur nach der Ungefährlichkeit der Flüssigkeit zu erkundigen. Offensichtlich hatte die Erfahrung ihres Vaters dazu geführt, dass sie krinarischen Medikamenten blind vertraute. »Danke schön«, sagte sie, und dann bekam sie große Augen. »Wow, mir geht es schon viel besser …«

In diesem Moment klingelte es an der Tür. Mias Eltern waren gekommen.

Nachdem sie sie begrüßt hatten, führten Mia und Korum sie ins Esszimmer, in dem Korum ein Essen auftischte, das eher ein Festmahl war. Mia fühlte sich ein wenig schlecht, weil sie ihm überhaupt nicht dabei geholfen hatte, aber ihr Liebhaber hatte sie, als sie ihm ihre Hilfe angeboten hatte, mit der Erklärung aus der Küche gejagt, dass sie ihm einfach nur im Weg sein würde. Überhaupt nicht beleidigt, hatte Mia sich an den Pool gesetzt und sich über die letzten Entwicklungen in Sarets Labor auf den neuesten Stand bringen lassen, indem sie mit einem Gerät, das eine Art Skypen mit einem dreidimensionalen Bild des Gesprächspartners ermöglichte, mit Adam gesprochen hatte.

In der Zwischenzeit hatte Korum ein Gourmetessen zubereitet, das aus fünf verschiedenen Salaten, sushiartigen Gemüsekreationen, verschiedenen Nudelgerichten mit köstlich riechenden Saucen und frischem Obst zum Nachtisch bestand. Eine Flasche Cristal Champagner lag in einem Eiskübel, und in der Mitte des Tisches befand sich ein großes, wunderschönes Blumengesteck. Er hatte sich selbst übertroffen, und Mias Herz zog sich zusammen, als sie erkannte, dass er wirklich gerade versuchte, ihre Familie zu beeindrucken.

Und das gelang ihm auch ausnahmslos.

Ihre Mutter fragte Korum nach den Rezepten aller Gerichte, die sie aßen, und sogar ihr Vater schien schon viel besserer Laune zu sein, seit seine Kopfschmerzen spurlos verschwunden waren. Die Atmosphäre am Tisch war erstaunlich entspannt. Ihre Familie fragte Korum nach dem Leben auf Krina, und ihr Liebhaber erzählte lustige Geschichten über seine Eltern und die Streiche, die Saret ihm gespielt hatte, als sie Kinder waren. Während sie ihn beobachtete, fiel Mia auf, dass er das Gespräch extra auf solche Themen gelenkt hatte, die höchstwahrscheinlich ihre Familie entspannen würden … die ihn in ihren Augen menschlicher machen würden. Und auch wenn Mia wusste, dass er diese Vorführung geplant hatte, konnte sie nichts gegen die Gefühle machen, die in ihr aufstiegen, wenn sie an ihn als kleinen Jungen dachte, der in einem krinarischen Wald spielte und mit seinen Freunden Ärger bekam.

Das Essen dauerte bis zehn Uhr. Schließlich fuhren alle satt und zufrieden nach Hause. Auf ihrem Weg nach draußen küsste Mias Mutter Korum auf die Wange, und ihr Vater schüttelte seine Hand. Marisa errötete und stammelte leicht, als sie Korum für das Medikament gegen ihre Übelkeit dankte, während ihr Ehemann ihn breit anlächelte und ihm sagte, dass er jetzt jede Nacht zum Essen käme, da das Menü an diesem Abend großartig gewesen sei.

Sobald ihre Familie aus der Einfahrt gefahren war, schlang Mia ihre Arme um Korums Taille und drückte ihn fest. Während sie ihn so hielt, schaute sie nach oben und sah, dass er sie mit einem zärtlichen Ausdruck auf seinem wunderschönen

Gesicht anschaute. »Danke schön«, sagte sie ihm von ganzem Herzen. »Das hat mir wirklich viel bedeutet.«

Er streichelte zärtlich ihre Wange. »Ich würde alles tun, um dich glücklich zu machen, mein Liebling«, sagte er sanft. »Das weißt du auch, oder?«

Mia nickte und vergrub ihr Gesicht an seiner Brust, da sie sich fühlte, als könnte sie die ganzen Gefühle, die sie gerade empfand, gar nicht aushalten. Sie liebte ihn so sehr, dass es wehtat. Und in diesem Moment war sie sich fast sicher, dass er sie auch liebte.

* * *

Am nächsten Morgen wachte Mia auf, weil sie hörte, wie Krinarisch gesprochen wurde. Eine sanfte, weibliche Stimme, die ihr komischerweise bekannt vorkam, vermischte sich mit Korums tieferer Tonlage. Die Ärztin, fiel Mia ein. Sie musste schon gekommen sein, um Marisa zu untersuchen.

Mia stand auf, machte sich schnell fertig, zog sich an und sah auf die Uhr. Bestimmt würde ihre Schwester in ein paar Minuten hier sein.

Als sie in das Wohnzimmer kam, sah Mia dort eine wunderschöne Krinarin sitzen, die sich mit Korum über die lokalen Strände unterhielt. Sie erinnerte Mia an ein brasilianisches Supermodel, mit ihrer großen, schlanken Figur, der bronzefarbenen Haut, dem dunkelbraunen Haar mit den goldenen Strähnen und den funkelnden braunen Augen. Und wieder stieg in Mias Hinterkopf eine flüchtige Erinnerung auf, die sie nicht zu fassen bekam.

Sie näherte sich den beiden, und die Krinarin erhob sich und streckte Mia ihre Hand hin. »Hallo«, sagte sie voller Wärme. »Ich bin Ellet.«

Mit einem Lächeln schüttelte Mia kurz ihre Hand und war überrascht von dieser menschlichen Begrüßung. Außer mit Korums Cousine Leeta hatte Mia nicht wirklich mit vielen weiblichen Krinar gesprochen. Alle anderen vier Assistenten in Sarets Labor waren männlich, und Mia hatte außer ihnen noch nicht viele Bekanntschaften geschlossen.

»Danke schön, dass du extra den ganzen Weg hierhergekommen bist«, sagte Mia. »Ich kann dir überhaupt nicht sagen, wie sehr ich deine Hilfe in dieser Sache zu schätzen weiß.«

»Die Freude ist ganz auf meiner Seite«, antwortete Ellet mit einem strahlenden Lächeln, das Mia dazu brachte, sie augenblicklich zu mögen. »Das ist das erste Mal, dass ich in Florida bin, und bis jetzt liebe ich es. Es ähnelt Costa Rica sehr stark, aber ist viel weiterentwickelter und so voller Menschen!«

Mia hob erstaunt ihre Augenbraue. Entwickelt und voll von Menschen waren für die meisten Krinar sehr abschreckende Punkte, aber Ellet schien ihr gerade das völlige Gegenteil zu sagen.

»Ellet liebt Menschen«, erklärte Korum ihr trocken. »Ihr seid ihre Spezialität. Ich weiß auch eigentlich gar nicht, weshalb sie überhaupt in Lenkarda bleibt – New York wäre ein besserer Ort für sie.«

»Da ist es für meinen Geschmack zu kalt und zu dreckig«, sagte Ellet lächelnd. »Aber Florida sieht sehr vielversprechend aus …«

»Ehrlich?«, fragte Mia und starrte sie an. »Du würdest hierherziehen? Und was würdest du dann hier machen? Eine Klinik eröffnen?«

Ellet lächelte. »Das würde ich gerne machen, aber wahrscheinlich würde ich keine Erlaubnis dafür bekommen. Das widerspricht der Anordnung.«

»Der Anordnung?«

»Der Nicht-Einmischungs-Anordnung – eine der Bedingungen, unter denen die Ältesten zugestimmt haben, dass wir hier auf der Erde leben dürfen«, erklärte ihr Ellet und warf Korum einen kurzen und unleserlichen Blick zu.

»Ich verstehe«, sagte Mia, auch wenn das nicht wirklich der Fall war. Sie wusste, dass die Krinar ihre Technologien und ihre Wissenschaften für sich behielten, und sie hatte angenommen, der Grund dafür sei, dass sie ihr großes Experiment nicht beeinflussen wollten. Sie hatte nicht geahnt, dass es eine bindende Anordnung gab.

Bevor sie jedoch weitere Fragen stellen konnte, klingelte es an der Tür. Marisa war gekommen.

Mia ging die Tür öffnen.

Ihre Schwester sah schon wieder leichenblass aus, und der dunkle Ton ihrer Haare unterstrich ihre ungesunde Gesichtsfarbe auch noch. Das Medikament, das Korum ihr gestern gegeben hatte, wirkte offensichtlich nicht mehr.

»Ellet ist schon hier«, sagte Mia zu ihr. »Sie ist sehr nett – du wirst sie mögen.«

Marisa nickte und sah ein wenig grün aus. »Mia«, flüsterte sie, »was ist, wenn sie herausfindet, dass etwas mit mir oder dem Baby nicht stimmt? Irgendetwas, was unsere Ärzte nicht feststellen konnten? Was, wenn es etwas Schlimmes ist – etwas richtig Schlimmes?«

»Was? Quatsch! Ich bin mir sicher, mit dir ist alles in bester Ordnung. Wahrscheinlich ist es irgendein komisches Hormonungleichgewicht … Du kannst dich doch nicht schon verrückt machen, bevor die Ärztin überhaupt einen Blick auf dich geworfen hat! Komm mal her …« Mia zog sie in eine Umarmung und spürte, wie ihr magerer Körper in ihren Armen zitterte.

In diesem Moment bogen Ellet und Korum auf den Flur ein, da sie offensichtlich etwas mit ihren scharfen krinarischen Ohren gehört hatten.

»Du musst Marisa sein«, begrüßte Ellet sie warm, stellte sich neben ihre Schwester und betrachtete sie mit einem neugierigen Gesichtsausdruck.

Marisa ließ Mia los und sah ein wenig so aus, als sei sie von der Begegnung mit dieser hinreißenden Kreatur völlig überwältigt.

Die Krinarin lächelte sie strahlend an. »Ich bin Ellet«, sagte sie freundlich, »und ich bin eine Expertin für menschliche Biologie. Bitte mach dir keine Sorgen, du hast nichts, was dir Angst machen müsste. Komm, lass uns ins Wohnzimmer gehen, und ich werde schauen, ob irgendetwas nicht stimmt. Und selbst wenn das so sein sollte, bin ich mir sicher, dass wir es beheben können. Der menschliche Körper hat für uns nicht mehr besonders viele Geheimnisse.«

Marisa nickte, irgendwie beruhigter, und dann gingen sie alle ins Wohnzimmer.

»Kannst du dich bitte nur eine Minute lang nicht bewegen?«, bat Ellet sie und griff nach einem kleinen Apparat, der auf dem

Kaffeetisch neben dem Sofa stand. Sie nahm ihn in die Hand und richtete ihn auf Mias Schwester, um ihn dann langsam von ihrem Kopf bis zu den Zehenspitzen über sie fahren zu lassen, mit besonderer Aufmerksamkeit auf der Bauchgegend.

Dann legte sie das Gerät weg und fragte: »Hat dir dein Arzt gesagt, dass du unter grenzwertiger Hyperemesis gravidarum leidest?«

Marisa blinzelte. »Äh, er hat so etwas in der Art erwähnt, aber ich dachte, das sei nur ein Name für starke Übelkeit und häufiges Erbrechen …«

»Das ist es auch. Es ist etwas, was auftritt, wenn du einen zu hohen HCG-Spiegel hast. Gefährlich könnte dieser Zustand werden, wenn du stark dehydrierst, und ich glaube, menschliche Ärzte wissen nicht, wie sie es behandeln sollen. Im Extremfall legen sie den Patienten einfach an den Tropf und stellen sicher, dass er Bettruhe einhält. Ich sollte eigentlich in der Lage sein, das problemlos zu beheben, und der Rest deiner Schwangerschaft sollte somit reibungslos verlaufen.«

Marisa warf ihr einen unglaublich hoffnungsvollen Blick zu. »Wirklich? Du kannst das verschwinden lassen?«

»Ich kann dein Hormonniveau normalisieren. Da du erst im ersten Trimester bist, kann es sein, dass du trotzdem noch ab und an unter leichter Übelkeit leiden wirst, aber dagegen kann ich dir auch etwas geben. Trotzdem wirst du wieder völlig normal funktionieren und wieder essen können – und an Gewicht zunehmen, genauso wie du solltest.«

»Und das Baby? Ist mit dem Baby alles in Ordnung?«, fragte Marisa ängstlich.

Ellet lächelte. »Ja. Es wird ein wunderschönes Mädchen werden.«

»Oh mein Gott, ein Mädchen!« Freudentränen sammelten sich in Marisas Augen. Solange Mia denken konnte, hatte Marisa davon geredet, dass sie eine Tochter wollte, und jetzt sah es so aus, als würde dieser Traum sich erfüllen. Mia grinste sie an und drückte ihre Hand.

»Okay, bereit? Für den nächsten Schritt brauchen wir ein wenig Privatsphäre«, erklärte Ellet.

»Ihr könnt in eines der Schlafzimmer oben gehen«, sagte ihr Korum. »Wir warten hier unten.«

Marisa sah ein wenig nervös aus. »Was wirst du machen?«, fragte sie Ellet. »Wird das eine Operation?«

»Ich werde dich nicht aufschneiden oder etwas anderes in der Art«, beruhigte sie die Krinarin. »Ich habe ein kleines Gerät, das ich in dich einführen muss. Die Behandlung wird ungefähr fünf Minuten dauern, und dann kannst du nach Hause gehen.«

»Na dann, los«, ermutigte Mia sie. »Wird schon schiefgehen …«

Marisa und Ellet gingen nach oben, und Mia setzte sich neben Korum. »Nochmal danke dafür, dass du Ellet hierhergeholt hast«, sagte sie zu ihm. »Sie ist wundervoll.«

»Ja, sie ist eines der nettesten Individuen, die ich kenne«, gab Korum zu. »Sie ist noch ziemlich jung, erst ungefähr vierhundert Jahre alt, aber sie ist sehr leidenschaftlich bei dem, was sie macht, und sie hat eine Menge auf ihrem Gebiet erreicht.« Er hörte sich bewundernd an.

Und plötzlich kam ihr ein unangenehmer Gedanke. »Habt ihr jemals …?« Ellet war eine der schönsten Frauen, die Mia jemals gesehen hatte, selbst für lenkardische Standards.

Korum zuckte mit den Schultern. »Das war nichts Ernstes – nur eine beiläufige Affäre vor ein paar Jahren. Es gibt nichts, worüber du dir Sorgen machen solltest.«

Mia schluckte, und in ihrer Magengrube brannte es vor Eifersucht. »Ihr wart Liebhaber?« Eine Übelkeitswelle rollte über sie hinweg, als sie sich die beiden zusammen im Bett vorstellte, wie dieser Schmollmund Korums Körper küsste und ihre schlanken Hände seine intimen Stellen berührten.

»Nur für kurze Zeit. Du musst etwas bedenken, meine Süße – Sex ist einfach nur Spaß und eine entspannende Tätigkeit für uns. Außer wenn er in einer ernsthaften Beziehung stattfindet, messen wir ihm keinerlei Bedeutung bei.«

Mia starrte ihn an und versuchte, diese Information schnell zu verarbeiten und die hässlichen und pornografischen Bilder, die sie immer noch im Kopf hatte, wegzudrücken. »Und was bestimmt, ob ihr in einer ernsthaften Beziehung seid oder nicht?«

»Ob wir etwas für die andere Person empfinden, und wie stark.«

»Und du hast nichts für Ellet empfunden?«

Er schüttelte seinen Kopf. »Nein, in manchen Sachen sind wir uns zu ähnlich. Es wurde schnell klar, dass da außer der anfänglichen Anziehung nicht viel war – und selbst diese verflog innerhalb weniger Wochen.«

»Aber sie ist so unglaublich schön … Wie kannst du dich nicht mehr zu ihr hingezogen fühlen? Und sie sich zu dir?«, fragte Mia leise und fühlte sich unerklärlicherweise völlig aus der Fassung gebracht. Was konnte Korum mit einem normalen Menschen wollen, der einer seiner früheren Affären nicht das Wasser reichen konnte? Wenn die Anziehung von Ellet auf ihn so schnell vergangen war, wie sollte Mia dann langfristig seine Aufmerksamkeit auf sich ziehen können? Jetzt waren sie gerade seit etwas mehr als sechs Wochen zusammen. Würde er in einem weiteren Monat von ihr gelangweilt sein?

Korum streckte sich nach ihr aus und bedeckte ihre Wange mit seiner großen, warmen Handfläche. »Mia«, sagte er sanft, »Worüber machst du dir Sorgen? Ich habe in meinem Leben Tausende wunderschöner Frauen kennengelernt, aber nie habe ich eine so sehr gewollt wie dich …«

Mia schaute ihn an, und ihr Magen entspannte sich ein wenig.

»Und du bist für mich rein körperlich sehr viel anziehender, als sie das jemals war«, fuhr er fort, und seine Augen wurden goldener. »Wie kannst du überhaupt immer noch daran zweifeln? Reicht es dir nicht, dass ich dich am liebsten die ganze Zeit an mein Bett gefesselt halten würde? Wenn du noch anziehender auf mich wirken würdest, würde ich Tag und Nacht in deinem süßen, kleinen Körper bleiben … und wo wären wir dann?«

Mia schoss heißes Blut ins Gesicht, und sie konnte spüren, wie ihr Körper auf seine Worte reagierte. Und gleichzeitig begriff sie, dass ihre Schwester und Ellet jederzeit wieder herunterkommen konnten. »Korum, bitte«, flüsterte sie, »Was, wenn sie uns hören können?«

Er grinste sie schelmisch an. »Dann erfahren sie etwas Schockierendes – nämlich, dass wir Sex praktizieren …«

Als wäre das das Stichwort gewesen, hörte Mia Schritte auf der Treppe, und Marisa betrat das Zimmer, dicht gefolgt von Ellet.

Mia nahm schnell Abstand von Korum, sprang auf und rannte zu ihrer Schwester. »Marisa! Wie ist es gelaufen?«

Marisa schüttelte ihren Kopf und sah aus, als sei sie in einem leichten Schockzustand. »Ich habe kaum etwas gespürt, als Ellet mich berührt hat, aber jetzt fange ich schon an, mich besser zu fühlen …«

»Du wirst dich in ein paar Stunden noch besser fühlen, wenn die Nanos erst einmal deine Hormonproduktion normalisiert haben werden«, meinte Ellet und sah sehr zufrieden aus. »Und falls du immer noch seltene Übelkeitsanfälle bekommen solltest, nimm einfach etwas von dem Pulver, das ich dir gegeben habe, und du solltest dich für den Rest deiner Schwangerschaft gut fühlen. Und wie ich dir schon gesagt habe, wäre ich mehr als glücklich, hierherzukommen, wenn die Geburt bevorsteht …«

Marisa schniefte, und ihre Augen waren wieder tränenvoll. Sie umarmte Ellet, die ganz offensichtlich davon überrascht wurde. »Danke schön, Ellet, vielen lieben Dank! Ich wünschte, jeder könnte wissen, wie nett eure Rasse sein kann …«

Ellet drückte sie ein wenig ungeschickt zurück. »Ich danke dir, Marisa, aber denk an das, was ich dir gesagt habe. Du darfst niemandem etwas davon erzählen – oder ich werde riesigen Ärger bekommen. Wir dürfen nicht so sehr bei den Menschen eingreifen …«

»Warum eigentlich nicht?«, fragte Mia. »Was ist so schlimm daran, einer einzigen schwangeren Frau zu helfen?«

Korum kam zu ihr, legte ihr seinen Arm um die Schultern und drückte sie an sich. »Das werde ich dir später erklären, meine Süße«, sagte er und hatte dabei einen warnenden Unterton in seiner Stimme. »Warum verbringst du jetzt nicht ein wenig Zeit mit Marisa? Ich muss mit Ellet noch über ein paar Sachen in Lenkarda sprechen.«

Er wollte mit seiner Ex-Affäre allein gelassen werden? Das kranke Gefühl von Eifersucht, von dem sie dachte, dass sie es unter Kontrolle hatte, war auf der Stelle mit ganzer Kraft zurück. Trotzdem nickte sie steif und fragte: »Marisa, hättest du Lust, mit mir einen Strandspaziergang zu machen?«

Ihre Schwester lächelte. »Na klar. Das hört sich super an«, sagte sie, und Mia wusste, dass ihre Anspannung den scharfen Augen ihrer Schwester nicht entgangen war.

Korum beugte sich zu ihr hinunter, küsste sie auf die Stirn und entließ sie dann aus seiner Umarmung. »Na dann, viel Spaß«, sagte er. »Dein Frühstücksshake steht in der Küche. Ich habe auch einen für Marisa gemacht. Ihr könnt ihn auch mitnehmen, falls ihr möchtet.«

Mia dankte ihm, und die beiden Schwestern verließen das Haus, nachdem sie sich auf dem Weg nach draußen noch ihre Shakes geschnappt hatten.

18. KAPITEL

»So, jetzt spuck's schon aus, kleine Schwester. Was hat dir an seinem Vorschlag nicht gepasst?« Marisa nahm einen Schluck ihres Shakes und sah Mia erwartungsvoll an. Sie schlenderten am Wasser entlang, und die Brandung des Ozeans schlug nur wenige Zentimeter von ihnen entfernt auf den Strand.

Mia trat gegen eine kleine Muschel, die auf ihrem Weg lag, und bekam dadurch Sand in ihre Flip-Flops. »Ich habe gerade erfahren, dass er in der Vergangenheit mal was mit Ellet hatte«, erklärte ihr Mia mürrisch. »Und jetzt will er mit ihr alleine im Haus bleiben. Wie soll ich denn darauf reagieren?«

»Autsch.«

»Ja, eben.«

Marisa war einen Moment lang ruhig und dachte offensichtlich darüber nach. »Ich glaube nicht, dass da noch irgendetwas mit ihr läuft …«, sagte sie nachdenklich. »Ich bin mir sogar ziemlich sicher. Er hat nur Augen für dich – es ist schon fast beängstigend, wie intensiv er dich die ganze Zeit anschaut. Aber trotzdem war das nicht nett von ihm. Vielleicht hatten sie ja etwas Geschäftliches zu besprechen?«

»Wahrscheinlich«, stimmte Mia ihr zu und zuckte mit den Schultern. »Er hat mir gesagt, dass das mit ihnen schon seit einigen Jahren vorbei ist, und dass es sowieso nie etwas Ernstes war. Und trotzdem kann ich nicht damit aufhören, mir die beiden zusammen vorzustellen.«

Etwa eine Minute lang spazierten sie in angenehmer Stille und tranken dabei langsam ihre Smoothies, während ihre Blicke über das Wasser schweiften.

Dann sprach Marisa wieder. »Du liebst ihn wirklich, nicht wahr?«, fragte sie und hörte sich zum ersten Mal besorgt an.

Mia seufzte und schaute in den Sand hinab. »Mehr, als ich sagen kann«, gab sie zu. »Mehr, als ich mir jemals vorstellen konnte.«

»Oh Mia …«

»Ich weiß, ich weiß. Ich brauche keine Vorhaltungen darüber. Das kann überhaupt nicht gutgehen, das weiß ich auch, glaub mir.«

Ihre Schwester streckte ihren Arm aus und drückte Mias Hand. »Auch wenn dir das nicht hilft, zumindest scheint er verrückt nach dir zu sein. Völlig verrückt. Ich habe noch nie so etwas gesehen. Er sieht so aus, als würde er dich am liebsten verschlingen – und gleichzeitig, als würde er alles für dich tun. Er scheint von dir besessen zu sein, kleine Schwester …«

Mia lachte, und Marisas Worte rissen sie aus ihrer düsteren Laune. »Ach komm, ich bin mir sicher, da übertreibst du. Die Chemie zwischen uns stimmt einfach, das ist alles …«

»Nein, Mia«, Marisa schüttelte ihren Kopf und sah ernst aus. »Was ihr beiden habt, ist mehr als das. Ich weiß auch gar nicht, wie ich das beschreiben soll. Er beobachtet jede deiner Bewegungen. Das ist ziemlich unheimlich. Und er hält es nicht länger als ein paar Minuten aus, dich nicht zu berühren …«

Mia errötete ein wenig und fragte sich, ob ihre Schwester wohl etwas von der vorangegangenen Unterhaltung zwischen Korum und ihr mitbekommen hatte. Falls das der Fall sein sollte, hätte Ellet das auf jeden Fall auch; die Krinar hatten in der Regel ein besseres Gehör als die meisten Menschen.

»Und wie hast du es überhaupt geschafft, mit ihm zusammenzukommen?«, fragte Marisa mit unverblümter Neugier. »Du hast mir nie die ganze Geschichte erzählt, nur diesen Scheiß über deinen Liebhaber aus Dubai … Du scheinst immer so vorsichtig zu sein und dich genau an die Regeln zu halten – ich kann mir gar nicht vorstellen, wie du eine Affäre mit einem Krinar anfängst.«

Mia zögerte. Sie wollte ihre Schwester nicht mehr anlügen, aber sie hatte auch nicht vor, ihrer Familie die ganze Wahrheit zu sagen. »Es ist mir nicht leichtgefallen«, gab sie zu. »Anfangs hatte ich ziemlich viel Angst, und Korum kann manchmal sehr … einschüchternd sein. Aber offensichtlich war ich sehr angezogen von ihm, und er war sehr hartnäckig … und, na ja, du kennst den Rest der Geschichte.«

Marisa schaute sie eindringlich an. »Ich verstehe. Es gäbe da noch mehr zu erzählen. Sprich einfach mit mir, wenn du bereit dazu bist.«

»Danke, Marisa. Du bist die beste Schwester, die sich ein Mädchen nur wünschen kann«, sagte ihr Mia aufrichtig.

»Ich weiß – und noch dazu sehr bescheiden.« Ihre Schwester grinste, als sie das sagte, und Mia lächelte zurück.

Sie gingen eine ganze Weile, jede in ihre eigenen Gedanken versunken, bis Marisa wieder sprach. »Gibt es denn eine Möglichkeit, wie das Ganze für euch doch noch funktionieren könnte?«, fragte sie, und ihr Gesichtsausdruck war wieder ernst. »Irgendwie?«

Mia schüttelte ihren Kopf. »Nein, ich sehe nicht, wie. Wir sind im wörtlichen Sinne verschiedene Rassen – mit zwei sehr verschiedenen Lebenserwartungen. Letztendlich wird er mich verlassen … und ich weiß nicht, ob ich das dann noch überleben kann.«

»Ach Mia … Süße, ich weiß gar nicht, was ich dazu sagen soll …« Auf Marisas hübschem Gesicht spiegelte sich großes Mitleid wider.

»Du musst gar nichts dazu sagen«, antworte Mia ihr leise. »Es ist ja meine eigene Schuld, dass ich mich in ihn verliebt habe. Ich hätte ja auch einen netten, normalen Typen für mich suchen können – jemanden wie Connor –, aber nein, ich musste mich ja mit einem Außerirdischen einlassen. Ich bin mir sicher, dass ich mich letztendlich davon erholen werde … und vielleicht sogar einen menschlichen Mann kennenlerne, für den ich mit der Zeit Gefühle entwickeln kann.«

»Hast du schon einmal mit ihm über das alles gesprochen?«

»Nein, das habe ich nicht«, sagte Mia ihr ehrlich. »Ich bin gerade zu glücklich, um das jetzt anzusprechen. Zum ersten Mal, seit ich denken kann, versuche ich, den Moment zu leben

– einfach etwas zu genießen, ohne mir Gedanken über die Konsequenzen zu machen ...«

Marisa lächelte, aber es gab immer noch einen besorgten Schatten auf ihrem Gesicht. »Mach das, meine Kleine. Carpe diem und so.«

* * *

Der Krinar beobachtete die beiden Mädchen, wie sie langsam den Strand entlanggingen. Sie waren beide hübsch, aber nur eine interessierte ihn.

Es gab keinen Grund dafür, sie gerade jetzt zu beobachten, das wusste er rational auch. Er sollte sich auf seinen Feind konzentrieren und nicht auf so einen kleinen Menschen, der überhaupt keine Bedrohung für seinen Plan darstellte.

Aber trotzdem konnte er einfach nicht wegschauen.

Sie lachte, drehte ihr Gesicht der Sonne entgegen, und er zoomte heran und hielt die Aufzeichnung einen Moment lang an. Ihre Lippen waren geöffnet und zeigten die ebenmäßigen, weißen Zähne, und ihre blasse Haut schien zu leuchten, ja fast schon zu glühen.

Sie sah glücklich aus, und er bedauerte fast das, was er tun musste. Falls das morgen funktionierte, würde sie eine Weile erschüttert sein.

Zumindest so lange, bis er die Möglichkeit bekam, sie von diesem Schmerz zu befreien.

* * *

An diesem Abend führte Korum die ganze Familie zum Essen aus und hatte sich dafür ein Gourmetrestaurant ausgesucht, das erst kürzlich in Hammock Beach, einer ausschließlich privaten Gemeinde, nicht allzu weit von Ormond entfernt, eröffnet hatte.

Zu Connors freudiger Überraschung gab es auf der Karte nicht nur echten Fisch und Meeresfrüchte, sondern auch Steak und Kaviar. Die Preise für die tierischen Produkte waren natürlich astronomisch, einige der Gerichte kosteten so viel, wie manche Lehrer in einer Woche verdienten. Ihre Eltern starrten wie betäubt auf die Karte, bis Korum ihnen bestimmt sagte, dass er zum Essen einladen würde und dass er auch keine Proteste über dieses Thema hören wolle. Erst nach einigem Zögern nahm ihre Familie das Angebot an, und Connor bestellte sich ein Ribeye-Steak, und ihre Eltern teilten sich als Vorspeise einen Shrimpscocktail und wählten als Hauptgericht Hummer. Mia bestellte sich echte Eiernudeln, während Marisa Blinis russischer Art mit Kaviar hatte. Korum blieb wie immer bei hauptsächlich pflanzlichem Essen, auch wenn er ein bisschen Butter zu seinem auf dem Hibachi gegrillten Gemüse nahm. »Das ist eine der besser schmeckenden menschlichen Erfindungen«, bemerkte er augenzwinkernd.

Der erste Teil des Essens verging ruhig, und Korum befragte ihre Eltern nach ihrer Arbeit und danach, wie sie als Kinder in dieses Land gekommen waren. Er schien besonders an der Immigrationserfahrung interessiert zu sein und dem Akklimatisierungsprozess bei den Menschen. Ihre Eltern waren mehr als glücklich, darüber zu reden, und die Unterhaltung war flüssig und leicht.

Ein paar Gläser Wein später begann ihr Schwager sich allerdings auf weniger komfortables Terrain vorzuwagen. »Warum seid ihr eigentlich überhaupt auf die Erde gekommen?«, wollte Connor wissen und schaute Korum mit unverhohlener Neugier an.

Mia erstarrte, als sie sich an die eher schlechte Meinung ihres Liebhabers über die menschliche Rasse und ihren Umgang mit der Erde erinnerte – den Planeten, den die Krinar als ihr zukünftiges Zuhause ansahen.

Aber sie hätte sich keine Sorgen zu machen brauchen. Korums Schwiegerelterngesicht war wie festgenagelt. »Unser Sonnensystem ist viel älter als eures«, erklärte er beiläufig. »Und unsere Sterne werden lange vor eurer Sonne verlöschen. Also war es sinnvoll, sich auf diese Möglichkeit vorzubereiten. Es ist außerdem immer gut, verstreut an verschiedenen Orten zu leben: falls irgendein kosmisches Desaster Krina oder unsere Heimatgalaxie befallen sollte, würden zumindest einige der Krinar überleben.«

»Wow, ihr plant aber ganz schön im Voraus!«

Connor hörte sich beeindruckt an, und Korum lächelte ihn kurz an, bevor er die Unterhaltung auf Mias Kindheit lenkte und darauf, wie sie im Kindergartenalter gewesen war.

Der Rest des Abends verging wie im Fluge, als ihre Familie darin wetteiferte, die lustigsten und peinlichsten Geschichten von Mia als kleines Kind zu erzählen – von ihrer eigenartigen Vorliebe für purpurfarbene Kleidung, als sie drei Jahre alt war, bis dahin, dass Marisa sie in der ersten Klasse mit Süßigkeiten bestechen musste, damit sie ihre Mathehausaufgaben machte.

»Es fällt mir schwer, zu glauben, dass Mia jemals gezwungen werden musste, ihre Hausaufgaben zu machen«, gab Korum zu und lächelte sie voller Wärme an. »Jetzt kann ich sie kaum davon abhalten. Ihre Arbeitseinstellung ist unglaublich – sogar Saret ist beeindruckt, und der hat im Laufe der Jahre wirklich talentierte und engagierte Assistenten gehabt.«

Ihre Eltern freuten sich sehr darüber und lächelten voller Stolz auf sie, und Mia erkannte erneut, was für ein talentierter Manipulator Korum war. Ihre Familie fraß ihm aus der Hand. Ihre Eltern hatten ihn schon gebeten, sie Dan und Ella zu nennen, obwohl sie eigentlich unglaublich besorgt darüber sein sollten, dass ihre Tochter eine Beziehung mit einem außerirdischen Raubtier hatte. Nicht, dass sie das störte, überhaupt nicht. Ihr Liebhaber machte genau das, was Mia wollte – er beruhigte ihre Eltern – und sie war ihm dafür sehr dankbar.

Gegen zehn waren sie mit allem fertig und brachen langsam auf. Nachdem sie sich von ihrer Familie verabschiedet hatte, stieg Mia, glücklich und voll von dem köstlichen Essen, in Korums Ferrari, und sie fuhren nach Hause.

* * *

Als sie am nächsten Morgen aufwachte, sprang Mia voller Energie aus dem Bett. Sie putzte sich schnell die Zähne, zog sich den Bikini an, den Korum vorsorglich für sie bereitgelegt hatte, und ging ihn suchen.

Sie fand ihn am Pool liegend, wie eine große, goldene Katze, die sich von der Sonne bescheinen ließ. Im Gegensatz zu den Menschen verbrannte sich Korum nie, seine Haut schien immer den gleichen, leicht bronzefarbenen Ton zu haben. Als sie darüber nachdachte, fiel Mia auf, dass sie selbst bis jetzt auch keinen Sonnenbrand bekommen hatte, obwohl sie keinen Sonnenschutz benutzt hatte. Einen Moment lang fragte sie sich, ob Korum ihr ohne ihr Wissen irgendetwas zum Schutz ihrer Haut gegeben hatte, aber dann schweiften ihre Gedanken wieder ab, da sie zu ungeduldig war, den Tag zu beginnen.

Als Korum sie in den Poolbereich einbiegen sah, schenkte er ihr ein langsames, sinnliches Lächeln, das Mia an die ganzen verruchten Sachen erinnerte, die er letzte Nacht mit ihr gemacht hatte. Bei dem Gedanken daran spannte sich auch gleich ihr Unterleib wieder voller Lust an. Er schien nicht genug von ihr bekommen zu können – und sie auch nicht von ihm –, bis hin zu dem Punkt, dass Mia sich fragte, ob sie süchtig nach einander waren. Natürlich hatte Korum sie vor der Abhängigkeit das Blut betreffend gewarnt, jedoch nicht vor einer sexuellen – aber sie konnte sich nicht vorstellen, eine noch größere Sehnsucht nach ihm zu haben, als sie sowieso schon verspürte.

Die hohen Büsche und der solide weiße Zaun, die den Pool umgaben, sicherten die Privatsphäre der Bewohner der Villa, indem sie sie vor unerwünschten Blicken von Strandbesuchern schützten. Dadurch ermutigt, kam Mia zu ihm, ließ ihre Hand über seine Brust gleiten und genoss das Gefühl seiner glatten, sonnengewärmten Haut.

Er grinste, nahm ihre Hand und führte sie für einen Kuss zu seinen Lippen. »Ah, meine Dame ist erwacht«, neckte er sie, und seine weichen Lippen liebkosten sanft ihren Handrücken.

Ein Lustschauer überkam sie bei seiner Berührung, und ihr war plötzlich viel wärmer. Sie kämpfte gegen ihr Erröten an und fragte: »Hast du Lust, heute Morgen an den Strand zu gehen?«

Sie würden heute ihre Eltern zum Mittagessen treffen und dann nach St. Augustine fahren, um eine Alligatorenfarm zu besichtigen, eine von Mias Lieblingssehenswürdigkeiten hier in der Gegend. Aber da es erst neun Uhr morgens war, hatten sie noch eine Menge Zeit, bevor sie losmussten.

»Wie sieht's mit Frühstück aus?«, fragte er sie. »Hast du keinen Hunger?«

»Ich kann auf dem Weg eine Banane essen«, antwortete ihm Mia, die dringend eine Runde im Ozean schwimmen wollte. »Ich bin immer noch ganz voll von gestern Abend.«

»Na dann, lass uns los.«

Der Strand vor ihrem Haus war wunderschön und fast vollkommen menschenleer. Obwohl es kein privater Strand war, gab es keine Hotels in der Nähe und auch keine einfachen Parkmöglichkeiten für potentielle Strandbesucher. Aus diesen Gründen waren hier nur die reichen Residenten von den Villen in der ersten Strandlinie und einige hartgesottene Strandwanderer, die längere Märsche in Kauf nahmen, anzutreffen.

Sie verließen die Villa durch ein Tor, das sich im Zaun in der Nähe des Pools befand, und gingen dann über eine enge, hölzerne Brücke, die vom Haus über Dünen bis zum Strand führte.

Sobald sie von der Brücke traten, stieß Mia ihre Flip-Flops weg und rannte zum Wasser, da sie es eilig hatte, die Temperatur zu testen. Zu dieser Jahreszeit war der Atlantik noch nicht so warm, wie er es am Ende des Sommers sein würde, aber das war ihr egal. Obwohl es noch relativ früh war, war es schon recht heiß, und sie freute sich auf eine Abkühlung im Ozean.

Sie schwammen eine gute Stunde lang, bis Mia sich angenehm ermattet fühlte und ihre Muskeln von der ungewohnten Anstrengung schmerzten. Sie war überrascht, dass sie so lange durchgehalten hatte, da sie in den letzten Monaten nicht viel für ihre Ausdauer getan hatte, außer abends in Costa Rica ein wenig schwimmen zu gehen. Vielleicht war sie ja noch von letztem Jahr so gut in Form, als Jessie sie beide für einen Wohltätigkeitslauf von fünf Kilometern Länge angemeldet hatte und Mia in einen verrückten Trainingsrausch verfallen war, um sich darauf vorzubereiten. Oder vielleicht war das ganze nährstoffreiche Essen, das Korum für sie zubereitete, wirklich so gut für ihren Körper.

Als sie schließlich aus dem Wasser stiegen, streckte Mia sich auf einem großen Handtuch aus, das sie vom Haus mitgebracht hatten, und Korum legte sich neben sie. Sie schloss ihre Augen und entspannte sich, als die heißen Strahlen der Sonne auf ihre Haut schienen. Sie fragte sich noch kurz, ob sie nicht doch Sonnencreme auftragen sollte, war dann aber zu faul, sich zu bewegen. Nur ein paar Minuten, sagte sie sich, gerade lange genug, um ein wenig Vitamin D zu produzieren …

Ein angenehmes Kitzeln weckte sie einige Zeit später auf.

Sie öffnete ihre Augen, drehte ihren Kopf zur Seite und kniff ihre Augen zusammen, um sie vor dem hellen Licht zu schützen. Korum lag neben ihr und hatte sich auf einen Ellenbogen aufgestützt. Er sah sie mit einem Lächeln an und streichelte zärtlich mit einem Finger ihren Rippenbogen entlang. Sein dunkles Haar glänzte in der Sonne, und seine bernsteinfarbenen Augen unter den langen, dichten Wimpern strahlten Wärme aus.

»Was?«, murmelte Mia und fühlte sich ein wenig verunsichert. Der Bikini, den sie trug, ließ nicht viel Platz für eigene Fantasien, und die Art und Weise, wie er sie gerade anstarrte, schüchterte sie komischerweise ein.

»Nichts«, antwortete er sanft. »Deine Haut sieht in diesem Licht nur so wunderschön aus. Mir ist zuvor nie aufgefallen, wie hübsch blasse Haut sein kann.«

»Ähm, danke schön …«

»Und sie errötet auch so gut«, neckte er sie und strich mit seinen Fingern über ihre plötzlich viel zu warmen Wangen.

Mia lächelte ihn leicht peinlich berührt an. Das war alles noch so neu für sie, jemanden zu haben, der sie anfasste und ihren Körper derartig bewunderte. Und dass dieser jemand auch noch diese umwerfende Kreatur war, die gerade neben ihr lag, hätte Mia sich niemals träumen lassen.

»Wie lange war ich weg?«, fragte sie, als sie sich an ihr spontanes Nickerchen erinnerte. »Ich wollte wirklich nicht einschlafen …«

»Nicht so lange. Etwa zwanzig Minuten oder so.«

Mia gähnte verschämt und hielt sich dabei ihren Handrücken vor den Mund. »Entschuldige bitte … Du hast dich bestimmt gelangweilt …«

»Ich langweile mich nie mit dir«, sagte er und betrachtete sie dabei immer noch. »Ich mag es, dich zu beobachten, während du schläfst. Du siehst immer so süß und friedlich aus … wie ein dunkelhaariger Engel. Ich finde es sehr entspannend, dich so zu sehen.«

Mia grinste ihn an. Korum konnte manchmal wirklich eigenartig sein. »Das ist gut, denke ich, wenn man bedenkt, wie viel ich schlafe.«

Seine Antwort war ein Lächeln, und dass er ihr eine Locke hinter ihr Ohr strich. »Bist du jetzt hungrig? Oder immer noch voll vom Abendessen?«

Mia dachte nach. »Ich könnte was essen. Aber sind wir nicht bald mit meinen Eltern zum Mittagessen verabredet?«

»Erst in zwei Stunden. Bis dahin bist du wahrscheinlich verhungert.«

»Hmm, okay. Aber zuerst möchte ich noch ein wenig schwimmen.«

»Einverstanden. Möchtest du sofort reingehen?«

»Also eigentlich müsste ich erst noch einmal schnell auf die Toilette«, gestand Mia ihm. »Wartest du auf mich? Ich bin gleich wieder da.«

»Mach schnell«, antwortete Korum ihr grinsend. »Ich warte.«

Mia sprang auf und rannte zum Haus. Sie ging bei dem umzäunten Pool hinein und benutzte eine der Toiletten in der ersten Etage. Danach beeilte sie sich, wieder zum Strand zu kommen, da sie es gar nicht mehr erwarten konnte, das kühle Wasser auf ihrer überhitzten Haut zu spüren.

Als sie am Zaun angekommen war, drückte sie die Tür zum Strand auf … und erstarrte.

Gleich außerhalb des Zaunes, durch die Dünen von Blicken aus Richtung Strand geschützt, stand Leslie – eine der Widerstandskämpferinnen der Gruppe, mit der Mia gearbeitet hatte.

Und in ihren schlanken, muskulösen Armen befand sich ein Gewehr, das direkt auf Mias Brust gerichtet war.

19. KAPITEL

Einen Moment lang wurde Mia von so einem eiskalten Schreck übermannt, dass sie vollkommen erstarrte. Sie war weder in der Lage, zu denken, noch auf irgendeine Art und Weise zu reagieren. Wie ein Reh im Scheinwerferlicht, bemerkte ein Teil ihres Gehirns mit morbider Belustigung. Ihre Beine fühlten sich schwach und schwer an, so als sei sie in Treibsand gefangen, und ihr Sichtfeld hatte sich so weit verengt, dass sie nur noch die tödliche Waffe sehen konnte, die auf sie gerichtet war.

Dann schoss auf einmal das Adrenalin ein, machte ihren Kopf frei und ließ ihre Herzfrequenz hochschnellen. Wenn sie nicht irgendetwas machte, würde sie sterben, erkannte Mia völlig klar. Korum war zu weit von ihr entfernt, um ihr helfen zu können, wenn sie schrie; die Kugel würde sie schon lange, bevor er in die Nähe des Hauses gelangte, erwischt haben.

»Hände hoch, Miststück«, befahl ihr Leslie scharf, und ihre Gesichtszüge waren so voller Hass, dass sie kaum wiederzuerkennen war. »Du beschissene Verräterin, du wirst genau das bekommen, was du verdienst …«

»Was machst du hier, Leslie?«, unterbrach Mia sie und versuchte, das Zittern aus ihrer Stimme zu verbannen und langsam ihre Hände zu heben. *Zeig einem wütenden Hund niemals, dass du Angst hast. Zeige niemals deine Angst. Bring sie dazu, dass sie weiterredet. Schinde Zeit.*

»Dachtest du wirklich, dass du damit durchkommen könntest?«, spuckte Leslie aus, während ihre Arme zitterten und sie nervös am Abzug klopfte. »Dachtest du wirklich, dass du deine ganze Rasse verraten könntest und dann bis zu deinem Lebensende glücklich leben und dieses Monster ficken könntest?«

Ihre Klamotten waren zerrissen und schmutzig, bemerkte Mia mit einem halb funktionierenden Teil ihres Gehirns. Das Mädchen musste schon eine ganze Weile auf der Flucht sein.

»Leslie, hör mir zu«, sagte Mia verzweifelt und wusste, dass ihr wahrscheinlich nur noch Sekunden blieben. »Wenn du mich erschießt, wird Korum dich töten. Du wirst nicht schnell genug von hier wegkommen. Er wird den Schuss hören und dann wird er hinter dir her sein …«

Ein verrücktes, triumphierendes Lächeln erhellte Leslies Gesicht. Eine Sekunde lang sah sie unglaublich schadenfroh aus. »Ach, du glaubst ernsthaft, ich würde mein Leben riskieren, um dich zu töten?«, bemerkte sie verächtlich. »Denkst du, dass ich so blöd bin? Nein, Miststück, so gerne ich auch deine nutzlose Existenz beenden würde, mein Auftrag ist es, dich am Leben zu halten – am Leben und aus dem Weg, während er sich um deinen Liebhaber kümmert …«

Entsetzt starrte Mia sie an und eine Angst, von deren Intensität ihr schlecht wurde, machte sich in ihrem Körper breit. »Was meinst du damit?«, flüsterte sie, und ihr Gehirn war kaum in der Lage, diese Information zu verarbeiten. »Während wer sich um ihn kümmert?«

Leslie lachte und genoss offensichtlich Mias Reaktion. »Ich wusste es. Ich wusste, dass du dich in das Monster verliebt hattest. Ich habe John gesagt, dir besser nicht zu vertrauen, aber er war dummerweise überzeugt davon, dich auf unserer Seite zu haben. Trotzdem wusste ich es besser. Ich wusste, dass du genau der Typ bist, der auf das hübsche Äußere hereinfällt. Hat er dich auch abhängig gemacht? Gehst du jetzt immer unruhig umher und bittest jede Stunde irgendwelche Krinar, dich zu beißen, so wie das mein Bruder gemacht hat, bevor sie ihn getötet haben?«

Mias Gedanken wirbelten panisch umher, und ihr Herz schlug so hart, dass es sich anfühlte, als würde es gleich ihren Brustkorb sprengen. Zur gleichen Zeit baute sich tief in ihrem Bauch Wut auf. »Während wer sich um ihn kümmert?«, wiederholte sie durch zusammengebissene Zähne mit einer leisen und bedrohlichen Stimme.

Leslies Lippen verzogen sich zu einem spöttischen Lächeln. »Denkst du, die Keiths waren alleine?«, fragte sie höhnisch. »Denkst du, sie wurden gefangen genommen, und das war es jetzt?«

Mia war wie betäubt und konnte sie nur noch schockiert anstarren.

»Ja, es sind mehr Krinar involviert«, gab Leslie zu, und auf ihrem Gesicht spiegelte sich grausame Freude wider. »Und dein

Liebhaber wird in Partikel zerlegt werden, während wir hier sprechen …«

Mia atmete tief ein, aber ihre Lungen schienen einfach nicht genug Luft bekommen zu können. Ihr Blick wurde für einen Moment schwarz, und dann überkam sie eine Wut, wie sie sie noch niemals zuvor gespürt hatte, eine Wut, die keinen Platz mehr für Angst ließ.

Plötzlich wusste sie ganz genau, was sie zu tun hatte.

Einen kurzen Augenblick verschob sich ihr Blick von Leslie auf einen Punkt genau hinter deren Schulter und ließ ihr Gesicht kurz freudig aufleuchten.

Irritiert schaute Leslie schnell hinter sich, und Mia sprang auf sie, ihre Hände griffen schon nach der Waffe, als dem Mädchen klar wurde, dass es ausgetrickst worden war.

Die Wucht von Mias Sprung riss beide zu Boden, aber Mia landete oben, da ihre Verzweiflung ihr eine Kraft gab, von der sie gar nicht gewusst hatte, dass sie sie überhaupt besaß. Trotzdem gelang es Leslie, die Waffe weiterhin festzuhalten, da ihr Training im Lager und ihre Größe ihr einen unschätzbaren Vorteil verschafften, und sie rollten über den Boden, während jede der beiden versuchte, die Waffe in ihren alleinigen Besitz zu bringen.

Das schwerere Mädchen landete letztendlich oben, und ihr Gewicht presste Mia auf den Boden. Ihr Knie traf Mia in den Magen, und die Luft wurde einen Moment lang aus ihr herausgedrückt. Zur gleichen Zeit zerrte Leslie mit beiden Händen an der Waffe und riss dabei fast Mias Arm aus dem Gelenk. Diese spürte wegen des vielen Adrenalins in ihrem System den Schmerz kaum, aber dafür war ihr Kopf voller mörderischer Wut.

Zum ersten Mal in ihrem Leben wusste Mia, wie es sich anfühlte, wirklich jemanden umbringen zu wollen, in Stücke reißen zu wollen und dann dabei zuzuschauen, wie er verblutete. Ein roter Schleier legte sich über ihren Blick, und sie kämpfte ohne Rücksicht auf ihre eigene Sicherheit oder auch nur einen Hauch von Fairness. Ihr Gesicht legte sich auf Leslies Schulter, und sie biss zu, ihre Zähne sanken tief in den fleischigen Teil des Oberarms ein. Die Kämpferin schrie, und Mia freute sich über ihren Schmerz, über den metallischen Geschmack von Blut in ihrem Mund. Ihr Knie schnellte hart nach oben und krachte mit aller Kraft, die sie aufbringen konnte, in Leslies Schambein, und das Mädchen schnappte nach Luft, während sich ihr Griff leicht lockerte.

Das war alles, was Mia brauchte.

Anstatt an der Waffe zu ziehen, drückte sie sie nach unten und drehte sie gleichzeitig. Leslies Zeigefinger blieb im Abzug stecken, drehte sich mit ihm und das Mädchen schrie, als ihr Finger brach und sich in einem unnatürlichen Winkel nach hinten bog.

Mia nutzte diese Ablenkung, griff nach der Waffe und riss sie aus Leslies Hand.

Dann, kaum Herr ihrer eigenen Reaktionen, schlug sie sie mit verzweifelter Kraft auf Leslies Schädel.

Leslie brach bewegungslos zusammen, und Blut trat an der Stelle aus dem Kopf, an der das metallene Objekt aufgekommen war. Keuchend und zitternd stieß Mia sie weg und hatte nur noch einen Gedanken: zu Korum zu gelangen, bevor es zu spät war.

Sie sprang auf, schnappte sich das Gewehr und ignorierte das bewusstlose Mädchen, das sie einfach auf dem Boden liegen ließ.

Mia rannte schneller als jemals zuvor in ihrem ganzen Leben, und die raue hölzerne Brücke schnitt ihr in die Füße. Die Waffe fühlte sich schwer und ungewohnt in ihrer Hand an.

Am anderen Ende der Brücke konnte sie einen männlichen Krinar mit dem Rücken zu ihr gewandt stehen sehen, sein rechter Arm war ausgestreckt und zeigte auf Korum – der völlig bewegungslos dastand, seinen Blick fest auf das Objekt in der Hand des anderen Krinar gerichtet.

Leslie hatte nicht gelogen. Noch eine Minute länger, und es könnte zu spät sein. Mia wurde ein wenig langsamer, hob ihre Hand, zielte auf den breiten Rücken des Krinar vor ihr und drückte ab.

Außer einem leisen Klicklaut passierte nichts. *Nicht geladen, das verdammte Ding war nicht geladen.*

Sie warf die Waffe zur Seite und rannte wieder schneller. Dunkle Punkte tanzten vor ihren Augen und behinderten ihre Sicht, als ihr Gehirn versuchte, genügend Sauerstoff zu bekommen. Alles um sie herum verschwamm und wurde grau, als sie mit der ganzen Kraft, die ihr Körper aufbringen konnte, zu dem Ort des Geschehens rannte. Alles, was sie sehen konnte, alles, auf was sie sich konzentrieren konnte, war das tödliche Szenario vor ihr.

Und dann war sie dort, sah den Krinar vor sich bedrohlich größer werden. Sein muskulöser Körper zitterte, und Schweiß glänzte auf seinem Rücken und seinem Nacken. Durch das

Hämmern ihres Herzens in ihren Ohren hörte Mia nur vage die beruhigende Stimme Korums, der versuchte den Krinar davon zu überzeugen, die Waffe wegzulegen und einfach zuzuhören – und sah das Entsetzen auf dem Gesicht ihres Liebhabers, als er sie rennen sah und ihm klar wurde, was sie vorhatte.

Ohne weiter darüber nachzudenken, sprang Mia auf den Krinar. Ohne der Sinnlosigkeit ihres Angriffs Beachtung zu schenken, fassten ihre Finger nach seinem Haar und zogen mit aller Kraft daran. Von dem plötzlichen Schmerz überrascht, schrie der Krinar auf und warf sie mit einem großen Schwung weg von sich, so dass sie fast vier Meter entfernt in den Dünen landete.

Ihre linke Seite schlug mit voller Wucht auf dem Boden auf und Mia lag einen Moment lang bewegungslos da, weil der Aufprall alle Luft aus ihr herausgepresst hatte. Dann weiteten sich ihre Lungenflügel, und sie atmete, sog die dringend benötigte Luft ein. Schwindelig und desorientiert rollte sie sich auf ihren Bauch und versuchte, sich in den Vierfüßlerstand aufzurichten.

Als sie sich bewegte, schoss ein unerträglicher Schmerz ihren linken Arm hoch.

Wimmernd schaute sie zur Seite, und ihr Kopf fing an sich zu drehen, als sie den weißen Knochen erblickte, der durch ihre Haut hervorgetreten war. Eine plötzliche Übelkeitswelle überkam sie, und sie übergab sich unkontrolliert, so dass ihr Mageninhalt sich auf dem trockenen Gras der Düne verteilte.

Sie ließ sich auf ihre rechte Seite fallen und versuchte gerade trotz ihrer schwachen und zitternden Glieder wegzukriechen, als starke Arme sie hochhoben und sie gegen eine vertraute Brust drückten.

Korums ganzer Körper zitterte, als er im Sand kniete, sie in seinen Armen hielt und sie vor und zurück wiegte. Sein Atem war schwer und keuchend, und Mia konnte hören, dass sein Herz wie wild in seiner Brust schlug.

»Mia … meine Süße, ich dachte schon, dass ich dich verloren hätte …« Die Angst in seiner Stimme war ein Spiegel der Panik, die sie gefühlt hatte, als sie ihn in Gefahr gesehen hatte. Er schien unfähig zu sein, noch etwas zu sagen und hielt sie einfach nur an sich gedrückt, während er versuchte, sich wieder unter Kontrolle zu bekommen. Trotz seiner Panik schien er auf ihren verletzten Arm zu achten und passte auf, ihr nicht noch mehr Schmerzen zuzufügen.

»D-der Krinar …«, gelang es ihr hervorzupressen. »I-ist er …?«

»Mach dir über ihn keine Sorgen«, sagte Korum knapp. »Er ist keine Bedrohung mehr. Du lebst, und das ist alles, worauf es ankommt.«

Er stand auf, ohne sie loszulassen. »Schau nicht hin«, warnte er rau, als er sie Richtung Brücke trug.

Mia schloss ihre Augen für einen Moment, aber dadurch wurde ihr noch schlechter und sie öffnete sie sofort wieder.

Sie sah augenblicklich, weshalb Korum ihr geraten hatte, nicht hinzuschauen.

Nur wenige Meter von ihnen entfernt lag das auf dem Sand verstreut, was einmal sein Angreifer gewesen war. Der Körper war kaum als solcher wiederzuerkennen, da ein Arm fehlte und sich dort, wo ursprünglich Hals und Kopf gewesen waren, ein blutiges Loch befand. Überall war Blut; es bedeckte den entstellten Leichnam und wurde vom Sand aufgesogen.

Einen kurzen Moment lang dachte sie, dass das nicht echt sein könne, aber der metallene Geruch war nicht zu ignorieren, genauso wie der unterschwellige Gestank von etwas Fauligerem, der sie an Seegras erinnerte. Der Geruch des Todes, erkannte sie mit einem noch funktionierenden Teil ihres Gehirns. Sie hatte ihn niemals zuvor gerochen, aber ihre Urinstinkte konnten ihn sofort einordnen, und sie wurde von ihm abgestoßen.

Ein entsetztes Gewimmer entwischte ihr, bevor sie es unterdrücken konnte.

Korum fluchte und bewegte sich schneller, bis er fast zum Haus rannte, während er dabei immer noch darauf achtete, nicht an ihren verletzten Arm zu kommen.

Mia schloss ihre Augen und versuchte, tief durchzuatmen und sich selber davon zu überzeugen, dass sie gerade eine Szene aus einem Film gesehen hatte, dass das nicht wirklich die Überreste eines intelligenten Wesens waren, welches jetzt tot und verstümmelt im Sand von Ormond Beach lag. Doch das Bild vor ihren Augen war zu lebendig, um es zu verleugnen, und ihr Magen krampfte. Hätte sie ihn nicht gerade vor einer Minute geleert, hätte sie sich wieder übergeben.

Der Krinar, der sie in seinen Armen hielt, hatte gerade wortwörtlich seinen Gegner in der Luft zerrissen.

20. KAPITEL

Ihr Magen drehte sich um, und sie drückte sich instinktiv mit ihrer rechten Hand von Korums Brust weg, aber er ignorierte ihren schwachen Versuch, sich zu befreien.

»Schscht, mein Liebling, es wird alles gut«, flüsterte er ihr beruhigend zu, betrat den Poolbereich und trug sie weiter zum Haus.

Als sie durch das Tor traten, öffnete Mia ihre Augen wieder und sah, dass Leslies Körper immer noch dort lag, wo sie ihn liegen gelassen hatte, gleich außerhalb des Zauns. Mit einer eigenartigen Distanziertheit fragte sie sich, ob die Widerstandskämpferin wohl auch tot war. Sie wusste, sie sollte bei diesem Gedanken Entsetzen empfinden, aber in diesem Moment fühlte sie einfach nur eine Taubheit – Taubheit und innere Kälte.

Korum trug sie die Stufen hinauf und weiter bis in das große Badezimmer in der zweiten Etage. Er stellte sie vorsichtig auf ihre Füße, machte die Dusche an und stellte das Wasser ein, während Mia einfach nur dastand, leicht schwankte und ihm apathisch bei dem, was er tat, zusah. Eine Art barmherziger Nebel hüllte ihre Gedanken ein und schützte sie teilweise vor der brutalen Realität dieser Situation. Sie verstand, was sie sah, aber es schien sie überhaupt nicht zu berühren, etwa so, als würde es jemand anderem widerfahren.

Korums ganzer Körper war mit Blut und Sand bedeckt, und auch seine Haare waren voll davon. Er sah aus, als hätte er an einem Kampf teilgenommen – was ja auch der Realität entsprach. Wenn sie die grauenvolle Szene richtig gedeutet hatte, hatte er den anderen Krinar mit seinen bloßen Händen getötet.

Und wieder stieg ihr heiße Galle den Hals hoch, und sie konnte sie nur unter größten Anstrengungen zurückhalten. Auch wenn sie wusste, dass es reine Selbstverteidigung gewesen war, war sie immer noch entsetzt darüber, dass ihr Liebhaber zu solcher Gewalt fähig war.

Aber das, was ihr viel mehr Angst machte, war die Tatsache, dass sie es auch war.

Ganz tief drin war sie überglücklich, dass der andere Krinar tot war – dass es sein Körper war, der dort in Stücke gerissen lag, und nicht Korums. Wenn sein Angriff erfolgreich gewesen wäre … wenn er es geschafft hätte, Korum umzubringen, hätte Mia ihn liebend gern eigenhändig getötet – entweder das, oder sie wäre bei dem Versuch gestorben.

Ihre Augen schwenkten nach links, und sie sah sich selbst in einem großen Spiegel, der an der Wand hing. Auf ihrem ganzen

Gesicht waren getrocknete Blutschlieren, besonders um ihren Mund herum – davon, dass sie Leslie gebissen hatte, begriff sie. Schmutz, Sand und getrocknetes Gras bedeckten ihren fast nackten Körper, und kleine Ästchen hingen in ihrem Haar, was den generellen Eindruck einer mörderischen Verrückten nur noch verstärkte.

»Komm hier rein«, sagte Korum sanft, nahm sie vorsichtig hoch und stellte sie unter die Dusche, deren Wasser er auf eine perfekte Temperatur eingestellt hatte.

Die heißen Strahlen fühlten sich auf ihrer Haut fantastisch an, und Mia fiel auf, dass ihr trotz des heißen Wetters kühl war, dass sie fror. Sie zitterte auch. Ihr Körper musste sich in einem Schockzustand befinden, dachte sie mit fast klinischer Objektivität. Sie traute sich nicht, auf ihren Arm zu schauen, weil sie Angst hatte, dass sie den Anblick wieder nicht ertragen könne, ohne sich zu übergeben, und diese Peinlichkeit wollte sie sich ersparen. Momentan war der Schmerz erträglich, so, als ob sie eine Betäubung bekommen hätte. Im Gegensatz zu den meisten Menschen hatte Mia sich noch nie zuvor etwas gebrochen, und sie fragte sich, ob sich das immer so anfühlte. Falls ja, dann war das gar nicht so schlimm, man konnte es definitiv überleben.

»Bleib hier«, sagte Korum zu ihr. »Ich hole nur schnell etwas für deinen Arm.«

Mia nickte gehorsam, und er verschwand für eine Minute, bevor er mit einer kleinen Pille in seiner Hand zurückkam. Er betrat die Dusche und reichte sie ihr mit der Bitte, sie gleich zu nehmen.

Das machte sie auch, und der gedämpfte, pochende Schmerz verschwand fast augenblicklich.

»Mach deine Augen zu und schau nicht hin«, sagte er. »Ich meine das ernst, Mia. Halte sie geschlossen.«

Sie atmete tief ein und drückte ihre Lider fest zusammen. Sie konnte seine Hände auf ihrem verletzten Arm spüren, und auch, wie sie ihn vorsichtig abtasteten – wie sie ihn langzogen, damit der Knochen an seinen Platz zurückspringen konnte. Erstaunlicherweise tat das alles überhaupt nicht weh.

»Fertig«, sagte er rau. »Du kannst deine Augen jetzt wieder öffnen.«

Mia sah ihn an, und plötzlich zerbrach die Eishülle, die sie umgab.

Lautes Schluchzen kam aus ihrer Kehle, und sie sank unkontrolliert zitternd auf den Boden. Der ganze Terror und die ganze Gewalt, die sie gerade erlebt hatte, kamen ihr zu Bewusstsein und überwältigten sie. Sie hätte ihn verlieren können, sie hätten beide sterben können, er hatte brutal einen anderen Krinar niedergemetzelt und sie hatte vielleicht Leslie getötet … Das war ihr alles zu viel, und sie drückte ihre Knie an ihre Brust, und ihr Körper zitterte durch die Stärke der Schluchzer, die ihr das Luftholen erschwerten.

»Mia, schscht, Liebling, es ist vorbei. Es ist vorbei, das verspreche ich dir …«, murmelte er, kniete sich hin und zog sie näher zu sich heran. Er griff nach oben und stellte den Duschkopf so ein, dass das Wasser über sie lief und ließ sie einfach weinen, da er wusste, dass es genau das war, was sie jetzt brauchte.

Nach ein paar Minuten ließ ihr Schluchzen nach, und er hob sie hoch, stellte sie vorsichtig hin und zog ihr den Bikini aus. Dann nahm er etwas Seife in seine Handfläche und wusch jeden Millimeter ihres Körpers, bevor er ihre Haare einseifte, bis die ganzen Blutspuren und der restliche Dreck von ihrem Körper entfernt waren. Als er mit ihr fertig war, wiederholte er das Gleiche bei sich.

Danach stellte er das Wasser aus, trat aus der Dusche und kam mit einem dicken, flauschigen Handtuch zurück, in das er sie einhüllte. Mia, die zu traumatisiert war, um irgendetwas anderes machen zu können, stand einfach nur da und nahm seine Fürsorge an.

»Ist sie tot?«, fragte sie matt und dachte dabei an das Mädchen, das sie blutend und bewusstlos vor dem Tor am Pool liegen gelassen hatte.

Korum schüttelte seinen Kopf und trocknete sich ab. »Ich denke nicht – ich habe gesehen, dass sie geatmet hat, als wir an ihr vorbeigegangen sind. Ich habe die Wächter angerufen, die in der Nähe waren, um auf deine Familie aufzupassen, und sie werden gleich hier sein. Sie werden sie gefangen nehmen und den Rest säubern …«

»Wer war er? Kanntest du ihn?«

Für einen Moment flackerte Zorn in Korums Augen auf, aber dann hatte er sich wieder unter Kontrolle, wenn auch unter sichtlichen Anstrengungen. »Ja«, sagte er, und sie konnte seinen kaum unterdrückten Ärger heraushören. »Ich hatte keine Ahnung, dass er auch etwas mit den Keiths zu tun hatte, überhaupt nicht. Ich kann gar nicht glauben, dass er uns alle so an der Nase herumgeführt hat.«

Mia schaute ihn weiterhin an, und er atmete tief durch, um sich zu beruhigen.

»Sein Name war Saur«, erklärte Korum ruhig. »Er hat in deinem Labor gearbeitet – in Sarets Labor –, seit wir auf die Erde kamen. Er war derjenige, der vor ein paar Wochen gegangen ist und die freie Stelle hinterlassen hat, die du jetzt besetzt. Saret hat immer in den höchsten Tönen von ihm gesprochen. Saur war sein jüngster und brillantester Assistent – zumindest bis Adam kam. Ich weiß allerdings nicht, was ihn dazu veranlasst hat, sich mit den Keiths einzulassen; er hatte unserer Gesellschaft so viel zu bieten ... Und warum er hierherkam, um uns zu töten, das weiß ich auch nicht ...«

»Um dich zu töten«, berichtigte ihn Mia, und ihr wurde bei dem Gedanken daran gleich wieder ganz kalt. »Leslie hat mir erzählt, dass ihr Auftrag war, mich am Leben und aus dem Weg zu halten, während er sich um dich kümmerte ...«

Seine Augenbraue hob sich. »Ich verstehe«, sagte er nachdenklich und führte sie aus dem Badezimmer ins Schlafzimmer.

Er hatte ihr schon Kleidung herausgelegt, die sie zum Essen mit ihren Eltern tragen sollte – ein hübsches pfirsichfarbenes Sommerkleid und weiße, seidige Riemchensandalen –, und er zog sie vorsichtig an, so als ob sie ein kleines Kind sei.

Seine Hände arbeiteten besonders sanft in der Gegend um ihren gebrochenen Arm, der überhaupt nicht mehr schmerzte, wie Mia auffiel.

Neugierig schaute sie auf ihre linke Seite und blinzelte, da sie ihren eigenen Augen kaum trauen konnte. Wo noch vor eine paar Minuten der gebrochene Knochen herausgeragt hatte, war jetzt perfekte, glatte Haut, ohne auch nur die leichteste Spur einer Verletzung.

Überrascht bewegte Mia ihren Arm, und er funktionierte hervorragend. Sie hob ihn hoch, spannte ihren Bizeps an, und alles schien normal zu sein. Wie konnte eine kleine Pille das alles schaffen?

Generell fühlte sie sich jetzt viel besser. Die Dusche und die Medizin, die er ihr gegeben hatte, hatten für ihre körperliche Verfassung Wunder gewirkt, auch wenn ihr Kopf immer noch damit beschäftigt war, das zu verarbeiten, was gerade alles passiert war.

»Er sollte jetzt wieder in Ordnung sein«, sagte Korum und bewegte ihren Arm mit seinen Händen.

Er hatte sich auch schon angezogen und trug ein weißes T-Shirt zu einer Jeans. Er sah umwerfend aus – und so lebendig –, dass Mia fast schon wieder weinen musste, als sie daran dachte, was fast passiert wäre.

»Und jetzt erzähl …«, sagte er leise, kam zu ihr und hob ihr Kinn mit seinen Fingern an. »Was zum Henker hast du dir dabei gedacht, dein Leben derart aufs Spiel zu setzen?«

Mia blinzelte ihn an, da sie von der leisen Wut in seiner Stimme völlig überrascht wurde. »Leslie hat mir erzählt, dass er dich töten würde. S-sie sagte, d-dass er dich in P-Partikel zerlegen würde …« Ihre Stimme zitterte vor Entsetzen, und sie konnte kaum die Tränen zurückhalten, die sich schon wieder in ihren Augen sammelten.

»Und dann hast du was? Einen erfahrenen Kämpfer angesprungen, der ein Gewehr auf dich gerichtet hatte? Einen Krinar angegriffen, der dich mit einem Schlag töten könnte?« Korum zitterte jetzt fast vor Wut, und seine Augen waren voller gelber Flecken. »Weißt du denn nicht, wie zerbrechlich du bist? Wie leicht dich etwas verletzen kann, dein Leben auslöschen kann?«

Mia schluckte. »Ich könnte es nicht ertragen, wenn dir etwas zustoßen würde …«

»Mir? Wie, denkst du, würde ich mich fühlen, wenn dir etwas zustoßen würde?« Er war fast außer sich, seine Zähne waren fest zusammengebissen und in seinem Kinn pulsierte ein Muskel. Sie hatte ihn noch niemals so gesehen, und Mia fragte sich vage, ob sie Angst haben sollte. Er hatte ja schließlich gerade ein intelligentes Wesen getötet. Aber aus irgendeinem Grund konnte sie nicht einmal das kleinste Fitzelchen Furcht aufbringen. In den letzten Wochen hatte sich ihre Angst, dass er ihr etwas antun könnte, weil sie ihn ausspioniert hatte, in ein Gefühl absoluter Sicherheit in seiner Gegenwart verwandelt. Auch wenn er wütend war, würde er ihr nichts tun; da war sie sich hundertprozentig sicher.

»Das weiß ich nicht«, antwortete sie ihm und sah, wie seine Augen noch gelber wurden. Schneller als sie blinzeln konnte, hatte er sie hochgehoben, saß auf dem Bett und hatte sie zusammengerollt auf seinem Schoß. Er hielt sie so fest an sich gedrückt, dass sie kaum atmen konnte. Er vergrub sein Gesicht in ihrem Haar, und Mia konnte spüren, wie ein leichtes Zittern seinen großen, muskulösen Körper durchfuhr.

»Das weißt du nicht?«, flüsterte er rau. »Du weißt wirklich nicht, dass du alles für mich bedeutest?«

Mia traute sich kaum, ihren Ohren zu glauben, und drückte sich von seinem Schoß hoch, damit sie genug Abstand zu ihm bekam, um in sein Gesicht schauen zu können. »Wirklich?«

»Natürlich tust du das.« Sein Blick brannte sich mit einer Intensität in sie, wie sie es noch niemals zuvor gesehen hatte. »Wie konntest du daran zweifeln?«

»Willst du mir gerade sagen … dass du mich liebst?«, fragte sie zitternd, obwohl sie eigentlich Angst davor hatte, diese Möglichkeit überhaupt laut auszusprechen. Was, wenn er Nein sagte. Was, wenn sie ihn missverstanden hätte und er über ihre Dummheit lachen würde? Ihr Brustkorb zog sich in ängstlicher Erwartung zusammen.

»Mia, ich liebe dich mehr als mein Leben«, sagte er, und seine Stimme war vor lauter Gefühl ganz heiser. »Wenn dir irgendetwas zustoßen sollte ... Wenn du nicht mehr da wärst, würde ich nicht weiterleben wollen. Verstehst du mich?«

Mia nickte, zu überwältigt von ihren eigenen Gefühlen, um etwas sagen zu können. Er liebte sie? Dieser wunderschöne, fantastische Mann liebte sie?

Seine Augen verengten sich. »Und wenn du noch ein einziges Mal dein Leben so in Gefahr bringst ...«

Mia ließ ihn nicht ausreden. Stattdessen fasste sie nach oben, vergrub ihre Hände in seinem Haar und zog seinen Kopf zu sich hinunter. Und dann küsste sie ihn, um ihm die ganze Tiefe ihrer Gefühle auf dem Weg mitzuteilen, auf dem sie schon immer am besten kommuniziert hatten.

Zuerst erstarrte er, als hätte er Angst, ihr wehzutun, aber dann stöhnte er leise kehlig auf und erwiderte diesen Ausdruck ihrer Gefühle. Seine Hände hielten sie wieder fester, und sein Mund küsste sie hungrig und verzweifelt.

Mia hing mit der gleichen Verzweiflung an ihm, und die vorangegangene Angst und das Adrenalin verwandelten sich in intensives Verlangen. Er lebte – sie lebten beide –, und ihr Körper wollte, brauchte diese Gewissheit auf die primitivste, instinktivste Art und Weise.

Sie landete mit dem Rücken auf dem Bett, unter seinem harten, muskulösen Körper, und riss mit ihren Händen verzweifelt an seinem T-Shirt. Sie fühlte sich, als würde sie verhungern, als würde sie ohne seine Berührung sterben. Ihr

Körper schrie danach, ihn in sich zu spüren. Sein Kuss verzehrte sie, seine Zunge drang tief in ihren Mund ein, und Mia saugte daran, sehnte sich nach seinem Geschmack und wollte ihn ganz. Ihr war unerträglich heiß, ihre Haut fühlte sich zu angespannt an, zu empfindlich, um die Begierde, die in ihr brannte, noch länger in sich eingeschlossen halten zu können. Sie versuchte verzweifelt, ihm noch näher zu sein, und streckte ihm ihren Körper entgegen.

Er stöhnte erneut auf, da ihre leidenschaftliche Reaktion eine ebenbürtige bei ihm auslöste. Seine linke Hand griff in ihre Haare und hielt ihren Kopf still, damit sein Mund sich ungehindert nehmen konnte, was er brauchte. Seine rechte Hand schob ihr Kleid nach oben, um ihren Unterleib freizulegen, und jetzt trennten sie nur noch ihr Tanga und seine Jeans voneinander. Er machte kurzen Prozess mit beiden, indem er ihre Unterwäsche einfach zerriss und nur schnell den Reißverschluss seiner Jeans öffnete, bevor er mit einem kräftigen Stoß in sie eindrang.

Mia schnappte nach Luft, da sie das plötzliche Eindringen überraschte, und krallte sich an seinen Schultern fest. Sie war überwältigt und unfassbar erleichtert, ihn in sich zu spüren. Er war unglaublich heiß und dick, und diese unverblümte, ungebremste Kraft, mit der er sie nahm, war genau das, was sie in diesem Moment brauchte. Ihre vaginalen Muskeln zitterten und dehnten sich um sein großes Geschlecht aus, während ihr Innerstes schmolz und sich verflüssigte, als er sie so perfekt ausfüllte und ihre innere Leere beseitigte.

Er begann sich zu bewegen, und jeder Stoß seines Penis drückte sie tiefer in die Matratze. Sie schrie, und die Anspannung in ihr stieg, bis ihr ganzer Körper durch die Gewalt ihres Orgasmus zu explodieren schien und ihre Scheide sich unkontrolliert um sein Glied krampfte.

Schwer atmend stützte er sich auf seine Ellenbogen und sah mit fast rein goldenen Augen auf sie hinab. Schweißtropfen hatten sich auf seiner Stirn gebildet, und unter seiner bronzefarbenen Haut schien er errötet zu sein. Er sah großartig und wild aus, und Mia konnte ihre Augen nicht von der flammenden Intensität seines Blickes abwenden. Er war noch nicht gekommen, und sein Geschlecht ruhte immer noch hart in ihr.

»Du gehörst mir«, sagte er mit heiserer Stimme zu ihr, und Mia konnte die Wahrheit dieser Aussage nicht abstreiten, nicht mit ihm so tief verankert in ihrem Körper und ihrem Herzen. Sie fühlte sich unglaublich verletzlich in diesem Zustand, aber sie wusste, dass er genauso verletzlich war – dass sie die gleiche Macht über ihn hatte.

»Und du gehörst mir«, flüsterte sie zurück. Ihr Griff an seinen Schultern verstärkte sich, und sie fühlte, wie sich als Reaktion auf ihre Worte sein Penis in ihr bewegte.

Er nahm seine Stöße wieder auf, und die Heftigkeit, mit der seine Hüften auf sie einhämmerten und sich wieder zurückzogen, mit der er sich in ihr Fleisch drückte, wurde von ihr mit fast der gleichen Intensität beantwortet. Sie fühlte jedes Eindringen tief in ihrem Bauch, und der Druck seiner Eichel gegen ihre Gebärmutter löste in ihr ein stechendes Lustgefühl aus, das an der Schwelle zum Schmerz lag ... und dann merkte sie, wie er weiter in ihr anschwoll, und ihr Körper spannte sich an, als ein weiterer gewaltiger Orgasmus durch sie hindurchschoss. Gleichzeitig bäumte er sich in ihren Armen auf, kam mit einem rauen Aufschrei zum Höhepunkt, und sein Samen ergoss sich in wenigen, warmen Entladungen in sie.

Eine Minute lang blieben sie einfach bewegungslos so vereinigt liegen, während sich ihre Atmung normalisierte und sich ihr Herzschlag verlangsamte. Mia hatte sich noch nie in ihrem ganzen Leben so mit einer anderen Person verbunden gefühlt. Es war, als hätten sie aufgehört, zwei verschiedene Individuen zu sein, als hätte dieser sexuelle Akt sie auf eine Art und Weise miteinander verbunden, die weit über etwas Körperliches hinausging. Sie konnte sein Herz im Einklang mit ihrem eigenen schlagen hören, die Hitze und der Geruch seines Körpers umgaben sie, hüllten sie ein, als er sie umarmte und sein Gewicht angenehm schwer auf ihr lastete.

Nach einer Weile rollte er sich von ihr hinunter und zog sie an sich heran, damit sie sich auf seine Brust legen konnte. Sie wusste, dass sie aufstehen und sich sauber machen gehen sollte. Sie wusste auch, dass sie bald losfahren mussten, um ihre Eltern zum Mittagessen zu treffen und dass es noch eine Menge zu besprechen gab – aber in diesem speziellen Moment wollte sie einfach nur hier mit ihm liegen und den Rest der Welt draußen lassen.

Sie liebte ihn, und er liebte sie, und das war alles, was gerade zählte.

* * *

Ein paar Minuten später kamen die Wächter an, und ihre Schiffe landeten lautlos am Strand in der Nähe des Hauses. Korum zog sich schnell den Reißverschluss seiner Jeans hoch, küsste Mia auf die Stirn und ging hinaus, um die Wächter zu begrüßen. Mia blieb zurück, um sich vor dem Mittagessen noch ein wenig frisch zu machen.

Als sie aufstand, bemerkte sie, dass ihre Beine immer noch leicht zitterten und dass ihre Genitalien nicht aufgehört hatten, unterschwellig durch die Nachbeben ihrer leidenschaftlichen Vereinigung zu pochen. Sie hatte keine Vorstellung davon, wie der Sex mit einem anderen Mann wäre, mit einem menschlichen Mann, aber sie hatte die starke Vermutung, dass das, was sie jede Nacht erlebte – und häufig auch tagsüber –, nicht gerade normal war. Vielleicht würde dieser unstillbare Hunger aufeinander ja in der Zukunft, wenn sie länger zusammen waren, ein wenig nachlassen, aber im Moment schienen sie nie genug Sex zu bekommen. War das vielleicht genau das, was Korum gemeint hatte, als er über ihre ungewöhnliche Chemie sprach? Hatte er von Anfang an gewusst, dass es so sein würde?

Sie ging ins Badezimmer, wusch sich ihr Gesicht und versuchte, ihre Locken ein wenig zu glätten, um sie präsentabler zu machen. Unter der Blässe ihrer Haut glühte ihr Gesicht mit einer leichten Röte, und ihre Lippen waren voller, ein bisschen geschwollen durch die Küsse. Sie sah glücklich und zufrieden aus, weit von dem traumatisierten Elend entfernt, dass sie früher am Tage gewesen war. Sie sah allerdings auch so aus – und roch auch so – als hätte sie gerade Sex gehabt. Eine weitere schnelle Dusche war definitiv angesagt.

Zehn Minuten später war sie sauber und hatte sich etwas anderes angezogen. Es war auch fast Zeit, nach St. Augustine zu fahren, also ging sie Korum suchen.

Sie fand ihn am Pool, wo er mit drei männlichen Krinar sprach, die eine Art graue Uniform anhatten. Sie erinnerte sich daran, die gleichen Uniformen auch bei den Krinar gesehen zu haben, die vor zwei Wochen die Keiths festgenommen hatten.

Das mussten die Wächter sein, von denen Korum gesprochen hatte.

Einer von ihnen hielt Leslie fest, die wieder bei Bewusstsein war und so aussah, als würde sie unter einem starken Kopfschmerz oder einer Gehirnerschütterung leiden. Mia fühlte sich wahnsinnig erleichtert. Sie hatte sie doch nicht getötet, und es schien auch nicht so, als würde sie einen dauerhaften Schaden davontragen. Trotzdem sah Leslie so aus, als sei sie entsetzt, von den Kreaturen gefangen genommen worden zu sein, die sie als wirkliche Monster ansah. Mia hatte fast Mitleid mit ihr, weil sie sich sehr gut daran erinnerte, wie viel Angst sie anfänglich vor Korum gehabt hatte. Aber eben nur fast – weil sie die Tatsache nicht vergessen konnte, dass das Mädchen ein Gewehr auf sie gerichtet hatte und sie außerdem an dem Versuch, Korum zu töten, beteiligt gewesen war.

Jetzt, da sie wieder denken konnte, fragte sich Mia, weshalb Saur gewollt hatte, dass Leslie sie am Leben ließ und aus dem Weg hielt. Dachte er, sie könnte den Widerstandskämpfern nützlich sein? Oder hatte er etwas anderes von ihr gewollt? Und warum war Korum das Opfer? Nichts davon ergab Sinn.

Und plötzlich fiel ihr etwas ein. Der Gedächtnisverlust der Keiths! Wenn Saur Zugang zu den Technologien des Labors gehabt hatte und auch ausreichend Wissen darüber, hätte er derjenige gewesen sein können, der ihr Gedächtnis ausradiert hatte. Adam hatte ja auch einmal etwas darüber erwähnt, dass Saur an der Manipulation der Gedanken gearbeitet hatte.

Aufgeregt näherte sich Mia Korum und den Wächtern. Sie lächelte ihn an und sagte: »Ich habe gerade etwas begriffen … Wenn Saur in Sarets Labor gearbeitet hat …«

Korum nickte zustimmend. Ihm war das offensichtlich auch schon aufgefallen. »Genau. Das würde eine Menge erklären – auch wenn ich immer noch nicht wirklich verstehen kann, was ihn dazu gebracht hat.«

Leslie beobachtete ihre Unterhaltung mit einem bitteren Gesichtsausdruck auf ihrem schmerzverzerrten Gesicht. »Xeno-Miststück«, murmelte sie und warf Mia einen hasserfüllten Blick zu.

»Halt deinen Mund«, erwiderte Korum kalt und starrte das Mädchen voller Verachtung an. »Du solltest der Gottheit, die du anbetest, danken, dass Mia heute nicht verletzt wurde – und dass die Waffe nicht geladen war. Wenn ihr irgendetwas zugestoßen wäre, hätten du und deine Freunde vom Widerstand die wahre Bedeutung des Wortes Leiden erfahren. Hast du das verstanden?«

Die Kämpferin musste sichtlich schlucken, aber weigerte sich, wegzuschauen. Mia kam nicht umhin, widerwillig ihren Mut zu bewundern; hätte Korum das zu ihr gesagt, wäre sie zu Tode verängstigt gewesen. Vielleicht war Leslie das auch, aber sie hatte ein verdammt gutes Pokerface.

Mia fragte sich, was jetzt wohl mit ihr passieren würde. Würden die Krinar sie gehen lassen, nachdem sie ihr die Überwachungsgeräte implantiert haben würden, so wie sie es auch bei den anderen Widerstandskämpfern gemacht hatten, von denen sie angegriffen worden waren? Sie beschloss, Korum zu fragen, sobald sie allein sein würden. Trotz allem hoffte sie immer noch, dass Leslie nicht zu hart für ihre Taten bestraft werden würde; die Kämpferin schien kein schlechter Mensch zu sein – nur fehlgeleitet in ihrem Hass auf die Krinar.

Zwei weitere Wächter kamen durch das Tor herein. »Erledigt«, berichtete einer von ihnen auf Krinarisch. »Alle Beweise sind von uns eingesammelt und alle Spuren beseitigt worden.«

»Gut«, antwortete Korum ihm. »Danke, dass ihr so schnell hierhergekommen seid.«

Der Wächter, der eben gesprochen hatte, nickte. »Das war doch selbstverständlich. Wenn Ihnen noch etwas einfällt, was mit diesem Angriff zu tun haben könnte, melden Sie sich einfach bei uns.«

Korum versprach es ihm, und die Wächter verschwanden mit Leslie.

»Was werden sie mit ihr machen?«, fragte Mia und sah den panischen Ausdruck auf dem Gesicht des Mädchens, als die Wächter sie in Richtung Strand wegführten.

»Sie wird eine leichte Rehabilitation bekommen«, antwortete Korum. »Sie hat uns schon zu viel Ärger bereitet, also werden wir sie genauso behandeln wie die anderen Anführer des Widerstandes, die wir bis jetzt gefangen genommen haben.«

»Eine Rehabilitation?«

Durch die Zeit, die Mia in Sarets Labor verbracht hatte, wusste sie jetzt, dass die Manipulation des Gehirns ein sehr komplexer und delikater Eingriff war. Es konnte leicht passieren, einen irreparablen Schaden zu verursachen, und außerdem war jedes Gehirn einzigartig – was bei einer Person funktionierte, musste bei einer anderen Person nicht unbedingt zu dem gleichen Ergebnis führen. Die Beeinflussung des

Gehirns war der modernste Teilbereich krinarischer Neurochirurgie – und sogar Saret gab zu, dass sie bis jetzt noch ziemlich unzuverlässig funktionierte.

»Nicht die gleiche Art der Rehabilitation wie für die Keiths«, beruhigte sie Korum. »Eine viel sanftere Version. Bei Menschen ist das nicht so schwer wie bei den Krinar; es könnte also sein, dass sie mit einem leichten Gedächtnisverlust davonkommt.«

Mia war währenddessen schon wieder etwas anderes eingefallen. »Korum«, sagte sie langsam, »du wirst jetzt aber keine Schwierigkeiten bekommen, oder? Wegen dem, was am Strand passiert ist, meine ich?« Wegen des Krinar, den er in Stücke gerissen hatte – aber das konnte sie einfach nicht aussprechen.

Er lächelte sie beruhigend an. »Nein, das war ein eindeutiger Fall von Selbstverteidigung, und ich habe Aufzeichnungen, die das belegen.«

»Aufzeichnungen?«

Er hob seine Hand und hielt ihr seine Handfläche hin. »Diese eingelassene Technologie zu besitzen ist sehr praktisch. Und sollten wir einen Schritt weitergehen müssen, könnten wir auch Bilder der Satelliten bekommen, die wir im Orbit der Erde haben. Was auf einem öffentlichen Strand wie diesem passiert, ist niemals geheim. Es könnte eine Untersuchung geben, um dem Protokoll Folge zu leisten, aber es wird zu keiner Gerichtsverhandlung kommen.«

Mia atmete erleichtert aus. »Das ist gut zu wissen.« Sie trat auf ihn zu, legte ihre Arme um seine Taille und umarmte ihn fest, während sie seinen warmen, vertrauten Geruch einatmete. Er erwiderte ihre Umarmung, drückte sie mit einer Hand gegen sich und strich ihr mit der anderen durch ihr Haar. So verharrten sie etwa eine Minute lang, genossen einfach die Nähe des anderen und ließen das Grauen des Tages in der Wärme ihrer Umarmung verschwinden.

21. KAPITEL

Sie trafen Mias Eltern zum Mittagessen in St. Augustine, in einem kleinen, charmanten Restaurant, das *The Present Moment Café* hieß. Vor dem K-Day war es eines der wenigen veganen Restaurants in der Gegend gewesen und hatte sich durch die exotischen Zutaten und die ungewöhnlichen rohen Gerichte hervorgetan. Mittlerweile waren solche Orte viel häufiger – Diner und Steakhäuser waren jetzt eine Seltenheit –, aber das Café stand immer noch in dem Ruf, eines der besten pflanzenbasierten Gourmetrestaurants zu sein.

Korum hatte wieder darauf bestanden, alle einzuladen, und ihre Eltern hatten seine Einladung nach einigen halbherzigen Protesten angenommen. Während des Essens unterhielt er sie mit Geschichten über seinen ersten Besuch auf der Erde vor siebenhundert Jahren, und darüber, wie anders Europa zu dieser Zeit gewesen war. Mia konnte sehen, dass ihre Eltern davon völlig fasziniert waren – das war sie auch, um ehrlich zu sein – und die Zeit verging wie im Fluge.

Als sie ihm dabei zuschaute, wie unbeschwert er mit ihrer Familie umging, bewunderte sie Korums unglaubliche Gelassenheit – oder vielleicht war er auch einfach nur ein guter Schauspieler. Er lachte und scherzte mit ihren Eltern, als sei nichts passiert, als hätte er nicht gerade erst einen anderen Krinar mit seinen bloßen Händen getötet. Sie versuchte, nicht daran zu denken, die Ereignisse des heutigen Morgens einfach hinter sich zu lassen, aber sie konnte nichts gegen diese aufwühlenden Bilder machen, die immer wieder in ihrem Kopf aufblitzten.

Obwohl Mia wusste, dass die Gewalt einen großen Teil der krinarischen Geschichte und Kultur bestimmt hatte, schien sie das heutzutage nicht mehr zu tun. Zumindest war Mia während ihrer letzten zwei Wochen in Lenkarda nichts dergleichen aufgefallen. Sie wusste, dass Korums Lieblingssport eine Art Kampfsport war – und sie wusste über die Kämpfe in der Arena Bescheid. Aber das war weit davon entfernt, jemanden am Strand zu töten. Belastete Korum das, was er vorhin getan hatte, oder war es ihm völlig egal? War der Mann, den sie liebte – und der sie offensichtlich auch liebte –, ein unbarmherziger Mörder? Und wenn er es war, störte es sie?

Nach ein paar Stunden verabschiedeten sie sich von ihren Eltern und fuhren zur Alligatorenfarm, einer der beliebtesten Attraktionen in St. Augustine. Korum schien sehr daran interessiert zu sein, diese kaltblütigen Kreaturen zu sehen, und erklärte ihr, dass sie sich sehr von allem, was sie auf Krina hätten, unterschieden.

Als sie auf den Pfaden entlangwanderten und die verschiedenen Arten von Alligatoren und Krokodilen betrachteten, entschied sich Mia, etwas anzusprechen, was sie seit diesem Morgen beschäftigte.

»Hast du vorher schon einmal getötet?«, fragte sie und versuchte, recht gleichgültig zu klingen.

Korum blieb stehen und drehte sich zu ihr herum. »Ich habe mich schon gefragt, wann du das ansprechen würdest«, antwortete er leise und mit einem unleserlichen Gesichtsausdruck. »Was würdest du jetzt gerne von mir hören, meine Süße? Dass ich mich niemals in einer weiteren Situation befunden habe, in der ich mich und andere verteidigen musste? Dass ich es geschafft habe, zweitausend Jahre lang zu überleben, ohne jemals ein anderes Leben ausgelöscht zu haben?«

Mia schluckte und schaute zu ihm hinauf. »Ich verstehe.«

»Wirklich?« Sein Mund verzog sich leicht. »Verstehst du das wirklich? Ich weiß, dass du sehr behütet aufgewachsen bist, mein Liebling, und das freut mich für dich. Wenn ich dir das, was du heute Morgen gesehen hast, hätte ersparen können, dann hätte ich es getan, glaub mir.«

»Wie viele?« Mia wusste, sie sollte damit aufhören, aber sie konnte einfach nicht. »Wie viele Personen – Krinar und Menschen – hast du in deinem Leben schon getötet?«

Er seufzte. »Nicht so viele, wie du jetzt vielleicht denkst. Als ich jung war, war ich sehr hitzköpfig und wurde in ein paar Kämpfe über Sachen verwickelt, die aus heutiger Sicht lächerlich waren. Einige meiner Gegner forderten mich zu Kämpfen in der Arena heraus, und ich nahm an. Und als wir dann in der Arena waren … Na ja, vielleicht verstehst du das nicht, aber es ist für uns sehr schwer, aufzuhören, wenn das erste Blut erst einmal vergossen ist. In der Hitze des Kampfes handeln wir rein instinktiv – und unser Instinkt sagt uns, dass wir unseren Feind auf jeden Fall zerstören müssen. Das ist der Grund dafür, weshalb die Kämpfe in der Arena so gefährlich und so selten geworden sind; sie enden meist tödlich …«

»Warum hat eure Regierung sie dann noch nicht verboten?«, unterbrach ihn Mia, die diese spezielle Eigenart der krinarischen Kultur verstehen wollte. »Warum verabschiedet ihr euch nicht von so einem barbarischen Brauch? Eure Gesellschaft ist in allen anderen Bereichen so weit fortgeschritten …«

»Weil die Gewalt so eingeschränkt ist – kontrollierter, wenn du so möchtest«, erklärte er ruhig und beobachtete sie mit diesen bernsteinfarbenen Augen. »Wenn jemand ein Problem mit mir hat, kann er mich einfach zu einem Kampf in der Arena herausfordern, anstatt sich an meiner Familie zu vergreifen. Vendetten passieren dann und wann immer noch, aber viel seltener als in der Vergangenheit – und dadurch ist unsere Gesellschaft viel friedfertiger geworden. Theoretisch ist es illegal, jemanden in der Arena zu töten, aber niemand ist jemals belangt worden, wenn er in einem fairen Kampf einfach mitgerissen wurde.«

»Ist das auch heute passiert? Wurdest du während des Kampfes einfach mitgerissen?«

Er nickte, und sein Mund zog sich hart zusammen. »Ja … aber das, was ich daran bedaure, ist, dass ich keine Gelegenheit hatte, ihn zu befragen, herauszufinden, warum er das getan hat. Er hat dich verletzt – er hätte dich ganz leicht töten können –, er hat genau das bekommen, was er verdient hatte.«

Mia schaute weg, da sie nicht wusste, was sie sagen sollte. Er hatte getötet, um sie zu beschützen – und sie hätte wahrscheinlich das Gleiche für ihn getan –, aber sie fand es immer noch beängstigend, dass er ohne Reue ein anderes Leben auslöschen konnte.

»Und was ist mit Menschen?«, wollte sie wissen, während sie weitergingen und Mia an die ganzen Gerüchte dachte, die sie über die Brutalität während der Großen Panik gehört hatte. »Hast du viele Menschen getötet?«

Er antwortete nicht sofort. »Warum machst du das, Mia?«, fragte er ruhig, als sie vor einem großen Alligatorengehege anhielten. »Warum stellst du mir Fragen, deren Antworten du eigentlich gar nicht wissen möchtest?«

»Ich weiß nicht«, antwortete Mia ihm ehrlich. »In manchen Punkten bist du mir immer noch ein Rätsel. Ich liebe dich, aber trotzdem habe ich das Gefühl, dass ich dich kaum kenne …«

Er sah ins Wasser hinunter und schien den Alligatoren fasziniert dabei zuzuschauen, wie sie geschmeidig durch das Wasser glitten. Die Touristen machten einen weiten Bogen um sie; wie die meisten Menschen hatten sie richtig erkannt, dass der Krinar unter ihnen die mit Abstand gefährlichste Kreatur in ihrer Nähe war. Mia hatte sich schon so daran gewöhnt, dass sie das kaum noch mitbekam. Jedes Mal, wenn sie irgendwo hingingen, führte Korums Gegenwart unvermeidbar zu verängstigten Blicken und Getuschel unter der menschlichen Bevölkerung.

Nach einer Weile drehte er sich zu ihr um und sah sie an. »Ja, Mia«, sagte er matt. »Ich habe Menschen getötet. Einige aus Selbstverteidigung, andere aus anderen Gründen. Ich habe über die Jahrhunderte viel mit deiner Rasse zu tun gehabt, und nicht alle Begegnungen waren erfreulich. Gibt es noch etwas, was du wissen möchtest?«

Mia befeuchtete sich ihre Lippen und sah ihn intensiv an. »Hättest du Peter in jener Nacht umgebracht? Im Klub? Wenn ich dich nicht davon abgehalten hätte?«

»Du hast mich nicht davon abgehalten, Mia«, antwortete ihr Korum kühl. »Ich hatte schon beschlossen, ihn mit einer Warnung davonkommen zu lassen. Seine Beleidigung war nicht stark genug, um mehr zu rechtfertigen.«

Erleichtert atmete sie die ganze Luft aus, die sie angehalten hatte, ohne es zu merken. »Ich verstehe.«

»Hätte er dich mehr angefasst – hätte er mit dir geschlafen – dann hätte das natürlich anders ausgesehen«, sagte er mit funkelnden Augen.

Mias Herz setzte kurz aus. »Du hättest ihn dafür umgebracht?«, flüsterte sie, und ein Schauer überzog ihren Rücken.

Korum antwortete nicht, sondern sah sie nur unbeweglich an … und sie wusste, dass das, was sie immer bei ihm gefühlt hatte, der Wahrheit entsprach.

Er war gefährlich – nicht für sie, aber für alle anderen. So zivilisiert er auch zu sein schien, und so fortschrittlich die Krinar in der Wissenschaft und Technologie waren, tief im Inneren war er ein Raubtier. Ein Raubtier mit einem gewalttätigen Charakter und einem tief verwurzelten territorialen Instinkt.

Ein Raubtier, das sie genauso liebte, wie sie von ihm geliebt wurde.

* * *

An diesem Abend kamen Marisa und Connor erneut zum Abendessen vorbei, und Korum bereitete eine kleinere Ausgabe des Festmahls zu, das er das letzte Mal serviert hatte. Ihre Schwester strahlte, ihre Haut hatte eine gesunde, rötliche Farbe und ihre Augen funkelten. Ihr Appetit war zurück und sie konnte endlich wieder alle ihre Lieblingsgerichte essen. Was auch immer Ellet mit ihr gemacht hatte, es schien die versprochene Wirkung zu haben.

Connor war mehr als dankbar. »Endlich habe ich meine Frau zurück«, gestand er ihnen, als Marisa gerade zum Badezimmer gegangen war. »Die vergangenen Wochen waren die Hölle – ich hatte solche Angst, dass sie den Rest der Schwangerschaft im Krankenhaus verbringen müsste. Diese Horrorgeschichten, die ich über Frauen in ihrer Situation gehört hatte ...«

Korum lächelte ihn an. »Es freut mich, dass alles geklappt hat. Ellet ist sehr gut ...«

Mia fühlte einen Anfall von Eifersucht wegen des Lobes an diese Frau, die seine Geliebte gewesen war, aber sie tat ihr Bestes, dieses Gefühl zu ignorieren.

»... und sie war mehr als glücklich, helfen zu können.«

Nach dem Essen beschlossen die vier, sich einen Film anschauen zu gehen – den neuesten James Bond mit einem krinarischen Bösewicht. Korum amüsierte sich prächtig, besonders über den Teil, in dem es dem menschlichen Agenten gelang, den bösen Krinar zu überlisten und dessen eigene Technologie zu benutzen, um seinen Plan, alle Menschen auszulöschen, zu vereiteln. Der Bösewicht wurde von einem menschlichen Schauspieler verkörpert, was ihm mit Hilfe von

Computergraphiken auch recht gut gelang. Mia fand seine Imitation eines Krinar allerdings immer noch recht schlecht. Marisa und Connor hatten jedenfalls viel Spaß und bombardierten Korum auf dem Nachhauseweg mit unzähligen Fragen.

Als Mia ihren Umgang miteinander beobachtete, wurde ihr klar, dass ihre Familie völlig verzaubert von ihrem Liebhaber war. Sie hatten niemals seine angsteinflößende Seite gesehen und auch keinen Grund gehabt, sich vor ihm zu fürchten – im Gegensatz zu Mia. Stattdessen war er für sie der faszinierende Außerirdische, der sie mit unzähligen interessanten Tatsachen und Geschichten unterhalten konnte, ein großzügiger Wohltäter, der ihnen schon das unbezahlbare Geschenk verbesserter Gesundheit gemacht hatte, und ein liebenswürdiger Freund, der Mia wie eine Prinzessin behandelte.

Und Mia liebte das. Nicht einmal in ihren wildesten Träumen hätte sie erwartet, dass ihre Familie so gut mit ihrem außerirdischen Liebhaber zurechtkommen würde. Sie hatte angenommen, dass sie verängstigt und ihretwegen unglaublich besorgt sein würden – und das wäre wahrscheinlich auch so, wenn Korum sich nicht sehr bemüht hätte, sie auf seine Seite zu ziehen. Das, mehr als alles andere, zeigte ihr, wie viel sie ihm bedeutete. Er hatte gewusst, wie wichtig ihr ihre Familie war, und er hatte sichergestellt, dass sie mit der Beziehung einverstanden waren – so einverstanden sie eben damit sein konnten, dass der Freund ihrer Tochter nicht menschlich war.

Ihre Gedanken wandten sich erneut der Zukunft zu und sie fühlte das bekannte Ziehen in ihrer Brust – das gleiche Gefühl, das sie immer dann bekam, wenn sie über das unvermeidbare

Ende ihrer Beziehung nachdachte. Er liebte sie, aber das konnte mit Sicherheit nicht für immer anhalten. Wie lange würde sie jung und hübsch bleiben? Noch zehn Jahre? Vielleicht mit viel Glück zwanzig? Zugegebenermaßen sahen einige der Schauspielerinnen heutzutage auch mit Ende vierzig oder fünfzig noch umwerfend aus. Vielleicht würde Mia das auch gelingen, besonders dann, wenn die krinarischen Entwicklungen sich auch auf kosmetische Prozeduren ausweiteten. Sie versuchte sich Ellet vorzustellen, wie sie bei ihr eine Gesichtsstraffung durchführte, und ein Schauer lief ihr bei dem Gedanken über den Rücken, dass diese wunderschöne Krinarin sie alt und faltig sah.

Schließlich kamen die vier wieder bei der gemieteten Villa an, und Mia und Korum verabschiedeten sich von Marisa und Connor, die mit ihrem Auto wegfuhren.

Mia winkte ihnen lächelnd zu und ging ins Haus, wo Korum schon auf dem Sofa saß und etwas in seiner Handfläche anschaute.

Als er Mia hörte, sah er auf und lächelte sie an. »Du warst sehr ruhig auf dem Rückweg«, sagte er und sah sie fragend an. »Mochtest du den Film nicht?«

Sie kam näher und setzte sich neben ihn. »Er war ganz unterhaltsam«, antwortete sie ihm und zuckte mit den Schultern.

»Also, was ist dann los? Bist du immer noch erschüttert über das, was heute Morgen passiert ist?« Er lehnte sich vor, ergriff ihre Hand und begann, ihre Handfläche auf eine Art und Weise zu massieren, die sie innerlich schmelzen ließ.

»Nein.« Mia beobachtete seine große Hand, die ihre so zärtlich liebkoste. Ihre Finger sahen in seinem Griff so klein und zart aus, und die blasse Farbe ihrer Haut stand in einem erotischen Gegensatz zu seinem dunkleren Teint. »Vielleicht. Ich weiß nicht. Ich versuche, nicht allzu viel darüber nachzudenken. Der Film war eigentlich eine ganz gute Ablenkung …«

»Also, was ist es dann?« Er hatte offensichtlich nicht vor, sie einfach so davonkommen zu lassen.

Mia hob ihren Kopf und schaute ihm in die Augen. »Ich mache mir einfach Gedanken über die Zukunft, das ist alles. Ich weiß, ich sollte mich auf die Gegenwart konzentrieren und das genießen, was ich gerade habe, aber ich kann manchmal einfach nicht dagegen ankommen …«

Er beugte sich zu ihr herüber und küsste sie sanft, so dass seine Lippen ihre nächsten Worte aufhielten. »Wir werden darüber reden, wenn wir wieder in Lenkarda sind«, flüsterte er, lehnte sich zurück und sah sie mit einem recht rätselhaften Gesichtsausdruck an. »Mach dir jetzt bitte keine Sorgen darüber. Wir werden für alles eine Lösung finden, das verspreche ich dir.«

Überrascht blinzelte Mia ihn an und erinnerte sich daran, dass er schon einmal etwas Ähnliches zu ihr gesagt hatte, als sie noch in New York waren. Unglaublich neugierig öffnete sie ihren Mund, um Korum eine weitere Frage zu stellen, aber er küsste sie erneut, und alle rationalen Gedanken verschwanden aus ihrem Kopf.

Er hob sie hoch, trug sie nach oben zu ihrem Bett, und Mia bekam auch die restliche Nacht keine Gelegenheit mehr, über irgendetwas nachzudenken.

22. KAPITEL

Am nächsten Morgen wachte Mia in Korums Armen auf. Das war so ein ungewöhnliches Ereignis, dass ihre Augen aufflogen, sobald sie es begriff.

Sie lag auf der Seite und war mit ihrem Rücken an seinen Körper gekuschelt. Sie waren beide nackt, und sie konnte fühlen, wie seine leichte Erektion gegen die Rundungen ihres Pos drückte. Überrascht drehte Mia sich herum, um ihn anzusehen, und stellte fest, dass er hellwach war.

Er lächelte, als sie sich bewegte und strich mit seinen Lippen über ihre Stirn. »Ich merke, du bist wach.«

Sie nickte und blinzelte ihn verschlafen an. »Was machst du hier? Du bist doch normalerweise viel früher wach …«

»Ich wollte dich nicht alleine lassen«, erklärte Korum ihr sanft und streichelte ihre Wange. »Du schienst so unruhig zu schlafen, hast alle paar Stunden aufgeschrien, und da wollte ich sichergehen, dass es dir gut geht.«

Gerührt kuschelte Mia sich an ihn und drückte ihn ganz fest. »Danke schön«, murmelte sie in seine Schulter. »Ich denke, dass ich nach gestern Albträume gehabt habe.« Sie erinnerte sich dunkel an einige Träume, in denen Waffen und Blut vorgekommen waren, und sie war überrascht, dass sie überhaupt die ganze Nacht durchgeschlafen hatte. Zweifellos hatte Korums Anwesenheit ihr dabei geholfen.

Er streichelte vorsichtig ihr Haar. »Gern geschehen, mein Liebling. Und das mit den Träumen ist doch mehr als verständlich.«

»Hast du jemals Albträume?«, fragte sie und rückte ein wenig von ihm ab, da die Psychologiestudentin in ihr plötzlich neugierig geworden war.

»Normalerweise nicht«, gestand Korum, während seine Hand jetzt mit ihren Locken spielte. »Für gewöhnlich schlafe ich einige Stunden lang sehr tief, und dann wache ich auf. Ich kann mich nicht daran erinnern, wann ich überhaupt das letzte Mal geträumt habe. Das kann uns natürlich auch passieren, aber es ist seltener als bei den Menschen. Unser Schlafzyklus ist anders.«

»Ah, ich verstehe.«

»Was möchtest du heute machen?«, fragte er. »Noch haben wir nichts vor.«

»Ich dachte, wir könnten vielleicht heute Abend wieder mit meinen Eltern essen, aber was den Tag betrifft, habe ich keine Ahnung ... Nur nicht an den Strand – ich denke nicht, dass ich so weit bin, schon wieder dorthin zu gehen.«

»Natürlich nicht.« Sein Körper spannte sich für einen Moment an. »Warum machen wir nicht etwas völlig anderes? Was hältst du von einem Ausflug nach Orlando? Wir könnten in einen dieser Vergnügungsparks gehen, die mit den Achterbahnen und so …«

»Was, du willst nach Disney World?« Mia schaute ihn ungläubig an.

»Ja klar«, antwortete er ernsthaft. »Oder vielleicht Universal. Das ist eher etwas für Erwachsene, stimmt's?«

Ohne dass sie etwas dagegen tun konnte, brach Mia in Gelächter aus. »Ehrlich? Du willst zu den Universal Studios fahren?« Sie stellte sich vor, wie sie beide in der Schlange für den Unglaublichen Hulk standen und alle anderen Touristen ausrasteten, weil ein Krinar sich in der Nähe ihrer Kinder aufhielt.

»Ja, warum denn nicht?«

Warum eigentlich nicht? Immer noch kichernd sagte Mia: »Okay, ich bin dabei. Wir können zu den Islands of Adventure gehen – das ist der Teil von Universal, der mehr Achterbahnen hat. Wie kommen wir nach Orlando? Mit dem Auto?«

»Können wir auch. Es macht mir nichts aus, zu fahren – es gibt mir die Möglichkeit, mehr von der Gegend zu sehen.« Er grinste sie so charmant und unbeschwert an, dass sie ihn einfach auf das Grübchen auf seiner linken Wange küssen musste.

Als ihre Lippen seine Wange berührten, spürte sie, wie sich seine Stimmung veränderte. Mittlerweile war sie so an ihn gewöhnt, dass sie sofort wusste, was er wollte. Und richtig, als sie sich zurückzog, schaute er sie mit einem goldenen Schlafzimmerblick an. »Das ist der Grund dafür, weshalb ich normalerweise nicht bei dir im Bett bleibe«, murmelte er, bevor seine Lippen sich auf ihre drückten und seine Hand sich zwischen ihre Schenkel bewegte.

Und für die nächste Stunde vergaßen sie alles über Orlando, da sie zu sehr mit sich selbst beschäftigt waren.

* * *

Zwei Stunden später rasten sie den Highway mit über 160 km/h entlang. Bei jedem anderen Fahrer wäre Mia vor Angst gestorben, aber Korums Reflexe waren besser als die eines jeden Rallyefahrers, und sie fühlte sich völlig sicher bei ihm. Die ersten zwanzig Minuten der Fahrt hatten sie das Dach offen, aber weil Mias Haare ihr die ganze Zeit ins Gesicht wehten, mussten sie anhalten und das Dach schließen.

»Ich sollte mir dieses Durcheinander wirklich abschneiden lassen«, grummelte Mia, als sie wieder auf den Highway fuhren, und sie versuchte, diese Lockenexplosion auf ihrem Kopf zu glätten. Es war sinnlos. Wind und ihr Haar passten einfach nicht zusammen.

»Denk nicht einmal daran«, antwortete Korum ernsthaft. »Ich liebe dein Haar lang.«

Mia seufzte. »Na gut. Vielleicht lasse ich es einfach glätten …«

»Warum? Deine Locken sind wunderschön. Lass sie so, wie sie sind.«

»Du bist wirklich komisch«, sagte Mia ihm. »Die meisten Männer mögen glattes, seidiges Haar und nicht dieses Vogelnest, das ich hier habe …«

»Es ist mir egal, was die meisten Männer mögen. Lass dein Haar so, wie es ist.« Sein Ton war völlig kompromisslos.

Mia lächelte in sich hinein und schüttelte im Geiste ihren Kopf. Selbst in diesen kleinen Angelegenheiten musste er sie kontrollieren. Es war eigenartig, dass sie das gar nicht mehr so stark störte, obwohl sich eigentlich nicht wirklich etwas verändert hatte. Sie war immer noch sein Charl, und er hatte immer noch viel zu viel Macht über ihr Leben. Der einzige Unterschied war, dass sie jetzt wusste, dass er sie liebte, und dass sie nicht nur ein menschliches Spielzeug für ihn war.

Irgendetwas, was Leslie bei ihrer Begegnung zu ihr gesagt hatte, beschäftigte sie unterschwellig. »Korum«, fragte sie vorsichtig, »was genau ist diese Abhängigkeit von Blut, vor der du mich einmal gewarnt hast? Leslie hat gestern etwas darüber gesagt ...«

Korum behielt seinen Blick auf der Straße und fragte: »Was genau hat sie gesagt?«

Mia hatte Schwierigkeiten, sich an die genauen Worte des Mädchens zu erinnern. »Es war etwas wie dass ihr Bruder abhängig war und herumgelaufen ist, um die Krinar zu bitten, ihn jede Stunde zu beißen, bis sie ihn letztendlich getötet haben ...«

Einen Moment lang sagte Korum nichts. »Das klingt nach einem besonders unglücklichen Fall«, meinte er nach einiger Zeit. »Das muss nicht lange nach unserer Ankunft hier passiert sein.«

»Was meinst du damit?«

»Erinnerst du dich daran, als ich dir erzählt habe, dass wir nicht länger Blut benötigen, um zu überleben? Dass es jetzt hauptsächlich wie eine Droge auf uns wirkt?«

»Ja, natürlich.«

»Na ja, es hat sich herausgestellt, dass es einen Nebeneffekt gibt, wenn man zu viel von dieser Droge zu sich nimmt. Der Genuss ist so intensiv, dass er uns abhängig macht – und die Menschen, von denen wir trinken. Für einen Krinar bedeutet diese körperliche Abhängigkeit, dass er oder sie häufiger von dem gleichen Menschen trinken muss als nur ein paar Mal in der Woche. Der Krinar wird also abhängig von der spezifischen DNA im Blut dieses einen Menschen. Das ist ein besonderer Nebeneffekt dieses genetischen Eingriffs, der es uns ermöglicht, ohne Blut zu überleben. Einige unserer besten Wissenschaftler erforschen dieses Phänomen gerade und versuchen herauszufinden, warum das passiert und wie es gestoppt werden kann.«

Mia starrte ihn fasziniert an. »Also was genau passiert, wenn ihr abhängig werdet? Ist es körperlich schmerzhaft?«

»Falls der Krinar und sein Mensch aus irgendeinem Grund getrennt werden, ja. Sie können nicht länger als ein paar Stunden durchhalten, ohne ihre Dosis zu bekommen – und das ist ein Problem für beide, den Menschen und den Krinar.«

»Und das ist also mit Leslies Bruder passiert? Es tut mir leid, wenn ich das nicht so ganz verstehe …«

»Nein, bei den Menschen funktioniert das ein wenig anders. Eure Rasse wird abhängig von der Substanz in unserem Speichel, aber es ist egal, von welchem Krinar der Speichel kommt. Ich weiß nicht genau, was mit Leslies Bruder passiert ist, aber ich kann eine Vermutung äußern. Es klingt so, als könnte er mit einigen der frühen X-Klubs zu tun gehabt haben …«

»X-Klubs?«

»X-Klubs, Xeno-Klubs – das ist euer Slang für Nachtklubs, in die Menschen gehen, um Kontakt mit unserer Rasse aufzunehmen.«

Mia blinzelte. »Davon habe ich noch nie gehört. Ist das wie die Webseiten, auf denen Menschen Annoncen schalten, um Sex mit den Krinar zu haben?«

Er sah leicht amüsiert aus. »Ja, so ziemlich. Die Webseiten sind für solche, die einfach neugierig sind. Nur wenige Menschen, die dort ein Gesuch aufgeben, würden ihre Fantasie auch wirklich ausleben. Diejenigen, die es ernst meinen, gehen in die X-Klubs.«

»Ehrlich?« Mia war völlig erstaunt, dass sie noch nie davon gehört hatte. »Wo sind diese Klubs? Gibt es welche davon in New York City?«

»Nein, sie liegen immer in der Nähe unserer Siedlungen – wir mögen es ja eigentlich nicht, uns in den größeren Städten aufzuhalten. Das ist wahrscheinlich auch der Grund dafür, dass du nichts über sie weißt. Es gibt ein paar von ihnen in Costa Rica, einige in New Mexiko und Arizona, und außerdem noch in Thailand und auf den Philippinen …«

»Und die Krinar besuchen solche Orte auch wirklich?«

Korum nickte. »Einige ja, besonders solche, die sich normalerweise nicht gerne außerhalb der Siedlungen aufhalten. Ich selbst bin niemals in einen gegangen, da ich kein Problem damit habe, Zeit in menschlichen Städten zu verbringen. Viele Krinar haben das allerdings; sie ertragen weder die Menschenmassen noch die Verschmutzung, also sind die Klubs für sie ein sehr bequemer Weg, um Menschen für sexuelle Beziehungen zu finden.«

»Also denkst du, dass Leslies Bruder in einen solchen X-Klub gegangen sein könnte?«

»Das ist ziemlich wahrscheinlich. In den letzten Jahren sind die Bestimmungen für diese Orte strenger geworden. Jetzt darf jeder Mensch höchstens zweimal die Woche kommen, und die Krinar, die dorthin gehen, werden davor gewarnt, sich einen Menschen für diese Nacht zu teilen. In der Anfangszeit war das alles viel unorganisierter, und einige Menschen wurden einfach mitgerissen. Sie vergnügten sich pro Nacht mit mehr als einem Krinar und ließen sich viel zu häufig Blut abnehmen.«

Mia rümpfte ihre Nase, da sie dieser Gedanke verstörte. Als Korum ihr Blut genommen hatte, war das so eine außergewöhnliche Erfahrung gewesen, dass sie sich nicht vorstellen konnte, das Gleiche mit jemand anderem zu machen. Aber sie konnte sich ja auch nicht vorstellen, überhaupt Sex mit jemand anderem zu haben, also war das jetzt vielleicht kein fairer Vergleich. »Ich verstehe.«

»Ich vermute, dass Leslies Bruder stark abhängig wurde. Warum er gestorben ist, kann ich dir nicht sagen. Vielleicht wurde er gewalttätig und versuchte eine der krinarischen Frauen zu irgendetwas zu zwingen – das ist manchmal passiert und könnte ein Grund dafür sein, warum er getötet wurde.«

»Ein Mensch, der einen Krinar zu etwas zwingt?«

»Ich habe ja nicht gesagt, dass er damit Erfolg hatte. Unsere Frauen sind zwar viel schwächer als die Männer, aber immer noch stärker als die Menschen. Allein der Versuch, etwas zu erzwingen, wäre ausreichend gewesen, das eigene Todesurteil zu unterschreiben. Kein gesunder Mensch würde so etwas machen, aber einige dieser Abhängigen handeln nicht sehr rational, besonders dann nicht, wenn sie auf Entzug sind.«

Mia zitterte. Das ganze hörte sich furchtbar an. »Kann das geheilt werden?«, wollte sie wissen und versuchte sich vorzustellen, wie verzweifelt diese armen Menschen sein mussten.

»Noch nicht. Soweit ich weiß, ist das alles noch in einem sehr experimentellen Stadium.«

»Wann hast du davon erfahren? Von der Abhängigkeit, meine ich. War das bevor oder nachdem du auf die Erde kamst?«

»Wir wissen seit ein paar tausend Jahren darüber Bescheid, aber es wurde nicht als ein ernstzunehmendes Problem angesehen, bevor wir hierherkamen. Es passierte meistens mit dem Charl und seinem Cheren und wurde als Teil der Verbindung dieses Paares angesehen. Da solche Beziehungen sehr, sehr selten waren, hat sich nie jemand wirklich Gedanken darüber gemacht. Das hat sich jetzt, seit wir bei den Menschen leben, natürlich stark verändert.«

»Ich verstehe …« Mia schaute aus dem Fenster und versuchte, alles, was damit zusammenhing, zu begreifen. Irgendetwas war ihr noch nicht so klar, aber sie konnte es nicht greifen.

Und dann fiel es ihr auf einmal wie Schuppen von den Augen.

Sie drehte sich herum, um ihn anzusehen und runzelte verwirrt ihre Stirn. »Korum, was würde passieren, wenn ein Charl stirbt? Mit den Krinar, meine ich? Wenn sie von einem bestimmten Menschen abhängig sind, wie würde es dann weitergehen?«

Korum schwieg einen Augenblick lang. Dann sagte er leise: »Der Charl würde nicht sterben, Mia.«

Verblüfft starrte Mia ihn an. »Wie meinst du das?«, flüsterte sie und war sich nicht sicher, ob sie ihn richtig verstanden hatte.

Er schwieg wieder, und sie konnte sehen, wie sich seine Kiefermuskeln anspannten. Plötzlich wechselte er auf die rechte Fahrspur und fuhr auf die Abfahrt zu, ohne auf die Geräusche quietschender Bremsen oder wütender Hupen der Fahrer zu achten, die er gerade schnitt. Überrascht fasste Mia nach dem Griff in ihrer Tür und versuchte, sich daran festzuhalten. Eine Minute später bog er auf den Parkplatz eines Comfort Inn ein und stellte die Gangschaltung auf Parkposition.

Er drehte sich zu ihr herum und sagte ihr ruhig: »Wir lassen die Menschen, die wir lieben, nicht sterben, meine Süße. Du, Maria, Delia – ihr seid so nahe an Unsterblichkeit dran, wie ein biologisches Wesen es nur sein kann. Du wirst nicht altern, du wirst nicht krank werden und alle Verletzungen – solange sie heilbar sind – werden genauso schnell bei dir heilen, wie sie es bei mir tun.«

23. KAPITEL

Ein paar Sekunden lang konnte Mia ihn einfach nur fassungslos anstarren. Machte er einen Scherz? »A-aber w-wie?«, stammelte sie. »Ich bin doch keine Krinarin …«

»Nein, du bist definitiv keine Krinarin«, stimmte ihr Korum zu. »Du bist menschlich, genauso, wie du es schon immer gewesen bist.«

»Aber wie dann?« Mia konnte kaum verarbeiten, was er ihr sagte. »Wie ist das möglich?«

»Hast du bemerkt, dass du schneller heilst? Vielleicht fühlst du dich auch besser? Hast mehr Energie?«

Mia nickte, und ihr Herz raste in der Brust.

»Und du hast dich nicht gefragt, wie das sein kann? Wie dein Arm gestern so schnell heilen konnte?«

»Ich dachte, dass du mir was gegeben hast«, flüsterte Mia. »Diese Tablette gestern …«

»Die Tablette war ein Schmerzmittel; sie konnte dich nicht so schnell heilen. Dafür würde ich ein spezielles Gerät benötigen, so ähnlich wie diejenigen, die ich in der Vergangenheit schon bei dir angewandt habe. Nein, mein Liebling, dein Arm ist so gut verheilt, weil jetzt Millionen von hochfortschrittlichen und komplexen Nanozyten in deinem Körper leben, deren einzige Funktion es ist, dich gesund zu halten, indem sie jeglichen Schaden sofort reparieren – egal, ob es eine Zelle oder deine DNA betrifft.«

»Wie bitte?« Dunkle Punkte tanzten vor ihren Augen, und sie atmete tief durch, als ihr auffiel, dass sie einen Moment lang aufgehört hatte, Luft zu holen. »Was meinst du damit? Wie sollten die denn in meinen Körper gekommen sein?«

»Ellet hat sie auf meine Bitte hin gleich in der ersten Nacht nach deiner Ankunft in Lenkarda eingepflanzt«, erklärte er ihr und beobachtete sie mit einem aufmerksamen bernsteinfarbenen Blick. »Ich habe dich in ihr Laboratorium gebracht, und dort hat sie den Eingriff durchgeführt.«

Mias Kopf drehte sich, und sie konnte gar nicht fassen, was er ihr da gerade sagte. »D-du hast mich in Ellets Labor gebracht? Während ich schlief? Du hast das vor über zwei Wochen mit mir gemacht?«

»Ja«, sagte er, und seine Augen wurden langsam immer goldener. »Ich wollte nicht, dass dir etwas zustößt, nur weil ich eine Verzögerung zugelassen habe.«

Sie starte ihn völlig verwirrt an. »Warum hast du mir das nicht gesagt? Warum hast du mich nicht gefragt, bevor du es getan hast?«

»Ich konnte das Risiko nicht eingehen, dass du ablehnst«, sagte er einfach. »Du warst immer noch so wütend, so aufgebracht, als ich dich nach Lenkarda brachte. Und ehrlich gesagt, mein Liebling, war ich auch zu wütend auf dich – zu verletzt und wütend, um dir das damals anzubieten und eine ewig lange Diskussion über dieses Thema zu führen. Dein Verrat hat mich verletzt, Mia. Rational verstehe ich, warum du es getan hast, aber es hat mir trotzdem mehr wehgetan als alles andere, was jemals jemand mit mir gemacht hat …«

Mia schluckte, und Tränen stiegen in ihren Augen auf. »Das tut mir so leid … Wirklich …«

»Und später«, fuhr Korum fort, während er ihr weiterhin in die Augen schaute, »als der Eingriff schon geschehen war, habe ich damit gewartet, es dir zu sagen, weil ich erst einmal sehen wollte, wie sich unsere Beziehung entwickeln würde, ob du auch solche starken Gefühle für mich empfinden könntest, wie ich sie für dich habe …«

»Du hast mich getestet?«

Er nickte. »Irgendwie schon. Ich weiß, wie viel die Unsterblichkeit den meisten Menschen bedeuten würde. Ich wollte, dass du mich liebst – und nicht nur das lange Leben, das ich dir geben könnte. Ich wollte es dir sagen, sobald wir wieder in Lenkarda sein würden, aber das Thema kam jetzt immer wieder hoch, und ich wollte dich nicht anlügen.«

Ihre Gedanken rasten, Mia streckte ihren Arm zur Tür aus und tastete nach dem Griff, um dieses unbekannte Auto zu öffnen.

»Was machst du da?«, fragte er scharf, und seine Augen verengten sich.

»Ich ... Ich brauche eine Minute«, sagte sie zitternd und versuchte, ihren Arm ruhig zu halten, während sie die Tür öffnete. Sie fühlte sich geschändet und überfallen, und ihr wurde übel von der Tatsache, dass der Mann, den sie liebte, ihr das angetan hatte. »Ich brauche einfach eine Minute ...«

Bevor sie aus dem Auto steigen konnte, war er schon bei ihr auf der Beifahrerseite aufgetaucht. »Hör auf damit, Mia. Du wirst nirgendwohin gehen.«

Mia fühlte sich, als würde sie hyperventilieren, ignorierte seinen Befehl und kletterte aus dem Auto. Sie brauchte gerade etwas Abstand zu ihm, sie musste einen Weg finden, um mit dem zurechtzukommen, was sie gerade erfahren hatte.

Er griff nach ihrem Arm, als sie versuchte, sich an ihm vorbeizudrücken. »Hör auf, dich so zu benehmen. Du hast gesagt, dass du mich liebst – und hast gestern sogar dein Leben für mich riskiert, um mich zu retten – und jetzt bist du über die Tatsache aufgebracht, dass wir ganz lange zusammenbleiben können?«

Mia schüttelte entschieden ihren Kopf und versuchte, ihren Arm aus seinem Griff zu befreien – was natürlich ein nutzloses Unterfangen war. »Nein, natürlich nicht!« Sie konnte die leichte Hysterie in ihrer eigenen Stimme hören. »Aber du hast mich nicht einmal gefragt! Wie konntest du so etwas Entscheidendes tun, ohne mich überhaupt vorher zu fragen?«

»Was tun?« Seine Stimme war kalt und hart. »Dir perfekte Gesundheit verschaffen? Ein langes Leben?«

Mia fühlte sich, als würde ihr Kopf explodieren. »Etwas in meinen Körper einpflanzen! Ohne mein Wissen oder meine Zustimmung einen medizinischen Eingriff an meinem Körper vornehmen lassen!«

»Ich habe dir ein Geschenk gemacht, Mia.« Jetzt waren seine Augen schon fast gelb. »Es ist ja nicht so, als hätte ich dir eine Niere gestohlen …«

»Du hast meinen freien Willen gestohlen!« Mia bekam am Rande mit, dass sie schrie, aber das war ihr im Moment auch egal. Ihre Sicht war vor Wut verschwommen, und sie merkte, wie sie durch die Intensität ihrer Gefühle zitterte. Der ganze Frust der letzten Wochen kochte auf und trat an die Oberfläche. »Du hast mir die Fähigkeit genommen, irgendwelche Entscheidungen in meinem Leben zu treffen. Ja, ich liebe dich, aber das gibt dir nicht das Recht, mich wie deinen Besitz zu behandeln. Verstehst du das, Korum? Verstehst du nicht, wie ich mich dadurch fühle, dass ich weiß, dass du so etwas mit mir machen kannst?«

Er starrte sie an, und sie konnte sehen, wie sich die Muskeln in seinem angespannten Kiefer bewegten. »Ich habe das getan, was am besten für dich war. Ich habe dir Unsterblichkeit gegeben. War es nicht das, worüber du dir Sorgen gemacht hast? Unsere gemeinsame Zukunft?«

»Die Zukunft, in der ich für die nächsten Jahrhunderte wie ein Sklave behandelt werde? Die Zukunft, in der ich nichts zu sagen habe, was meinen Körper betrifft oder mein eigenes Leben? Diese Zukunft?«, fragte Mia bitter und zu wütend, um darüber nachzudenken, was sie sagte.

Sie hörte ihn scharf einatmen. »Steig ins Auto, Mia«, befahl er, und seine Stimme war leise und kalt. »Du handelst irrational.«

»Oder was?«, wollte sie trotzig wissen. »Zwingst du mich dann, einzusteigen? Mit Gewalt vielleicht?«

»Wenn ich muss. Jetzt steig ein.«

Mia zitterte aus ohnmächtigem Zorn, stieg ein und sah ihm dabei zu, wie er die Beifahrertür schloss und auf die Fahrerseite ging.

»Wir fahren nach Hause«, sagte er und fuhr mit quietschenden Reifen vom Parkplatz. »Ich denke, dass ein Themenpark jetzt vielleicht nicht die beste Idee ist.«

* * *

Die Heimfahrt verging schweigend, Mia schaute aus dem Fenster, und Korum konzentrierte sich aufs Fahren. Sie brauchten bei einer Geschwindigkeit von etwa 200 km/h etwas weniger als dreißig Minuten für den ganzen Weg zurück. Zum Glück wurden sie nicht von der Polizei angehalten. Mia hatte den starken Verdacht, dass jeder Polizist, der unglücklicherweise auf Korum stoßen würde, diese Begegnung nicht unbeschadet überstehen würde.

So sehr sie auch etwas Zeit für sich haben wollte, hatte die schweigsame Fahrt nach Hause fast den gleichen Effekt, da sie ihr Gelegenheit zum Nachdenken gab. Als sich ihre Gefühle etwas beruhigten, verstand sie auch nach und nach die ganzen Folgen dessen, was er ihr gerade gesagt hatte. Er hatte sie unsterblich gemacht – oder zumindest so unsterblich, wie ein biologisches Wesen eben werden konnte, korrigierte sie sich in Gedanken selbst. Sie könnte immer noch sterben, wenn ihr Körper unheilbar verletzt würde, genauso wie Korum – aber nicht durch Altern oder Krankheiten, wie der Rest der Menschheit.

Bedeutete das jetzt, dass sie für Tausende von Jahren leben würde? Sie konnte diese lange Zeitspanne gar nicht fassen. Sie war erst einundzwanzig, und sogar siebzig Jahre schienen weit entfernt zu sein. Tausend Jahre? Das war etwas wie aus einem Märchen. Nicht älter werden, niemals krank sein … Er hatte recht; der Traum eines jeden Menschen hatte sich erfüllt. Ihr Traum hatte sich erfüllt.

Aber die Art und Weise, wie er es getan hatte … Mia beobachtete ihre Handflächen, in denen sich immer noch die Überwachungsapparate befanden, die er ihr während des Bestrahlens eingesetzt hatte. Warum überraschte es sie so, dass er noch etwas anderes mit ihr machen würde? Er betrachtete sie offensichtlich als *seins* – seinen Charl, mit dem er tun und lassen konnte, was er wollte. Er hatte ihr ein unglaubliches, unbezahlbares Geschenk gemacht, aber er hatte ihr auch die letzte Illusion über die wahre Natur ihrer Beziehung genommen. Er war weder ihr Freund noch ihr Liebhaber; er war ihr Herr und Meister. Sie hatte nichts zu sagen, wenn es um Entscheidungen über ihren Körper ging, ihr eigenes Leben, und er sah auch offensichtlich nichts Falsches darin, das mit ihr zu machen, was er für richtig hielt.

Die letzten Wochen hatte sie in einer Traumwelt gelebt, es genossen, mit ihm zusammen zu sein, sich über diese phänomenale Chance gefreut, die sie dank ihm erhalten hatte, und war glücklich darüber gewesen, wie gut er mit ihren Eltern zurechtkam … Und diese ganze Zeit hatte sie nicht gewusst, dass er sie entscheidend verändert hatte, dass sie nicht mehr die gleiche Mia wie immer war.

Unsterblichkeit. Das schien so verrückt zu sein, so unmöglich. Für Millionen von Jahren hatten Menschen nach der Quelle des ewigen Lebens gesucht, und die Krinar hatten sie die ganze Zeit schon gehabt. Ein Schauer rann durch sie hindurch, als sie verstand, was das eigentlich bedeutete: die Krinar hatten die Macht, die menschliche Lebensspanne unendlich auszuweiten, und sie entschieden sich dafür, das nicht zu tun.

Die Nicht-Einmischungs-Anordnung.

Das musste die Erklärung dafür sein. Die Krinar hatten ihre Rasse erschaffen, und sie spielten weiterhin Gott mit ihnen. Die Menschen würden für sie niemals mehr als ein Experiment sein, und Mia erkannte, wie dumm sie gewesen war, zu hoffen, dass Korum sie jemals als gleichwertig ansehen würde. Er mochte sie auf seine Art lieben, aber er sah sie nicht als eine Person, als jemanden, der die gleichen Grundrechte hatte wie er. Wie sollte er auch, wenn seine Rasse die Menschen als nichts weiter betrachtete als ihre Kreation, das Ergebnis ihrer großen, evolutionären Entwicklung.

Das Auto fuhr in die Einfahrt, und sobald es stand, stieg Mia aus und rannte ins Haus. Sie konnte Korum jetzt nicht anschauen, konnte nicht rational mit ihm darüber reden. Noch nicht, nicht, bis sie die Gelegenheit gehabt hätte, das weiter zu verdauen.

Zu ihrer Erleichterung folgte er ihr nicht und gab ihr den Raum, den sie so dringend benötigte.

Sie rannte nach oben und schloss sich in einem der Gästeschlafzimmer ein. Das Schloss war natürlich mehr als schwach; wahrscheinlich würde es nicht einmal einen Menschen vom Eindringen abhalten, geschweige denn einen Krinar. Aber sie fühlte sich damit ein wenig besser, da es eine Barriere zwischen ihnen schaffte.

Mia setzte sich auf das Bett und schaute auf ihre Hände, die eng ineinander verschlungen auf ihrem Schoß lagen. Auf ihrem rechten Daumen hatte sie immer eine kleine Narbe gehabt; sie hatte sich mit einem Messer geschnitten, als sie sieben Jahre alt war und einen Apfel schälen wollte. Jetzt war die Narbe verschwunden. Warum war ihr das vorher nicht aufgefallen?

Sie stand auf und ging zu dem großen Spiegel hinüber, der an der Wand hing. Das Bild, das er widerspiegelte, sah erstaunlich normal aus. Das gleiche blasse Gesicht, die gleichen unbezwingbaren Locken. Und trotzdem konnte sie bei näherem Hinsehen kleine Unterschiede erkennen. Ihre Haut, die normalerweise leichte Sommersprossen hatte, war ganz glatt und weiß, völlig makellos. Der leichte Sonnenschaden, den sie sich in den letzten einundzwanzig Jahren zugezogen hatte, schien verschwunden zu sein. Ihr Haar sah auch gesünder aus, ohne Spliss – und das, obwohl sie seit über sechs Monaten keinen Frisörsalon mehr von innen gesehen hatte.

Sie hob ihren Arm, spannte ihn leicht an und sah, wie sich ein kleiner Muskel unter ihrer Haut bewegte. Selbst ihr Körper hatte sich leicht verändert; sie war immer schlank gewesen, aber jetzt sah sie muskulöser aus, so als würde sie regelmäßig Sport treiben. Sie erinnerte sich daran, wie sie in der Lage gewesen war, eine Stunde lang zu schwimmen und wie sie gegen Leslie gekämpft und gewonnen hatte … Es schien so, als sei verbesserte Fitness einer der positiven Effekte dieses Eingriffs.

Kein Wunder, dass Ellet ihr so bekannt vorgekommen war. Mia erinnerte sich an den Traum, den sie gehabt hatte, als sie in Lenkarda angekommen waren – der Traum, in dem eine wunderschöne Frau sie mit eleganten Fingern berührt hatte. Ellet. Das war Ellet gewesen. Korum hatte Mia für den Eingriff zu ihrem Labor gebracht, und Mia musste bei dem letzten Teil nur im Halbschlaf gewesen sein.

Sie ging zum Bett zurück, legte sich hin und rollte sich zu einer Kugel zusammen, indem sie ihre Knie an die Brust zog. Ihr war schlecht, und sie wusste, dass sich das alles in ihrem Kopf abspielte. Ihr konnte ja gar nicht schlecht werden; das war rein körperlich völlig unmöglich. Aber dieses mulmige Gefühl in ihrem Magen ging nicht weg, und ihre Eingeweide zogen sich zusammen, als sie sich vorstellte, wie Korum sie betäubt zu seiner Ex-Geliebten gebracht hatte. Sie sah vor ihrem geistigen Auge, wie Ellet den Eingriff an ihrem bewusstlosen Körper vornahm, und erschauderte.

Wie konnte er ihr das nur antun? Wie hatte er ihr so etwas Wertvolles geben können, etwas, von dem sie nicht einmal zu träumen gewagt hatte, und gleichzeitig damit ihr Vertrauen so zerstört? Und wie konnte sie mit jemandem zusammen sein, der so etwas tun konnte, der ihren Willen völlig ignorierte?

Und wie konnte sie es nicht?

Mia versuchte, sich eine Zukunft ohne Korum vorzustellen, und die Jahre breiteten sich grau und leer vor ihr aus. Wenn sie ihn niemals getroffen hätte – nie seine Leidenschaft und seine Fürsorge erlebt hätte – wäre sie zufrieden, aber jetzt ... Jetzt brauchte sie ihn genauso wie die Luft zum Atmen. Auch wenn sie nur ein paar Minuten getrennt waren, fühlte sie seine Abwesenheit so stark, als würde ein Teil von ihr fehlen. Wenn er sie jemals verließ, würde es sie zerstören; sie würde einfach aufhören zu existieren, wie eine Person zu funktionieren. Sie würde nichts weiter sein als eine zerbrochene, leere Schale, kaum ein Schatten ihres früheren Ichs.

War das das Gleiche, was er auch für sie empfand?

Tränen brannten in ihren Augen, als sie darüber nachdachte. Hatte er es deshalb getan, weil er nicht warten konnte, die Möglichkeit nicht ertragen konnte, dass ihr etwas zustieß, wenn er den Eingriff auch nur ein paar Tage später durchführen ließ? Hatte er ihr, wegen der Intensität seiner Gefühle für sie, ihre freie Wahl vorenthalten?

Sie versuchte sich vorzustellen, wie sie sich fühlen würde, wenn jemand, den sie liebte, schwach und zerbrechlich wäre, anfällig für Krankheiten und Verletzungen. Korum war immer so stark, so unverletzlich gewesen; außer dieses eine Mal am Strand – und davor, als sie für den Widerstand gearbeitet hatte – hatte sie sich niemals wirklich Gedanken über seine Gesundheit machen müssen.

Aber er machte sich ständig Gedanken um sie. Das wusste sie.

Er gab sich große Mühe, sicherzugehen, dass ihr warm war, sie keinen Hunger hatte und heilte alle ihre Wunden, egal, wie winzig sie waren. Er wusste, wie wichtig ihr die Uni und ihre Karriere waren, und hatte nie versucht, sie in diesem Punkt einzuschränken. Stattdessen hatte er ihr eine unglaubliche Möglichkeit eröffnet, sie dabei unterstützt, sich in diesem Bereich ihres Lebens glücklich und erfüllt zu fühlen. Er hatte sogar sichergestellt, dass ihre Familie mit der Beziehung einverstanden war. Er hatte ihr alles gegeben – außer der Möglichkeit, ihre eigenen Entscheidungen zu treffen.

Nein, sie konnte sich kein Leben ohne ihn vorstellen – und das musste sie jetzt auch nicht mehr. In guten und in schlechten Zeiten konnten sie jetzt für immer zusammenbleiben, und ihr dummes Herz war freudig erregt bei diesem Gedanken. Sie wusste nicht, ob sie ihm dafür vergeben konnte, dass er diesen Eingriff ohne ihre Zustimmung durchführen lassen hatte – zumindest jetzt noch nicht – aber sie konnte es versuchen. Sie würde es auf jeden Fall versuchen müssen. Sie liebte ihn zu sehr, um es nicht zu tun.

Schließlich hatten sie ja jetzt Jahrhunderte vor sich, in denen sie alles klären konnten.

24. KAPITEL

Zehn Minuten später war Mia bereit zu reden und ging nach unten. Sie hatte tausend Fragen, die sie Korum stellen wollte, und sie konnte es gar nicht abwarten, Antworten darauf zu bekommen.

Zu ihrer Überraschung fand sie ihn im Wohnzimmer, wo er am Fenster stand und auf den Ozean schaute. Als er ihre Schritte hörte, drehte er sich zu ihr um, und Mia verharrte entsetzt auf den Stufen, als sie seinen distanzierten Gesichtsausdruck sah.

Seine Augen schienen leer zu sein, so als ob er durch sie hindurch schauen würde, und der Ausdruck auf seinem Gesicht war hart, verschlossen und unleserlich.

»Korum?« Mia bemerkte, dass ihre Stimme ein wenig zitterte, aber sie konnte nichts dagegen machen. Sie hatte ihn kalt und spöttisch gesehen, wütend und leidenschaftlich, aber niemals zuvor hatte sie ihn so gesehen. Es kam ihr vor, als würde ein Fremder sie anschauen, ein Fremder, mit den vertrauten Gesichtszügen des Mannes, den sie liebte.

»Die Autoschlüssel sind dort drüben«, sagte er und zeigte auf den Kaffeetisch. Seine Stimme war ausdruckslos und ließ keinerlei Gefühle erkennen. »Ich werde sichergehen, dass Roger alle deine Sachen zum Haus deiner Eltern schickt. Für den Übergang werde ich dir etwas Geld auf dein Konto überweisen, damit du dir ein paar Sachen kaufen kannst, bis deine Kleidung ankommt.«

»Wie bitte?«, flüsterte Mia fast unhörbar und hatte den Eindruck, als sei die ganze Luft aus dem Raum entwichen. Ihr Brustkorb fühlte sich an, als würde er in einem riesigen Schraubstock zusammengepresst werden, und ihre Lungen schienen die Arbeit zu verweigern.

»Die Wächter werden noch eine Zeit lang weiterhin auf dich und deine Familie aufpassen, bis wir sicher sein können, dass Saur allein gehandelt hat. Da er und Leslie gefasst worden sind, solltest du sicher genug sein.«

Ihr Gehirn konnte seine Worte gar nicht aufnehmen. »K-Korum? Wovon redest du?«

Er drehte sich weg und schaute wieder aus dem Fenster. »Das ist alles, Mia. Du kannst jetzt gehen.«

Mia ging langsam die Treppen hinunter, ohne es überhaupt mitzubekommen, und eisige Kälte machte sich in ihrem Körper breit. »Wohin gehen?«, fragte sie, unfähig und unwillig, ihn zu verstehen. Sie blieb zitternd ein paar Meter von ihm entfernt stehen und empfand verzweifeltes Verlangen danach, dass er sich umdrehte und sie mit seinem warmen Lächeln ansah.

Aber das tat er nicht. Er war wie eine Statue, völlig still und bewegungslos. »Ich nehme an, zum Haus deiner Eltern«, antwortete er schließlich. »Ist das nicht der Ort, an dem du normalerweise deine Sommer verbringst?«

»Du willst, d-dass ich verschwinde?« Mia konnte diese Worte kaum herausbringen, da ihr Hals zu zugeschnürt war. Das schwarze Loch der Verzweiflung schien sich unter ihr aufzutun und sich bereit zu machen, sie jeden Augenblick zu verschlucken. Mit Sicherheit konnte er das nicht ernst meinen, er konnte doch bestimmt nicht wollen, dass sie ging …

»Nimm das Auto«, sagte er und blickte dabei immer noch aus dem Fenster. »Du kannst doch fahren, oder nicht?«

»Ich habe meinen Führerschein nicht dabei«, antwortete sie ihm wie betäubt und starrte auf seinen Rücken.

»Falls die Polizei dich anhält, werde ich mich um deinen Strafzettel kümmern. Dein Führerschein und der Rest deiner Sachen wird noch diese Woche zu dir gebracht werden.«

Der Kloß in ihrem Hals wurde unerträglich groß, und Mia umarmte sich selbst in dem Versuch, die Schmerzen in sich einzuschließen. »Warum?«, flüsterte sie heiser. »Warum möchtest du, dass ich gehe?«

»Ist das nicht das, was du wolltest?«, fragte er kalt und drehte sich herum, um sie anzuschauen. Sein Gesicht war völlig ausdruckslos; nur leichte gelbe Flecken in seiner Iris verrieten den Hauch einer Emotion. »Ist es nicht das, wofür du die ganzen Wochen gekämpft hast? Deine Freiheit? Bitte, da hast du sie.« Er drehte sich wieder um, und damit war sie entlassen.

Mia fühlte sich, als würde sie ersticken und schnappte verzweifelt nach Luft. »Korum, bitte, ich verstehe das nicht …«

»Ist mein Englisch nicht verständlich genug für dich?« Diese Worte trafen sie wie ein Peitschenhieb. »Du bist frei, zu gehen. Los, raus hier.«

Mia erstickte fast an dem Schluchzer, der ihren Hals emporstieg und trat zurück. Sie konnte den Schmerz über seine Zurückweisung kaum ertragen. Ihre Kniekehlen berührten den Kaffeetisch, und ihre Hand schloss sich automatisch um die Autoschlüssel, die dort lagen. Mia nahm sie, drehte sich herum und rannte aus dem Haus. Sie konnte vor lauter Tränen, die sie nicht zurückhalten konnte, nichts sehen.

Sie kam bis zu dem Auto, bevor sie sich auf den Boden sinken ließ. Ihr ganzer Körper zitterte, und sie konnte durch den Druck auf ihrer Brust kaum genügend Luft holen. Aus irgendeinem Grund wollte Korum sie nicht mehr. Er wollte, dass sie verschwand. Nach allem, was passiert war, ließ er sie gehen.

Das ergab keinen Sinn, gar nichts davon. Mia saß gegen das Auto gelehnt auf dem harten Boden, umschlang ihre Knie und wippte nach vorne und nach hinten. Nach einigen Minuten, als der erste Schock und Schmerz überwunden war, versuchte sie, ihre Gedanken zu sammeln und zu verstehen, was gerade passiert war. Natürlich musste es dafür eine logische Erklärung geben. Warum sollte er sich die Mühe machen, ihr von Ellet die Nanozyten für die Unsterblichkeit einsetzen zu lassen, wenn er die ganze Zeit vorhatte, sich von ihr zu trennen? Warum wäre er so weit gegangen, sich anzustrengen, damit ihre Familie ihn mochte, wenn sie ihm nicht wichtig war? Warum hätte er ihr gesagt, dass er sie liebte? War das alles eine Lüge gewesen? Hatte er die ganze Zeit mit ihr gespielt? Dieser Gedanke war so schmerzvoll, dass Mia ihn beiseiteschieben musste, um nicht den Verstand zu verlieren.

Oder war das ihre Schuld? Hatte ihre Reaktion auf seine Enthüllung ihn dazu veranlasst, seine Meinung über ihre Beziehung zu ändern? Vielleicht wurde er ihrer langsam überdrüssig, und das hier war der letzte Tropfen gewesen, der das Fass zum Überlaufen gebracht hatte. Mia hob ihre Faust zum Mund und biss hart zu, um ein Stöhnen zu unterdrücken. Sie konnte sich kein Leben mehr ohne ihn vorstellen, und er wollte sie nicht mehr. Sie hatte ihn verloren, warum auch immer, sie hatte ihn verloren ...

Sie sollte in das Auto steigen und versuchen, den letzten Rest ihres Stolzes zu retten, anstatt in seiner Einfahrt zu weinen, aber sie konnte sich einfach nicht bewegen. Wenn sie jetzt ging, würde sie ihn vielleicht niemals wiedersehen. Er hatte keinen Grund mehr, nach New York zu kommen, und es gab keine Garantie dafür, dass sie jemals wieder nach Lenkarda durfte. Wenn sie jetzt wegfuhr, wäre die Person, die sie mehr liebte als alles andere auf der Welt, aus ihrem Leben verschwunden.

Sie konnte nicht zulassen, dass das geschah.

Mit ihrem tränennassen Gesicht stand Mia entschlossen auf und klopfte sich den Staub und den Schotter von ihrem Kleid. Wenn Korum sie nicht mehr wollte, dann musste er ihr das auch genau so sagen. Er würde ihr alles erklären müssen, denn sie hatte nicht vor, ihn kampflos zu verlassen. Er hatte sich in ihr Leben gezwungen, in ihr Herz, und jetzt dachte er, dass er einfach so, ohne weitere Erklärung, verschwinden könnte? Sie war vielleicht am Anfang zu verängstigt gewesen, ihn nach seinen Gründen zu fragen, aber das war vorbei. Wenn er sie loswerden wollte, dann würde er sie schon vom Grundstück tragen müssen. Sie würde nicht gehen, bis sie nicht über alles gesprochen hatten.

Und während sie sich mit dem Handgelenk die Tränen von den Wangen wischte, ging Mia zurück zum Haus, um den einzigen Mann, den sie jemals geliebt hatte, zur Rede zu stellen.

* * *

Korum stand noch an der gleichen Stelle und sah auch immer noch aus dem Fenster. Als er sie kommen hörte, drehte er sich herum. Für einen Moment erschien etwas auf seinem Gesicht, bevor es wieder in die ausdruckslose Maske zurückfiel.

»Du bist nicht gegangen«, stellte er ruhig fest, und sah sie gefühllos an. Sie wusste, dass seinen scharfen Augen die Reste der Tränen auf ihrem Gesicht nicht entgehen würden, genauso wenig wie die Dreckspuren auf ihren Beinen.

»Nein«, sagte sie mit einer härteren Stimme als sonst. »Ich bin nicht gegangen.«

»Warum nicht?«, erkundigte er sich leicht neugierig, so als würden sie über nichts weiter reden als über einen Film, der ihr nicht gefallen hatte.

Mias Augen verengten sich. »Warum möchtest du, dass ich gehe?«, entgegnete sie ihm und hob ihr Kinn an. »Gestern hast du mir noch gesagt, dass du mich liebst, und jetzt möchtest du schon nicht mehr mit mir zusammen sein?«

Sein Gesichtsausdruck verdunkelte sich, und seine Augen nahmen wieder diesen gefährlichen Goldton an. »Mia, wenn du nicht sofort gehst, wirst du es nie wieder können. Niemals mehr. Hast du mich verstanden?«

Mia starrte ihn herausfordernd an, und ihr Herz hämmerte in ihrer Brust. »Nein, das tue ich nicht. Ich verstehe dich überhaupt nicht.« Und anstatt wegzugehen, machte sie einen Schritt in seine Richtung.

Und plötzlich war er bei ihr. Er hatte sich so schnell bewegt, dass sie vor Überraschung fast einen Herzinfarkt bekam. Seine Hand schnellte nach vorn und ergriff ihr Kleid, so dass er sie festhielt, während er sich über sie beugte. »Was verstehst du nicht?«, fragte er leise, und sie hörte seine kaum beherrschte Wut in der samtigen Weichheit seiner Stimme. »Möchtest du, dass ich dich bitte, zu bleiben? Dass ich dir noch einmal sage, wie sehr ich dich liebe?«

Ihre Brust hob und senkte sich schnell mit jedem Atemzug, und Mia schluckte, um den Kloß in ihrem Hals wegzubekommen. Sie hatte ihn noch nie in einer derartigen Stimmung erlebt, und fast bekam sie Angst. Aber nur fast – weil sie ganz genau wusste, dass er ihr nicht wehtun würde. Zumindest nicht körperlich.

»Warum hast du mich nicht verlassen, als ich dir die Gelegenheit dazu gegeben habe, Mia?«, flüsterte er rau und zog sie an sich heran, bis sie ganz eng an seinen Körper gepresst war und die Hitze spürte, die von ihm ausging. Und die harte Wölbung, die sich in seiner Jeans bildete. »Weißt du denn nicht, wie schwer es für mich war, dich gehen zu lassen?«

Er versuchte gar nicht, sie loszuwerden. Er hatte ihr ihre Freiheit gegeben, weil er dachte, dass sie das wollte.

Diese Wahrheit dämmerte ihr, und Mia brach fast schon wieder in Tränen aus. Korum liebte sie; er liebte sie so sehr, dass er sie gehen lassen würde, dass er sein eigenes Bedürfnis, sie bei sich zu behalten, zurückgestellt hatte.

Zum ersten Mal ließ er ihr eine Wahl.

Ihr Herz machte einen Freudensprung, und als Mia zu ihm hochsah, sah sie Zeichen der Anstrengung auf seinem wunderschönen Gesicht. Er liebte sie, und er ließ sie gehen. Die Größe dieser Geste entging ihr nicht. Dieser wunderbare, starke Mann, dem noch nie etwas verwehrt worden war, was er gewollt hatte – und jetzt war sie sich ohne auch nur den Hauch eines Zweifels sicher, dass er sie wollte. Sein Intellekt und sein Ehrgeiz hatten ihn an die Spitze der krinarischen Gesellschaft katapultiert, und er war es gewohnt, in einem überdurchschnittlichen Maße zu beeinflussen und zu kontrollieren. Hier auf der Erde war seine Macht sogar noch größer; als ein Angehöriger der Rasse, die ihren Planeten erobert hatte, konnte er sich fast alles erlauben, ohne mit irgendwelchen Konsequenzen rechnen zu müssen. Unter den Menschen war er eine Art Gott.

Wie wäre es wohl, eine derartige Macht innezuhaben. Wäre sie in der Lage, sich zurückzuhalten, wenn sie wüsste, dass sie sich alles nehmen konnte, was sie wollte? Jeden zu haben, den sie wollte? Mia hatte sich diese Frage bis jetzt noch niemals gestellt, und sie fragte sich, ob sie ihre eigene Antwort mögen würde.

Die Tatsache, dass er ihr jetzt die Wahl ließ … Sie wusste, wie schwierig das für ihn war und wie sehr das seiner Natur widersprach. Er sah sie als seinen Besitz an, und nach krinarischem Recht gehörte sie ihm ja auch. Dass Korum jetzt auf diese Macht verzichtete und sie gehen lassen würde – das, mehr als alles andere, zeigte ihr, wie viel sie ihm bedeutete.

Anstatt aus Angst vor seinem Temperament zurückzuweichen, strich sie erst über seine Brust und nahm dann sein Gesicht zwischen ihre Hände. Sie schaute ihm in die Augen und flüsterte: »Ich möchte nicht gehen. Ich möchte niemals gehen ...«

Seine Augen flackerten auf, und sie konnte sehen, wie seine Pupillen sich weiteten, während sein Mund sich ihr näherte und seine Lippen sie hart, fast kratzig, berührten. Seine Zunge drang in ihren Mund ein, und sein Kuss vereinnahmte sie völlig. Sie antwortete begierig, gab sich dem ungezügelten Hunger hin, den sie in seinem Kuss schmecken konnte. Seine Hände wanderten auf ihren Rücken, und sein Griff verstärkte sich, bis sie kaum noch atmen konnte. Sie konnte spüren, wie sein großer Körper durch die Intensität seiner Gefühle zitterte.

Einen Augenblick lang nahm er Abstand zu ihr und brummte: »Du bleibst.« Und Mia nickte, auch wenn das keine Frage gewesen war. Sie stellte sich auf ihre Zehenspitzen und küsste ihn erneut. Sie bemerkte, wie sich der Raum um sie herum anfing zu drehen, als er sie mit Schwung in seine Arme hob und sie zum Sofa trug.

Die Kontrolle, die er zuvor über sich gehabt hatte, war völlig verschwunden, und sie konnte das Urbedürfnis spüren, das ihn jetzt antrieb. Er war nicht sanft, und sie wollte auch nicht, dass er das jetzt war, nicht in diesem Moment, nicht, wenn sie sich so verzweifelt nach seiner Leidenschaft sehnte. Seine Hände rissen ihr das Kleid und die Unterwäsche vom Körper, und dann drang er auch schon ein, um endlich in ihr zu sein, sie auf die ursprünglichste aller Arten zu besitzen.

Mia schrie auf, als er so kraftvoll in sie glitt, und streckte sich ihm entgegen. Ihre Finger waren gekrümmt, und sie krallte sich mit ihrer ganzen Kraft in seinem Nacken fest. Er fühlte sich so unglaublich hart und dick an, dehnte sie und füllte sie aus, bis sie alles über diesen unerträglichen Schmerz, ihn zu verlieren, vergaß und sich in der Kraft seiner Stöße verlor.

Er vergrub seine rechte Hand in ihrem Haar und zog ihren Kopf zur Seite. Er legte ihren Hals frei, und dann biss er sie, schnitt mit den scharfen Kanten seiner Zähne über ihre Haut. Mia schnappte durch den plötzlichen Schmerz nach Luft, bis sich sein Mund auf die Wunde legte und sich die Welt um sie herum auflöste, als wilde Ekstase durch ihre Venen schoss.

Für die nächsten Stunden war das Einzige, das für sie existierte, die dunkle Verzückung seiner Umarmung.

25. KAPITEL

»So, erzähl mir mehr über diese Unsterblichkeitssache«, sagte Mia träge und sah ihm dabei zu, wie er eine ihrer langen Locken anhob und damit auf seiner eigenen Schulter kreiste.

Sie lagen nebeneinander im Bett, nachdem sie schon wieder ihren Hunger aufeinander gestillt hatten.

Mia konnte sich kaum an den Rest des gestrigen Tages erinnern. Nachdem er sie gebissen hatte, war sie bis zum späten Abend nicht wieder zu Sinnen gekommen. Erst dann hatte er sie aus ihrem erschöpften Schlaf geweckt und ihr etwas zum Abendessen gegeben. Danach waren sie wieder zurück ins Bett gegangen, und sie war erneut erschöpft eingeschlafen. Als sie heute Morgen ihre Augen geöffnet hatte, schaute er sie schon mit einem hungrigen Gesichtsausdruck an und hatte nur noch »endlich« gemurmelt. Dann hatte er die Decke weggezogen, war ihren Körper entlang nach unten gewandert und hatte ihr mit seinem Mund zu ihrem ersten Orgasmus des Tages verholfen, noch ehe sie überhaupt richtig wach war. Danach hatte er sie erneut genommen, als könne er es nicht ertragen, auch nur ein paar Stunden lang körperlich getrennt von ihr zu sein.

Jetzt drehte er seinen Kopf zu ihr und schaute sie mit einem warmen Leuchten in seinen Augen an. »Was möchtest du genau wissen?«, fragte er lächelnd.

»Alles«, antwortete Mia ihm. »Habt ihr immer gewusst, wie das geht – die Menschen unsterblich zu machen? Und wie genau funktioniert das? Und bin ich noch menschlich, oder bin ich eine Art komischer Hybrid? Bin ich jetzt auch schneller und stärker? Und werde ich mich jemals körperlich verändern, oder werde ich für den Rest meines Lebens so aussehen wie jetzt?«

Er lachte und stützte sich auf seinen Ellenbogen. »Das sind ziemlich viele Fragen. Ich fange mal mit den einfachen an. Ja, du bist immer noch menschlich. Nein, du bist nicht wirklich viel schneller oder stärker, als du vorher warst, auch wenn du irgendwie in besserer Form bist. Aber du heilst sehr schnell. Wenn du stärker werden wollen würdest, dann wäre das allerdings sehr einfach; alles, was du machen müsstest, wäre, mit Gewichtheben anzufangen und ein wenig zu trainieren. Dein Körper regeneriert sich jetzt so schnell, dass du keine Auszeiten bräuchtest und in wenigen Wochen genauso fit werden könntest wie jeder eurer Spitzensportler.

Dadurch, dass dein Körper schneller heilt, hast du jetzt auch eine bessere Ausdauer. Und nein, du bist definitiv kein Hybrid. Die Nanozyten imitieren die natürlichen Funktionen deines Körpers, reparieren alle Schäden, und das ist wirklich alles, was sie machen. Sie stellen den optimalen Zustand deines Körpers wieder her, und deshalb wirst du dich auch in Zukunft nicht wirklich körperlich verändern. Du wirst auch die nächsten Jahrhunderte jung und schön bleiben.«

Mia hörte seiner Erklärung zu, und ihr Puls begann vor Aufregung zu rasen. »Wow«, flüsterte sie voller Staunen. »Ich weiß gar nicht, was ich sagen soll. Einfach … wow.«

Korum grinste sie an, und dann wurde sein Gesichtsausdruck etwas ernster. »Und zum ersten Teil deiner Frage, das ist eine relativ neue Technologie für uns. Wir besitzen sie erst seit ein paar tausend Jahren.«

»Ein paar tausend Jahre? Das ist eine wirklich lange Zeit …« Sie hätten die Menschen in den letzten paar tausend Jahren unsterblich machen können?

Er seufzte. »Wenn du das sagst.«

»Korum«, fragte Mia vorsichtig, »Was ist die Nicht-Einmischungs-Anordnung? Ist sie der Grund dafür, dass ihr keine eurer Technologien mit uns geteilt habt?«

Er nickte. »Ja. Die Nicht-Einmischungs-Anordnung wurde von den Ältesten festgelegt und steht über allen Gesetzen, die der Rat verabschieden kann …«

»Die Ältesten?«

»Die ältesten existierenden Krinar. Es gibt neun, die als die Ältesten gelten, und sie leben schon seit Millionen von Jahren. Lathur ist der älteste von ihnen, und es heißt, dass er schon über zehn Millionen Jahre existiert.«

Verblüfft starrte Mia ihn an. »Zehn Millionen Jahre?« Vor zehn Millionen Jahren existierten die Menschen noch gar nicht. Und es gab Krinar, die so alt waren?

»Das ist auch für mich unvorstellbar«, gab Korum zu, der ihre Ehrfurcht verstand. »Sie müssen in ihrem Leben ganz schön viel gesehen und gelernt haben. Es gibt nichts, was vergleichbar ist mit der Weisheit der Ältesten.«

»Wo sind sie?«, fragte Mia, und eine Gänsehaut überzog ihren ganzen Körper, als sie versuchte, sich einen dieser Ältesten vorzustellen. »Ist von ihnen jemand auf die Erde gekommen?«

»Nein, sie sind auf Krina. Die meiste Zeit leben sie sehr zurückgezogen; nur wenige Krinar haben sie jemals getroffen, und das ist genau so, wie sie es wollen. Ich habe Lathur aus der Ferne gesehen, aber ich bin einer der wenigen, die das von sich behaupten können.«

Mia runzelte erstaunt die Stirn. »Aber wie haben sie die Anordnung festgelegt? Und wie setzten sie sie durch?«

»Mia, sie müssen es nicht durchsetzen. Die Ältesten werden in unserer Gesellschaft verehrt; sich ihnen zu widersetzen ist eine Beleidigung, die mit dem Tod bestraft werden kann.«

»Aber warum haben sie es getan? Warum haben sie überhaupt auf dieses Mandat bestanden?«

»Ich kenne ihre genauen Gründe nicht«, gab Korum zu. »Aber ich weiß, dass zwei von ihnen zu dem Team von Wissenschaftlern gehörten, die die menschliche Evolution geleitet haben. Sie waren die ursprünglichen Erschaffer eurer Spezies. Meine Vermutung ist, dass sie das Projekt immer noch überwachen.«

Mias Stirnrunzeln verstärkte sich. »Und warum haben sie euch dann überhaupt zur Erde kommen lassen?«

»Weil der Rat – genauer gesagt ich, Saret und ein paar andere – sie davon überzeugen konnte, dass es für das letztendliche Überleben der Krinar notwendig war. Eure Waffen, eure Technologien entwickelten sich so schnell und in so eine zerstörerische Richtung, dass ihr euren Planeten in Gefahr brachtet. Und da wir letztendlich die Erde zu unserer Heimat machen müssen – wenn unsere Sterne in einhundert Millionen Jahren oder so sterben werden – konnten wir es nicht zulassen, dass ihr diesen Planeten unbewohnbar macht.«

Mia verdaute diese Information stillschweigend. Sie verstand diese Position der Ältesten nicht hundertprozentig. »Aber wie kannst du mich dann trotz dieser Anordnung unsterblich machen?«

»Indem ich dich zu meinem Charl erkläre.« Seine Augen funkelten sie an. »Für unseren Charl dürfen wir Ausnahmen machen.«

»Ich verstehe.« Mia sah ihn an und erinnerte sich daran, wie er ihr erklärt hatte, dass es eine Ehre sei, ein Charl zu sein. Jetzt konnte sie verstehen, wieso er das dachte. Ja, die Charl mochten in der krinarischen Gesellschaft nur wenige Rechte besitzen, aber sie hatten etwas, was die anderen Menschen nie bekommen konnten – perfekte Gesundheit und eine unglaublich lange Lebenserwartung. Selbst in den Vereinigten Staaten dieser modernen Zeit gab es wahrscheinlich viele, die alle Rechte und Freiheiten, die sie genossen, dagegen eintauschen würden, um auch nur ein paar Jahrzehnte länger leben zu können, ganz zu schweigen von Hunderten oder Tausenden von Jahren.

»Was ist mit meinen Eltern und meiner Schwester?«, fragte Mia und hielt ihren Atem an. »Macht das Mandat auch für sie eine Ausnahme?«

Ein ehrliches Bedauern spiegelte sich auf Korums schönem Gesicht wider. »Nein, Mia, leider tut es das nicht. Ich werde alles tun, damit sie möglichst gesund bleiben und ihre natürliche

Lebenserwartung, soweit es geht, ausreizen, aber ich kann ihnen nicht das geben, was du bekommen hast.«

Mia biss sich schmerzhaft auf die Lippe und schaute weg. Sie hatte vermutet, dass das der Fall sein würde, aber es tat trotzdem weh, es von ihm bestätigt zu bekommen. Sie würde jung und gesund bleiben, während alle um sie herum altern und sterben würden. Dieser Gedanke war unerträglich deprimierend.

»Komm her, mein Liebling«, murmelte er und zog sie in seine Arme. »Das tut mir wahnsinnig leid, wirklich. Ich werde in deinem Namen ein Gesuch bei den Ältesten einreichen, vielleicht bringt es ja was. Aber ich kann dir nicht versprechen, dass sie etwas tun werden.«

»Danke schön«, flüsterte Mia und schaute ihm in die Augen. »Danke schön dafür und für alles andere.«

»Ich liebe dich«, sagte er leise und streichelte über ihren Rücken. »Und ich würde alles für dich tun. Das weißt du doch, oder?«

Mia lächelte, und ihr Herz floss über vor Gefühl. »Ich liebe dich viel mehr …«

»Das ist unmöglich«, sagte er ihr, und die Intensität seiner Stimme irritierte sie. »Ich liebe dich so sehr, dass es weh tut. Wenn du mich gestern verlassen hättest …«

Mia schluckte, um nicht in Tränen ausbrechen zu müssen, und drückte ihn fester. »Das könnte ich gar nicht«, sagte sie rau. »Ich würde dich niemals verlassen wollen. Ich dachte, dass du mich nicht mehr wolltest …«

»Ich werde dich immer wollen.« Er klang völlig überzeugt davon.

»Woher weißt du das?«, fragte Mia neugierig. »Wir kennen uns nicht einmal zwei Monate lang. Woher willst du wissen, was du in ein paar Jahren fühlen wirst?«

Auf seinen Lippen erschien ein zärtliches Lächeln. »Das ist ein Punkt, bei dem es nützlich ist, wenn man Erfahrungen hat, meine Süße. Ich weiß, was ich fühle – ich habe das fast von Anfang an gewusst. Das erste Mal, als ich dich in meinen Armen hielt, das erste Mal, als wir Liebe machten, wusste ich, dass das völlig anders ist als alles, was ich davor gefühlt hatte. Ich konnte an nichts anderes außer an dich denken – wie du schmeckst, wie du riechst, die trotzige Neigung deines Kinns ... Ich dachte, dass ich verrückt werden würde, weil ich so besessen von einem menschlichen Mädchen wurde – einem Mädchen, das überhaupt nicht mit mir zusammen sein wollte. Ich wollte Sex mit dir, ja, aber ich wollte dich auch beschützen, dich mit mir nehmen und dich nie wieder gehen lassen ...«

»Warum hast du mir das nie gesagt?«, wollte Mia wissen, und ihr Herz setzte bei seinen Worten einen Moment lang aus. »Warum hast du mir nicht früher erzählt, was du fühlst?«

Das Lächeln verschwand aus seinem Gesicht, und sein Ausdruck wurde ernst. »Weil ich Angst hatte«, gab er düster zu. »Weil ich so etwas noch niemals zuvor gefühlt hatte und nicht wusste, wie ich damit umgehen sollte. Das erste Mal in Jahrhunderten war ich gefühlsgesteuert anstatt rational, und ich habe nicht immer die weisesten Entscheidungen getroffen, was dich betrifft. Ich wollte dich haben, und ich konnte an nichts anderes mehr denken, nur noch an dieses Verlangen. Ich war nicht geduldig genug, habe dir letztendlich Angst gemacht ... und deshalb hast du dich mit dem Widerstand eingelassen. Ich liebte dich, und alles, was du zu wollen schienst, war, mich für immer aus deinem Leben verschwinden zu lassen. Selbst später, als du mir sagtest, dass du mich liebst, war ich mir nicht sicher, ob du das wirklich fühlst oder ob du nur mitgespielt hast, um mir zu geben, was ich wollte …«

Mia schüttelte ihren Kopf und konnte ihren Ohren gar nicht glauben. Er hatte immer so unverletzlich gewirkt, und die Erkenntnis, dass sie die ganze Zeit die Macht gehabt hatte, ihn zu verletzen, war wirklich erschütternd. »Nein, Korum«, murmelte sie und hob ihre Hand, um über sein Gesicht zu streicheln. »Ich habe mich schon in New York in dich verliebt. Selbst als ich dachte, dass du meiner Rasse schaden wolltest, und ich Angst davor hatte, als dein Sexsklave zu enden, habe ich mich trotzdem in dich verliebt. Und ich kann nicht mehr ohne dich leben …«

Er atmete tief ein, drückte sie enger an sich und vergrub sein Gesicht in ihrem Haar. »Und ich kann nicht ohne dich leben, mein Liebling«, flüsterte er, »Ich glaube nicht, dass ich dich jemals gehen lassen kann, jetzt nicht mehr …«

»Aber warum hast du es dann? Warum hast du gestern versucht, mich gehen zu lassen?«

Er rückte ein Stück von ihr ab und sah sie wieder an. »Weil ich verstanden hatte, dass ich dich nicht zwingen kann, mich zu lieben, mit mir zusammen sein zu wollen.« Ein bitteres Lächeln erschien auf seinen Lippen. »Ich könnte dich bis in alle Ewigkeit bei mir behalten, aber ich könnte dich nicht zwingen, mich zu lieben. Das war aber nicht länger genug. Verstehst du? Dich einfach nur zu haben. Ich wollte mehr – ich wollte, dass du mich wirklich liebst. Ich dachte, du würdest dich über die Unsterblichkeit freuen, aber stattdessen warst du wütend … Und ich wusste, dass ich das nicht tun könnte, dass ich dich nicht zwingen konnte, gegen deinen Willen mit mir zusammenzubleiben …«

»Ach Korum«, flüsterte Mia, »das ist nicht gegen meinen Willen. Es ist schon lange nicht mehr gegen meinen Willen …«

Sein Gesichtsausdruck wurde wieder weich. »Das freut mich«, sagte er ruhig und strich ihr einige Haare aus dem Gesicht. »Ich möchte, dass du glücklich mit mir bist. Ich wollte nie, dass du dich wie ein Sklave fühlst. Ich konnte es nur nicht ertragen, dass dir etwas zustößt, wenn ich den Eingriff aufschob, bis du dich an Lenkarda und ein Leben mit mir gewöhnt hättest. Ich dachte, dass ich dir damit etwas gebe, was du wolltest …«

»Das stimmt auch. Ich möchte es«, antwortete ihm Mia ehrlich. »Wie konntest du nur daran zweifeln? Du hast mir ein unbezahlbares Geschenk gemacht, und ich wollte nicht, dass du etwas anderes denkst … Aber Korum, kannst du mir bitte eine Sache versprechen?«

Er sah sie aufmerksam an. »Was?«

»Würdest du bitte nie wieder etwas mit mir ohne meine Zustimmung machen? Selbst wenn du denkst, dass es das Beste ist, und auch wenn du dir nicht sicher bist, dass ich zustimme?«

Er zögerte einen Moment und nickte dann widerwillig. Sie konnte sehen, wie schwer es ihm fiel, dieses Zugeständnis zu machen, wie sehr es gegen seine Natur ging. Aber er hatte ihr sein Wort gegeben, und sie wusste, dass er es halten würde.

»Danke«, sagte sie ihm und streichelte seine Schulter. »Das bedeutet mir sehr viel.«

Er lächelte, lehnte sich nach vorne und gab ihr einen zärtlichen Kuss.

Als er sich wieder nach hinten lehnte, machte Mia ein ernstes Gesicht und fragte ihn: »Weißt du, was mir gerade noch eine Menge bedeuten würde?«

Er sah sie leicht misstrauisch an. »Was?«

»Ein leckeres Frühstück«, sagte sie zu ihm und beobachtete, wie sich sein Gesicht mit einem strahlenden Lächeln aufhellte.

* * *

Freitagmorgen flogen sie nach Lenkarda zurück.

Der Rest ihres Besuches war ohne weitere Zwischenfälle verlaufen, und ihre Familie war traurig gewesen, als sie wieder abgereist waren. Korum hatte versprochen, Mia noch ein paar Tage vor dem Ende des Sommers zu ihnen zu bringen, woraufhin ihre Mutter ihn weinend umarmt und ihr Vater sich herzlich bei ihm bedankt hatte. Marisa war besonders emotional gewesen und hatte sich nochmals bei Korum für alles bedankt, was er für sie getan hatte, und war errötet, als er ihr zum Abschied einen Kuss auf die Wange gab.

»Ich werde sie vermissen«, sagte Mia ihm, als sie zum Flughafen fuhren, wo Korum ihr Schiff bauen würde. »Ich wünschte wirklich, dass ich sie öfter sehen könnte.«

»Das wirst du«, antwortete ihr Korum, und sein Blick blieb dabei auf die Straße gerichtet. »Wenn ich erst einmal hundertprozentig weiß, dass du vollkommen sicher bist, gibt es keinen Grund dafür, warum du nicht alle paar Wochen bei ihnen vorbeischauen solltest. Man braucht ja nicht lange von Lenkarda bis hierher …«

»Von Lenkarda?«, fragte Mia vorsichtig. »Ich dachte, wir würden im Herbst nach New York zurückgehen …«

Korum seufzte. »Wenn du das immer noch möchtest, dann ja.«

»Warum sollte ich denn nicht?«

Er zuckte mit den Schultern. »Du brauchst deinen Abschluss nicht, wenn du weiterhin in Sarets Labor arbeitest. Es ist ja nicht so, als würdest du an der Uni mehr lernen, als wenn du in Lenkarda bleibst …«

»Ist es das, worauf du hoffst?«, fragte Mia. »Dass ich mich dazu entscheide, nicht wieder zur Uni zurückzugehen?«

»Ich ziehe Lenkarda New York vor«, gab er zu, »Aber ich habe nichts dagegen, wenn du dich dafür entscheidest, die Uni zu Ende zu bringen. Ich weiß, dass das für dich immer noch sehr wichtig ist, und ich habe dir versprochen, dass ich dich für das kommende Semester wieder zurückbringen würde. Neun Monate – das ist nichts im großen Ganzen, und wenn es dich glücklich macht …«

Zum ersten Mal dachte Mia ernsthaft darüber nach, die Uni nicht zu beenden. Korum hatte recht: was sie während ihres Praktikums lernte, war tausendmal fortgeschrittener als das, was die Professoren an der Uni ihr beibrachten. Wenn Lenkarda ihr neues Zuhause wäre, dann hätte ihr Abschluss sowieso keinerlei Bedeutung. Würde Saret zustimmen, dass sie nach einer so langen Abwesenheit wieder ins Labor zurückkehrte? Sie würde es hassen, sich diese Chance zu verbauen, nur um ein paar Hausarbeiten mehr zu schreiben und für ein paar Prüfungen mehr zu lernen. Sie musste das sobald wie möglich mit ihrem Chef besprechen, beschloss Mia.

Sie kamen am Daytona Beach International Airport an, und Korum baute das Schiff in einem sehr abgelegenen Teil, außerhalb der Sichtweite anderer Menschen. Als die Gondel lautlos abhob, erinnerte sich Mia daran, wie viel Angst sie gehabt hatte, als sie New York verlassen hatte, um das erste Mal nach Lenkarda zu fliegen. War das erst drei Wochen her? Es schien, als sei seit damals eine Ewigkeit vergangen.

Das Mädchen, das New York verlassen hatte, war verängstigt und traumatisiert gewesen, unsicher über ihr Schicksal und ohne das Wissen, ob es dem Mann, den es liebte, vertrauen konnte – dem Mann, den sie als ihren Feind betrachtet und verraten hatte.

Sie war nicht länger dieses Mädchen.

Diese Mia hier fühlte sich völlig sicher und geborgen in Korums Liebe.

In den letzten Tagen hatte sich ihre Beziehung noch einmal leicht verändert. Jetzt gab es eine neue Offenheit, die vorher gefehlt hatte. Bis zu diesem Streit – bis er ihr eine Wahl gelassen hatte – hatte Mia immer noch Zweifel über ihre Partnerschaft gehabt. Es war ein unbehagliches Gefühl gewesen, zu wissen, dass er die ganze Macht hatte und sie auch bedenkenlos nutzte – und jetzt hatte sie verstanden, dass sie aus diesem Grund einen Teil von sich zurückgehalten, sich ihm unbewusst widersetzt hatte.

Jetzt war das anders – es fühlte sich anders an. Ja, sie war immer noch sein Charl, aber sie fühlte sich nicht länger, als sei sie sein Besitz. Er liebte sie genug, um sie gehen zu lassen, um auf seine Kontrolle über sie zu verzichten. Dieses Wissen war wie Balsam für ihre Seele und ließ die Narben verblassen, die der turbulente Anfang ihrer Beziehung hinterlassen hatte.

Jeden Abend nach dem Essen mit ihrer Familie hatten sie einen langen Spaziergang am Strand unternommen und geredet. Sie hatte etwas über einige von Korums früheren

Beziehungen erfahren (es hatte viele gegeben) und über die Tatsache, dass er noch niemals zuvor verliebt gewesen war. Er hatte tatsächlich gedacht, er sei nicht fähig, zu lieben. »Die Tiefe meiner Gefühle für dich hat mich überrascht«, gestand er, und sie verstand erneut, wie schwierig es für ihn gewesen war, sie gehen zu lassen. Die Tatsache, dass er es trotzdem getan hatte, bewiesen ihr, dass seine Gefühle echt waren – dass ihre sexuelle Beziehung eine ehrliche Partnerschaft werden konnte, genau so, wie sie das immer gehofft hatte.

Und jetzt, auf ihrem Rückflug nach Costa Rica, lehnte Mia sich zu Korum hinüber und drückte seine Hand. »Ich liebe dich«, sagte sie und sah, wie ein warmes Lächeln auf seinem wunderschönen Gesicht erschien.

Ihr Leben konnte gar nicht besser werden.

EPILOG

Sie kamen zurück.

Saur hatte versagt, aber der Krinar hatte vermutet, dass das so kommen würde. Korum war ein zu guter Kämpfer, um so leicht getötet zu werden. Natürlich hatte er nicht damit gerechnet, dass Mia verletzt werden könnte. Dieser Teil war inakzeptabel gewesen. Wenn sein Feind Saur nicht getötet hätte, dann hätte er es getan.

Bald würde sie wieder bei ihm sein. Der Krinar hob seine Hand und starrte darauf, stellte sich vor, wie er ihr zartes Fleisch berührte, ihre seidige Haut streichelte. Sie würde so klein, so zerbrechlich in seinen Armen sein. So verletzlich. Er könnte mit ihr alles machen, was er wollte, und sie könnte ihm keinen Widerstand leisten.

Sein Glied richtete sich bei diesem Gedanken auf, und er verfluchte seine offensichtliche Unfähigkeit, sich selbst unter

Kontrolle zu halten. In Vorfreude auf ihre Ankunft war er zu einem in der Nähe gelegenen X-Klub gegangen und hatte sich mit menschlichen Mädchen eingedeckt. Alle drei waren hübsch gewesen, mit ehrgeizigen Plänen für eine Karriere in Hollywood. Eine von ihnen hatte sogar Locken gehabt, aber ihr Haar war straßenköterblond gewesen, und das hatte er nicht gemocht. Er hatte stundenlang Sex mit ihnen gehabt, aber den Klub trotzdem unbefriedigt verlassen.

Er wollte sie.

Und bald würde er sie haben können – und alles andere, was er wollte. Diese Woche war sehr produktiv gewesen.

Noch ein paar Tage, und alles wäre bereit.

LESEPROBEN

Vielen Dank, dass Sie das zweite Buch der *Krinar-Chroniken* gelesen haben! Ich hoffe, es hat Ihnen gefallen. Falls dem so ist, helfen Sie bitte anderen Menschen, auf dieses Buch aufmerksam zu werden, indem Sie eine Kritik hinterlassen oder es bei Freunden erwähnen.

Die Geschichte von Mia & Korum geht in *Gefährliche Erinnerung* weiter.

Wenn Sie wissen möchten, wann das nächste Buch herauskommt, können Sie Ihre E-Mail-Adresse auf http://annazaires.com/series/deutsch/ hinterlassen und werden dann über das Erscheinungsdatum benachrichtigt.

Allen Hörbuchliebhabern empfehle ich, Audible.de zu besuchen, wo Sie diese Serie und unsere anderen Bücher finden können.

Vielen Dank für Ihre Unterstützung! Sie bedeutet mir wirklich sehr viel.

Auf den nächsten Seiten finden Sie einige Auszüge aus *Die Gefangene des Krinar, Twist Me – Verschleppt* und weiteren meiner Werke. Viel Spaß damit!

AUSZUG AUS THE KRINAR CAPTIVE – DIE GEFANGENE DES KRINAR

Anmerkungen der Autorin: *The Krinar Captive – Die Gefangene des Krinar* ist ein abgeschlossener Roman, der ungefähr fünf Jahre vor der Trilogie *Die Krinar Chroniken* spielt.

* * *

Emily Ross hatte in keinem Moment erwartet, ihren tödlichen Absturz im costa-ricanischen Dschungel zu überleben, und mit Sicherheit hatte sie nicht damit gerechnet, in einer eigenartig futuristischen Unterkunft aufzuwachen und von dem schönsten Mann gefangen gehalten zu werden, den sie jemals gesehen hatte. Einem Mann, der mehr als menschlich zu sein scheint …

Zaron befindet sich auf der Erde, um die krinarische Invasion vorzubereiten – und die schreckliche Tragödie zu vergessen, die sein Leben zerstört hat. Als er den verletzten Körper des menschlichen Mädchens findet, ändert sich allerdings alles. Zum ersten Mal seit Jahren fühlt er mehr als nur Wut und Trauer, und Emily ist der Grund dafür. Sie gehen zu lassen, würde seine Vorhaben verraten, aber sie zu behalten, könnte ihn erneut zerstören.

* * *

Ich will nicht sterben. Ich will nicht sterben. Bitte, bitte, bitte, ich will nicht sterben.

Diese Worte wiederholten sich in ihrem Kopf, ein hoffnungsloses Gebet, das nie erhört werden würde. Ihre Finger rutschten weitere Zentimeter auf dem hölzernen Brett entlang, und ihre Nägel brachen ab, als sie versuchte, nicht den Halt zu verlieren.

Emily Ross krallte sich – im wahrsten Sinne des Wortes – an einer kaputten, alten Brücke fest. Hunderte Meter unter ihr rauschte das Wasser über die Felsen, da der Gebirgsbach durch die jüngsten Regenfälle angeschwollen war.

Diese Regenfälle waren zum Teil verantwortlich für ihre derzeitige Notlage. Wäre das Holz auf der Brücke trocken gewesen, wäre sie vielleicht nicht ausgerutscht und hätte sich auch nicht den Fuß dabei verdreht. Und sie wäre mit Sicherheit nicht auf das Brückengeländer gefallen, das unter ihrem Gewicht zerbrochen war.

Allein ihr verzweifeltes Zugreifen in der letzten Sekunde hatte verhindert, dass Emily nach unten in den Tod stürzte. Während des Fallens hatte ihre rechte Hand einen kleinen Vorsprung an der Seite der Brücke zu fassen bekommen, so dass sie jetzt einige hundert Meter über den harten Steinen in der Luft hing.

Ich will nicht sterben. Ich will nicht sterben. Bitte, bitte, bitte, ich will nicht sterben.

Das war nicht fair. Das hätte nicht passieren dürfen. Das waren ihre Ferien, ihre Zeit, wieder zu sich zu finden. Wie konnte sie jetzt sterben? Sie hatte noch nicht einmal begonnen zu leben.

Bilder der letzten zwei Jahre gingen Emily durch den Kopf, wie die PowerPoint-Präsentationen, mit deren Erstellung sie so viele Stunden verbracht hatte. Jedes Arbeiten bis spät in die Nacht, jedes Wochenende, das sie im Büro verbracht hatte – das alles war umsonst gewesen. Sie hatte ihren Job während der letzten Entlassungswelle verloren, und jetzt war sie kurz davor, ihr Leben zu verlieren.

Nein, nein!

Emily ruderte mit den Beinen und grub ihre Nägel tiefer in das Holz. Sie hob den anderen Arm in die Höhe und streckte ihn nach oben zur Brücke aus. Das würde nicht geschehen. Das würde sie nicht zulassen. Sie hatte zu hart gearbeitet, um sich von einem blöden Dschungel alles kaputtmachen zu lassen.

Blut lief an ihrem Arm hinunter, als sie sich an dem rauen Holz die Haut ihrer Finger abschürfte. Ihre einzige Hoffnung, doch noch zu überleben, war, zu versuchen, mit ihrer linken

Hand die andere Seite der Brücke zu ergreifen, damit sie sich wieder hochziehen konnte. Es gab hier niemanden, der ihr helfen konnte, niemanden, der sie retten konnte, wenn sie sich nicht selbst rettete.

Die Möglichkeit, dass sie allein im Regenwald sterben könnte, war ihr nicht in den Sinn gekommen, als sie diese Reise angetreten hatte. Sie ging häufig wandern und zelten. Und trotz der Hölle, die ihr Leben in den letzten zwei Jahren gewesen war, war sie immer noch gut in Form, kräftig und durchtrainiert vom Laufen und den ganzen anderen Sportarten, die sie an der Highschool und an der Uni ausgeübt hatte. Costa Rica wurde durch seine niedrige Kriminalitätsrate und seine touristenfreundliche Bevölkerung als ein sicheres Reiseziel angesehen. Und ein billiges – ein wichtiger Aspekt bei ihrem schnell schwindenden Sparguthaben.

Sie hatte diese Reise schon vorher gebucht. Bevor die Börse erneut eingebrochen war, bevor eine neue Entlassungswelle kam, die Tausende von Menschen, die an der Wall Street arbeiteten, ihre Jobs gekostet hatte. Bevor Emily am Montag zur Arbeit gegangen war, übernächtigt von der ganzen Wochenendarbeit, nur um am gleichen Tag das Büro mit einem kleinen Karton zu verlassen, in dem sich alle ihre privaten Habseligkeiten befanden.

Bevor ihre Beziehung nach vier Jahren zerbrochen war.

Ihr erster Urlaub in zwei Jahren, und sie war kurz davor, zu sterben.

Nein, das darfst du nicht denken. Das wird nicht passieren.

Aber Emily wusste, dass sie sich selbst belog. Sie konnte spüren, wie ihre Finger weiter abrutschten und ihr rechter Arm und ihre Schulter von der Anstrengung brannten, das Gewicht ihres ganzen Körpers halten zu müssen. Ihre linke Hand war nur noch einige Zentimeter davon entfernt, die andere Seite der Brücke zu erreichen, aber diese Zentimeter hätten genauso gut Meter sein können. Ihr Halt war nicht stark genug, um sich mit nur einem Arm hochzuziehen.

Tu es, Emily! Denk nicht lange darüber nach, tu es einfach!

Sie nahm ihre ganze Kraft zusammen, schwang ihre Beine in die Luft und nutzte die Schwungkraft, um ihren Körper für den Bruchteil einer Sekunde etwas in die Höhe zu ziehen. Ihre linke Hand ergriff das hervorstehende Brett, hielt sich daran fest … und das schwache Holzstück zerbrach. Die überraschte Emily schrie entsetzt auf.

Ihr letzter Gedanke, bevor ihr Körper auf dem Boden aufschlug, war, dass sie hoffentlich augenblicklich tot sein würde.

* * *

Der vollmundige und kräftige Geruch der Dschungelvegetation umspielte Zarons Nase. Er atmete tief ein, damit die feuchte Luft seine Lunge füllen konnte. Dieses winzige Fleckchen Erde hier war so sauber, so unverschmutzt wie sein Heimatplanet.

Genau das brauchte er gerade. Er brauchte die frische Luft, die Isolation. In den letzten sechs Monaten hatte er versucht, vor seinen Gedanken wegzulaufen, nur den Augenblick zu leben, aber das war ihm nicht gelungen. Selbst Blut und Sex reichten ihm nicht mehr. Er konnte sich zwar während des Fickens ablenken, aber der Schmerz kam danach sofort zurück, genauso stark wie immer.

Schließlich war ihm das alles zu viel geworden: der Schmutz, die Menschenmengen, ihr Gestank. Sobald er nicht von einem Nebel der Ekstase umgeben war, wurden seine Sinne von der vielen Zeit, die er in menschlichen Städten verbrachte, überreizt. Hier, wo er Luft holen konnte, ohne Gift einzuatmen, wo er Leben anstatt Chemikalien riechen konnte, war es besser. In einigen Jahren würde alles anders sein, und er könnte vielleicht erneut versuchen, in einer menschlichen Stadt zu leben, aber jetzt noch nicht.

Nicht, bis sie sich nicht vollständig hier niedergelassen hatten.

Das war Zarons Aufgabe: die Niederlassung zu überwachen. Er hatte jahrzehntelang Nachforschungen über die Flora und Fauna der Erde durchgeführt, und als der Rat ihn um seine Hilfe bei der anstehenden Kolonisation gebeten hatte, hatte er nicht gezögert. Alles war besser als zu Hause zu sein, wo die Erinnerungen an Laritas Gegenwart überall waren.

Hier gab es keine Erinnerungen. Trotz seiner Ähnlichkeiten mit Krina war dieser Planet fremd und exotisch. Sieben Milliarden Menschen auf der Erde – eine unglaubliche Anzahl –, und sie pflanzten sich mit einer schwindelerregenden Geschwindigkeit fort. Wegen ihrer kurzen Lebensspanne fehlte ihnen allerdings ein gewisses Langzeitdenken, und sie verbrauchten die Ressourcen ihres Planeten, ohne auch nur das kleinste bisschen an die Zukunft zu denken. Auf eine gewisse Weise erinnerten sie ihn an die Schistocerca gregaria – eine Spezies der Grashüpfer, die er vor einigen Jahren untersucht hatte.

Natürlich waren die Menschen intelligenter als Insekten. Einige Individuen wie Einstein ähnelten den Krinar in einigen ihrer Denkweisen sogar. Das überraschte Zaron nicht besonders; er hatte immer angenommen, dass das die Absicht des großen Experiments der Ältesten gewesen war.

Während er durch den costa-ricanischen Wald lief, dachte er über seine Aufgabe nach. Dieser Teil des Planeten war vielversprechend; er konnte sich leicht vorstellen, dass essbare Pflanzen von Krina hier gedeihen würden. Er hatte den Boden ausgiebigen Tests unterzogen, und jetzt hatte er einige Ideen, wie er ihn für die krinarische Flora noch verbessern könnte.

Der Wald um ihn herum war saftig und grün, roch nach blühenden Helikonien, und Zaron konnte das Rauschen der Blätter und das Gezwitscher der einheimischen Vögel hören. In einiger Entfernung ertönte der Schrei eines Alouatta palliata, eines in Costa Rica heimischen Mantelbrüllaffen, und etwas anderes.

Zaron runzelte seine Stirn und hörte genauer hin, aber das Geräusch wiederholte sich nicht.

Neugierig eilte er in die Richtung, aus der es gekommen war, da seine Jagdinstinkte in Alarmbereitschaft versetzt worden waren. Eine Sekunde lang hatte das Geräusch ihn an den Schrei einer Frau erinnert.

Zaron, der mit Leichtigkeit die dichte Vegetation des Dschungels durchdrang, begann zu rennen, wobei er über einen kleinen Bach und einige Büsche sprang, die sich in seinem Weg befanden. Hier draußen, weit entfernt von menschlichen Augen, konnte er sich wie ein Krinar bewegen, ohne sich Sorgen machen zu müssen, dabei gesehen zu werden. Nach einigen wenigen Minuten nahm er einen durchdringenden, metallischen Geruch wahr, durch den sein Mund wässrig und sein Schwanz steif wurde.

Blut.

Menschliches Blut.

Als er sein Ziel erreichte, blieb Zaron stehen und starrte auf den Anblick vor ihm.

Vor ihm befand sich ein Bach, ein Gebirgsbach, der wegen der jüngsten Regenfälle angeschwollen war. Und auf den großen schwarzen Steinen in der Mitte, unter einer alten Holzbrücke, die über den Bach führte, befand sich ein Körper.

Der gebrochene und verdrehte Körper eines menschlichen Mädchens.

* * *

The Krinar Captive – Die Gefangene des Krinar wir in Kürze erhältlich sein. Bitte besuchen Sie meine Homepage http://annazaires.com/series/deutsch/, um mehr zu erfahren und sich für meinen Newsletter zu Neuerscheinungen einzutragen.

AUSZUG AUS
TWIST ME – VERSCHLEPPT

Anmerkungen der Autorin: Dieses Buch gehört zu einer Reihe von Büchern, die auf Grund ihres sexuellen Inhalts definitiv als Lektüre für Erwachsene gedacht sind. Bewahren Sie deshalb dieses Buch am besten außerhalb der Reichweite von Kindern im lesefähigen Alter auf. Es unterscheidet sich außerdem von meinen anderen Büchern, da die Hauptperson diese Geschichte erzählt. Alle drei Bücher der Trilogie *Verschleppt* sind jetzt erhältlich.

* * *

Entführt und auf eine einsame Insel verschleppt

Ich hätte niemals gedacht, dass mir so etwas passiert. Ich hätte mir niemals vorstellen können, dass eine zufällige Begegnung kurz vor meinem achtzehnten Geburtstag mein Leben völlig umkrempeln würde.

Jetzt gehöre ich ihm. Julian. Dem Mann, der genauso rücksichtslos wie gutaussehend ist – dem Mann, dessen Berührungen mich brennen lassen. Ein Mann, dessen Zärtlichkeit ich verstörender finde als seine Grausamkeit.

Mein Entführer ist ein Rätsel für mich. Ich weiß nicht, wer er ist, oder warum er mich verschleppt hat. In ihm ist eine Dunkelheit – eine Dunkelheit, die mir genauso Angst macht, wie sie mich anzieht.

Mein Name ist Nora Leston, und das ist meine Geschichte.

* * *

In dem Moment, als die achtzehnjährige Nora Leston die Aufmerksamkeit von Julian auf sich zieht, verändert sich ihr Leben komplett. Sie wird verschleppt und auf eine einsame Insel im Pazifischen Ozean gebracht, wo sie die Begierden ihres sadistischen Entführers befriedigen muss – einem dunklen, geheimnisvollen Mann, der genauso grausam wie gut aussehend ist …

Hinweis: Dieses Buch ist dunkle Erotik, kein Liebesroman. Es bietet: eine junge und unberührte Heldin, beunruhigende Szenen mit dubiosem Inhalt, Gefangenschaft, Machtspiele und sehr viel Sex, bei dem die Blümchen vor der Tür bleiben.

* * *

Jetzt ist schon Abend. Mit jeder Minute, die vergeht, werde ich ängstlicher bei dem Gedanken daran, meinen Peiniger wiederzusehen.

Ich kann mich nicht länger auf den Roman konzentrieren, den ich gerade gelesen habe. Ich lege ihn weg und drehe Runden in dem Zimmer.

Ich habe die Sachen an, die Beth mir vorhin gegeben hat. Es ist keine Kleidung, die ich mir selber ausgesucht hätte, aber sie ist besser als ein Bademantel. Ein sexy Spitzenhöschen und einen dazu passenden BH als Unterwäsche. Ein hübsches blaues Sommerkleid zum Vornezuknöpfen. Alles passt mir verdächtig gut. Hat er mich schon eine ganze Weile verfolgt? Hat er alles über mich herausgefunden, einschließlich meiner Kleidergröße?

Mir wird schlecht bei dem Gedanken daran.

Ich versuche, nicht darüber nachzudenken, was noch alles passieren kann, aber das ist unmöglich. Ich weiß nicht, warum ich mir so sicher bin, dass er heute Nacht zu mir kommen wird. Es ist natürlich möglich, dass er einen ganzen Harem voller Frauen hier auf dieser Insel festhält und jede nur einmal die Woche besucht, wie das die Sultane damals taten.

Und trotzdem weiß ich irgendwie, dass er bald hier sein würde. Die letzte Nacht hatte lediglich seinen Appetit angeregt. Ich weiß, dass er noch nicht mit mir fertig ist, noch lange nicht.

Endlich geht die Tür auf.

Er kommt herein, als würde ihm dies alles hier gehören. Was es natürlich auch tut.

Und wieder bin ich von seiner männlichen Schönheit beeindruckt. Mit so einem Gesicht hätte er ein Model oder ein Filmstar sein können. Wenn es auf dieser Welt Gerechtigkeit gäbe, wäre er klein oder hätte einen anderen Makel, der von seinem Gesicht ablenken würde.

Hat er aber nicht. Sein Körper ist groß und muskulös, mit perfekten Proportionen. Ich erinnere mich daran, wie es ist, ihn in mir zu haben, und fühle ein unwillkommenes Aufflackern von Erregung.

Er trägt wieder Jeans und T-Shirt. Diesmal ein graues. Er scheint eine Vorliebe für schlichte Kleidung zu haben, und das ist clever von ihm. So kommt sein Aussehen am besten zur Geltung.

Er lächelt mich an. Mit diesem Lächeln, das ihn wie einen gefallenen Engel aussehen lässt – dunkel und verführerisch. »Hallo Nora.«

Ich weiß nicht, was ich ihm sagen soll, also platze ich mit dem ersten heraus, das mir in den Sinn kommt. »Wie lange wirst du mich hier festhalten?«

Er legt seinen Kopf leicht zur Seite. »Hier in diesem Raum? Oder auf der Insel?«

»Beides.«

»Beth wird dir morgen die Umgebung zeigen und mit dir schwimmen gehen, falls du Lust dazu hast«, sagt er und kommt dabei immer näher. »Du wirst nicht mehr eingesperrt sein, außer du machst Dummheiten.«

»Wie zum Beispiel?«, frage ich und mein Herz klopft, als er neben mir stehen bleibt und seine Hand hebt, um mein Haar zu berühren.

»Versuchen, dir oder Beth etwas anzutun.« Seine Stimme war sanft und sein Blick hypnotisierend, als er zu mir hinuntersieht. Die Art und Weise, wie er mein Haar berührt, war sonderbar entspannend.

Ich zwinkere, um seinen Zauber zu brechen. »Und was ist mit der Insel? Wie lange wirst du mich hier festhalten?«

Seine Hand streichelt jetzt mein Gesicht und fährt an meiner Wange entlang. Ich erwische mich dabei, wie ich mich seiner Berührung hingebe, wie eine Katze, die gekrault wird, und versteife augenblicklich.

Seine Lippen verziehen sich zu einem wissenden Lächeln. Dieser Bastard weiß genau, welche Wirkung er auf mich hat. »Eine lange Zeit, hoffe ich«, sagt er.

Aus irgendeinem Grund bin ich nicht überrascht. Er würde sich nicht die Umstände gemacht haben, mich bis hierher zu bringen, wenn er mich nur einige Male ficken wollte. Ich habe Angst, aber bin nicht wirklich verwundert.

Ich nehme all meinen Mut zusammen und frage die nächste logische Frage. »Warum hast du mich entführt?«

Das Lächeln verschwindet aus seinem Gesicht. Er antwortet nicht, sondern schaut mich nur mit einem undurchschaubaren melancholischen Blick an.

Ich fange an zu zittern. »Wirst du mich töten?«

»Nein, Nora, ich werde dich nicht töten.«

Seine Verneinung beruhigt mich, auch wenn er mich gerade anlügen könnte. Ich bin ein kleines bisschen ruhiger, aber es gibt da noch eine weitere Sache, die ich unbedingt wissen muss. »Wirst du mir wehtun?«

Einen Moment lang antwortet er wieder nicht. Etwas Dunkles flackert kurz in seinen Augen auf. »Wahrscheinlich«, sagt er ruhig.

Und dann beugt er sich hinunter und küsst mich, mit seinen warmen Lippen weich und zärtlich auf meine.

Eine Sekunde lang stehe ich stocksteif da, ohne irgendeine Reaktion. Ich glaube ihm. Ich weiß, dass er mir die Wahrheit sagt, wenn er behauptet, dass er mir wehtun wird. Er hat etwas an sich, was mir Angst macht – was mir schon von Anfang an Angst gemacht hat.

Er ist überhaupt nicht wie die Jungs, mit denen ich Verabredungen hatte. Er ist zu allem fähig.

Und ich bin ihm völlig ausgeliefert.

Ich denke darüber nach, mich zu wehren. Das wäre das Normale, was man in meiner Situation machen würde. Das wäre mutig.

Und trotzdem mache ich es nicht.

Ich kann die dunklen Abgründe in ihm fühlen. Irgendetwas stimmt mit ihm nicht. Seine äußere Schönheit verbirgt etwas Grauenvolles im Inneren.

Ich möchte diese Dunkelheit nicht entfesseln. Ich weiß nicht, was passieren wird, wenn ich es tue.

Also stehe ich bewegungslos in seiner Umarmung und lasse mich von ihm küssen. Und als er mich aufhebt und zum Bett trägt, versuche ich überhaupt nicht, etwas dagegen zu machen.

Stattdessen schließe ich meine Augen und gebe mich den Empfindungen hin.

★ ★ ★

Alle drei Bücher der Trilogie *Verschleppt* sind jetzt erhältlich. Um mehr darüber zu erfahren, besuchen Sie bitte meine Seite http://annazaires.com/series/deutsch/ und tragen Sie sich für meinen Newsletter zu Neuerscheinungen ein.

AUSZUG AUS DIE GEDANKENLESER - THE THOUGHT READERS

Anmerkung des Autors: Wenn Sie etwas anderes ausprobieren möchten – ganz besonders, wenn Sie Urban Fantasy und Science-Fiction mögen – sollten Sie einen Blick in *Die Gedankenleser* werfen, dem ersten Buch der Serie *Gedankendimensionen*, einem Gemeinschaftsprojekt mit meinem Mann Dima Zales. Ich muss Sie allerdings warnen, dass es in dem Buch kaum um Liebe oder Sex geht. Statt Sex gibt es Gedankenlesen. Das Buch ist jetzt bei den meisten Händlern erhältlich.

∗ ∗ ∗

Alle denken, ich sei ein Genie.

Alle liegen falsch.

415

Sicher, ich habe Harvard im Alter von achtzehn Jahren abgeschlossen und verdiene jetzt eine unglaubliche Menge Geld mit einem Hedgefonds. Der Grund dafür ist allerdings nicht, dass ich besonders clever bin oder wie verrückt arbeite.

Ich betrüge.

Ich besitze eine einzigartige Fähigkeit. Ich kann die Gegenwart verlassen und in meine eigene persönliche Version der Realität eintauchen – den Ort, den ich die Stille nenne – an dem ich meine Umgebung erkunden kann, während die restliche Welt innehält.

Eigentlich dachte ich immer, ich sei der Einzige, der das tun kann – bis ich sie getroffen habe.

Ich heiße Darren, und das ist die Geschichte, wie ich herausgefunden habe, dass ich ein Leser bin.

* * *

Manchmal denke ich, dass ich verrückt bin. In diesem Moment sitze ich an einem Kasinotisch, und jeder um mich herum ist bewegungslos, so wie eingefroren. Ich nenne das die Stille, so als würde es das Ganze realer machen, wenn es einen Namen hätte – so als würde der Name die Tatsache ändern, dass alle Spieler um mich herum wie Statuen sind. Sie sitzen einfach nur da, und ich gehe um sie herum, schaue mir die Karten an, die sie gerade erhalten haben. Hört sich das verrückt an?

Das Problem an der Theorie, ich sei verrückt, ist, dass auch wenn ich die Welt »entfriere«, so wie ich es gerade getan habe, die Karten, welche die Spieler aufdecken, immer noch dieselben sind. Wäre ich verrückt, sollten die Karten dann nicht vermischt sein? Außer natürlich, ich bin schon so verrückt, dass ich mir auch die Karten auf dem Tisch einbilde.

Aber selbst dann gewinne ich. Sollte das auch Einbildung sein – sollte der Stapel Chips neben mir auf dem Tisch nur eingebildet sein –, dann könnte ich auch gleich alles in Frage stellen. Vielleicht heiße ich auch gar nicht Darren.

Nein. So kann ich nicht denken. Wenn ich wirklich so verwirrt sein sollte, dann möchte ich gar nicht aus diesem Zustand herausgeholt werden – weil, wenn das passiert, werde ich höchstwahrscheinlich in einer psychiatrischen Anstalt aufwachen.

Außerdem liebe ich mein Leben, verrückt oder nicht.

Meine Psychiaterin denkt, die Stille sei eine Erfindung, um die inneren Vorgänge meines Genies zu beschreiben. Das hört sich für mich verrückt an. Es könnte auch sein, dass sie mich begehrt, aber das steht außer Frage. Sie befindet sich komplett außerhalb der Altersgruppe, mit der ich ausgehe. Ihre Erklärung würde sowieso nicht helfen, da sie nicht auf die Art und Weise zutrifft, mit der ich Dinge weiß, die selbst ein Genie nicht erahnen könnte – wie den genauen Wert des Blattes der anderen Spieler.

Ich sehe dem Croupier dabei zu, wie er eine neue Runde eröffnet. Außer mir befinden sich noch drei weitere Spieler am Tisch. Der Cowboy, die Großmutter und der Professionelle, wie ich sie in Gedanken nenne. Ich kann die jetzt fast spürbare Angst fühlen, die mit dem Hineingleiten einhergeht – das ist der Name, den ich dem Prozess gegeben habe: in die Stille hineingleiten. Meine Sorge, ich könne verrückt sein, hat das Hineingleiten schon immer vereinfacht. Angst scheint diesen Prozess zu begünstigen.

Ich gleite hinein, und alles ist still. Daher der Name für diesen Vorgang.

Selbst jetzt finde ich das noch unheimlich. In diesem Kasino ist es normalerweise sehr laut. Betrunkene Menschen, die sich unterhalten. Spielautomaten, das Läuten bei Gewinnen, Musik – nur in einem Klub oder bei Konzerten ist es lauter. Und trotzdem, genau in diesem Moment könnte ich wahrscheinlich eine Stecknadel fallen hören. Es ist so, als sei ich gegenüber dem Chaos um mich herum taub geworden.

So viele eingefrorene Menschen um mich herum zu haben macht das Ganze nur noch eigenartiger. Hier ist eine Kellnerin, die mitten im Schritt mit ihrem Tablett auf dem Arm angehalten hat. Eine Frau, die gerade dabei ist, eine Münze in einen Spielautomaten zu schmeißen. An meinem eigenen Tisch ist die Hand des Croupiers erhoben, und die letzte Karte, die er gezogen hat, hängt unnatürlich in der Luft. Ich gehe von der Seite des Tisches auf sie zu und nehme sie in die Hand. Es ist ein König, der für den Professionellen bestimmt ist. Als ich die Karte loslasse, fällt sie auf den Tisch, anstatt weiter in der Luft zu schweben, wie sie es vorher getan hat. Ich weiß allerdings genau, dass sie sich wieder dort befinden wird, in genau der Position, in der sie war, als ich sie genommen habe, sobald ich mich aus diesem Zustand zurückziehe.

Der Professionelle sieht genau so aus, wie ich mir immer Menschen vorgestellt habe, die mit Pokerspielen ihr Geld verdienen: ungepflegt, Schatten unter den Augen und generell ein wenig eigenartig. Er hat sein Pokerface das ganze Spiel über perfekt im Griff gehabt – es hat nicht ein einziges Mal ein Muskel gezuckt. Sein Gesicht ist so unbeweglich, dass ich mich frage, ob ihm vielleicht Botox dabei hilft, eine so steinerne

Miene aufrechtzuerhalten. Seine Hand befindet sich auf dem Tisch und bedeckt beschützend die Karten, die ihm gegeben wurden.

Ich bewege seine schlaffe Hand zur Seite. Das fühlt sich normal an. Also gewissermaßen. Seine Hand ist schweißnass und haarig, weshalb es unangenehm ist, sie zur Seite zu legen. Es ist anormal, das zu tun. Der normale Teil des Ganzen ist, dass seine Hand eher warm als kalt ist. Als ich noch ein Kind war, erwartete ich, dass sich die Menschen in der Stille kalt anfühlen würden, wie Statuen aus Stein.

Nachdem ich die Hand des Professionellen zur Seite gelegt habe, nehme ich seine Karten auf. Zusammen mit dem König, der gerade in der Luft hängt, hat er ein hübsches hohes Blatt. Gut zu wissen.

Ich gehe zur Großmutter hinüber. Sie hält ihre Karten in der Hand. Dadurch, dass sie sie wie einen Fächer ausgebreitet hat, kann ich es vermeiden, ihre faltigen und fleckigen Hände zu berühren. Das ist eine Erleichterung, da ich in der letzten Zeit meine Probleme damit habe, in der Stille Menschen anzufassen – genauer gesagt Frauen. Falls ich es tun müsste, würde ich das Berühren von Großmutters Hand rational als harmlos ansehen – oder es zumindest nicht gruselig finden –, aber es ist trotzdem besser, es möglichst zu vermeiden.

Auf jeden Fall hat sie ein niedriges Blatt. Ich fühle mich schlecht für sie. Sie hat heute Nacht eine ganze Menge verloren. Ihre Chips gehen zur Neige. Vielleicht sind ihre Verluste, zumindest teilweise, der Tatsache zuzuschreiben, dass sie kein gutes Pokerface aufsetzen kann. Schon bevor ich einen Blick auf ihre Karten geworfen hatte, wusste ich, dass sie nicht gut sein würden. Ich konnte sehen, dass sie nicht glücklich mit dem war, was sie in der Hand hielt, sobald sie ihre Karten bekam. Ich habe sie außerdem vor einigen Runden bei einem fröhlichen Aufblitzen ihrer Augen ertappt, als sie ein Dreierpaar hatte, welches gewann.

Pokern ist zu einem Großteil eine Übung, um Menschen besser lesen zu können – eine Fähigkeit, die ich gerne besser beherrschen würde. Auf meiner Arbeit wurde mir gesagt, ich sei großartig darin, Menschen zu lesen. Aber das bin ich nicht. Ich bin einfach nur gut darin, die Stille zu verwenden, um ihnen das vorzumachen. Ich möchte aber trotzdem lernen, es wirklich zu können.

Was mich am Pokern eher weniger interessiert, ist das Geld. Mir geht es finanziell gut genug, um nicht auf den Gewinn durch das Spielen angewiesen zu sein. Mir ist es egal, ob ich gewinne oder verliere, auch wenn das Verfünffachen meines Geldes an dem Black-Jack-Tisch Spaß gemacht hatte. Dieser ganze Ausflug zum Spielen findet überhaupt nur deshalb statt, weil ich es mit einundzwanzig endlich darf. Ich war nie ein Freund von falschen Ausweisen, und deshalb ist das wirklich ein Meilenstein für mich.

Ich verlasse die Großmutter und gehe hinüber zum Cowboy. Ich kann seinem Strohhut nicht widerstehen und setze ihn mir auf. Ich frage mich dabei, ob ich dadurch Läuse bekommen könnte. Da ich noch nie leblose Objekte aus der Stille zurückbringen konnte und auch anderweitig die Welt nicht nachhaltig beeinflusst habe, denke ich, dass ich auch keine lebenden Viecher mit mir zurücknehme. Ich lege den Hut zurück und schaue auf seine Karten. Er hat einige Asse – eine bessere Hand als der Professionelle. Der Cowboy könnte auch ein Professioneller sein. Soweit ich das beurteilen kann, hat er ein gutes Pokerface. Es wird interessant werden, die beiden in der nächsten Runde zu beobachten.

Dann schlendere ich zum Kartenstapel und schaue mir die obersten Karten an, um sie mir einzuprägen. Ich überlasse nichts dem Zufall.

Als ich meine Aufgabe in der Stille abgeschlossen habe, gehe ich zurück zu mir. Ach ja, habe ich erwähnt, dass ich mich selbst dort sitzen sehen kann? Genauso eingefroren wie alle anderen? Das ist der verrückteste Teil. Es ist so wie eine außerkörperliche Erfahrung.

Ich nähere mich meinem eingefrorenen Ich und schaue es an. Normalerweise vermeide ich das, weil es so beunruhigend ist. Weder sich selbst unzählige Male im Spiegel zu sehen noch sich Videos mit sich selbst auf YouTube anzuschauen kann einen auf den Anblick des eigenen Körpers in 3D vorbereiten. Das ist nichts, was dafür gedacht ist, es zu erleben. Außer vielleicht, man ist ein eineiiger Zwilling.

Es ist kaum zu glauben, dass ich diese Person bin. Sie sieht eher wie ein ganz normaler Typ aus. Vielleicht nach ein wenig mehr. Ich finde diesen Typen sehr interessant. Normalerweise ist für mich das Aussehen anderer Männer nicht interessant, aber ich bin neugierig, wie mein eingefrorenes Ich aussieht. Oder um ganz ehrlich zu sein: Ich mag es, wie mein eingefrorenes Ich aussieht. Es sieht cool aus. Es sieht clever aus.

Ich denke, Frauen könnten es als gut aussehend bezeichnen, auch wenn es nicht bescheiden von mir ist, das zu behaupten.

Ich bin nicht gut darin, die Attraktivität von Männern zu bewerten – das war ich noch nie –, aber einige Dinge sind allgemeingültig. Ich kann erkennen, wenn ein Typ hässlich ist, und mein eingefrorenes Ich ist es nicht. Ich weiß auch, dass

generell ein symmetrisches Gesicht als schön angesehen wird –
und meine Statue hat so eines. Ein starkes Kinn ist auch nichts
Schlechtes. Das habe ich. Breite Schultern zu haben ist gut, und
groß zu sein wirklich hilfreich. Diese Punkte decke ich auch ab.
Ich habe blaue Augen – was ein Pluspunkt zu sein scheint.
Mädchen haben mir gesagt, dass sie meine Augen mögen, auch
wenn sie an meinem gefrorenen Ich jetzt gerade ein wenig
angsteinflößend wirken – glasig und glänzend. Sie sehen aus wie
die Augen einer Wachsfigur. Leblos.

Als mir auffällt, dass ich mich zu lange bei diesem Thema
aufhalte, schüttele ich meinen Kopf. Ich stelle mir vor, wie
meine Psychiaterin diesen Moment analysieren würde. Wer
würde diese Selbstbewunderung schon als Teil der psychischen
Erkrankung sehen? Ich sehe sie vor mir, wie sie Worte wie
»Narzisstisch« notiert.

Genug. Ich muss die Stille verlassen. Ich hebe meine Hand
und berühre mein eingefrorenes Ich auf der Stirn. Sobald ich
meinen derzeitigen Zustand verlasse, kehren die Geräusche
zurück.

Alles ist wieder normal.

Der König, auf den ich noch vor einem Moment schaute –
der König, den ich auf dem Tisch liegen ließ – befindet sich
wieder in der Luft und folgt der Bahn, die ihm vorherbestimmt
war. Er landet neben der Hand des Professionellen. Die
Großmutter betrachtet immer noch enttäuscht ihre gefächerten
Karten, und der Cowboy hat seinen Hut wieder auf, auch wenn
ich ihn in der Stille abgenommen hatte. Es ist alles genau so wie
in dem Augenblick, bevor ich in die Stille hineinglitt.

Auf einer bestimmten Ebene hört mein Gehirn nie auf, über
diese Unterschiede zwischen der Stille und außerhalb

überrascht zu sein. Es ist fast vorprogrammiert, die Realität in Frage zu stellen, wenn solche Dinge passieren. Als ich versuchte, meine Psychiaterin am Anfang der Therapie auszutricksen, las ich einmal ein ganzes Lehrbuch über Psychologie während unserer Sitzung. Ihr ist das natürlich nicht aufgefallen, da ich es in der Stille tat. Das Buch handelte davon, dass Babys, auch wenn sie erst zwei Monate alt sind, schon überrascht darüber sind, wenn sie etwas Ungewöhnliches sehen – wenn zum Beispiel eine Sache gegen die Regeln der Schwerkraft zu verstoßen scheint. Kein Wunder, dass mein Gehirn Schwierigkeiten damit hat, mit diesen Vorgängen zurechtzukommen. Bis ich zehn war, war alles normal, aber dann begannen die eigenartigen Dinge, um es vorsichtig auszudrücken.

Ich blicke hinab und stelle fest, drei Gleiche in der Hand zu halten. Das nächste Mal werde ich mir meine Karten anschauen, bevor ich hineingleite. Wenn ich so ein starkes Blatt habe, kann ich es auch darauf ankommen lassen und fair spielen.

Die Partie verläuft wie erwartet, weil ich ja die Karten sämtlicher Mitspieler kenne. Schließlich gibt die Großmutter auf. Sie hat offensichtlich genug Geld verloren.

In diesem Moment sehe ich sie zum ersten Mal.

Sie ist heiß. Mein Freund Bert von der Arbeit behauptet, ich hätte einen bestimmten Frauentyp. Er hat ihn mir sogar beschrieben, nachdem er einige der Mädchen, mit denen ich ausgegangen war, gesehen hatte. Ich lehne dieses Konzept eines »Frauentyps« generell ab. Ich mag es nicht, von mir selbst zu denken, ich sei oberflächlich oder berechenbar. Allerdings könnte das schon ein wenig auf mich zutreffen, da dieses

Mädchen genau in das Beuteschema passt, welches Bert mir beschrieben hat. Und ich bin, milde ausgedrückt, extrem interessiert an ihr.

Große, blaue Augen, deutlich erkennbare Wangenknochen, ein schmales Gesicht mit einem Hauch Exotik. Lange, extrem wohlgeformte Beine, die zu einer Tänzerin gehören könnten. Dunkles, gewelltes Haar, das, wie ich es mag, zu einem Pferdeschwanz gebunden ist. Kein Pony – sehr gut. Ich hasse Ponys und kann mir auch nicht erklären, wie manche Mädchen sich so etwas antun können. Auch wenn die Abwesenheit des Ponys in Berts Beschreibung meines Frauentyps nicht vorkam, gehört dieses Kriterium definitiv dazu.

Ich starre sie weiterhin an. Mit den hohen Absätzen und dem engen Rock wirkt sie an diesem Ort overdressed. Oder vielleicht bin ich mit meiner Jeans und dem T-Shirt auch einfach underdressed. Wie dem auch sei, es interessiert mich nicht. Ich muss versuchen, mit ihr ins Gespräch zu kommen.

Ich denke darüber nach, in die Stille einzutauchen und mich ihr anzunähern. Auf diese Weise könnte ich etwas Unheimliches tun, wie sie aus nächster Nähe anstarren oder sogar ihre Taschen zu durchwühlen. Irgendetwas, das mir dabei hilft, mit ihr zu reden.

Ich entscheide mich dagegen.

Dieser Verstoß gegen mein gewöhnliches Verhalten, falls man das überhaupt so nennen kann, ist sehr eigenartig. Und da ich gerade von voreiligem Handeln spreche – ich stelle mir die folgende Handlungskette vor: Sie stimmt zu, sich mit mir zu verabreden, es wird ernst zwischen uns und, weil wir diese tiefe Verbindung haben, erzähle ich ihr von der Stille. Sie erfährt, dass ich etwas Unheimliches tue, bekommt Angst und verlässt mich. Es ist natürlich lächerlich, sich so etwas auszumalen, bevor wir überhaupt miteinander gesprochen haben. Möglicherweise hat sie einen IQ von unter 70 oder besitzt die Persönlichkeit eines Holzstücks. Es könnte zwanzig verschiedene Gründe dafür geben, weshalb ich mich nicht mit ihr treffen möchte. Und außerdem hängt das ja auch nicht von mir ab. Sie könnte mir genauso gut zu verstehen geben, sie in Ruhe zu lassen, sobald ich versuche, mit ihr zu sprechen.

Die Arbeit mit sicheren Geldanlagen hat mich allerdings gelehrt, mich abzusichern. So verrückt diese Entscheidung, nicht in die Stille einzutauchen, auch ist, ich bleibe bei ihr. Ich weiß, dass es so höflicher ist. Aus dem gleichen Grund beschließe ich außerdem, in dieser Pokerrunde nicht zu schummeln.

Sobald die Karten ausgegeben sind, denke ich darüber nach, wie gut es sich anfühlt, so ehrenvoll gehandelt zu haben – auch wenn das niemand weiß. Vielleicht sollte ich häufiger versuchen, die Privatsphäre meiner Mitmenschen zu achten. *Ja, richtig.* Ich muss auch realistisch bleiben. Ich wäre nicht dort, wo ich heutzutage bin, wenn ich diesem Rat gefolgt wäre. Ich würde sogar innerhalb weniger Tage meinen Job verlieren, sollte ich anfangen, die Privatsphäre anderer Menschen zu respektieren – und damit auch die ganzen Annehmlichkeiten, an die ich mich gewöhnt habe.

Ich mache es dem Professionellen nach und bedecke meine Karten, sobald ich sie bekomme, mit meiner Hand. Ich bin gerade dabei, einen Blick auf sie zu werfen, als etwas Ungewöhnliches passiert.

Die Welt um mich herum wird still, so, als würde ich gerade eintauchen … aber diesmal habe ich nichts gemacht.

Einen Augenblick später sehe ich sie – das Mädchen, welches mir am Tisch gegenübersitzt, das Mädchen, an das ich gerade gedacht habe. Sie steht neben mir und zieht ihre Hand von meiner weg. Oder genauer gesagt, der Hand meines eingefrorenen Ichs – ich stehe ja daneben und schaue sie an.

Allerdings sitzt sie auch noch mir gegenüber am Tisch, eine eingefrorene Statue wie alle anderen auch.

Mir kommt nicht einmal der Gedanke, das zweite Mädchen könne ihre Zwillingsschwester oder etwas Ähnliches sein. Ich weiß, dass sie es ist. Sie tut das Gleiche, was ich vor einigen Minuten getan habe. Sie geht in der Stille umher. Die Welt um uns herum ist eingefroren, aber wir sind es nicht.

Sie sieht schockiert aus, als ihr das Gleiche klar wird. Mit einer Hand greift sie über den Tisch und berührt ihre eigene Stirn.

Die Welt wird wieder normal.

Sie starrt mich schockiert mit ihren großen Augen und dem blassen Gesicht an. Ich kann sehen, wie ihre Hände zittern, während sie aufspringt. Ohne ein Wort zu sagen, dreht sie sich um und geht weg.

Als sie anfängt zu rennen, zögere ich nicht. Ich stehe auf und folge ihr. Das ist nicht sehr clever. Sie würde sich wohl kaum mit einem unbekannten Typen verabreden, der hinter ihr herrennt. Aber über diesen Punkt bin ich schon hinaus. Sie ist die einzige Person, die ich jemals getroffen habe, die das Gleiche kann wie ich. Sie ist der Beweis dafür, dass ich nicht verrückt bin. Sie könnte das besitzen, was ich mehr als alles andere möchte.

Sie könnte Antworten haben.

* * *

Wenn Sie mehr über unsere Fantasy- und Science-Fiction-Bücher erfahren möchten, besuchen Sie bitte Dima Zales' Seite http://www.dimazales.com/series/deutsch/ und tragen Sie sich für seinen Newsletter zu Neuerscheinungen ein. Sie können ihn auch bei Facebook, Google Plus, Twitter und Goodreads finden.

ÜBER DIE AUTORIN

Anna Zaires ist eine New-York–Times- *und* USA-Today-Bestsellerautorin in den Genres Science-Fiction-Liebesromane und zeitgenössische dunkle Liebesromane. Sie hat sich bereits im zarten Alter von fünf Jahren in Bücher verliebt, in dem ihr ihre Großmutter das Lesen beibrachte. Kurz darauf schrieb sie auch schon ihre erste Geschichte. Seitdem lebt Anna neben der realen Welt ständig in einer Phantasiewelt, in der nur ihre eigene Vorstellungskraft ihr Grenzen setzen kann. Zurzeit lebt die glücklich verheiratete Anna mit ihrem Ehemann Dima Zales (einem Science-Fiction- und Fantasyautor) in Florida, wo die beiden eng an allen ihren Werken zusammenarbeiten.

Um mehr zu erfahren, besuchen Sie bitte die Seite http://annazaires.com/series/deutsch/.